DUMONT

Temeswar/Rumänien 2014: Ioan Cozma hat abgeschlossen mit der Welt. Der Kripo-Kommissar hat nur noch ein paar Jahre bis zur Pensionierung, und wenn er nicht groß auffällt, wird er sie erreichen, ohne dass jemand in seiner heiklen Vergangenheit wühlt. Doch die Welt will ihn nicht in Ruhe lassen. Ausgerechnet Cozma wird die Ermittlungsleitung in einem brutalen Mordfall übertragen: Die junge Lisa Marthen, eine Deutsche, wurde erstochen aufgefunden. Ihr Vater ist einer der vielen Großgrundbesitzer in Rumänien, und so fällt der Verdacht schnell auf einen Feldarbeiter, der in Lisa verliebt war und seit ihrem Tod verschwunden ist. Als eine Spur nach Mecklenburg-Vorpommern führt, macht Cozma sich auf den Weg und muss feststellen, dass er dort nicht der Einzige ist, der für Gerechtigkeit sorgen will – und dass er der eigenen Vergangenheit nicht entkommen kann.
Oliver Bottini zeigt den Menschen in seiner radikalen Einsamkeit. Einer Einsamkeit, die er durch Gier und Starrsinn selbst noch verstärkt. Doch eines bricht sich immer wieder Bahn – der Glaube an etwas Gutes und an Menschlichkeit. Die Spannung zwischen diesen Polen ist es, durch die ›Der Tod in den stillen Winkeln des Lebens‹ eine existenzielle Wucht entfaltet.

Oliver Bottini wurde 1965 geboren. Für seine Romane erhielt er zahlreiche Preise, u. a. den Krimipreis von Radio Bremen, den Berliner »Krimifuchs«, den Stuttgarter Krimipreis und fünfmal den Deutschen Krimi Preis, zuletzt 2018 für ›Der Tod in den stillen Winkeln des Lebens‹. Der Roman wurde außerdem mit dem Preis der Heinrich Böll Stiftung für den besten politischen Kriminalroman ausgezeichnet. Bei DuMont erschienen ›Der kalte Traum‹ (2012) und ›Ein paar Tage Licht‹ (2014) sowie die Kriminalromane um die Freiburger Kommissarin Louise Bonì. Mehrere Bücher von Oliver Bottini wurden verfilmt. Er lebt mit seiner Familie in Frankfurt am Main.

Oliver Bottini

Der Tod in den stillen Winkeln des Lebens

Kriminalroman

DUMONT

Von Oliver Bottini sind bei DuMont außerdem erschienen:

Der kalte Traum
Ein paar Tage Licht
Mord im Zeichen des Zen
Im Sommer der Mörder
Im Auftrag der Väter
Jäger in der Nacht
Das verborgene Netz
Im weißen Kreis

Die Figuren der Romanhandlung sind erfunden. Ähnlichkeiten mit lebenden oder toten Personen wären zufällig und nicht beabsichtigt. Gleiches gilt für die Firmen Flying Banat, JM Romania, Rothauser Gruppe Immobilien bzw. Agrar (ROGA) und Tayma Group/Tayma Cereals sowie die fiktiven Dörfer Coruia und Prenzlin.
Oliver Bottini

Die Recherche für diesen Roman wurde von der Robert Bosch Stiftung im Rahmen des Förderprogramms »Grenzgänger« unterstützt.

Ein Namensregister und Karten zu den Handlungsorten finden Sie ab S. 409.

MIX
Papier | Fördert gute Waldnutzung
FSC® C083411

2. Auflage 2026
DuMont Buchverlag, Köln

Amsterdamer Straße 192, 50735 Köln, info@dumont-buchverlag.de
Umschlaggestaltung: Lübbeke Naumann Thoben, Köln
Umschlagabbildungen: © plainpicture/Martin Benner
Karte: Kartografie Angelika Solibieda, Cartomedia-Karlsruhe
Satz: Angelika Kudella, Köln
Gesetzt aus der Adobe Garamond Pro und der Trajan Pro
Druck und Verarbeitung: CPI books GmbH, Leck
Gedruckt auf säurefreiem und chlorfrei gebleichtem Papier
Printed in Germany
ISBN 978-3-8321-6478-2

www.dumont-buchverlag.de

Im Andenken an Giselher W. Hoffmann,
den fernen Freund, der viel zu früh unerreichbar wurde.

Wie hab ich das gefühlt was Abschied heißt.
Wie weiß ichs noch: ein dunkles unverwundnes
grausames Etwas, das ein Schönverbundnes
noch einmal zeigt und hinhält und zerreißt.

Aus Rainer Maria Rilke, »Abschied«

2011

Mecklenburg-Vorpommern
7./8. April 2011

Sie verbrachten die Nacht auf Freitag im Haus in Prenzlin, fuhren am späten Vormittag weiter, gegen den Widerstand der Kinder, die das Haus liebten und Dänemark blöd fanden.

»Ihr wart noch nie in Dänemark«, sagte Winter.

»Weil wir es blöd finden«, erwiderte Emmy.

»Ist doch nur für ein Wochenende.«

»Und wenn wir in Dänemark vor Langeweile sterben?«, fragte Leon.

Auf der Autobahn wurden sie fröhlicher, keine Rede mehr vom Sterben, Winter hatte sie an seine Versprechen für Blåvand erinnert. Sie spielten ihr Lieblingsspiel, Sänger raten. »›On the Floor‹«, sagte Emmy und begann zu singen, und Leon rief: »Jennifer Lopez mit Pitbull!«, und fiel mit hoher Stimme ein. Winter hatte wie immer Mühe, den Text zu verstehen, zwei Jahre Schulenglisch in den Achtzigern bei einer Lehrerin, die nie über Güstrow hinausgekommen war, da konnte man nicht viel erwarten. Er hob den Blick zum Rückspiegel und musste lächeln. Emmys sich sanft wiegender Kopf, der Mund noch ein bisschen unsicher mit der Zahnspange, ein entrückter Blick aus dem Seitenfenster. Er ahnte, dass sie an die Pferde dachte, die er ihr versprochen hatte, Pferde am Strand von Blåvand. Wo er die herbekommen sollte, wusste er noch nicht.

Versprich mir was für Dänemark, Papa.

Was denn?

Weiß nicht, irgendwas Tolles.

Mir auch, Papa!

Leon hatte er ein Quad-Rennen in den Dünen versprochen, der Vater gegen den Sohn plus Revanche. Winter hatte keine Ahnung, ob es in Blåvand Quads gab. Ob Neunjährige Quad fahren durften.

Dünen gab es vermutlich.

Pferde und Quads im Sand von Blåvand also, dachte er zufrieden. Er hatte schon Unmöglicheres möglich gemacht.

»La la la, la la«, sangen die Kinder.

Eine Windböe drückte schwer gegen den Wagen, plötzlich war der Sturm da, der für Mecklenburg vorhergesagt worden war, und mit ihm die Anspannung. Windstärke 10, Nordost; noch immer stieg der Adrenalinspiegel, wenn Stürme kamen. Winter war in seiner Jugend zu oft draußen gewesen auf den Feldern, hatte gerettet, was zu retten war, wenn Unwetter über das flache Land rasten.

Claudias Fingerspitzen berührten seinen Arm. »Fährst du bitte langsamer?«

»Nein, *schneller*«, sagte Emmy. »Das ist eine Autobahn.«

»Viel schneller!«, rief Leon.

»Weitersingen«, sagte Winter, während er das Tempo drosselte.

Sie fuhren aus dem Waldstück in die ungeschützte Ebene hinaus. Der Wind drückte und lärmte, die Kinder sangen wieder.

Auch die Versprechen wurzelten, wie der Respekt vor Stürmen, weit in der Vergangenheit. Ein anderes Leben, ein anderes Land. Eine andere Frau … Manchmal hatten das Leben und die Frau wie gelähmt unter einem tiefen grauen Himmel gelegen. Winters Versprechen waren sanfte Versuche gewesen, Licht vorzutäuschen. *Ja, Rom wäre toll. Versprich mir, dass ich irgendwann nach Rom komme … Dass ich irgendwann losfahren kann und nicht mehr stehen bleiben muss, außer wenn ich will, und du fährst natürlich mit.*

Versprochen, Anett.

Er war eines Tages stehengeblieben. Anett nicht.

Die nächste Böe, er lenkte gegen, hielt den Citroën in der Mitte der Spur.

»Der Pitbull von Jennifer Lopez kann singen?«, fragte Claudia.

Leon brach in Gelächter aus, Emmy verzog fast angewidert das Gesicht. Emmy und ihre Mutter, da war der Wurm drin seit einer Weile. Winters Blick streifte Claudia. Die Wangen angespannt und blass, unter den schmalen Augen viele neue Fältchen, um den Mund ein trotziger Zug. Er wusste, dass sie mit sich rang, im Durcheinander ihrer Gefühle um die Familie kämpfte. Um ihn. Sie hatte sich verliebt, in irgendjemanden aus dem Büro. Alles stand plötzlich auf dem Spiel.

Dann geh, war er manchmal versucht zu sagen.

Er wollte nicht, dass sie ging.

Und Emmy spürte es. Spürte alles mit elf Jahren.

»Warum ist das so lustig?«, fragte er.

Leon erklärte es nachsichtig. Pitbull war ein Rapper.

»Micha?« Claudia deutete nach vorn, und er konzentrierte sich wieder auf die Straße. Die Sicht war schlecht geworden. Vor ihnen trieben die Böen Staubfahnen über die Fahrbahn. Winzige Partikel prasselten hart gegen seine Seite. Er sah Bremslichter aufleuchten und verringerte die Geschwindigkeit abrupt auf achtzig. Leon beschwerte sich theatralisch und lachte dann, es klang ein bisschen erschrocken. Winter wechselte auf die linke Spur. Im Rückspiegel Aufblendlicht, gedämpftes Hupen. Rasch gab er Gas.

»Und warum heißt der Pitbull?«, fragte er.

Claudia hob erneut die Hand und sagte etwas, doch es ging im plötzlichen Aufheulen des Sturms unter. Zwei-, dreihundert Meter vor ihnen schob sich eine haushohe sandfarbene Wolke über die Autobahn, und Winter dachte, dass es am besten wäre, stehen zu bleiben, aber das ging ja nicht, auf der Autobahn stehen bleiben. Dann waren sie schon mittendrin, waren von wirbelndem Sand umgeben, die Scheiben bedeckt von Sand, er sah nicht einmal mehr das vordere Ende des Wagens, nur rote Lichter, denen sie sich rasend schnell näherten.

Er hörte Claudia aufschreien, als er das Bremspedal durchtrat, zu spät, sie krachten auf das Auto vor ihnen. Laut knallend schossen die Airbags aus der Verkleidung, ein heftiger Schlag gegen Brust und Gesicht, benommen rang er nach Luft, während er zusah, wie der Airbag schon wieder erschlaffte, was seltsam beruhigend wirkte, alles gut, dachte er, siehst du, alles vorbei …

Sekundenlang war er unfähig, sich zu bewegen. Hektisch atmend starrte er auf die geborstene Windschutzscheibe, durch deren Risse Sand ins Wageninnere wirbelte, wo er sich mit dem weißen Talkumpuder der Airbags vermischte. Jenseits der Scheibe lag die Sichtweite unter fünf Metern.

Mehrere Menschen tauchten auf, rannten in Richtung Standstreifen.

Endlich gelang es ihm, den Gurt zu lösen und sich zur Seite zu drehen. Ein rascher Blick nach hinten, die Kinder schienen unversehrt. Claudia war in sich zusammengesunken, hielt sich den Unterarm. Winter zwang sich zur Ruhe, öffnete ihre Gurtschnalle und half ihr, sich zurückzulehnen, vorsichtig, der Unterarm war wohl gebrochen. Sie war leichenblass, brachte kein Wort hervor, nickte nur, alles okay, fast, und er unterdrückte die Angst und die Schmerzen in seiner Brust und nickte ebenfalls, bei mir auch.

Er wandte sich den Kindern zu. Emmy saß hochaufgerichtet da, die Hände auf den Ohren, die Augen geschlossen, aus ihrer Nase lief jetzt ein wenig Blut. Vor dem Fenster neben ihr flatterte der Seitenairbag. Plötzlich schüttelte sie wimmernd den Kopf, der Schock kam mit Verzögerung.

Leon rieb sich das Bein und weinte leise.

»Alles okay?«, stieß Winter hervor.

Emmy riss die Augen auf, wirkte vollkommen verwirrt, als wäre sie aus einem tagelangen Schlaf erwacht. Sie begann zu schreien, und er sah, wie ihre Hand nach dem Türgriff tastete. Nur nicht aussteigen, dachte er, und herrschte sie an: »Emmy, sitzenbleiben!« Sie beachtete ihn nicht. Als sie die Tür aufstieß, fuhr ein kräftiger Luftstrom ins Wageninnere, Sand drang in Winters Augen. Er hörte Claudias verstörte Stimme, legte ihr die Hand auf die Schulter, aber er hatte jetzt keine Zeit für sie, Emmys Schreie wurden immer schriller, sie hatte schon ein Bein halb im Freien, während sie mit beiden Händen am Gurtschloss herumfingerte und nach ihm schlug, weil er sie davon abhalten wollte.

»Nicht aussteigen, Emmy, bitte! Emmy!«

Sie zerrte am Gurt, versuchte durchzuschlüpfen, und Winter öffnete hastig seine Tür, kämpfte sich in den lärmenden Sturm hinaus, wollte um den Wagen herum zu ihr. Sandkörner stachen wie Hunderte feinster Nadeln auf seiner Haut, drangen ihm in Ohren, Nase, Mund, und er dachte fassungslos, dass sie in eine Art Wüstensturm geraten sein mussten, bis er begriff, dass der Sand nicht aus einer Wüste kam, sondern von den umliegenden Äckern, er hatte den Geschmack von Erde im Mund, und er wusste doch, wie Erde schmeckte.

Die Augen mit einem Arm abschirmend, ließ er sich von den Böen am Wagen entlangstoßen, vorbei an Leons Tür zum Heck, musste sich für einen Moment an der Dachreling festklammern, um nicht weitergetrieben zu werden. Kaum einen Meter entfernt stand das nachfolgende Auto, die Beifahrertür offen, der Innenraum leer. Plötzlich brach ein riesiger Schatten in sein Blickfeld, grelle Lichter, eine mehrtonige Lkw-Hupe dröhnte. Hastig trat er einen Schritt zurück, stürzte über die Leitplanke des Mittelstreifens, kam mit dem Hinterkopf auf dem Boden auf. Noch immer dröhnte das Horn, alle anderen Geräusche verloren sich darin, selbst das Tosen des Sturms und seine Schreie, nur das Horn blieb, ein unerträglich aggressiver Klang, der sich an ihm vorbeizubewegen schien und doch gleich laut blieb, und er presste die Hände auf die Ohren, bis der Lärm endlich abbrach, Sekunden später, vielleicht auch Minuten, er hatte jegliches Zeitgefühl verloren. Solange Emmy nur nicht ausgestiegen war, dachte er, während er auf die Knie kam, solange die drei im Auto blieben, bis Hilfe eintraf, war alles egal.

Taumelnd stand er auf. Durch das Sandgestöber erkannte er mehrere Autos vor sich, doch die Farben stimmten nicht, kein Rot darunter, auch der Lkw war nicht zu sehen, er musste sich der falschen Seite zugewandt haben, vielleicht hatte er sich auch, ohne es zu bemerken, ein paar Meter entfernt.

Der Sturm riss ihm fast die Jacke vom Leib, während er sich den schmalen Mittelstreifen entlangkämpfte. Rechts und links Dutzende ineinander verkeilte, aufgerissene, querstehende Autos, auch rote darunter, aber nicht der Citroën, dazu Lkws, Kleintransporter, alle dicht an dicht, und doch nahm er dazwischen geisterhafte Schemen wahr, andere krochen aus Autofenstern, einer hockte auf einem Wagendach. Ein Stoß gegen die Schulter ließ ihn zur Seite wanken, ein Mann war aus der Sandwand gestürzt, gegen ihn geprallt und weitergerannt. Vor ihm plötzlich eine dumpfe Explosion, Flammen griffen um sich, die der Wind auf ihn zu trieb. Die Schemen bewegten sich jetzt schneller, auch Winter begann zu laufen, auf das Feuer zu, als ihm klar wurde, dass er natürlich in die falsche Richtung rannte, ins Zentrum des Albtraums, Claudia und die Kinder waren doch auf der anderen Seite …

Er wandte sich um, hatte die Böen jetzt im Rücken. Der Citroën musste links von ihm stehen, dicht neben der Leitplanke, also konzentrierte er sich auf diese Seite, passierte ein zerstörtes Auto nach dem anderen, hier und da Rot, doch kein Citroën, soweit sich das überhaupt noch erkennen ließ, der Sand machte es fast unmöglich, der Sand in den Augen, der Sand, den der Sturm über die Autos trieb, der Sand, der alles, was noch zu sehen war, in ein dunkles Gelb hüllte. Hinter einem nahen Fenster kaum sichtbar Menschen, nicht Claudia und die Kinder, ein Kombi, vermutlich weiß, warteten vielleicht auf Hilfe, so wie Claudia und die Kinder auf *ihn* warteten. Dann wieder etwas Rotes, ein Kleintransporter, wo um Gottes willen war der Citroën, dreißig, vierzig Meter hatte er abgesucht, der Citroën wie vom Erdboden verschwunden oder im Sand nicht mehr zu sehen. Jetzt ein weiterer liegengebliebener Lkw, die Fahrerkabine schräg über ihm wie ein aufsteigendes, zorniges dunkelgelbes Pferd, ein Pferd in Blåvand, dachte er und spürte plötzlich, dass er nicht mehr weiterlaufen konnte, dass er hier bleiben musste, bei dem zornigen Pferd, als gäbe es kein Weiter, kein Woanders mehr …

Erschöpft ließ er sich auf den Mittelstreifen sinken und kauerte sich mit dem Rücken an die Leitplanke, die in den heftigen Böen vibrierte, den Blick gesenkt im Bewusstsein, dass das zornige Pferd da war und bleiben würde, hoch über ihm trotzte es dem Sturm. Unvermittelt dachte er an das Haus in Prenzlin, andere Gedanken waren nicht mehr möglich, als hätte es nie etwas anderes gegeben, nur das Haus. Wären sie doch auch an diesem Wochenende dort geblieben wie an so vielen Wochenenden zuvor, die Kinder liebten es, die stillen Winkel und Nischen, die uralten fremden Gerüche, die weichen Holzböden, die Geschichten von früher, die er ihnen an den Wochenenden im Haus erzählte, auch Anett schmuggelte er manchmal in diese Geschichten hinein, das ist die Schwester von Jörg, den wir in Rumänien besucht haben, wisst ihr noch, und die Anett war schon überall auf der Welt und am liebsten in Rom, nur zu Hause war sie nie mehr, bestimmt war sie auch in Dänemark … Wir wollen nicht nach Dänemark, sagte Emmy, und Leon sagte, weil wir da vielleicht sterben, und Winter sagte: Dann fahren wir da nicht hin, wir kehren um und fahren ins Haus zurück, da bleiben wir, solange wir wollen, und Leon rief: für immer, und Winter nickte und dachte: für immer, und begann zu weinen, er wusste jetzt, es war für immer. Hier und heute war für immer.

2014

I

Für immer

1

Temeswar,
Hauptstadt des Kreises Timiş,
Rumänien
Ende September 2014

WIE BEINAHE JEDEN MORGEN seit seiner Versetzung zur Kripo Temeswar vor fünfzehn Jahren stand Ioan Cozma auch an diesem Tag um sieben Uhr auf seiner Veranda, eine Tasse Kaffee in der einen, eine Zigarette in der anderen Hand, und blickte voller Mitgefühl auf die Bega, die jenseits der Straße in kaum zehn Metern Entfernung an seinem Häuschen vorbeirann. Ein Fluss, der nicht mehr wirklich Fluss sein durfte, sondern lediglich Kanal, zumindest über weite Strecken seiner zweihundertfünfzig Kilometer, weil im frühen achtzehnten Jahrhundert ein Kaiserlicher mit aberwitzigem Namen und aberwitziger Perücke verfügt hatte, die Sümpfe müssten trockengelegt werden. Die wilde Bega wurde begradigt, ein stolzer Fluss wurde zum Kanal, und aus den Sümpfen zu beiden Seiten der rumänisch-serbischen Grenze entstand die Banater Heide, Ackerland, so hieß es, erster Güte.

Fünfzigtausend Euro hatte ein italienischer Investor kürzlich pro Hektar dieses Ackerlandes bezahlt. Cozma hatte keine Ahnung, wie groß ein Hektar war. Er interessierte sich nicht im Geringsten für Landwirtschaft. Aber er kannte den Radiomoderator, Liviu, und hörte ihm gern zu. Er hatte Liviu vor Jahren erleichtert seine zweite Ehefrau abgetreten, die wie die erste ein verheerender Irrtum gewesen war. Cozma und die Frauen – eine kleine Tragödie. Selbst jetzt, mit dreiundfünfzig, wusste er noch nicht, welche zu ihm passten und welche er unbedingt meiden sollte.

Er schnippte den Zigarettenstummel über den Grasstreifen auf das Sträßchen und kehrte ins Haus zurück. Die Bega passte zu ihm. Das Leben hatte auch ihn begradigt, das Unkontrollierte, Zornige der frühen Jahre war nun einbetoniert, die gefährlichen Sümpfe ausgetrocknet. Wie die Bega trieb Ioan Cozma mit müdem Fatalismus dahin.

Die Frauen mochten das nicht.

Ihm dagegen war es lieber so. Nicht mehr auffallen. Nichts mehr riskieren. Keine Ermittlungsleitung mehr. Nichts Politisches. Unter dem Radar segeln, wie Cippo zu sagen pflegte, der Dienstälteste unter den Temeswarer *Comisari*: Wir lassen die anderen in die Scheiße treten, *wir* segeln unter dem Radar.

»Fünfzigtausend!«, rief Livius empörte Stimme aus der Küche. *»Das Fünfzehnfache des durchschnittlichen Hektarpreises! 2005 hat der Hektar noch vierhundert Euro gekostet! Kein Wunder, dass unsere Bauern verkaufen, wenn die Ausländer mit dem Scheck wedeln!«*

Cozma schlenderte durch den für das gedrungene Haus grotesk breiten Flur in die Küche. Liviu wurde immer radikaler und leidenschaftlicher in seinen Beiträgen vom Kühlschrank herab. Man konnte die wachsende Verzweiflung in seiner Stimme hören. Er suchte die Provokation, die Katastrophe. Cozmas zweite Exfrau schien auch ihn allmählich zu zermürben.

Sie werden es nicht leicht haben, hatte Cozma Anfang 2008 gesagt. *Sie ist sehr anspruchsvoll. Ein kleines Haus an der Bega mit zwei Zimmern und Blick auf eine Betonsiloanlage genügt ihr nicht. Es muss mehr sein. Immer mehr.*

Ich habe mehr, hatte Liviu erwidert. *Danke für Ihre Besonnenheit, Herr Cozma.*

Rufen Sie an, wenn Sie einen Rat brauchen.

»Weißt du, wie groß ein Hektar ist, Vater?« Cozma stellte Tasse und Teller ins Spülbecken und wandte sich dem Esstisch zu. Mit der rechten Hand fuhr er über das Wachstuch, um die Brotkrümel in der linken aufzufangen. Im Radio lief jetzt Musik von Bere Gratis. Liviu spielte seit Wochen fast nur noch rumänischen Pop, offiziell ein Zeichen des Protests gegen die Globalisierung und die damit verbundene kulturelle Gleichschaltung, in Wahrheit gegen die Aushöhlung seiner Identität als Mann durch eine missgelaunte einstige Schönheitskönigin aus dem weit entfernten Vaslui, die die westliche Welt erobern wollte und nur bis Temeswar gekommen war, wo Rumäniens Westen endete.

»Aber jetzt eine gute Nachricht!«, rief Liviu. *»Unsere Freunde vom ›Institut für die Aufarbeitung der kommunistischen Verbrechen‹ lassen sich nicht aufhalten! Nach Alexandru Vişinescu sollen weitere Verbrecher der Diktatur für ihre Untaten angeklagt …«*

Cozma schaltete das Radio aus, nahm das Jackett von der Garderobe im Flur und verließ das Haus. Ein letzter Blick auf die Bega an diesem Morgen, man sprach sich gegenseitig Mut zu für alles, was da kommen mochte. Auf dem einst weißen Opel Kadett lag erstes gelbes Herbstlaub. Er klaubte Blätter von der Windschutzscheibe, dann stieg er ein, wie immer irritiert darüber, dass der Geruch der Mentholzigaretten seiner zweiten Exfrau noch immer aus dem Polster kroch, wenn er sich setzte.

Erneut Livius Stimme, Cozma drehte ihn stumm.

»Siehst du, Vater«, murmelte er, die Hände schon am Steuer, während der Dieselmotor unwillig auf Touren kam, »habe ich es nicht gewusst, sie kriegen alle, ob bedeutend oder unbedeutend, egal, wie lange es her ist. Es ist nur eine Frage der Zeit, das ist das Wesen der Demokratie. Die Demokratie ist eine Verheißung, aber wenn sie da ist, tut sie weh.« Alexandru Vişinescu war fast neunzig und der Erste, der nach einer Anzeige des IICCMER angeklagt worden war. Ein ehemaliger Gefängnisdirektor, der politische Häftlinge angeblich misshandelt hatte, sodass viele von ihnen gestorben waren. Zuerst die Alten, so die Erklärung des Instituts, deren Sünden bis in die fünfziger und sechziger Jahre zurückreichten, denn sie sollten nicht sterben, ohne sich verantworten zu müssen. Später dann werde man sich den Jüngeren unter den einstigen »Schergen Ceauşescus« zuwenden.

Cozma fuhr los, bog auf die 591 in Richtung Zentrum ab. Ja, nur eine Frage der Zeit, wiederholte er in Gedanken, und nun war es eben so weit, nun war die Demokratie in Rumäniens dunkelste Vergangenheit vorgedrungen, und das war wie so vieles gut und schlecht zugleich.

Auch beim *Serviciul Criminalistica* hatte sich die Demokratie mittlerweile ausgebreitet, nein, eher die Globalisierung, dachte Cozma, während er gemessenen Schrittes die Treppen hochstieg, weil ihm der Fahrstuhl, ein widerspenstiges Relikt der Diktatur, zu häufig steckenblieb. Die meisten der jungen Kollegen waren ehrgeiziger und weltgewandter als er und Cippo und die anderen »Alten«. Sie verließen die Direktion nicht ohne Laptop oder iPad und vollbrachten mit dem Smartphone Unbegreifliches. Sie hospitierten bei westeuropäischen oder gar amerikanischen Polizeien und sprachen so gut Englisch, dass man ihnen zutraute, drei oder auch sechs weitere Sprachen zu beherrschen. Mehrere hatten nebenbei Italienisch oder Spanisch gelernt, weil arbeitslose Landsleute noch immer zur Obsternte ans Mittelmeer zogen und ihnen gelegentlich ein Temeswarer Ermittler nachreisen musste, wenn wieder ein elternloses Kind auf den Straßen der Stadt eingesammelt worden war. Ein anderer radebrechte Chinesisch, seit die fünfzigtausend Smithfield-Schweine den Chinesen gehörten. Ein dritter belegte Arabischkurse, denn schon länger bewirtschafteten arabische Agrarinvestoren Felder im Kreis Timiş und wurden wie viele andere von zumeist einheimischen Maschinen- oder Fruchtdieben heimgesucht.

Er passierte den Aufzug, der sich im selben Moment öffnete. Cippo stieg aus und trat neben ihn, wie immer leicht atemlos, als wäre *er* die Treppen hochgestiegen, und leicht nach Alkohol riechend. Mit eiserner Disziplin begann er zwar erst mittags zu trinken, doch der Geruch saß längst untilgbar in den Falten seiner Haut. Ohne den anderen anzusehen, reichten sie sich die Hand, eine Gewohnheit aus fünfzehn gemeinsamen Dienstjahren. Cozma war nicht sicher, ob er jemals auch nur einen einzigen Arbeitstag ohne diesen Händedruck beginnen wollte.

»Hast du Radio gehört?«, brummelte Cippo.

Er nickte. »Fünfzigtausend Euro pro Hektar, unfassbar.«

»Nicht das. Das … andere.«

Sie bogen in den Flur ab, in dem das gemeinsame Büro lag.

»Wie groß ein Hektar wohl ist?«, fragte Cozma.

Cippo schloss die Bürotür auf. Wie immer ließ er Cozma, dem Ranghöheren, den Vortritt, eine Angewohnheit aus kommunistischer Zeit, die ihm nicht auszutreiben war, mochte die Freundschaft noch so stabil sein. »Na, hundert mal hundert Meter. Zehntausend Quadratmeter.«

Natürlich, dachte Cozma, die Rusus waren eine Familie von Kleinbauern, das war ihm entfallen. Bis zurück zu den Ururgroßeltern hatten Cippos Vorfahren nördlich der Stadt bei Firiteaz ein paar Hektar Land bewirtschaftet. Weil der Sohn Polizist geworden war, hatte man sie nach der Revolution verkauft.

Er setzte sich auf seine Seite des Schreibtischs und fasste die verschmutzten Fenster ins Auge, versuchte, sich eine Fläche von hundert mal hundert Metern vorzustellen. Ein Fußballfeld? Nein, eher eineinhalb Fußballfelder. Fünfzigtausend Euro für eineinhalb Fußballfelder Ackerland …

Er verwarf den Gedanken, sagte: »Ovidiu fährt wieder nach Berlin. Die Deutschen waren letztes Jahr so angetan von ihm, dass sie ihn noch mal eingeladen haben.« Vier Wochen Hospitanz bei der Berliner Kripo Ende 2013. Tagtäglich auf Taschendiebjagd in Bahnhöfen, auf Weihnachtsmärkten. Ovidiu kehrte begeistert und beschämt zurück. Drei Viertel der Diebe kamen nicht aus Deutschland. Zwei Drittel davon waren Rumänen, darunter viele Jugendliche. Einen hatte Ovidiu erkannt. *Victor Nica, du Dreckskerl!*, hatte er über den Bahnsteig eines S-Bahnhofs gebrüllt. *Nimm die Pfoten aus der Handtasche, sonst ruf ich deinen Vater an und hol mir die Erlaubnis, dich windelweich zu prügeln!* Drei Jungs rannten, einer sank fluchend aufs Pflaster.

»Ioan.« Cippo stand dicht bei ihm, rieb sich die wässrigen Augen.

»Keine Sorge«, sagte Cozma. »Sie sind erst bei den fünfziger Jahren. Bis sie die achtziger aufarbeiten, gibt es uns nicht mehr.«

Cippo hielt inne. »Uns?«

»Dich und mich.«

»Um mich mache ich mir keine Sorgen.« Er hob die Schultern, drehte die Handflächen nach oben. In seiner theatralischen Gestik offenbarte sich der überbordende Konsum italienischer Soap Operas, die er sich an einsamen Abenden ansah. Die meisten Abende in Cippos Leben waren einsam. »Abgesehen davon wird es mich noch lange geben, Alkohol konserviert. Du dagegen könntest Glück haben und früh sterben.«

Schmunzelnd öffnete Cozma die Fallakte auf seinem Schreibtisch und fuhr den PC hoch. Einer der Ermittlungsleiter hatte ihn gebeten, eine Zeugenaussage auf ihren Wahrheitsgehalt hin zu überprüfen. Erst die Aufnahmen ansehen, dann mit geschlossenen Augen anhören, das war seine Spezialität, seit er sich aus der ersten Reihe zurückgezogen hatte und mit mehr Muße arbeitete. Er sah und hörte nun Gefühle und Zwischentöne, wo die »Jungen« nur Bewegungen sahen und Wörter hörten. Sie hatten es nicht so mit Gefühlen. Mit Logik und Fakten ja, aber Gefühle entgingen ihnen oft. Gefühle ließen sich nicht in Nullen und Einsen übertragen, waren zu schwammig für Excel-Dateien, waren da, ohne da zu sein. Sie standen dem raschen Erfolg im Weg, weil man alles vier- oder fünfmal sagen und hören und hinterfragen musste. In den Budgetvorgaben und *time schedules* moderner rumänischer Polizeiarbeit war kein Raum für Gefühle und Zwischentöne; in diesem Büro dagegen schon.

»Der, von dem sie heute berichtet haben, ist fünfundfünfzig«, sagte Cippo und nahm auf seiner Schreibtischseite Platz. »Ein Polizist wie wir. Aus Transsilvanien.«

Cozma sah nicht auf. »Lass uns arbeiten.«

»Ich habe letzte Nacht nicht geschlafen deswegen.«

»Kam es nicht erst heute Morgen im Radio?«

»Vorahnungen. Ist mir schon einmal passiert, 24. Dezember 89, die Nacht, bevor sie Ceaușescu hingerichtet haben. Du wirst ein schlimmes Ende finden, Ioan.«

»Zwanzig Lei, wenn du den Mund hältst.«

»Von dir nehme ich kein Geld.«

»Dreißig?«

»Vierzig.«

Cozma schob vier Zehner über den Schreibtisch und hörte, wie Cippo sie in der Jackentasche verschwinden ließ.

»Fünfzigtausend Euro für den Hektar, weil sie nur zweieinhalb Hektar gekauft haben. Sonst zahlst du hier im Kreis drei-, viertausend. Hab ich schon gesagt, dass ich den Chef unten getroffen habe?«

Cozma sah auf. »Nein.«

»Er wollte dich sprechen.«

»Gleich?«

»Sofort.«

Cozma erhob sich seufzend.

»Hat sich bestimmt erledigt«, sagte Cippo. »Sofort ist lange her.«

2

Nahe Coruia, Kreis Timiş

WEIL DIE DEUTSCHE NICHT AUFHÖRTE, sich zu wehren, schlug er zu.

Jag ihr ein bisschen Angst ein, hatte ihm der Boss aufgetragen. Sag ihr, du beobachtest sie jeden Morgen, wenn sie im Fluss schwimmt. Du kannst nicht aufhören, an sie zu denken. Tag für Tag, Nacht für Nacht denkst du an sie. Du stellst dir vor, sie zu bumsen. Sag ihr, eines Nachts wirst du es nicht mehr aushalten und dich ins Haus schleichen, in ihr Zimmer, und sie bumsen. Jag ihr ein bisschen Angst ein, du weißt schon.

Dass er sie schlagen sollte, hatte ihm der Boss nicht aufgetragen. Aber sie hörte nicht auf, sich zu wehren. Also schlug er sie stumm.

Und weil sie fast nackt war und ihre Haut vom Wasser glitzerte, stellte er sich vor, sie zu bumsen, und hielt es plötzlich nicht mehr aus, und weil sie dabei wieder zu Bewusstsein kam, schlug er erneut zu, aber dann dachte er, dass sie ihn dabei ansehen sollte, und langte in den Fluss und spritzte Wasser über ihr Gesicht, und als sie die Augen öffnete, legte er ihr die Hand auf den Mund und sah sie an, während sie ihn dabei ansah.

Jag ihr ein bisschen Angst ein, nicht zu viel, hatte der Boss gesagt. Zu viel wäre nicht gut. Ihr soll nichts passieren. Nicht viel jedenfalls. Angst ist nicht viel. Angst ist genau das, was wir brauchen. Nicht mehr.

Aber sie hörte einfach nicht auf, sich zu wehren, selbst jetzt nicht, als er schwer auf ihr lag. Sie biss und kratzte und versuchte, zu schreien und zu treten, und da musste er sie wieder schlagen, bis sie endlich stillhielt.

Als er fertig war, fuhr ihm der Schreck über das, was er getan hatte, in die Knochen, und mit dem Schreck kam die Wut.

»Adrian …!«, schrie sie plötzlich unter seiner Hand und fing wieder an, sich zu wehren, und seine Wut wuchs immer mehr.

Da griff er zum Messer und befreite sich von der Angst und der Wut.

3

Temeswar

SIE STANDEN AM FENSTER, blickten aus dem dritten Stock über den Bulevardul Take Ionescu, Temeswar hinter Staub und Schlieren, verblasst und brüchig konturiert wie auf alten Fotos, ein Blick in die Vergangenheit. Ein Gespräch über die Zukunft.

»Also gut«, sagte Paul Bejenaru gereizt, »Dezember 2015. Vier Monate. Keinen Monat länger.«

»Februar 2016«, beharrte Cozma. »Du kannst einen wie ihn nicht zu Weihnachten freistellen.«

Bejenaru wandte sich ihm zu. »Einen wie ihn?«

»Fünfunddreißig Jahre Dienst.«

»Zwanzig zu viel, wenn du mich fragst.«

»Keine Frau, keine Kinder, keine Geschwister mehr. Was soll er den ganzen Tag machen?«

»Einen wie ihn«, wiederholte Bejenaru, den Kopf schüttelnd. »Er ist Alkoholiker und die Ineffizienz in Person.«

»So unmenschlich wirst du nicht sein, Paul.«

»Ich muss rationalisieren. Bukarest kürzt die Budgets. Die Abteilung muss effizienter werden. Vieles muss sich ändern.« Bejenaru ächzte. »Also gut, sechs Monate. Februar 2016.«

Cozma willigte ein, obwohl es ihm schwerfiel. Zwei Jahre Verlängerung beantragt, sechs Monate bekommen. Weiter würde Bejenaru Cippo nicht entgegenkommen, das wusste er. Immerhin, sechs Monate waren besser als nichts – anfangs hatte Bejenaru Cippos Verlängerungsgesuch ganz ablehnen wollen.

Er berührte die Scheibe mit zwei Fingern, zog eine Schneise in den Schmutz. Ohne den Schmutz sah Temeswar außerhalb der Altstadt anders aus, fand er, hässlicher. Man erkannte die Defizite. Die grauen Wohntürme an den Boulevards abweisend, menschenfeindlich. Die zahllosen Häuschen in den Seitenstraßen wie sein eigenes angeschlagen und notdürftig geflickt. Die Tausenden historischen Gebäude vor sich hin bröckelnd, bis sie irgendwann abgerissen werden mussten. Ein bisschen Schmutz auf den Fensterscheiben tat Temeswar gut.

Bejenaru war zur Kaffeemaschine gegangen und hatte zwei Tassen gefüllt. Cozma wischte die Finger an seiner Hose ab, folgte ihm langsam, sagte: »2016 ist ein Schaltjahr. Am 29. Februar feiern wir seinen Abschied. Das wird ihn trösten. Ein Tag, der nur alle vier Jahre vorkommt. Ein Tag, den es schon im Jahr darauf nicht mehr gibt.«

»Du sagst es ihm?«

»Im Frühling.« Im Frühling war alles leichter, dachte er. Ein Ende wirkte im Frühling nicht so endgültig. Man hatte Energie und konnte Pläne machen über das Ende hinaus. Cippo liebte den Frühling. Wenn alles um ihn herum blühte, spürte er Kraft in sich. Im Frühling trank er weniger. Die Abende verbrachte er nicht zu Hause vor den italienischen Soaps, sondern saß auf den belebten Plätzen der Stadt und machte Pläne.

Ioan, wir sollten mal gemeinsam verreisen, eine Kreuzfahrt im Mittelmeer, so was in der Art. Ioan, ich denke darüber nach, mir einen Mops anzuschaffen, es gibt eine gewisse Ähnlichkeit zwischen mir und einem Mops. Ich könnte mich sozusagen mit mir selbst unterhalten.

Bejenaru reichte ihm eine Tasse. »Wenn du meinst.«

Sie tranken, schwiegen, mieden den Blick des anderen. Schoben hinaus, was kommen musste.

Auch Paul Bejenaru war für Cozma einer der Jungen, obwohl schon Anfang vierzig. Er hatte deutlich länger im postkommunistischen Rumänien gelebt als im kommunistischen. Ein feingliedriger, eleganter Mann, der sich die grauen Schläfen passend zum Naturschwarz färbte. Hospitanz beim FBI mit Mitte dreißig. Machte bei komplizierten Power-Point-Präsentationen mit hochgekrempelten Hemdsärmeln eine hervorragende Figur. Der Beste beim Schießtraining, Krav-Maga-Ausbildung. Blitzgescheit, nicht ohne Herz, ehrgeizig. Vielleicht zu ehrgeizig. Er sah die Leitung der Kripo Temeswar als Zwischenstation auf dem Weg nach Europa, ohne den Umweg Bukarest. Europol in Den Haag war das Ziel, soweit Cozma wusste.

Er stellte die leere Tasse ab. »Und wann soll ich gehen, Paul?«

Cozma war aufs Dach des Gebäudes gestiegen, wohin Bejenaru die Raucher vertrieben hatte. Eine Zigarette im Mund, die Hände in den Hosentaschen, stand er im kalten Licht der Morgensonne an der Betonbrüstung und kämpfte gegen die Sorgen und Ängste an.

Keine Verlängerung. Der Abschied aus dem Dienst wie offiziell vorgesehen im November 2016. Noch zwei Jahre und zwei Monate statt, wie gedacht, gut vier Jahre.

Schon übernächstes Jahr.

Zwei Jahre und zwei Monate, dann war also Schluss, dachte er, dann waren die Tage und die Nächte tausendmal so lang wie jetzt und die Stille zu Hause unendlich. Und auch, wenn er die Rituale beibehalten konnte, morgens um sieben Liviu zuhören, auf der Veranda die erste Zigarette des Tages rauchen, die Bega betrachten, um Viertel nach sieben in den Kadett steigen – wozu? Wohin sollte er fahren? Warum sollte er zurückkehren? Wie sollte er in seinem stillen Haus mit den winzigen Zimmern die Erinnerungen und die Nöte und die Einsamkeit verdrängen?

Er hatte nicht gefeilscht, das hätte er als unter seiner Würde empfunden. Für einen Kollegen und Freund wie Cippo ja, aber nicht für sich selbst. Bejenaru hatte ihn angesehen und darauf gewartet, doch Cozma hatte ihm den Gefallen nicht getan. *So,* hatte er stattdessen gesagt und sich eine weitere Tasse des wunderbaren Kaffees eingeschenkt, äthiopische Bohnen, garantiert *fair trade*, streng rationalisiert und nur für besondere Momente, zum Beispiel, wenn Bejenaru die Verlängerungsgesuche der Altgedienten ablehnte. *So, so.*

Tut mir leid, Ioan.

Ja.

Nach dreißig, fünfunddreißig Jahren sollte man gehen. Die Motivation lässt nach. Man ist müde. Nein?

So muss es sein. Cozma hatte die Tasse in einem Zug geleert, als wäre Wasser darin gewesen, und gesagt: *Du solltest die Fenster putzen lassen, Paul, bevor man nicht mehr rausschauen kann.* Dann hatte er Bejenarus Büro mit dem seltsamen Gefühl, es wäre für immer, verlassen.

Er schnippte die Zigarettenkippe über die Brüstung. Zwei Jahre und zwei Monate, um sich Hobbys zuzulegen, eine Frau zu finden, die passte, vielleicht einen Job, ein neues Leben.

Cippo tauchte neben ihm auf.

»Fang bitte nicht wieder an«, sagte Cozma.

»Wüsste nicht, wovon.«

Cozma hielt ihm die Schachtel hin, schweigend rauchten sie, räusperten sich gelegentlich, um nicht aus Versehen etwas zu sagen.

Auf dem Weg zurück zum Treppenhaus fragte Cozma: »Hast du an Weihnachten 2016 schon was vor?«

»Nichts, was ich nicht absagen könnte.«

»Dann lass uns eine Kreuzfahrt machen. Du und ich und der Mops.«

»So schlimm?«, fragte Cippo.

»Nein, nein«, erwiderte Cozma. »Alles bestens.«

4

Banater Gebirge,
Kreis Caraş-Severin

EIN SECHSJÄHRIGES MÄDCHEN um Mitternacht auf einer Weide, umgeben von schwarzen Bergen, schwarzen Ängsten, Mutter und Vater seit Tagen spurlos verschwunden. Die Tante immer wieder wispernd am Dorftelefon, bis sie eines Abends ein Bündel geschnürt, dem Mädchen in die Hand gedrückt und gesagt hatte: *Lauf, es darf dich keiner sehen, auf der Weide wartest du, bis einer kommt, der Viorel heißt, er bringt dich in Sicherheit.* Auf der Weide verstrichen die Minuten quälend langsam, die Nacht und die Ängste wurden immer schwärzer. Als sie fast nicht mehr zu ertragen waren, hörte das Mädchen über sich ein Brummen.

Viorel kam aus der Luft.

Zwei Nächte und zwei Tage lang wohnte das Mädchen in seinem kleinen blauen Flugzeug. Um Viorel war ein Geheimnis. Die Finger seiner linken Hand waren krumm, als hätten sie sich auf halber Strecke entschieden, in eine andere Richtung zu wachsen. Er summte häufig vor sich hin, ansonsten schwieg er viel, doch sein Schweigen war leicht und hell. Seine Haare und seine Augen schimmerten golden im Sonnenlicht. Seine Haut war golden.

Am Abend des zweiten Tages stieg das Mädchen zum letzten Mal mit Viorel und dem Flugzeug in die Luft, wo alles einfach und freundlich war. Sie flogen tief über ein Meer, das Donau hieß. In einem Land namens Jugoslawien fiel das Mädchen in Viorels goldene Arme und sagte: *Darf ich bei dir bleiben?*

Nein, meine Ana, erwiderte er. *Ich gehe in die Nacht zurück, und du gehst ins Licht.*

Ana Desmerean wandte den Blick von den Bergen ab. Die alte Heimat greifbar nah im Osten, das Banater Gebirge, durch die Luft verlassen und nie mehr betreten. Fünfunddreißig Jahre waren seitdem vergangen. Fünf, seit sie aus Deutschland nach Rumänien zurückgekehrt war.

Sie steuerte den Hubschrauber in einer weiten Kurve Richtung Südwesten, gelangte in die Ebenen, aus den Morgenschatten der Hügel hinaus.

Anfangs hatte sie überall nach Viorel gefragt, doch niemand schien ihn zu kennen oder von ihm gehört zu haben. Nach einer Weile hatte sie aufgegeben. Vielleicht sollte Viorels Geheimnis nicht gelüftet werden. Vielleicht hatte es ihn so ja nie gegeben. Der goldene Viorel, Traum einer verstörten Sechsjährigen, deren Eltern wenige Tage zuvor wohl von Männern der Securitate verschleppt worden waren.

Wichtiger war es, das Rätsel um die Eltern zu lösen.

Ihre Leichen zu finden.

Dann, und erst dann, hatte sie sich vorgenommen, würde sie in die alte Heimat zurückkehren: um die Eltern dort zu beerdigen.

Im Westen reflektierten die Silos des Holländers das Licht, unter ihr lagen die Sonnenblumenfelder der Italiener, ein wogender gelber Teppich mit Zehntausenden braunen Punkten, dreihundert Hektar ohne Unterbrechung. *Wie schlafende Geparden*, hatte Jörg Marthen vor einer Weile während eines Fluges gesagt.

Vielleicht hatte sie sich in diesem Moment in ihn verliebt.

Geparden passten nicht zu ihm, viel zu exotisch, zu impulsiv, viel zu romantisch. Marthen war nüchtern und still, ein Mann, der nichts anderes als den Anblick und den Geruch und die Geräusche seiner Felder zu brauchen schien, nicht einmal eine Frau. Dass er an Geparden dachte, machte ihn geheimnisvoll.

Noch so ein ungreifbarer Mann wie Viorel, wenn auch nicht in der Luft, sondern am Boden.

Böen drückten die Robinson sanft nach Osten. Ana steuerte gegen, ließ die schlafenden Geparden hinter sich. Im Süden lagen, in der Ferne verborgen, die Flächen des Österreichers, im Westen an der Grenze zu Serbien die der Araber aus den Emiraten, auch sie hatten mittlerweile in Timiş gekauft. Ana Desmerean flog für viele von ihnen, für den Holländer, die Italiener, die Araber, die Amerikaner südlich von Temeswar, für den Dänen, den Deutschen oben im Kreis Arad und neuerdings auch für einen saudischen Konzern, der Männer mit rotweiß karierten Kopftüchern in langen weißen Gewändern schickte, die im Banater Wind flatterten wie die Segel eines gestrandeten Schiffs.

Für Touristen gelegentlich.

Für Marthen flog sie offiziell nicht.

Sie ging von eintausend auf fünfhundert Fuß hinunter. Die Äcker unter ihr gehörten schon zu Marthens Land. Drei seiner grünen John-Deere-Traktoren säten mit den meterbreiten Drillmaschinen Winterraps aus. Von oben sahen sie ein wenig aus wie riesige mechanische Heuschrecken.

Eine ähnliche Route musste Viorel vor fünfunddreißig Jahren genommen haben, bevor sie die Donau im Tiefflug überquert hatten. Sie waren ausschließlich nachts unterwegs gewesen, immer nur für fünfzehn, zwanzig Minuten, hatten dazwischen in menschenleeren Gegenden Station gemacht und gewartet, bis Viorel der Ansicht war, dass sie wieder ein paar Kilometer fliegen konnten.

Darf ich bei dir bleiben?

Nein, meine Ana.

Noch heute spürte sie die Sehnsucht und die Hoffnung, die das sechsjährige Mädchen in diesem Moment empfunden hatte. Die Enttäuschung darüber, dass Viorel sie fortgeschickt hatte, *ins Licht*.

Das Licht war Deutschland gewesen, Ansbach in Mittelfranken, wo andere Tanten gelebt hatten. Tanten, die nichts verstanden und nichts erlaubt hatten. *Das ist kein Beruf für ein Mädchen!,* hatten sie wieder und wieder gerufen. Also hatte Ana die Tanten nach der Schule verlassen und für ihren goldenen Traum zu arbeiten begonnen. Mit neunzehn hatte sie den Segelflugschein gemacht, mit einundzwanzig die Privatpilotenlizenz erworben. Von einem Brandenburger Flugplatz aus transportierte sie viele Jahre lang Touristen und Geschäftsleute in Cessnas und Pipers durch die Luft, wo alles freundlich und einfach war.

Bis einer der Kunden, ein Rumäne namens Miron, von Temeswar zu sprechen begann.

Ein anderer Traum. All die ausländischen Agrarinvestoren und Bodenspezialisten und Landkäufer mit ihren riesigen Flächen und ihrer Gier nach mehr, wie sollten die sich einen Überblick verschaffen, wo man noch kaufen konnte, bei den Straßen, wenn nicht durch die Luft? *Ich besorge den Hubschrauber, und du fliegst ihn,* sagte Miron. Ana dachte eine Nacht lang in seinem Bett darüber nach und willigte am Morgen ein. Sechs Monate später zog sie mit ihm nach Temeswar. Kurz darauf verliebte er sich in eine gebürtige Ungarin, Ana war es nur recht. Die Ungarin bekam den Mann, sie hatte die Robinson.

Unter ihr lag jetzt Coruia, eine Handvoll Steinhütten an einem Sandweg, in die braune Erde geduckt und von oben kaum zu erkennen. Zwei schwarze Punkte bewegten sich den hellen Weg entlang, noch aus fünfhundert Fuß Höhe sah es mühsam aus. Dann ein Wald, zweigeteilt von der neuen, wie üblich verwaisten Nationalstraße. Während sie sich ihr näherte, fasste sie Marthens Betrieb inmitten der weiten Felder in den Blick, die sich an den Wald anschlossen. Acht Silos, drei flache Hallen, Abdächer, das Bürogebäude, am Rand der Hofstelle das dreistöckige Wohnhaus, als hätte Marthen beim Bau geplant, vier, fünf weitere Kinder in die Welt zu setzen oder seine Eltern und Schwiegereltern nachzuholen.

Keine weiteren Kinder, keine Eltern, und seine Frau war fort. Im Haus wohnten nur er selbst, seine Tochter Lisa und sein Betriebsleiter Winter, der düstere Freund aus Deutschland; ein ganzes Stockwerk stand leer.

Sie legte die linke Hand um den Pitch, ging auf zweihundert Fuß hinunter und war im Begriff, die Nationalstraße zu überfliegen, als sie unter sich Bewegung wahrnahm. Ein grünes Auto schoss aus dem Wald und bog mit ausbrechendem Heck auf die Straße ab. Die Fahrertür flog auf, am Steuer für Momente ein Mann zu erkennen, erst auf den letzten Zentimetern Asphalt fing er den Wagen ab. Schlingernd raste er auf der Gegenfahrbahn weiter, die Tür schwang hin und her, schließlich griff er danach und zog sie zu. Erst dann überquerte er den Mittelstreifen.

Ana hatte die Robinson abgebremst und schwebte auf einhundert Fuß über der Straße, während sie ihm nachsah. Zu viel Testosteron oder Alkohol, vielleicht beides. Sie wusste von Kunden, dass die ausländischen Arbeiter der Großbetriebe manchmal über die Stränge schlugen. Der hier musste vom Fluss am Waldrand gekommen sein, hatte den Wagen im Suff vielleicht durch eine seichte Stelle geprügelt, um zu testen, ob er als Amphibienfahrzeug taugte. Ein VW, anscheinend gut in Schuss, sie schätzte seine Geschwindigkeit auf hundertfünfzig km/h, und noch immer schien er zu beschleunigen.

Sie zog den Hubschrauber hoch und richtete ihn wieder nach Süden aus. Als sie Sekunden später zurücksah, war das Auto verschwunden. Über den Baumkronen westlich der Nationalstraße hing aufgewirbelter Staub; offenbar war es auf den Sandweg abgebogen, der nach Coruia führte.

Sie ließ den Wald hinter sich, dann den Fluss und hielt auf Marthens Gebäude zu, wie immer mit klopfendem Herzen. Eine Schwärmerei ohne Hoffnung und Sinn, sie wusste das. Sie brauchte weder das eine noch das andere, sie brauchte nur das klopfende Herz, ihre billige, kleine Schwärmerei, damit sie irgendwie auch ein Teil der Gegenwart und der Zukunft war, während sie dabei half, das Land Ceauşescus und der Securitate an die Ausländer zu verkaufen, und die Leichen ihrer Eltern suchte.

5

Coruia

DIE LETZTEN EINHUNDERT METER rannte Adrian. Hinter einem Fenster ein regloses Gesicht, Bogdan, sonst fiel ihm niemand auf, die Straße leer, und Bogdan war krank im Kopf; was er sah, geriet ihm durcheinander mit allem, was er jemals zuvor gesehen hatte, die Lebenden mit den Toten, das Klare mit dem Unklaren. Das Blut auf dem Hemd und der Hose hätte Bogdan ohnehin nicht bemerkt, *ihr* Blut, feucht und kühl auf seiner Haut, und während er an das Blut auf seiner Haut dachte und an all das Blut auf ihrer Haut und die Risse und Löcher in ihrer Haut, spürte er ihre halb geschlossenen Augen auf sich liegen, die ihn starr und kalt und matt anblickten und gleichzeitig durch ihn hindurchschauten. Ihre Augen würden ihm von jetzt an überallhin folgen, dachte er, sie sahen durch ihn hindurch in die Zukunft und wussten, was er tun würde, wo er sein würde, bevor er selbst es wusste, und sie würden ihn beobachten, wie sie ihn jetzt beobachteten, während er Bogdans schützenden Gartenzaun verließ und zum Haus der Familie rannte. Mit Wucht stieß er das in den Angeln quietschende Metalltor auf und schloss es hinter sich, ein Knäuel junger Katzen um die Füße, kurz darauf auch die beiden kläffenden Hunde, die nach seinen Waden schnappten und stehen blieben und nicht verstanden, warum er nicht mit ihnen spielte.

Dann stand er im dämmrigen Wohnraum und wusste nicht, was er tun sollte, die Stille in dem niedrigen, steinernen Zimmer, Zentrum seines bisherigen Lebens, lähmte ihn, raubte ihm den Atem.

Das Häuschen lag verlassen, der Vater in der Fabrik in Temeswar, die Mutter drüben im Haus der Marthens, Razvan mit dem Fahrrad unterwegs zur Tankstelle, wo er den Tag mit ein paar Flaschen Bier verbringen würde. In der Luft hing noch der Geruch des starken türkischen Kaffees, den sie am Morgen getrunken hatten. Wäre nur der Vater hier, dachte er verzweifelt, der wüsste, was zu tun war, würde mit seiner leisen, rauen Stimme Ratschläge geben, würde vielleicht sagen: Erst mal ziehst du dich um, dann rauchen wir draußen eine Zigarette und überlegen, komm, Adi, zieh dich um, und was du anhast, verbrennst du am besten. Er streifte Hemd, T-Shirt und Hose ab und warf alles in den Kamin, in dem noch die Glut vom frühen Morgen glomm, Zweige hinterher und zwei Holzscheite und sah einen Moment lang zu, wie ihr Blut verbrannte. Dann lief er ins größere Schlafzimmer, das er mit Razvan teilte, und nahm frische Kleidung aus dem Schrank und hatte sich gerade angezogen, als er hinter sich ein Grunzen hörte.

Erschrocken fuhr er herum.

Razvan saß halb aufgerichtet im Bett, auf einen Arm gestützt. »Was soll das, was machst du hier?«

»Ich muss nach Voiteg«, stieß Adrian hervor.

»Und deswegen weckst du mich? Platzt hier rein und weckst deinen kranken Bruder?«

»Du bist krank?«

Razvan zuckte die Achseln. »Fieber.«

Fieber vom Bier am Tag zuvor, dachte Adrian, vielleicht auch von der Unzufriedenheit, den dauernden Klagen, zu krank, um weiterzutrinken. Mit jeder Minute ohne Bier würde die Unzufriedenheit wachsen, am Abend würde es wie so oft Streit geben. Plötzlich wusste er, was zu tun war: den kleinen Rucksack packen, den Pass aus dem Nachttischchen nehmen, dann schnell raus, weg von Razvan, bevor das Fieber von der Wut weggespült war und der Bruder aus ihm herausprügeln würde, was geschehen war, Razvan, vierzehn Jahre älter und doppelt so schwer und rasend in seiner Wut.

»Und warum musst du nach Voiteg?«

Wahllos griff er in die Fächer auf seiner Seite des Schranks und füllte den Rucksack, während er darüber nachdachte, was er antworten sollte. Weil ihm nichts einfiel, schwieg er. Als er die Schublade des Nachttischchens aufzog, hörte er die Federn von Razvans Bett quietschen, der Bruder hatte sich ganz aufgesetzt, die Füße auf den Boden gestellt, knurrte jetzt drohend: »He, antworte mir!«

»Weil Winter es so will.«

»Winter?«

»Der Betriebsleiter.« Er kehrte in den Wohnraum zurück und lief zum Kamin. Hinter einem losen Stein in der Wand daneben hatte der Vater gespartes Geld vor Razvan versteckt, mehrere Tausend Lei, *falls du mal heiraten willst oder die Fabrik schließt, immer schön warm, damit es uns gewogen bleibt, das Geld, und nicht an Wert verliert, wenn's draußen kalt ist.* So leise wie möglich zog er den Stein heraus, langte in den Hohlraum, ein Bündel Scheine, nicht nur Lei, sondern auch Euro, wie er irritiert bemerkte, Hunderte Euro, Tausende, unvorstellbar viel. Er teilte das Bündel hastig in zwei Hälften, legte eine zurück und schob den Stein wieder davor.

»Und warum sollte der ausgerechnet dich nach Voiteg schicken?« Razvan stand im Türrahmen, eine Zigarette im Mund, starrte auf die Scheine in Adrians Hand.

»Mich und andere.«

»Ach, und weshalb?«

»Sie haben da Brachland, das aufgearbeitet werden muss.«

»Als hättest du Ahnung vom Aufarbeiten.«

Adrian zwang sich zur Ruhe. Er steckte das Geld in den Rucksack, warf ihn sich über die Schultern und ging zur Haustür, wo er die Schuhe ausgezogen hatte. Wie so oft blieb sein Blick für eine Sekunde auf den Küchenschränken haften, die schief über dem Herd und der Spüle hingen, von Anbeginn schon, seit fast fünf Jahrzehnten, und niemand außer Razvan störte sich daran. Die Mutter weigerte sich, die Küchenschränke gerade hängen zu lassen, nichts sollte sich verändern in diesem Raum, in den sie ihre sechs Kinder hineingeboren hatte, von denen nur noch zwei am Leben waren. Alle sechs waren hier aufgewachsen, sagte sie, und waren also in den Wänden und im Boden und den Gerüchen und Möbeln dieses Raumes und auch in der Schiefe der Küchenschränke, und deswegen durfte sich nichts ändern, es hätte bedeutet, die Erinnerung an die vier, die nicht mehr lebten, aus diesem Raum zu vertreiben, die Seelen der vier fortzuschicken, und das wollte die Mutter nicht, und der Vater verstand sie.

»Nichts weißt du vom Aufarbeiten«, sagte Razvan, der ihm lautlos gefolgt war und sich nun zwischen ihn und die Haustür stellte, »und du weißt wohl auch nicht, dass man seinen Bruder nicht belügt und dass man seine Familie nicht bestiehlt, du Hund!«

Adrian schlüpfte in die Turnschuhe, wehrte sich nicht, als sich Razvans Finger um seinen Nacken schlossen, der Bauch weiß und weich an seinem Arm, weiße Füße mit großen weißen Zehen neben seinen Schuhen, sieben Zehen, noch immer ein seltsamer Anblick: der Fuß, von dem fast ein Drittel fehlte.

»Gib mir das Geld.«

Er richtete sich auf und tat, als wollte er nach Razvan schlagen, doch der lachte nur und drückte ihn mit beiden Händen von sich, und wie immer griff Adrian wieder an und wurde wieder weggeschoben und fing sich und stürzte sich ein drittes Mal auf den Bruder, der einen Schritt nach vorn machte und ihn mit aller Kraft von sich stieß, weit in den Raum hinein. Adrian ließ sich fallen, drehte sich noch im Aufrappeln um und rannte in die andere Richtung zu der schmalen Öffnung in der Seitenwand, sprang durch den Perlenvorhang, lief den engen, fensterlosen Gang entlang, an der Toilette vorbei, warf sich mit Wucht gegen die Sperrholztür an dessen Ende und fiel zwischen die zu Tode erschrockenen Hühner.

Ohne sich umzusehen, hastete er ins Freie, obwohl er wusste, dass Razvan ihm mit dem verstümmelten Fuß nicht folgen konnte, hinaus in den Garten, an den beiden Sofas aus verlassenen Nachbarhäusern vorbei, die der Vater und er unter den Apfelbaum gestellt hatten, um gemeinsam Zigaretten zu rauchen, und er dachte, dass er so weit von zu Hause weg musste wie noch nie zuvor, irgendwohin, wo er sicher war und bleiben und neu anfangen konnte, ohne seine Träume, ohne diesen Tag und alles, was nun zerstört war.

Einmal nur sah er zurück, Minuten später, als er die Ackerfläche schon halb überquert hatte, das Elternhaus im Sonnenlicht und trotzdem kaum zu erkennen, so flach und erdfarben, wie es war, und er dachte, dass jetzt nur noch eines von den sechs Kindern der Familie Lascu dort wohnte und auch er nur noch eine Erinnerung war, die in Wänden und Möbeln und einem schiefen Küchenschrank lebte.

6

Neu-Prenzlin, nahe Coruia

WINTER DUSCHTE LANGE, um die Gespenster zu verscheuchen, dann ging er ins Erdgeschoss hinunter. Im Flur kam ihm Ecaterina entgegen, die Haushälterin, eine schmale, stille Frau Anfang fünfzig. Ihr Gesicht und die Hände hätten zu einer Siebzigjährigen gepasst, ihre Willenskraft und Zähigkeit waren die einer Zwanzigjährigen. Er ließ sich von ihrem gewohnten Lächeln nicht täuschen, sah immer eine Art Schmerz in ihren Augen. Er mochte sie, verstand irgendetwas, ohne zu wissen, was.

»Die Frau mit dem Hubschrauber ist da.«

Er nickte, fragte auf Rumänisch: »Wo sind sie?«

»Im Büro, glaube ich.«

»Und Lisa?«

»Lisa ist schwimmen.«

»So lange?«

Ein ratloses Achselzucken, dann verschwand Ecaterina in Richtung Küche. Winter zog seine Stiefel an und verließ das Haus. Eugen, der rumänische Vorarbeiter, eilte ihm aus der Traktorenhalle entgegen, ging mit ihm in der Sonne über den asphaltierten Platz. Sie hätten nach dem Update Probleme mit den GPS-Geräten, sagte er, die Überlappung sei zu groß, vierzig Zentimeter, die Korrektursysteme funktionierten nicht. Winter rief in Temeswar an, bekam erst für den nächsten Tag einen Techniker. Er rechnete die Verluste vor, regte sich ein bisschen auf, ohne Erfolg, es blieb bei morgen. Er war mit dem Rücken zur Sonne stehen geblieben, sagte, während er das Telefon in die Hosentasche schob: »Fahrt so lange manuell.«

Allein ging er weiter, auf das Bürogebäude zu, das ein wenig abseits im Windschatten der Hofstelle lag, grellweiß im Licht der Morgensonne. Fast alle Parkplätze belegt, mehr als ein Dutzend Autos, dazu der Kleinbus, mit dem sie Mitarbeiter aus entfernteren Orten einsammelten. Ana Desmerean war ein Stück hinter dem Gebäude gelandet, die lange Säule des Hubschraubers mit dem Hauptrotor war eben noch über dem Flachdach zu sehen. Er mied den Vordereingang, wollte nicht durchs größte Büro, wo alles, was den Betrieb erreichte und verließ, registriert wurde und wo es immer Fragen zu beantworten und Probleme zu lösen gab. Durch den Seiteneingang betrat er den Trakt mit den Einzelbüros.

Marthen und Ana Desmerean saßen im Flächenraum an einem der Tische vor den topografischen Landkarten, Kaffee und Gebäck vor sich, Ana wie üblich mit leicht gerötetem Gesicht und ein wenig verlegen. Hoch oben in der Luft brachte sie nichts aus der Ruhe, unten auf dem Boden wirkte sie unsicher, als traute sie dem Grund nicht, auf dem ihre Füße standen. Sie war klein, schmal, in sich gekehrt. Winter wusste nicht viel über sie, nur dass sie als Kind nach Deutschland gegangen und vor wenigen Jahren zurückgekehrt war. Weshalb sie alle paar Wochen zu Marthen kam, ohne dass es dafür offensichtliche Gründe gab, konnte er nur vermuten.

Er setzte sich mit einem Gruß zu ihnen, schenkte sich eine Tasse ein, wartete.

»Oravița«, sagte Marthen, sah ihn an. »Zwanzig Hektar, kompakt, bis vor einem Jahr bewirtschaftet.«

»Der Besitzer ist krank«, erklärte Ana. »Er muss zur Behandlung nach Italien, aber das ist teuer. Wie lange er bleibt, weiß er nicht, deswegen verkauft er. Der Österreicher ist interessiert, die Dänen auch, aber wenn ihr schnell seid, habt ihr eine Chance.«

Winter mochte die Art, wie sie Deutsch sprach, langsam, dunkel, melodisch, die Vokale rund und voll. Er nahm einen Schluck, den

Blick auf die Flurkarte mit den Flächen von JM Romania gerichtet, spürte dem sauren deutschen Filterkaffee nach, auf den Marthen nicht verzichten wollte. Die Karte endete im Süden mit Jamu Mare, bis Oravița waren es noch einmal gut vierzig Kilometer, aber das war nicht das Problem. Marthen besaß bei Oravița keine Flächen, müsste dort bei Null anfangen. »Fünfzig-, sechzigtausend Euro?«, fragte er.

»Fünfzigtausend, soweit ich weiß«, erwiderte Ana.

»Du weißt, wie ich dazu stehe, Jörg.«

»Kein Geld«, sagte Marthen.

Winter nickte. »Kein Geld, keine Leute, keine Zeit, keine freien Maschinen.«

»Macht es wie die Italiener oben bei Curtea«, sagte Ana.

Marthen ging nicht darauf ein, auch Winter schwieg. So arbeitete JM Romania nicht – Land kaufen, über Jahre brachliegen lassen, bis der Preis gestiegen war, dann mit hohem Gewinn verkaufen. Marthen war Landwirt aus Leidenschaft, war für die Landwirtschaft gemacht. Er wollte Früchte wachsen sehen, wollte die Böden verbessern, die Fruchtfolgen optimieren, wollte mit der Natur arbeiten, nicht gegen sie. Die Sehnsucht nach eigenen Flächen hatte ihn fünfzehnhundert Kilometer von zu Hause fortgetrieben. Im rumänischen Banat lebte er seinen verzweifelten Traum, ein bisschen besessen, ein bisschen kauzig. Er würde die Natur nicht um der Rendite willen ausbeuten. Würde zu Winters Leidwesen wohl eher den Konkurs riskieren.

Marthen räusperte sich. »Bis wann müssen wir uns entscheiden?«

»Die Dänen sind Ende nächster Woche in Oravița«, sagte Ana. »Der Österreicher ist bis Mitte Oktober in den USA.«

Marthen nickte nachdenklich, fast versonnen. Winter wusste, was das bedeutete – neue Ideen, neue Risiken, neue Ziele, vielleicht neue Enttäuschungen. Resigniert schwenkte er seine Tasse in Richtung Karte, sagte: »Du hast hier oben fast tausend Hektar, die du nicht bewirtschaften kannst, weil sie nicht arrondiert sind. Tausend

Hektar, Jörg! Fast fünfundzwanzig Prozent deiner Flächen, die außer Subventionen keinen Cent einbringen. Willst du dich nicht erst mal darum kümmern?«

»Apropos«, sagte Marthen, scheinbar unbeeindruckt, »die Dänen haben angerufen, sie wollen tauschen.« Er stand auf, trat zu der mittleren der drei grünen Karten, auf der jedes einzelne Flurstück von 0,58 Hektar auf dem Gebiet von JM Romania eingezeichnet war, gelb umrandet die Parzellen, die ihm gehörten, schwarz die übrigen. Er klopfte mit den Fingern auf ein spitzes Dreieck. »Wir bekommen von ihnen die sechs Lands von Popescu auf der 322. Hier.« Er tippte auf die fraglichen Parzellen, die über Fläche 322 verstreut lagen und deren Bewirtschaftung stark erschwerten, weil die Traktoristen sie jedes Mal umfahren mussten. »Dafür wollen sie die 36.«

Winter folgte dem Zeigefinger. Die 36 lag ein gutes Stück Richtung Voiteg, umfasste sechs arrondierte Hektar im Gebiet der Dänen, die Marthen vor langer Zeit gepachtet und schließlich gekauft hatte, als die Großen die Region noch nicht in Interessengebiete aufgeteilt hatten. Gut drei Hektar gegen sechs, dachte er, aber die Vorteile überwogen. In der 322 blieben dann nur noch vier Parzellen, die Marthen nicht gehörten. »Ich dachte, Popescu will nicht verkaufen?«

»Er wollte nicht an *euch* verkaufen«, sagte Ana. »Gegen die Dänen hat er nichts.«

Winter war nicht in alles involviert, was Marthens Flächen betraf, hatte ganz offensichtlich nicht mitbekommen, wie der Deal eingefädelt worden war; vielleicht auf einen Tipp von Ana Desmerean hin, die von vielen ausländischen Landwirten in den Kreisen Timiş und Arad wusste, was sie wollten, und manchmal auch, wie sie es bekamen. Ein Anruf Marthens bei den Dänen, kurz darauf hatte der alte Popescu, der kein Telefon besaß, vermutlich Besuch von freundlichen, jungen Männern aus dem kühlen Norden und deren rumänischem Anwalt bekommen und ein paar Dokumente unterschrieben und den restlichen Tag damit verbracht, wieder und wieder die Euroscheine auf seinem Tisch zu zählen.

»Und was hat er gegen uns?«, fragte Marthen.

»Ihr seid zu oft über seine Flächen gefahren.« Ana stand auf. »Ich muss leider weiter. Was sage ich dem Bauern in Oravița?«

»Ich komme am Montag runter und seh's mir an.«

Winter rieb sich seufzend über die Stirn, beachtete die Blicke der beiden nicht. Schon in den gemeinsamen Prenzliner Jahren hatte er versucht, Marthen vor dessen selbstmörderischer Sturheit zu schützen. Das Gleiche in der Beziehung mit Anett, die ähnlich dickköpfig war. Hatten die beiden Geschwister ein Ziel, setzten sie alles daran, es zu realisieren. Hindernisse akzeptierten sie nicht. Rückschläge, Niederlagen. Also mussten sie scheitern, irgendwann, irgendwie. Anett hatte sich an den Grenzen der DDR wundgestoßen und sich nach der Wende in der Welt verlaufen. Jörg hatte in Mecklenburg und Brandenburg fünfzehn Jahre lang vergeblich versucht, an dreißig, vierzig Hektar Ackerland zu kommen, nachdem der Vater den Familienbetrieb gegen seinen Willen aufgegeben hatte. Nun hatte er in Timiş viertausend Hektar und erwarb wie besessen immer mehr, als könnte er sich nur so davor schützen, dass ihm wieder irgendwer den Traum zerstörte – und war gerade deswegen kurz davor, es selbst zu tun. Die Schuldenlast erdrückend, die Ehefrau nach Deutschland zurückgekehrt, auch die Tochter würde Rumänien wohl verlassen. Und er, Winter, konnte nichts machen, ganz wie früher. Die Träume der beiden Marthen-Geschwister waren stärker als jede Vernunft.

Ana war zur Tür gegangen, hatte die Hand schon an der Klinke, ihr Blick irrte umher. »Möchtest du runterfliegen? Nach Oravița?«

»Gern«, sagte Marthen.

Winter hörte nicht, wie sie die Tür schloss, hörte nur ihre leisen, schabenden Schritte auf dem Gang, während er Marthen beobachtete, der vor der Flurkarte stand, auf der Oravița nicht eingezeichnet war. Fünf Tage bis Montag, dachte er. Fünf Tage, um ihm begreiflich zu machen, dass er JM Romania mit Oravița einen kleinen Schritt weiter an den Abgrund führen würde.

Der dunkle Gesang der hochfahrenden Turbine holte ihn aus den Gedanken. Er stand auf und trat neben den Freund, betrachtete den Flickenteppich, der nur unter hohen Kosten zu bewirtschaften war. Kaum eine zusammenhängende Fläche war größer als dreihundert Hektar. Marthen hatte seit 2005 gekauft, was zum Verkauf gestanden hatte, anfangs für vierhundert Euro je Hektar, mittlerweile für zweieinhalb- bis dreitausend. Als Winter 2011 nach Rumänien gekommen war, hatte JM Romania Kreditschulden in Höhe von drei Millionen Euro angehäuft. Ein großer Teil von Marthens Traum gehörte einer holländischen Bank, die gelassen zusah, wie der Hektarpreis in Timiş stieg, und irgendwann an die Tür klopfen und fatale rote Zahlen auf den Tisch legen würde.

Das Flappen des Rotors, für einen Moment erfüllte Lärm den Raum. Dann entfernte sich der Hubschrauber schnell.

»Hat Emmy nicht immer von einem eigenen Pferd geträumt?«, fragte Marthen.

Winter spürte seinen Blick, nickte überrascht. Von einer Sekunde auf die andere raste das Herz. »Deswegen Oravița?«

»Wir bauen da unten eine kleine Pferdezucht auf. Für Lisa, im Andenken an Emmy.«

Winter ging zu seinem Stuhl zurück, musste sich setzen. »Lisa macht sich nichts aus Pferden.«

»Sie braucht eine Aufgabe. Eine Perspektive. Nur studieren, das wird ihr nicht reichen.«

»Nichts wird reichen, Jörg. Sie hat Heimweh.«

Marthen wandte sich zu ihm um. »Heimweh? Nach Prenzlin?«

»Nach Deutschland. Nach Prenzlin, ja.«

»Das wird vergehen, wenn sie mal ein paar Wochen an der Uni war.«

Winter schwieg, war in Gedanken noch bei Emmy. Emmy im

dunklen Sand, die drei im dunklen Sand. Er verdrängte die Bilder, die Geräusche des Sandes.

Marthen schob die Hände in die Hosentaschen. »Habt ihr darüber gesprochen?«

»Letzte Woche, ja.«

Marthen wandte sich wieder der Karte zu, und Winter wollte sagen: Oraviţa ist da nicht eingezeichnet, Jörg, Oraviţa existiert nicht, kümmer dich endlich um das, was existiert, um das, was du hast, kümmer dich um Lisa, bevor du sie verlierst. Stattdessen sagte er: »Ich denke, sie will zu Yvonne nach Berlin ziehen.«

»Hat sie das gesagt?«

»Nein. Ein Gefühl.« Er sah Marthen nicken, der breite Kopf bewegte sich schwer. Die Schultern waren nach unten gesackt, der Rücken krummer als sonst. Vielleicht, dachte er, brauchte er keine fünf Tage. Vielleicht erledigte sich das Problem Oraviţa von selbst, dank eines anderen, unlösbaren Problems.

»Ich werde mir was überlegen«, sagte Marthen.

»So was wie Oraviţa?«

Marthen drehte sich wieder um, lächelte flüchtig. »Wo ist sie eigentlich?«

»Vorhin war sie noch schwimmen.«

»Muss sie nicht zur Uni?«

Winter schaute auf die Uhr, wurde plötzlich unruhig – neun. Um elf wollte Lisa in Temeswar sein, eine Infoveranstaltung der Uni. Er langte nach dem Handy, wählte ihre Nummer, hörte nur das Freizeichen. »Ich schaue mal, ob ich sie finde.« Marthen nickte wieder, nachdenklich, betroffen, ein Vater, der seine Tochter verlieren würde, weil er vergessen hatte, dass man sich um Töchter kümmern musste, der täglich vierzehn Stunden draußen war, in denen seine Tochter für ihn nicht existierte, in denen er nicht da war, der seine Tochter weniger gut kannte als sein Jugendfreund, seine Haushälterin, der alte Vorarbeiter Eugen, die Exfrau, die seit vier Jahren nicht mehr mit ihr zusammenlebte.

Der all dies wusste und sich trotzdem nicht änderte.

Winter nahm den kürzeren Weg, durchs Hauptbüro, ging so schnell, dass keine der Mitarbeiterinnen es wagte, ihn anzusprechen.

Lisas Mini stand vor dem Haus in der Sonne, leuchtete mittelmeerblau. Er fand Ecaterina in der Küche, doch sie hatte Lisa nicht gesehen. Oben, in ihrem Zimmer, lag auf dem Schreibtisch das Handy, das sie zum Schwimmen nie mitnahm. Ein Anruf in Abwesenheit, seiner. Im Flur rief er nach ihr, bekam keine Antwort. Er hastete hinunter. Ecaterina stand am Fuß der Treppe, ihr Blick alarmiert. Gemeinsam durchsuchten sie das Erdgeschoss, die beiden oberen Stockwerke, riefen vergeblich.

»Ist das Fahrrad da?«, fragte sie auf dem Weg nach unten.

Natürlich, das Rad … Winter trat vors Haus, das Rad fort, also war sie noch nicht zurückgekommen. Er überlegte kurz, ob er mit dem Auto zum Fluss fahren sollte, entschied sich für die Abkürzung.

Eugen war noch in der Traktorenhalle, bedächtig legte er das Werkzeug zur Seite, sagte: »Wird schon nichts passiert sein, Maik.« Sie nahmen den mittleren Claas, Eugen fuhr, Winter stand auf dem Trittbrett, hielt den Kopf gesenkt, die Augen halb geschlossen, weil sie direkt auf die Sonne zufuhren, quer über eine der Parzellen, auf denen seit zwei Stunden Winterraps ausgesät wurde. Eugens Worte klangen in seinem Bewusstsein nach, erst durch sie war die Angst greifbar geworden, der Gedanke konkret: Etwas war passiert.

»Schneller, Eugen!«, rief er.

Der Claas sprang mit vierzig, fünfzig Stundenkilometern über die Bodenwellen, und Winter hatte Mühe, sich festzuhalten. Während er noch dabei war, die beste Position zu suchen, waren plötzlich Erinnerungen da, Prenzlin, Marthen mit elf, zwölf Jahren hoch oben am Lenkrad des gelben Kasimir, entrückt lächelnd, mit stolzen, irgendwie herrschaftlichen Bewegungen, während er den riesigen Traktor auf dem Hof mit fünf Stundenkilometern lärmend im Kreis um ihn und Anett herumrollen ließ …

Sie hatten den Fluss erreicht, die Kehre, wo Lisa meistens ins Wasser ging. Am Ufer lag das Fahrrad, daneben ein Handtuch, unberührt, wie es schien, sie war also noch im Wasser, und Winter dachte: Siehst du, alles ist gut, es ist tatsächlich nichts passiert, was sollte hier auch passieren, der Fluss harmlos, eher ein breiter Bach, ohne Strömungen, nicht einmal mannstief.

Die Unruhe blieb.

Er sprang ab, geriet ins Straucheln. Im Laufen registrierte er am Ufer Sandalen, ihre Kleidung, den iPod mit dem Kopfhörer, alles durcheinander, so durcheinander, wie Lisa eben war seit einer Weile, wie sie ihre Sachen behandelte, seit sie wusste, dass sie nach Deutschland zurück wollte.

Alles gut, dachte er wieder, siehst du, alles ist gut.

Pferde für Lisa, dachte er, im Andenken an Emmy …

Er sah zu Eugen hinüber, der gerade abstieg. Weit hinter ihnen eine kleine Gestalt auf dem Acker, Marthen, der ihnen nachgelaufen kam. Ich finde sie, Jörg, dachte er, alles in Ordnung, versprochen. Hastig trat er ans Ufer und blickte sich um, im Fluss war sie nicht, jedenfalls nicht an dieser Stelle. Ein Impuls trieb ihn weiter, die niedrige Böschung hinab. Er stieg ins Wasser, das ihm bis zur Brust reichte, watete fast automatisch zur gegenüberliegenden Seite, als gäbe es keine andere Möglichkeit, als müsste sie dort sein, auf der Seite, wo der Wald begann.

Mit einem großen Schritt trat er ans Ufer.

Wollte weitergehen, hielt abrupt inne und schaute auf seine Füße hinunter.

Er stand in Blut.

7

Temeswar

SIE SASSEN IM »SICILIA«, HATTEN EBEN bestellt, als Bejenaru anrief.

»Und nimm den Lift, Ioan, es eilt.«

Cozma steckte das Handy ein, sagte im Aufstehen: »Ich muss zum Chef.«

»Und ich muss essen«, entgegnete Cippo.

Cozma nickte, essen, um zu trinken, er wusste das. Längst eine chemisch-biologische Notwendigkeit am frühen Mittag, Cippo schwitzte bereits, wirkte fahrig und zittrig. Er versprach, rasch zurückzukommen, und verließ das Lokal. Eine Zigarette im Mund, ging er die zweihundert Meter zur Polizeidirektion des Kreises Timiş, zwang sich dabei, ruhig zu bleiben. Seit Cippo und er unter dem Radar segelten, war er nicht mehr vom Essen oder aus Besprechungen geholt worden, weil nichts mehr eilte.

Heute eilte es.

»Hab ich's dir nicht gesagt, Vater?«, murmelte er und verlangsamte seine Schritte auf den letzten Metern. »Sie kriegen *alle.*«

Als er die Eingangshalle betrat, hielt er unauffällig nach fremden Staatsanwälten Ausschau, die gekommen waren, um nach einer Anzeige des IICCMER einen weiteren der einstigen »Schergen Ceauşescus« verhaften zu lassen, einen der jüngeren diesmal.

Doch im Foyer war nur die Putzfrau am Werk.

Wie immer nahm er die Treppe. Niemand, weder Bejenaru noch ein übereifriger Jäger vom »Institut für die Aufarbeitung der kommunistischen Verbrechen«, würde ihn in einen Aufzug zwingen, der viermal pro Woche steckenblieb.

Als er den dritten Stock erreicht hatte, klingelte das Mobiltelefon. »Wo zum Teufel bleibst du?«, fragte Bejenaru.

Cozma öffnete die Tür zum Chefbüro. »Hier.«

Bejenaru war allein im Raum, saß an seinem Schreibtisch, das Telefon am Ohr. Achtlos warf er es auf den Tisch. »Wir haben ein Tötungsdelikt, unten bei Jamu Mare. Dein Fall, Ioan.«

Wie am Morgen trat Cozma ans Fenster und verschränkte die Arme. Einen Moment lang wusste er nicht, ob er erleichtert oder bestürzt sein sollte. »Ich dachte, wir wären uns einig, dass ich keine Tötungsdelikte mehr übernehme.«

»Ich habe fünf Ermittler, die Tötungsdelikte bearbeiten, und du bist einer von ihnen, bis zu deinem letzten Tag in dieser Dienststelle. Jamu Mare ist dein Fall.«

»Ich bin zu alt dafür, Paul.« Er lächelte sanft. »Nach dreißig, fünfunddreißig Jahren lässt die Motivation nach, weißt du. Man wird … müde.«

»Ja, ja«, sagte Bejenaru, schob Papiere und Faxe über den Schreibtisch in Cozmas Richtung und deutete mit dem Kinn darauf. »Eine Deutsche, achtzehn, abgestochen wie ein …« Er räusperte sich. »Lies es dir durch und dann fahr runter.«

Ein Kind, dachte Cozma betroffen – mit achtzehn war man ja noch ein halbes Kind. Hatte Eltern vielleicht in seinem Alter, hatte noch nicht viel falsch gemacht im Leben. Er rieb sich die Nasenflügel mit Daumen und Zeigefinger. Unter der Betroffenheit spürte er etwas anderes, eine Art Beunruhigung, die nicht weichen wollte.

Skepsis.

»Warum ich, Paul?«

Bejenaru spreizte seine langen Finger, ballte sie zu Fäusten, schien nach Worten zu ringen. Die Tote sei eine Ausländerin, erwiderte er schließlich, der Fall sei also heikel. Der deutsche Botschafter habe schon angerufen, in Kürze wollten ihn die hohen Herren im Haus sprechen. Er brauche für diesen Fall einen Ermittlungsleiter mit Erfahrung, mit diplomatischem Geschick, keinen von den jungen Hitzköpfen.

Cozma nickte mechanisch. Man konnte von den jüngeren Kollegen denken, was man wollte, Hitzköpfe waren sie nicht. Abgesehen davon, dass sie mit Ende dreißig, Anfang vierzig nicht wirklich »jung« waren. Und Erfahrung hatten. Wer Tötungsdelikte bearbeitete, benötigte Erfahrung. »Ovidiu spricht fließend Deutsch. Er sollte die Ermittlung leiten.«

Bejenaru hob einen Arm und deutete auf die Zimmerwand, vielleicht weil er Jamu Mare in dieser Richtung vermutete. Die Stimme war lauter jetzt, fast empört sagte er: »Da liegt ein aufgeschlitztes Mädchen, die Kollegen warten, der Notarzt wartet, die Techniker sind unterwegs, der Botschafter und der Polizeidirektor springen im Dreieck ... Und du spielst die verdammte Diva?«

Cozma räusperte sich freundlich. »Warum ausgerechnet ich, Paul?«

Bejenaru lehnte sich zurück, faltete die Hände im Schoß, der Blick lodernd. Cozma wartete. Er hoffte, dass ihn sein Gefühl nicht trog. Dass die Skepsis angebracht war. Bejenaru hatte vor fünf Jahren bereitwillig zugestimmt, Tötungsdelikte künftig den Jüngeren zu übertragen.

Bejenaru schloss die Augen, öffnete sie wieder. »War dein Vater nicht Deutscher?«

»Meine Mutter.«

»Dann sprichst du auch Deutsch, oder?«

»Nicht mehr.«

Bejenaru beugte sich vor, sagte ruhiger: »Siehst du, deshalb leitest du die Ermittlung. Weil du Erfahrung hast und Deutsch sprichst.«

Cozma spürte, wie sich die Skepsis in seiner Brust immer mehr ausbreitete, als wollte sie ihm den Atem rauben. Er wusste längst, dass er sich nicht weiter widersetzen würde. Ein junges Mädchen, fast noch ein Kind, abgeschlachtet von einem, den man fassen musste. Da waren Eltern, vielleicht Geschwister, Freunde, in deren Leben von einem Moment auf den anderen das Wichtigste fehlte. Sie hatten ein Recht auf Antworten, und Mörder zu fangen und Antworten zu finden war nun einmal seine Aufgabe, auch wenn er als junger Mann aus anderen Gründen Polizist geworden war. Damals hatte er zerstören wollen, hatte denen, die auf der anderen Seite standen, die Faust ins Gesicht schlagen, die Knochen brechen, die Seele brechen wollen. Hatte dem Zorn Ausdruck verleihen müssen, der ihn zerfleischte.

Erst die Revolution hatte dem ein Ende gesetzt.

Danach hatte er mühsam gelernt, sich zu kontrollieren, die Sümpfe des Zorns auszutrocknen. Widerstrebend hatte er zugelassen, dass ihn das Leben begradigte, wie Claudius Florimund Graf Mercy die Bega hatte begradigen lassen.

Zwei Ehefrauen hatten dabei geholfen.

Zwei Scheidungen noch mehr.

Seit fünfzehn Jahren Cippo.

Der Zorn war nicht ausgelöscht, er schlief nur, wenn auch tief und fest, und so hatte Cozma gelernt, nicht mehr zu zerstören, sondern zu heilen. Kleinere Wunden zu heilen, um die große, unheilbare Wunde erträglicher zu machen: den Verlust. Deshalb würde er sich Bejenaru nicht weiter widersetzen, sondern aus den stillen Winkeln seines Lebens hervorkommen, in die ihn die Angst vor dem IICCMER getrieben hatte.

Er löste sich vom Fenster und ging zum Schreibtisch, nahm die Papiere, war ruhig jetzt. Er ahnte und wusste genug, um die vielleicht wichtigste Frage im Fall Jamu Mare nicht außer Acht zu lassen: warum Paul Bejenaru die Leitung einer so heiklen Ermittlung ausgerechnet ihm übertrug, der seit Ewigkeiten keine Mordkommission mehr geführt hatte.

8

Im Süden des Kreises Timiş

»ICH DACHTE, IHR habt einen Deal.«

»Nur eine Art Deal.«

»Und warum hält er sich nicht daran?«

»An eine Art Deal muss man sich nicht halten«, erwiderte Cozma. Er hörte Cippo neben sich grunzen, es klang ein bisschen schläfrig. Ein üppiges Mittagessen, das erste Glas Rotwein, die Aufregung über Bejenarus Vorgehen, dreißig Kilometer Fahrt im vagen Duft von Menthol, da konnte man schon müde werden.

Sie erreichten den kleinen Ort Voiteg, der Verkehr nach wie vor dicht, viele Lkws, die über die E 70 nach Serbien krochen, dann weiter nach Belgrad und Kroatien und vielleicht sogar bis Nordspanien, wo die Straße endete. Cippo schlief ein, der Kopf sackte gegen das Fenster. Cozma dagegen war hellwach. Er dachte an das Kind, das nackte Mädchen im Wald. Die Kollegen vor Ort hatten erste Fotos von der Leiche gemailt. Wunden, wie er sie noch nie gesehen hatte. Als hätte der Täter wie von Sinnen auf das Kind eingestochen.

Das Mädchen, korrigierte er sich. Nein: die junge Frau.

Eine hübsche junge Frau.

In Moraviţa, kurz vor der serbischen Grenze, verließen sie die Europastraße. Die Nationalstraße nach Osten eine löchrige, wellige Betonpiste, schnurgerade über neun Kilometer fast bis Jamu Mare. Cozma schonte den altersschwachen Kadett, dessen Gelenke knacksten und krachten, und ließ sich widerstandslos von verschmutzten Pkws, Jeeps, Kleinlastern, Lkws überholen. Südlich der Piste lagen weite Äcker, rote und gelbe Traktoren leuchteten in der Mittagssonne, säten oder ernteten, nicht einmal das hätte er sagen können.

Cippos Kopf schlug gegen das Fenster, er erwachte.

»Jamu Mare«, sagte Cozma.

»Also kein Albtraum? Du hast ein Tötungsdelikt übernommen?«

Cozma nickte.

Am Ortseingang ein Gestüt, elegante und moderne Gebäude, rötlich schimmernde Dächer, auf einer Koppel gepflegte Pferde. Cippo hob die Hand, sagte: »Italiener.«

»Die Pferde?«

»Der Besitzer. Die halbe Gegend gehört ihm.«

Jamu Mare bestand wie viele Banater Dörfer und Landstädtchen aus der Durchfahrtsstraße und einer Handvoll im rechten Winkel abgehenden Schotterstraßen, die von einer Handvoll anderen im rechten Winkel abgehenden Schotterstraßen gekreuzt wurden. Die niedrigen Häuschen und kleinen Höfe heruntergekommen, kaum ein Fassadenanstrich erneuert, bröckelndes Mauerwerk, der Anschein bitterer Armut. Am Ortsausgang bogen sie nach Nordwesten ab, eine ähnlich schlechte Straße, immerhin aus Asphalt. Cippo deutete auf die weiten braunen Flächen rechts und links, hier Deutsche, da Dänen – oder Holländer? Dort drüben Engländer. Nach wenigen Minuten erreichten sie eine, wie er erklärte, »kürzlich auf Druck der ausländischen Betriebe« gebaute Nationalstraße und folgten ihr nach Norden.

»Woher weißt du das alles?«

»Von einem entfernten Verwandten, Cousin zwölften Grades oder so. Das schwarze Schaf der ehrenwerten Familie Rusu. Er lebt in Moravița, schmuggelt Zigaretten, Alkohol und Benzin nach Serbien. Jedes Mal, wenn er sitzt, ruft er mich an, er hat sonst niemanden. Er sitzt oft und immer länger.« Cippo wies auf weitere schier endlose Flächen rechts und links. »JM Romania. Der Vater.«

Cozma nickte stumm. Da war der Anblick wieder, die tote junge Frau, der einer auf so furchtbare Weise Gewalt angetan hatte.

Sie lag im lichten Gebüsch am Waldrand auf dem Rücken, eine Blutspur führte zehn Meter durchs Gras zum Flussufer. Dort war sie wohl erstochen worden. Dann hatte der Mörder die Leiche überhastet zum Wald geschleift, damit man sie von den Feldern aus nicht sehen konnte.

Immer wieder umrundete Cozma den Bereich, den die Kollegen aus Denta mit Polizeiband abgesperrt hatten, auf beiden Seiten zwei Meter Abstand von den Spuren und der Leiche. Die Kriminaltechniker hatten sich über die Fläche verteilt, drei schweigsame, in weiße Plastikoveralls gehüllte Männer. Nach wie vor fanden sie neue Spuren. Stoff- und Hautfetzen an den Zweigen, Schuhabdrücke in der Erde, eingetrocknete Flüssigkeiten auf Lisas Beinen, einzelne Haare auf ihrem Körper. Alles deutete darauf hin, dass der Mörder nicht überlegt gehandelt hatte. Erst als sie tot gewesen war, hatte er angefangen nachzudenken, wenn man es so nennen wollte, und die Leiche vom Tatort weggeschleift. Dann hatte er den Bikini eingesteckt, vielleicht als Trophäe, und war davongelaufen. Und hatte zahlreiche Spuren auf und wohl auch in ihrem Körper hinterlassen.

Sie würden ihn kriegen.

Wenn da nur nicht die Skepsis wäre, dachte Cozma, die seit dem Gespräch mit Bejenaru an ihm nagte.

»Ioan?«

Er wandte sich Cippo zu, der am Fluss stand, das Mobiltelefon in der Hand.

»Sie warten.«

Cozma nickte und beendete seine Wanderung. Ein letzter Blick auf die junge Frau, die Schnitte und Stiche, die Hämatome auf Wangen und Stirn, die eine traurige, einfache Geschichte erzählten. Eine Geschichte von Gier, Wut und Panik. Von einem Mörder und einer jungen Frau, die nun für immer fehlte.

Cippo trat neben ihn. »Hättest du nur nein gesagt.«

»Nein«, sagte Cozma.

Sie kehrten zur Nationalstraße zurück, wie sie gekommen waren, zu Fuß und quer durch den Wald, um keine Spuren auf dem nahen Forstweg zu zerstören. Zwischen den Bäumen hockte der vierte Kollege von der Kriminaltechnik auf den Knien, ein weißer Fleck in Cozmas Augenwinkel. Sie hatten frische Reifeneindruckspuren auf dem Weg gefunden, die hundert Meter vor dem Fluss endeten, mitten im Wald. Ein Kleinwagen hatte erst vor kurzem dort gestanden. Schuhabdrücke führten vom Fahrzeug zum Wasser. Zurück hatte der Fahrer offenbar einen anderen Weg genommen.

»Und, was sagst du?«

»Einer, dem man lieber nicht begegnen möchte.«

»Wir schon, Cippo.«

Zweige brachen krachend unter dem schweren Körper Cippos. Der Untergrund war uneben, er stolperte mehr, als dass er ging, ein schwankendes Schiff, hielt sich ächzend fest, wo er etwas greifen konnte. Cozma hakte ihn zur Sicherheit unter. Das Schiff kam zur Ruhe, das Ächzen ebbte ab.

»Sag mir, was du denkst.«

»Wenn ihm das Auto gehört, hat er es vielleicht geplant«, erwiderte Cippo. »Er ist zu Fuß zum Fluss, hat ihr da aufgelauert. Er wusste, dass sie kommt.«

»Weil sie jeden Tag hergekommen ist«, sagte Cozma.

»Was dann passiert ist, hat er nicht geplant.«

Cozma nickte. Die Gier, die Wut, die Panik.

Sein Kadett stand im Gras neben der Nationalstraße. Cippo ging weiter, blieb an der Mündung des Forstwegs zwanzig Meter entfernt stehen. Dann überquerte er die Straße und bedeutete Cozma, ihm zu folgen.

Bremsspuren, Reifenabrieb auf dem Asphalt. Ein Auto war aus dem Wald gerast und nach Norden abgebogen.

Cippo telefonierte schon.

Während sie auf den Techniker warteten, studierten sie die Landkarten aus Papier und auf den Smartphones. Auf der anderen Seite des Waldes lag ein Dorf, Coruia. Erst zwanzig Kilometer weiter kam die nächste Ortschaft, Gattaja. Von dort verlief die Nationalstraße in nordöstlicher Richtung, bis sie nach fünfundvierzig Kilometern bei Lugoj in die A6 mündete.

Der Techniker kam, Florian, ein ungarischstämmiger Rumäne, müdes, eckiges Gesicht, tränende Augen, steifer Gang, schleppend, langsam. Einst ein freundlicher Mensch, der immer unfreundlicher wurde, niemand wusste, weshalb. »Wie soll das gehen, wenn die Straße nicht gesperrt ist?«

»Sperrt sie«, entgegnete Cozma. »Und versucht herauszufinden, ob er Richtung Coruia abgebogen ist.«

»Kein Problem, wenn er einen Pfeil auf die Straße gemalt hat.«

Cozma schwieg, er wusste nicht mehr, ob Florians Witze lustig gemeint waren oder irgendeinem Unwillen Ausdruck verliehen.

Sie fuhren los, nach Süden, zurück zu den Feldern. Cippo nahm gelegentlich einen Schluck »Tee« aus einer Thermoskanne, brütete irgendetwas aus. An einem Metallschild mit der Aufschrift »JM Romania« bogen sie auf eine nicht asphaltierte Privatstraße ab, passierten ein schlichtes Holzschild mit einem Ortsnamen, »Neu-Prenzlin«.

»Was soll das bedeuten?«

»Sie kommen aus Prenzlin«, sagte Cozma. »Prenzlin in Deutschland. Das alte Prenzlin vielleicht.«

»Und in Rumänien haben sie ein neues Prenzlin gebaut, ja?«

»Wir wollten in die EU, Cippo. So ist das nun mal.«

»Gehe ich nach Deutschland und baue ein neues Firiteaz?«

»Du könntest es wahrscheinlich.«

»Firiteazul Nou bei Berlin«, sagte Cippo.

Cozma lächelte. »Lieber im Süden, da soll es schöner sein.«

»Was ist im Süden?«

»München. Die Alpen.«

»Also dann, Firiteazul Nou in den Alpen.«

»Klingt doch gut«, sagte Cozma.

Sie hatten den Hof erreicht, parkten neben zwei Streifenwagen aus Denta, außerhalb des mannshohen Metallzauns, der das Gelände umgab.

»Eine Zigarette lang werden sie noch warten können«, sagte Cippo.

Sie öffneten die Türen, rauchten im Wagen.

»Wurde dein Vater nicht von den Deutschen ermordet?«

Überrascht schüttelte Cozma den Kopf. »Von Rumänen.«

»Rumänen, die von den Deutschen infiziert waren.«

»Rumänen. *Unsere* Faschisten.«

Cippo schwieg, ächzte plötzlich. »Ich kann das nicht mehr, Ioan. Tötungsdelikte.« Er klopfte sich mit dem Zeigefinger an die Stirn. »Das Mädchen geht da nicht mehr raus.«

»Ich weiß.«

»Wir sollten im Büro auf unseren faltigen exkommunistischen Hintern sitzen, den Kopf tief halten und unter dem Radar segeln. Ist zu gefährlich für solche wie uns hier draußen. Nur Probleme. Reiche Ausländer, ein Botschafter, die hohen Herren, Politiker, die Medien. Du wirst mit dem Staatsanwalt zusammenarbeiten …«

»… der nichts mit dem IICCMER zu tun hat …«

»Und dann das Mädchen. Die Seele macht das nicht mehr mit.«

»Ein letztes Mal. Unsere Abschiedsermittlung.«

»Mach dir nichts vor, du blühst auf, du hast rote Backen.«

»Die Landluft, Cippo.«

»Du brauchst das. Und ich kann das nicht mehr.«

»Aber du bist immer noch gut darin«, sagte Cozma.

Als sie durch das offene Tor traten, ließ er den Blick über die Anlage gleiten. Vier große Silos, vier kleinere, ein paar Hallen, ein flaches längliches Bürogebäude, verschiedene Landmaschinen, Traktoren, ein gutes Dutzend Autos, an einer der Hallen weiße Säcke, aufeinandergestapelt, etwas abseits gelegen ein Wohnhaus – doch keine Menschen, keinerlei Bewegung. Der Betrieb lag wie erstarrt vor ihnen.

Er blieb stehen, auch Cippo hielt inne. Kein Laut, nicht einmal Hundegebell, nur Stille. Vierzig, vielleicht fünfzig Menschen mussten hier sein – und er vernahm kein einziges Geräusch.

Noch nie hatte Cozma den Tod so deutlich wahrgenommen wie in diesem Moment.

9

Im Westen des Kreises Timiş

AUCH DIESMAL gab es Probleme.

Zuerst die Straße. Selbst er war es nicht gewohnt, auf einer schnurgeraden Straße ohne Verkehr Schlangenlinien fahren zu müssen. Immer wieder fehlten im Betonbelag Stücke von der Größe einer Haustür. Für die wenigen Lkws, die diese Abkürzung nutzten, vielleicht kein Hindernis, für einen Pkw schon. Einen Reifen hatte ihn die Straße bereits gekostet. Er hatte ihn mit hundert km/h auf die erste Betonkante gesetzt. Von da an war er im Schneckentempo weitergefahren, zwanzig Kilometer bis Sannicolau Mare. Allein dafür brauchte er fast eine Stunde. Eine Stunde, die sich unendlich zog. Nur die beschissene Straße sorgte für Abwechslung. Keine Dörfer, keine Tankstellen. Bloß öde Felder bis zum Horizont, wie Inseln darin die Großbetriebe mit den immer gleichen Silos.

In Sannicolau Mare besorgte Petre Fuia einen gebrauchten Reifen, für alle Fälle, und etwas zu essen. Hungrig arbeiten kam nicht in Frage. Hunger beeinträchtigte die Konzentration. Eine weitere Stunde verging.

Als er in Dudeştii Vechi ankam, fand er die Bruchbude nicht wieder, in der er den Säufer untergebracht hatte. Er musste jede einzelne Straße abfahren. Dudeştii Vechi war so weit im Westen Rumäniens, dass man höllisch aufpassen musste, sonst war man plötzlich im Ausland und fand nicht mehr in die Heimat zurück.

Um vierzehn Uhr hatte er das kleine, windschiefe Haus aus Wellblech und Spannholzplatten endlich gefunden, zwei Stunden später als geplant. Zu spät eigentlich.

Erledige das vor eins, hatte ihm der Boss aufgetragen. Der Nachbar kommt um eins von der Arbeit, da musst du wieder weg sein. Wenn er dich sieht oder hört, haben wir ein Problem. Ein Zeuge ist genau das, was wir nicht brauchen – er müsste ebenfalls verschwinden. Noch mehr Probleme, du weißt schon. Wir können es uns nicht leisten, dass noch mehr Leute verschwinden. Auch nicht aus Versehen.

Das »Haus« des Säufers war das vorletzte in der Straße, das des Nachbarn das letzte. Das letzte Haus in Rumänien! Gleich danach kam die Grenze. Hier musste man sogar beim Spazierengehen aufpassen, dass man sich nicht ins Ausland verirrte, dachte Petre Fuia. Was für ein beschissener Ort.

Er wartete im Schutz eines Blechzauns auf der anderen Straßenseite, der einen verfallenen Hof umgab. Durch ein Loch mit gezackten Rosträndern beobachtete er die beiden Häuser. Der Nachbar war daheim. Ging manchmal hinter den Vorhängen an den Fenstern vorbei.

Also wartete er weiter.

Um halb drei trat der Nachbar ins Freie, stieg auf sein Mofa und fuhr mit einem Höllenlärm davon.

Auch drinnen lief nicht alles glatt.

»Trinken wir was und reden«, sagte der Säufer und starrte dabei auf die Wegwerfhandschuhe, die Petre Fuia trug.

»Du spinnst ja.«

»Jetzt, wo das Glück kommt, Petre. Wo Geld da ist. Wo ich wieder eine Zukunft habe. Da soll ich sterben?«

»Fürs Sterben gibt es nie einen guten Zeitpunkt.«

»Du lächelst, Petre. Du verstehst meinen Standpunkt, oder? Hier, nimm ein Bier, du bist mein Gast, trink mit mir.«

Sie hoben die Flaschen an den Mund.

»Ich habe Pläne, weißt du. Jetzt, wo Geld da ist. Vielleicht finde ich ja auch eine Frau. Im Internetcafé ist eine Frau, die einen Mann sucht. Wir sitzen jeden Tag nebeneinander. Sie sucht an ihrem Computer einen Mann, ich an dem daneben eine Frau. Manchmal sehen wir uns an, dann lächelt sie. Sie ist Bulgarin, glaube ich. Viele Leute in Dudeştii Vechi sind Bulgaren, wusstest du das? Ich muss jetzt gehen, Petre. Die Frau kommt immer um kurz vor drei. Heute werde ich sie fragen, wie sie heißt.«

»Sitzenbleiben, Mensch.«

Es war dunkel und muffig in der Hütte, der Säufer hatte keinen Strom und kein Fenster. Licht kam nur durch Schlitze zwischen den einzelnen Platten, aus denen die Wände bestanden. Auf dem Boden lag eine von Feuchtigkeit aufgequollene Matratze. In einer Ecke stand ein Holzofen mit zwei Kochplatten. Es stank nach Elend, Schimmel, Verwahrlosung.

Petre Fuia hasste Gestank.

Keine Hütte für eine Zukunft, dachte er. Hier war bloß Endstation.

»Endlich ist das Glück da, Petre! Das Geld. Morgens wache ich auf und freue mich. Ich werde aufhören zu trinken. Mir eine kleine Wohnung suchen. Eine Frau. Vielleicht habe ich ja schon eine gefunden, wer weiß? Immer war ich allein, jetzt wird das anders. Mit euch ist das Glück gekommen, Petre. Jetzt wollt ihr es mir wieder nehmen?«

Der Säufer weinte, und Petre Fuia dachte, dass er den richtigen Moment verpasst hatte. Reingehen, zustoßen, so machte man das. Nicht anfangen zu reden. Kein Augenkontakt. Jetzt heulte der Säufer, und er hielt das Messer in der Hand und brachte es nicht übers Herz. Vielleicht lag es an den neuen Sandalen, die am Rist drückten. Wie sollte man den richtigen Moment erwischen, wenn man sich ärgerte, weil man die falschen Sandalen gekauft hatte? Vielleicht lag es auch daran, dass der Säufer aus Liebling kam, das im

Rumänischen denselben hübschen alten deutschen Namen trug. Kein Wunder, dass sein Gehirn und seine Hände blockiert waren.

Da klingelte das Telefon in seiner Hosentasche. Die Melodie, die er dem Boss zugeordnet hatte.

»Endstation«, sagte er seufzend.

Das nächste Problem: Die Bullen fanden den Kleinen nicht. Er war spurlos verschwunden.

»Trotzdem«, sagte der Boss, »halt dich bereit. Wenn sie ihn finden, müssen wir schnell sein. Flexibel. Vielleicht kann es jemand anders machen, aber vielleicht brauchen wir auch dich.«

»Ja«, sagte Petre Fuia. Dass er noch am äußersten Rand Rumäniens vor einem Bier und einer Leiche saß und kaum schnell genug irgendwo wäre, sagte er nicht. Stattdessen wollte er fragen, wen der Boss mit »jemand anders« meinte. Auch das ließ er bleiben. Keine Neugier zeigen. Keine Beunruhigung.

Ein anderer, dachte er. Nie hatte der Boss einen anderen erwähnt.

»Alles erledigt? Keine Probleme diesmal?«

»Nur die beschissene Straße. Löcher groß wie eine Haustür.«

Der Boss lachte. »Und der Nachbar?«

»Ist am Leben geblieben.«

»Das ist gut, Petre. Wir können es uns nicht leisten, dass noch mehr Leute verschwinden. Auch nicht aus Versehen. Das darf in Zukunft nicht mehr passieren, verstehst du? Ruh dich jetzt aus, es war ein anstrengender Tag. Wenn sie den Kleinen finden, musst du ausgeruht sein.«

Sie legten auf.

Petre Fuia hatte die Drohung verstanden: in Zukunft keine Fehler mehr. Sonst würde der andere an seine Tür klopfen.

10

Neu-Prenzlin

DER VATER SASS IM WOHNZIMMER auf einem Stuhl im Halbdunkel der geschlossenen Vorhänge, ein breitschultriger Mann mit großen Händen und struppigem hellbraunem Haar, die Gesichtszüge von Wind und Wetter scharf geschnitten. Er schwieg, hatte noch kein einziges Wort gesagt, nicht einmal zur Begrüßung. Er sah in Cozmas Richtung, doch der Blick verlor sich im Ungewissen. Neben ihm stand der Betriebsleiter, Michael Winter, wartete auf Fragen, die er in ungelenkem Rumänisch beantwortete, knapp und mit müder Stimme, und Cozma kam es so vor, als bräuchte auch er Trost. Verständlich, die beiden waren »Freunde aus der Jugend«, waren zusammen aufgewachsen.

»In Prenzlin in Deutschland?«, fragte Cippo, der auf der Sitzbank am Esstisch Platz genommen hatte. »Alt-Prenzlin?«

Winter wandte sich ihm zu. »Prenzlin, ja.«

»Und danach?«

»Danach?«

»Später. Nach Ihrer Jugend.«

»Waren wir an den meisten Wochenenden dort. Fast immer in den Ferien.«

»Bei Herrn Marthen?«

»In meinem Elternhaus.«

»Wir?«, fragte Cozma.

Winter nickte nur. Er war schmal, fast hager, wirkte vernünftig und durchsetzungsstark. Einer, der die Dinge vorantrieb, und doch irgendwie geerdet. Hoch aufgerichtet stand er da, mit großer Präsenz, als schöpfte er aus einem ungeheuren Kraftreservoir.

»Wann ist Herr Marthen nach Rumänien gekommen?«, fragte Cippo.

»2005.«

»Mit der Tochter? Lisa?«

Winter nickte wieder.

»Und ihrer Mutter?«

»Ja.«

»Wo ist sie?«

»Sie sind geschieden. Yvonne ist 2010 nach Deutschland zurück.«

»Seit wann sind Sie hier? In Neu-Prenzlin?«

»Seit 2011.« Winter deutete auf den Tisch vor sich, wo ein kleiner Stapel Papiere lag. Er habe Listen erstellen lassen, sagte er. Aktuelle und ehemalige Angestellte, Geschäftspartner, Lieferanten. Wer heute im Betrieb sei. Lisas Freunde und Bekannte. Schulkameraden, Lehrer. Er sagte, von acht Uhr abends bis sechs Uhr morgens sei ein Mitarbeiter eines Sicherheitsdienstes im Betrieb. Er habe mit ihm telefoniert, der Mann habe nichts Auffälliges bemerkt. »Heute Morgen war eine Pilotin hier, Ana Desmerean. Sie arbeitet für Flying Banat am Flughafen. Sie ist gegen acht gekommen, mit dem Hubschrauber, Lisa war schon …« Er brach ab.

Cozma nickte. Am Fluss.

»Vielleicht hat sie etwas gesehen.«

Schweigen legte sich über den Raum. Winter hatte den Kopf gesenkt, rieb sich die Nasenwurzel. Cippo beugte sich über die Listen, schob das oberste Blatt mit dem Finger zur Seite, das nächste, dann das dritte. Cozma warf einen Blick auf Marthen, sah die Veränderung nicht gleich. Die Augen waren jetzt geschlossen.

»Hatte Lisa jemanden?«, fragte Cippo. »Einen Freund?«

Winter hob den Kopf. »Immer mal wieder. Der letzte war ein Junge aus Temeswar, Vlad. Ist etwa einen Monat her.«

»Sie sind gut informiert.«

»Ja. Haben Sie alles, was Sie brauchen?«

»Vorerst«, erwiderte Cozma.

Winter begleitete sie zur Zimmertür. Als er sie öffnete, fiel aus dem Flur Tageslicht auf sein Gesicht, und Cozma sah, dass seine Augen gerötet und unendlich erschöpft waren.

»Wer ist ›wir‹, Herr Winter?«, fragte er.

»Meine Familie und ich.«

»Wo ist Ihre Familie?«

Winter wirkte verwirrt, als ließe sich diese Frage nicht so einfach beantworten.

»Ist sie damals in Deutschland geblieben? Als Sie hierher gekommen sind?«

»Ja.«

»In Prenzlin?«

Winter nickte. »Ja, in Prenzlin.«

Sie standen bei den Autos, besprachen sich mit den Kollegen aus Denta, die erste Angestellte befragt hatten, als zwei Dienstwagen aus Temeswar eintrafen, Mitglieder des Ermittlungsteams. Zwei Frauen, vier Männer, alle unter vierzig, zwei Anfang zwanzig, die übernächste Generation, intelligent, aber kaum engagiert, kamen um acht, gingen um fünf und zeigten nur geringes Interesse für die Kollegen und den Job. Cozma reichte allen Kopien von Winters Listen, brachte sie auf den aktuellen Stand und wies Aufgaben zu. Die aus Denta kehrten zu ihrer Dienststelle zurück, die Temeswarer verteilten sich über den Hof.

Cippo zeigte auf die Autos vor dem Bürogebäude, langte nach seinem Telefon. Während er Florian anrief, blätterte Cozma die Liste der Angestellten von JM Romania durch. Neunundsechzig Namen, die meisten rumänisch, zwei skandinavisch, drei deutsch, einer italienisch; keiner sagte ihm etwas. Die Liste der am heutigen Tag im Betrieb Arbeitenden war etwas kürzer, siebenundvierzig Namen. Hinter einem ein Fragezeichen, Adrian Lascu.

Cippo senkte das Mobiltelefon. »Er kommt in einer halben Stunde.«

»Erst?«

»Er macht gerade Pause.«

Sie gingen über den Hof zum Bürogebäude, einem niedrigen weißen Zweckbau mit Flachdach, kleinen rechteckigen Fenstern, dünnen Wänden, strapazierfähigem Linoleum, fragten sich bei verstörten Angestellten durch und standen schließlich vor dem Schreibtisch der für das Personal zuständigen Mitarbeiterin, einer Rumänin Anfang vierzig mit abgekauten Fingernägeln, Raucherteint und unsicherem Blick, die sich mit »Tereza« vorstellte.

»Ich weiß nicht«, sagte sie. »Er ist eben heute nicht gekommen.«

»Haben Sie ihn angerufen?«, fragte Cippo.

Sie schüttelte den Kopf. Tränen schossen ihr in die Augen.

»Wegen Lisa?«, half Cozma.

Sie nickte.

»Rufen Sie jetzt an, Tereza.«

Sie versuchte es auf Adrian Lascus Mobiltelefon, dann bei den Eltern in Coruia, wo er wohnte, niemand hob ab.

»Wer ist Ecaterina Lascu?«, fragte Cozma.

»Seine Mutter. Sie arbeitet drüben im Haus.«

»Sie hätten *sie* anrufen können«, sagte Cippo streng.

»Das hätte ich auch getan, aber …«

»Die Sache mit Lisa«, sagte Cozma.

Sie nickte dankbar.

»Was für ein Typ ist Lascu?«, wollte Cippo wissen.

Sie zog den Kopf zwischen die Schultern. »Ich weiß nicht …«

»Aber Sie kennen ihn?«

»Nicht sehr gut.«

Cozma sah es, erkannte an Cippos gerunzelten Augenbrauen, dass auch er es sah – sie scheute davor zurück zu reden.

»Beschreiben Sie ihn bitte«, sagte er.

Wieder das Achselzucken. »Jung, zwanzig, glaube ich. Schmal, eher groß, vielleicht einszweiundsiebzig. Mein Mann ist einssiebzig und … So groß wie Sie vielleicht.«

»Einsachtundsiebzig.« Cozma lächelte, richtete sich auf.

»Nein, kleiner. Eher einszweiundsiebzig.«

»Wie unser Ciprian Rusu hier?«

»Vielleicht.«

»Ich weiß nicht, wie groß ich bin. Früher war ich größer.« Cippo trug von einem Tisch in der Ecke zwei Stühle herbei, sie setzten sich vor Terezas Schreibtisch.

»Welche Aufgaben hat Lascu?«, fragte Cozma.

»Alles Mögliche. Wo er gerade gebraucht wird. Ernte, Befüllung der Silos, aufladen, abladen. Manchmal fährt er einen der Lkws runter nach Moldova Veche.«

»Was ist in Moldova Veche?«

»Die Donau«, sagte Cippo.

»Ein Verladehafen.«

»Noch mal, was für einer ist Lascu?«

»Vielleicht fragen Sie das lieber Herrn Winter.«

Cippo räusperte sich, hielt plötzlich einen Fünfzig-Lei-Schein in der Hand. »Tereza, es ist wichtig.«

Sie starrte darauf, schüttelte irritiert den Kopf.

»Sehr wichtig.«

»Ich weiß nicht … Nein.«

Cozma beugte sich zu Cippo, nahm den Schein und steckte ihn in seine Sakkotasche. »Danke, den hatte ich ganz vergessen.« Während er Cippo überrascht kichern hörte, wandte er sich wieder Tereza zu und sah ihr mit einem freundlich-distanzierten Lächeln in die Augen. Fester Blick, die Stimme leise, eingeübt in zahllosen Vernehmungen eingeschüchterter Frauen um die vierzig, in Kombination mit den richtigen Worten immer zielführend, sofern kein Anwalt daneben saß. »Wen wollen Sie schützen, Tereza? Adrian? Ist vielleicht ein Mörder. Lisa? Möchten Sie Fotos ihrer Leiche sehen? Lisas Vater, Ihren Chef? Jemanden anders? Ecaterina?«

Sie hatte den Kopf gesenkt, die malträtierten Fingernägel kratzten über die Innenseiten der Daumen. Es gebe Geschichten, sagte sie schließlich leise, Geschichten über Adrian und Lisa, sie hätten sich heimlich getroffen, aber ob das stimme, wisse sie nicht. Zum ersten Mal habe sie vor Monaten davon gehört, im April oder Mai, seitdem immer wieder. Einer der Arbeiter habe sie morgens am Fluss zusammen gesehen, ein anderer abends in den Wäldern …

»Wie zusammen?«, fragte Cozma.

Röte flog über ihre Wangen. »Nicht so. Kein … Nicht *so.*«

»Wie dann?«, fragte Cippo, der sichtlich die Geduld verlor.

»Ich weiß nicht … Sie haben zusammen am Fluss gesessen. Sind zusammen spazieren gegangen. Haben am Fluss nebeneinander … gelegen.«

»Also doch!«

»Nein, nein, angezogen. Sie haben … Der, der sie gesehen hat, sagte, sie hätten in die Luft gezeigt. In den Himmel.«

»Und was war da, am Himmel? Ein Flugzeug? Sternschnuppen? Ein Bienenschwarm? Ein fliegender Hund? Reden Sie schon, Tereza, der Chef hat Hunger … Meiner, nicht Ihrer.« Er wies auf Cozma. »Er wird unleidlich, wenn er Hunger hat.«

»Aber ich weiß es doch nicht!«

Cippo seufzte. »Und wer hat Ihnen das alles erzählt? Wer hat die beiden zusammen gesehen?«

»Das … das … kann ich nicht sagen.«

»Sie wollen es nicht sagen.«

»Ja. Nein.«

»Gut«, sagte Cozma und erhob sich.

»Sehen Sie, jetzt ist er unleidlich!«

Er stützte die Hände auf den Tisch, ließ einige Sekunden verstreichen, sah zu, wie Tereza die Wangenmuskeln ängstlich nach oben zog. »Letzte Frage für den Moment. Kennt der Vater diese Geschichten über Adrian und Lisa? Herr Marthen? Kennt Herr Winter sie?«

»Ich weiß nicht. Herr Winter vielleicht. Er ist oft mit den Arbeitern unterwegs, sie mögen ihn.«

»Herrn Marthen mögen sie nicht?«

»Schon. Aber er ist oft allein draußen. Er hat nicht so viel Kontakt zu den Arbeitern.« Die Röte war wieder da, die Hände bewegten sich fahrig, als wollten sie einfangen oder wenigstens relativieren, was sie gesagt hatte. »Aber er ist ein guter Chef! Er zahlt gut im Vergleich. Er ist freundlich.«

»Er ist ein Deutscher«, sagte Cippo.

»Die meisten Angestellten sind Rumänen.«

Cozma trug die Stühle zurück. »Bitte verstehen Sie Herrn Rusu nicht falsch.«

»Ein Deutscher, der Rumänien kauft«, fuhr Cippo mit düsterer Stimme fort. »Wie die anderen Deutschen, wie die Österreicher, die Dänen, die Araber, die Amerikaner, die Italiener und bald auch die Indios und die Eskimos. Kaufen ein Stück Rumänien nach dem anderen. Vierzig Prozent von Rumänien gehören den Ausländern schon, heißt es, und dabei wird es nicht bleiben. Nicht dass ich was gegen Ausländer hätte, nur gegen Kapitalisten.«

»So habe ich Arbeit«, flüsterte Tereza.

»So musste ich Polizist werden«, sagte Cippo.

»Ich dachte, es war umgekehrt«, meinte Cozma im Flur. »Deine Familie hat das Land verkauft, *weil* du Polizist geworden bist.«

»Vielleicht war es damals so, Ioan, vielleicht auch nicht. Heute ist es jedenfalls nicht mehr so. Das geschieht bei Dingen, die lange her sind, sie verändern sich und offenbaren dadurch ihren wahren Charakter.«

Sie traten hinaus ins Sonnenlicht.

»Du solltest aufhören zu trinken«, sagte Cozma.

»Unbedingt.«

Cozma rief seine Leute zusammen, schickte vier von ihnen nach Coruia, die übrigen zwei zu einem der Traktoristen, der mit ihnen auf den Feldern nach Adrian Lascu suchen sollte, für alle Fälle. Dann folgte er Cippo, der schon ins Wohnhaus gegangen war. Auf halbem Weg über den Hof kam ihm ein Wagen entgegengerollt, am Steuer Florian. Cozma machte kehrt, winkte ihn mit sich. Vor den Autos der JM-Romania-Mitarbeiter blieb er stehen und deutete darauf. Florian stieg aus, jetzt in Jeans und Sweatshirt, ein Tablet in der Hand. Der Reihe nach betrachtete er die Wagen. »Negativ.«

»So schnell?«, fragte Cozma erstaunt.

»Ihr sucht einen Polo III, und hier steht keiner.« Er klärte Cozma auf: Radstand, Spurweite, geschätztes Gewicht, die Reifen, einer noch aus der Originalbereifung, die anderen drei »von hier«, das Continental-Werk in Temeswar. Er deutete auf das Tablet. »Der III-er wurde zwischen 1994 und 2001 produziert, ich denke, eurer stammt aus der ersten Modellreihe. Er hat ihn gebraucht gekauft. Ihr steht ja auf deutsche Gebrauchtautos.«

»Ihr?«

Florian nickte. »Ihr.«

»Wir Rumänen? Wir alten Männer?«

»Ihr Rumänen.«

Cozma dachte an seinen Kadett, konnte nicht widersprechen. »Kein Irrtum möglich?«

»Nein. Ein Polo III.«

»Ist er nach Coruia?«

»Und wieder zurück und dann nach Norden. Wenn du mich fragst: Der Fahrer hatte Sandalen an. Aber nagele mich nicht fest.«

»Sandalen?«

»Ich sagte: Nagele mich nicht fest.«

Cozma bedankte sich, wandte sich wieder Richtung Haus.

»Mehr willst du nicht wissen?«

Er drehte sich um. »Zum Beispiel?«

»Die Farbe.«

»Sag schon, Florian.«

»Grün Metallic. Er ist an einem Ast entlanggeschrammt.«

Cozmas Telefon klingelte, eine der Kolleginnen, die im Betrieb nach Lascu suchten. Er sei heute definitiv nicht erschienen, sonst hätte er sich bei dem Vorarbeiter gemeldet. Cozma bat sie, den Polo zur Aufenthaltsermittlung ausschreiben zu lassen, während er Florian nachblickte, der wortlos ins Auto gestiegen war und davonfuhr.

Er ging zum Haus, fand die Küche, wo Cippo mit Ecaterina Lascu wartete, auf Holzstühlen an einem Tisch sitzend. Sie hielt ein Taschentuch in der Faust und strich sich mit der anderen Hand immer wieder über das zum Zopf gebundene Haar, als dürfte sich keinesfalls auch nur eine Strähne daraus lösen. Die Trauer um Lisa war ihr deutlich anzusehen. Trotzdem strahlte sie Würde aus, den Stolz und die Würde einfacher Menschen, deren Habitus nicht von Geld oder Status abhängig war. Das Kinn war leicht gehoben, signalisierte Kampfbereitschaft.

Er wandte sich Cippo zu. »Ein Polo, schon älter.«

»Sie sagt, sie haben kein Auto.«

»Niemand in Coruia hat ein Auto«, ergänzte Ecaterina.

Cozma nahm es zur Kenntnis. Vielleicht täuschten sie sich, und der Polo hatte nichts mit dem Mord zu tun. Oder war nicht vom Täter gefahren worden, sondern von einem Zeugen. Vieles war denkbar zu diesem frühen Zeitpunkt. »Wo ist Ihr Sohn?«

»Zu Hause, er hat Fieber.«

»Warum haben Sie nicht Bescheid gesagt?«

»Wem?«

»Im Büro. Tereza.« Ihr Kinn hob sich einen weiteren Zentimeter, und Cozma sah, dass sie irgendetwas zu begreifen schien. Auch er begriff. »Ich spreche von Adrian, und Sie?«

»Von Adrian?«

Er nickte. »Wo ist er, Frau Lascu?«

»Auf den Feldern oben bei Gattaja, glaube ich.«

»Und wer ist zu Hause? Hat Fieber?«

»Razvan.«

»Razvan ist Ihr anderer Sohn?«

Sie nickte. »Was ist mit Adrian?«

»Wir wollen mit ihm reden«, erwiderte Cippo.

Cozma zog einen Stuhl unter dem Tisch hervor, setzte sich. »Warum dachten Sie, ich frage nach Razvan?«

Ecaterina starrte ihn an, schien immer mehr zu begreifen. Tränen strömten über ihre Wangen. »Ist Adrian nicht auf den Feldern?«

»Er ist heute nicht zur Arbeit gekommen.«

»Darf ich ihn anrufen?« Als Cozma nickte, zog sie ein kleines Mobiltelefon aus der Kitteltasche, klappte es auf und wählte. Vergeblich. Sie senkte die Hand, blickte Cozma wieder an. Mehrere Sekunden verstrichen, er sah, wie sie dachte, was sie dachte, wie sie sich gegen den Gedanken wehrte, dass ihre Welt in sich zusammen stürzen könnte, dass ihr Sohn ein Mörder sein könnte. Schließlich sagte sie: »Er hätte ihr nie was getan.«

»Aber Razvan? Der hätte ihr was getan?«

»Nicht *so* etwas!« Sie wischte die Tränen weg.

»Trotzdem dachten sie, ich frage nach ihm.«

»Er hat manchmal Probleme mit der Polizei.«

»Welcher Art?«, warf Cippo ein.

»Schlägereien. Diebstahl. Manchmal stiehlt er Geld. Oder Bier. Einmal hat er ein Fahrrad gestohlen.«

»Er hätte Lisa also bestohlen oder geschlagen, aber er hätte sie nicht getötet? Wollen Sie das damit sagen?«

Sie zuckte die Achseln, murmelte: »Razvan ist Razvan.«

Cozma legte Cippo die Hand auf den Arm, um ihn zu bremsen. »Sie wissen, dass Adrian und Lisa sich getroffen haben?«

Ecaterina zögerte, und wieder glaubte er zu wissen, was sie dachte. Sah das Misstrauen, die Verunsicherung in ihren Augen – wäre es besser zu schweigen, um Adrian nicht zu schaden? Aber würde es ihm nicht viel mehr schaden, wenn sie schwieg oder sogar log? »Ja«, flüsterte sie.

»Woher?«

»Er hat so was gesagt.«

»War er verliebt?«

»Ich glaube schon.«

»Lisa auch?«

Sie schüttelte den Kopf.

»Hat er das gesagt?«

»Nein. Aber er war manchmal … traurig. Hat traurig geschaut.«

Wieder klingtelte Cozmas Telefon, die Kollegen, die er nach Coruia geschickt hatte. Nur Razvan Lascu war im Haus. Sie hatten Schwierigkeiten mit ihm, hatten ihm Handschellen anlegen müssen.

»Ist Adrian daheim?«, fragte Ecaterina.

Er stand auf. »Nein. Kommen Sie.«

Im Flur sagte sie: »Ich möchte bitte telefonieren.«

»Mit wem?«

»Mit einer Freundin. Sie ist Anwältin. Und ich muss im Büro Bescheid sagen.«

»Rufen Sie an.«

Sie verließen das Haus, hörten nicht, was Ecaterina sagte. Wenig später schloss sie zu ihnen auf, und sie gingen nebeneinander über den Hof, auf dem jetzt mehr Leben herrschte als vorhin. Eine Gruppe Arbeiter stand vor einer der Hallen, mitten unter ihnen Winter. Neben einem Kraftstofftransporter sprachen die beiden Kripokollegen mit einem krummen, kleinen Mann, wohl dem Fahrer.

Der Tod war nicht mehr zu spüren, dachte Cozma, er war nun ein Teil dieser Menschen, von jetzt an gehörte er zu ihnen.

11

Neu-Prenzlin

WINTER KEHRTE ZUM HAUS ZURÜCK, versuchte, mit dem Blick nicht an jedem Gegenstand hängen zu bleiben, der Lisa gehört hatte. Der staubbedeckte Mini, mit dem sie zwischen Temeswar und dem Betrieb hin- und hergerast war. Im Flur die eng geschnittenen Jacken, die zahllosen Turnschuhe, in die Ecaterina jeden Tag Ordnung brachte, immer neue Turnschuhe, weil sich die angesagten Farben und Modelle und Stoffe wöchentlich zu ändern schienen. Er war stehen geblieben und starrte auf das vierstöckige Schuhregal, zwei Dutzend Turnschuhe in allen Farben, mittendrin Pumps und die ersten High Heels. Was würde mit all diesen Schuhen geschehen? Er wusste nicht, wie Marthen sich entscheiden würde, wenn die Zeit dafür gekommen war, wusste nur, dass er selbst es nicht noch einmal schaffen würde, ein Haus von dem zu leeren, was Verstorbene hinterlassen hatten.

Marthen war noch im Wohnzimmer. Das Telefon in der Hand, saß er inmitten der beigefarbenen, grotesk überdimensionierten Sofalandschaft, die Yvonne in Güstrow bestellt hatte, als hätte sie sich nur auf diese Weise in Rumänien heimisch fühlen können, mithilfe von Couches, Sesseln, gepolsterten Hockern, zahlreichen Kissen und Decken, die von »daheim« kamen und deshalb vielleicht vertraut aussahen und rochen. Winter erinnerte sich nicht daran, Marthen jemals hier sitzen gesehen zu haben. Auch Lisa nicht, sie hatte sich so selten wie möglich in diesem Zimmer aufgehalten. Es stand in ihren Augen für das Scheitern der Ehe ihrer Eltern. Ein gemeinsames Zimmer, das nicht zum Familienraum geworden war, weil der Vater es so gut wie nie betrat.

Ein Vater, der in den Feldern wohnt.

Er hörte ihr spitzes, trauriges Lachen. Sah ihre lebenslustigen, traurigen Augen.

Pferde für Lisa, dachte er, im Andenken an Emmy.

Jetzt hatten sie noch mehr gemeinsam, Marthen und er, als die Kindheit und die Jugend und die Liebe zu Anett.

Er trat zu einem der Sessel, legte die Hände auf die Lehne. Die Kühle des Stoffs beruhigte. Er beobachtete, wie Marthen das Telefon langsam in die Mitte des Couchtisches schob und es mit dem Blick fixierte, die zitternden Hände verschränkend, als hätte er beschlossen zu warten, bis es klingelte. Bis Yvonne ihn anrief, nicht umgekehrt. Winter setzte sich auf den Sessel, wollte sagen: Mach es später, in ein paar Stunden, morgen. Schenk ihr noch ein paar Stunden, in denen sie eine Tochter hat. Schenk ihr diesen Nachmittag, diesen Abend.

Der letzte Abend mit ihrer fernen Tochter.

Marthen sah ihn an. Sein Mund stand offen, er atmete schwer. Es sah aus, als würde er schreien, aber er schrie nicht, er würde aus Verzweiflung niemals schreien. Würde den Anblick seiner blutüberströmten Tochter niemals aus sich hinausschreien. Stumm hatte er vor ihr gestanden, von Eugen festgehalten. Stumm würde er diesen Anblick für den Rest seines Lebens mit sich herumtragen.

»Was machen wir mit den Saudis morgen?«, fragte Winter. »Soll ich den Termin verschieben?«

Marthen hob auffordernd eine Hand. »Red schon, Maik.«

»Adrian ist heute nicht zur Arbeit gekommen. Adrian Lascu.«

Marthen sagte nichts, schien nicht zu begreifen.

»Er hat nicht angerufen. Niemand weiß, wo er ist.«

»Ecaterina?«

»Auch nicht. Sie haben sie mitgenommen.«

»Die Polizei?«

»Die beiden, die hier waren.«

Marthen blickte auf seine Hände, sah wieder auf. Wartete.

Also erzählte Winter, was er von Lisa erfahren hatte. Dass sie Adrian seit dem Sommer häufig getroffen habe, dass sie wie Bruder und Schwester gewesen seien. Dass sie sich in seiner Gegenwart wohlgefühlt habe.

Marthen hatte die Stirn gerunzelt, flüsterte: *»Adrian?«*

»Wir wissen es noch nicht.«

»Aber wenn er abgehauen ist?«

»*Wenn* er abgehauen ist.«

»Haben sie sich … am Fluss getroffen?«

»Am Fluss, im Wald, drüben bei den leeren Scheunen.«

»Um was zu tun?«

»Zu reden. Zu lachen.« Winter zuckte die Achseln, fand selbst, dass er nicht überzeugend klang.

Wir schauen in den Himmel.

Wir lachen ohne Grund.

Manchmal sagen wir die ganze Zeit nichts, das ist auch schön.

»Sex?«

»Sex hatte sie mit anderen, soweit ich weiß«, sagte er.

»Haben sie sich heute Morgen getroffen?«

»Möglicherweise.«

»Warum hast du sie nicht gewarnt?«

»Wovor?«

»Dass er irgendwann mehr will als reden.«

»Ich glaube, das wusste sie.«

»Du hättest mich informieren müssen, Maik.«

»Das wollte sie nicht.«

»Ich bin doch … ihr Vater.« Marthen hatte die Hände gefaltet und rieb sie aneinander. Die Finger bewegten sich, es sah aus, als würden sie miteinander ringen. »Ich hätte sie warnen können. Hätte es ihr verbieten können.«

Lisa etwas verbieten?, wollte Winter fragen, ließ es sein. Sie war fast ebenso starrsinnig wie ihr Vater, ihr Großvater und ihre Tante.

»Ein Vater sollte so was erfahren, oder?«

»Es gibt so viel, was sie einem nicht erzählen wollen, Jörg.«

Marthen hob den Blick, die kleinen Augen noch einmal geschrumpft, die Bewegungen der Lider langsam wie bei einem Betrunkenen, der der Bewusstlosigkeit entgegensank. Er nickte kaum merklich, eine stumme Entschuldigung, alles war damit gesagt. Lisa, Emmy, dass Winter und er nun noch mehr gemeinsam hatten.

Die Sprache der Marthen-Geschwister. Kleinste Bewegungen, oft nur angedeutet, als hofften sie, dass er sie nicht wahrnahm, weil sie sich nicht aus der Deckung wagen wollten. In Worten ausgedrückt wurde wenig. Nie hatte Anett *Ich liebe dich* gesagt. Nie *Bitte bleib bei mir.* Nie *Ich brauche dich.* Auf treibende Eisschollen aus Wörtern stiegen die Geschwister nicht. Und so hatte es für beide nie ein »Wir« gegeben. Existierte ein »Wir«, konnte es zerstört werden. Und dann? War man als »Ich« zerschmettert. Versuchten die anderen nicht dauernd, einen zu zerschmettern? Der eigene Vater, die Kader der LPG, der Stasi, der Regierung? Freunde, die spitzelten? Dass die Welt ohne ein »Wir«, irgendwo, irgendwann einmal, rein gar nichts war, das war den beiden nicht bewusst.

Lisa schon. Überall hatte sie sich ein »Wir« gesucht, weil der Vater es ihr verweigert hatte.

Wir schauen in den Himmel.

Wir lachen ohne Grund.

Wir schweigen.

Selbst mit ihm, Winter, hatte sie sich ein »Wir« gebastelt. Er war die Verbindung zu Prenzlin, zu den Großeltern, ihrer Kindheit gewesen. Der väterliche Vertraute aus der Heimat, die sie immer mehr vermisst hatte.

Marthen erhob sich fast in Zeitlupe, es schien ihm schwerzufallen im falschen Raum, im falschen Leben, im Leben ohne Tochter. Wankend trat er ans Fenster, schritt die Front mit großen, zähen

Schritten entlang und zog dabei die Vorhänge auf. Der helle Tag kam zurück, und Winter hatte das Gefühl, dass ihm erst jetzt, im wiederkehrenden Licht, vollends klar wurde, wie fremd Marthen in diesem Wohnzimmer war, wie fremd er sich wohl überhaupt mit allem fühlte, was außerhalb seines Kopfes und Körpers geschah.

Dass ihm auch Lisa fremd gewesen war und dass er sich dafür schämte. Dass ihm in seiner Welt nur er, Winter, etwas weniger fremd war.

Marthen war mit dem Rücken zu ihm stehen geblieben, die Hände in den Hosentaschen, blickte auf die Äcker hinaus. »Ob sie ihn finden?«

»Ich gehe davon aus.«

»Können wir nachhelfen?«

»Nein«, sagte Winter bestimmt.

»Unsere Leute werden vielleicht nicht mit ihnen reden.«

»Ich sorge dafür, dass sie es tun.«

Marthen wandte sich zu ihm um. »Wenn sie ihn nicht finden …«

Winter schwieg lange, nickte schließlich, ein stummes Versprechen: Dann werde ich ihn finden.

12

Coruia

ZWEI, DREI DUTZEND AUS HOLZ und Stein zusammengezimmerte Häuschen entlang einer nicht asphaltierten Straße und eines Querweges, die Hälfte verlassen, zersplitterte Fensterscheiben, eingestürzte Mauern, verwilderte Gärten. Die Jungen waren der Arbeit hinterhergezogen nach Temeswar, Bukarest oder gleich in den Westen, die Alten im Heim oder gestorben, wie Ecaterina erzählte, während sie durch Coruia fuhren. An die meisten Häuser schlossen sich Ackerparzellen an, die JM Romania gepachtet oder gekauft hatte. Auch die Lascus hatten Marthen vier Hektar überlassen.

»Und er baut Monokulturen an und wird noch reicher«, sagte Cippo von hinten.

»Er ist ein guter Mann«, sagte Ecaterina.

Cippo beugte sich vor. »Aber er ist ein Kapitalist.«

»Er zahlt mehr als andere in Timiş.«

»So viel, wie er in Deutschland zahlen müsste?«

Sie antwortete nicht.

»Bestimmt exportiert er alles, was er erntet, in den Westen oder nach Arabien wie die anderen. Ha! Hier wächst es, und die Araber essen es, und wir müssen Nahrungsmittel teuer importieren, und das soll dann der Segen der Globalisierung und des Freihandels sein. Was ist daran ein Segen?« Cippo hatte sich in Rage geredet, gestikulierte zornig, eine Zigarette in der Hand, Aschepartikel flogen an Cozmas Gesicht vorbei. »Aber selbst die Globalisierung und der Freihandel wissen nicht, wo sie vier Millionen rumänische Kleinbauern unterbringen sollen, das ist das Problem. Nicht alle können in einer deutschen Autozuliefererfirma in Temeswar arbeiten wie Ihr Mann.«

»Lass gut sein, Cippo«, sagte Cozma und hielt neben dem Wagen der Kollegen vor dem letzten Haus der Straße.

»Manchmal muss es eben raus«, murmelte Cippo.

Sie gingen zum Haus, Ecaterina voran. Ein von den Stürmen vergangener Jahrzehnte verformter Drahtzaun, dahinter Katzen und Hunde. Die schmale Eingangstür stand offen. Aus dem Augenwinkel sah Cozma, wie Cippo sich zu einem der Hunde bückte, um sich die Hand beschnuppern zu lassen. Er betrat das Haus. An einen winzigen Garderobenbereich schloss sich eine Küchenzeile an, gegenüber stand ein Esstisch. Im hinteren Teil des Raumes Sofa, Sessel, Fernseher, ein offener Kamin. In der Mitte der Couch saß ein müder, schlecht gelaunter Mann Mitte dreißig, Razvan. Schlafanzughose, Unterhemd, eine Zigarette im Mund, die Hände auf dem Rücken fixiert. Die vier Kollegen hatten sich um ihn herum verteilt.

»Hier wird nicht geraucht.« Ecaterina trat zu Razvan, nahm ihm die Zigarette aus dem Mund.

»Dan«, sagte Cozma.

»Entschuldigung.« Dan reichte seine halb gerauchte Zigarette an Ecaterina weiter, die damit zur Tür ging.

Cozma deutete auf das Holztischen vor Razvans Beinen, auf dem ein Bündel Geldscheine lag. »Woher kommt das?«

»Aus seiner Hosentasche«, erwiderte Dan.

Cozma musterte Razvan. Unrasiert, dichtes, ungekämmtes Haar, die Gesichtshaut weißlich wie die Arme, auf der rechten Schulter eine Runentätowierung, ein einzelnes »Sig«. In den Augen und um die Mundwinkel lagen Gehässigkeit und Wut. »Und? Woher haben Sie's?«

Razvan zuckte die Achseln und grinste.

Ecaterina kam zurück, schien in der Bewegung zu erstarren, als sie das Geld bemerkte. Ein rascher Blick zur Mauer neben dem Kamin, in der, wie Cozma jetzt bemerkte, ein Stein fehlte, er lag auf dem Boden. Sie setzte sich auf einen der Sessel, nahm die Scheine und zählte langsam. Er sah Lei- und Euroscheine durch ihre Finger gleiten, alles in allem vielleicht zweitausend Euro.

Sie schaute Razvan an, fahl im Gesicht. Etwas fehlte, dachte Cozma.

Er winkte Dan zu sich und ließ sich berichten. Razvan war allein gewesen, als sie gekommen waren, hatte im Bett gelegen, eine fast leere Flasche Ţuica auf dem Nachttisch. Er hatte sich gewehrt, hatte gebrüllt, er habe Fieber, brauche einen Arzt, verdammtes Kommunistenpack. Sie hatten ihn gefesselt und waren einmal vorsichtig durchs Haus gegangen. »Schau dir den Kamin an«, sagte Dan leise.

Cozma wandte sich um. Restglut, ein Haufen Asche, Stoff, der nur zum Teil verbrannt war. »Hol die Techniker rüber. Und Cippo soll endlich reinkommen. Hast du die Pilotin angerufen?«

»Bin noch nicht dazugekommen.«

»Cippo kann das übernehmen.«

Dan reichte ihm den Schlüssel für die Handschellen, zog dann ein Foto von Adrian Lascu aus der Jackentasche, das sie für die Fahndung verwenden würden. Keine besonders gute Aufnahme, nicht allzu scharf. Man sah ihn auf einem Zaun sitzen, ein schmaler, unauffälliger junger Mann, hielt den Rücken gerade, athletisch. Die schwarzen Haare mittellang und widerspenstig, standen eher ab, als dass sie am Kopf anlagen. Schatten ließen die Gesichtszüge kantig wirken, die Augen kaum zu erkennen, der Mund ein unbewegter Strich.

»Und wenn ihr Hilfe braucht?«

Cozma schüttelte den Kopf und gab Dan das Foto zurück. Er wartete, bis die vier Kollegen draußen waren, zu viele Menschen für diesen kleinen Raum, für die beiden, die hier lebten, zu viele, die nicht zur Familie gehörten.

Eine Familie, die einmal viel größer gewesen war. Auf einer schmalen Kommode neben dem Sofa hatte er gerahmte Porträts von drei Mädchen und drei Jungs bemerkt, um vier davon ein einfaches schwarzes Band, eine Art Trauerflor. Vier der sechs lebten nicht mehr, darunter alle Mädchen. An der Wand hinter der Kommode hingen zwei Mutterschaftsmedaillen aus der alten Zeit, 2. Klasse für fünf Kinder, bronzene Vorderseite, 1. Klasse für sechs Kinder, silbern, beide von Staub und Ruß überzogen.

Unvermittelt stand Cippo im Raum, er war durch eine Art Perlenvorhang im äußersten Winkel der Seitenwand getreten. Sie setzten sich auf einfache Sessel neben Ecaterina. Cozma nannte Razvan ihre Namen und Dienstgrade, alles sollte seine Ordnung haben, sollte eine Ordnung bekommen, dachte er, vielleicht um seiner selbst willen. Er wusste noch nicht, wie er auf Razvan reagieren würde. Das Problem war die Runentätowierung.

»Wo ist Adrian?«

»Woher soll ich das wissen?«

»Haben Sie ihn heute gesehen?«

»Hab geschlafen, als er raus ist.«

»Wann war das?«

Ein Achselzucken. »Hab ja geschlafen.«

Ecaterina sagte, sie hätten wie üblich zusammen gefrühstückt, Adrian, ihr Mann Iosif und sie selbst. Ihr Mann und sie seien um halb sieben aufgebrochen, Adrian verlasse das Haus immer gegen halb acht.

»Sie gehen zu Fuß hinüber?«

Sie nickte.

»Draußen liegt ein Fahrrad«, warf Cippo ein.

»Meins.« Razvan hob ein Bein und zeigte ihnen den bloßen rechten Fuß. Die drei inneren Zehen und ein Stück des Ballens fehlten. »Läuft sich schlecht mit einem halben Fuß.«

»Was ist passiert?«, fragte Cozma.

»Unwichtig.«

»Können Sie damit Auto fahren?«

»Hab keinen Führerschein.«

»Was soll die Tätowierung?«

»Welche?«

Cozma deutete auf Razvans Schulter.

»Steht für ›Sonne‹. Weil wir Bauern mit der Sonne leben.«

»›Wir Bauern‹, dass ich nicht lache«, murmelte Cippo.

»Zwei davon, und es steht für die deutsche SS«, sagte Cozma.

»Die deutsche was?«

»Andere Tätowierungen?«

Razvan hob den linken Unterarm. Eine senkrechte Linie auf der Innenseite, an Anfang und Ende im spitzen Winkel je ein Haken, der eine nach oben zeigend, der andere nach unten.

»Die Wolfsangel«, sagte Cozma. »Wegen der Wölfe in der Gegend?«

Razvan nickte mit einem breiten Lächeln.

»Hat Adrian auch solche Tätowierungen?«

»Solche?«

»Faschistensymbole.«

»Nein, nein«, sagte Ecaterina.

»Wohin fährst du mit dem Rad?«, fragte Cippo.

Razvan gähnte, rieb sich die Augen. »Dahin und dorthin.«

»Und heute Morgen?«

»Gar nicht. War ja noch nicht draußen.«

»Kann das jemand bezeugen?«

Razvan lachte. »Was willst du mir anhängen, Staatsdiener?«

»Beihilfe zum Mord«, sagte Cozma.

Florian kam mit einem weiteren Kriminaltechniker. Am Wagen nahmen sie Razvans und Ecaterinas Fingerabdrücke, dann verschwanden sie im Haus. Cozma folgte Mutter und Sohn in den Garten, hielt dabei nach Cippo Ausschau und entdeckte ihn draußen auf dem Acker, der hinter einem verwitterten Holzzaun begann. Er stand gebückt da, Hände auf den Knien, wirkte in dieser Position aus der Entfernung fast kugelig. Einhundert Meter weiter in Richtung Dorfmitte sah er zwei andere, ebenfalls über die Erde gebückte Gestalten.

Razvan hatte sich auf eines der beiden alten Sofas gelegt, die im Garten standen, rauchte und schimpfte vor sich hin, während Ecaterina auf dem anderen Sofa saß, ein Glas Wasser in der Hand. Cozma trat an den Zaun und erkannte in der Ackererde Fußspuren, die auf Cippo zuliefen, zwei Erwachsene, einer mit durchschnittlich großen Schuhen und nicht allzu schwer, die Sohlen fast profillos, weite Schritte, als wäre er gerannt. Einen Meter daneben die Abdrücke übergroßer, leicht nach außen gedrehter Füße, vertraute Polizistenfüße, dachte er und musste schmunzeln, platt vom Asphalt, von schlechten Schuhen und zu viel Körpergewicht. Der Acker endete etwa dreihundert Meter entfernt am Wald, dorthin würden die ersten Spuren sie wohl führen. Er rief Florian an. Sie mussten das Profil sichern.

»Das geht ja schnell bei dir.«

»Ja, nicht?«, sagte Cozma zufrieden.

Es war nur eine Frage der Zeit, bis sie Adrian finden würden. Die Panik trieb ihn voran, er machte zu viele Fehler.

Cippo kam zurück, in den Schultern federnd, wiegend, ein Lächeln um die Mundwinkel, als erfüllte ihn die Ackererde, in der seine Schuhe halb verschwanden, mit Zuversicht und spontanem Glück. »Kassieren wir Razvan ein?«

»Ja.« Cozma deutete mit dem Kinn auf die fernen Gestalten, die die Erde bearbeiteten. »Gehst du rüber? Fragst sie, ob sie etwas gesehen haben? Adrian, den Polo.«

Cippo nickte, verzog dann plötzlich das Gesicht. »Hör mal, es tut mir leid wegen vorhin bei Tereza, aber ich kann damit nicht aufhören.« Er steigerte sich hinein, die Hände flogen. »Es ist in meinem Blut, Ioan, es ist in unser aller Blut, seit Jahrhunderten. Meinetwegen nenn es Krankheit … Wie sagst du immer: die Große Rumänische Krankheit – meinetwegen. Aber es ist eben rumänisch, es ist eine Tradition, ohne die wir den Sozialismus nicht überlebt hätten! Es ist ein Kulturgut, das die UNESCO auf ihre Liste setzen sollte! Wer behauptet, es wäre illegal oder unmodern, der wird schon recht haben, aber der ist dann eben kein echter Rumäne, du natürlich ausgenommen. Du kannst behaupten, was du willst, du bleibst ein echter Rumäne durch und durch, du hast andere Rumänische Krankheiten.«

»Und wenn Tereza dich anzeigt?«

»Weswegen sollte sie das tun?«

»Versuchte Bestechung.«

»Das soll Bestechung sein?«

»Möglicherweise sieht sie es so.«

Cippo lächelte. »Na, dann steht ihr Wort gegen unseres.«

»Das Geld, Ecaterina.«

Sie wandte ihm den Kopf zu, nickte leicht. Die Augen blieben starr, der Kampf gegen die Tränen. Sie war tief in das von Feuchtigkeit aufgedunsene Polster eingesunken, die Hände im Schoß, das Glas Wasser noch immer halb voll. Ihr Leid trieb Cozma um. Das Leid der Menschen, das mit seinem Erscheinen, seinen Worten erst richtig begann und seinetwegen erst einmal kein Ende fand.

»Woher kommt es?«

»Herr Marthen hat es uns für das Land gegeben.«

»Wie viel hat er bezahlt?«

»Sechstausend Euro.«

Cozma setzte sich auf die Lehne, beide Beine am Boden verankert, er misstraute der Stabilität des Sofas. »Für vier Hektar? Das ist nicht sehr viel, oder?«

»Wir haben die Äcker nicht mehr bewirtschaftet. Seit 2010 nicht mehr, seit Iosif in Temeswar arbeitet und ich drüben im Haus von Herrn Marthen.«

»Wird der Boden schlechter, wenn er brachliegt?«

»Er verliert Nährstoffe. Wird dicht und sauer. Hier verwittert er auch schneller.«

»Hier?«

»Auf der Wetterseite der Karpaten.«

»Und was macht man mit so einem Boden?«

»Man muss ihn aufarbeiten.«

»Heißt?«

»Er braucht Kalk. Dünger.«

»Dafür hat Marthen dann gesorgt?«

»Seine Leute, ja.«

»Wie lange dauert so etwas? Das Aufarbeiten?«

»Ein halbes Jahr. Manchmal ein Jahr.«

Cozma rutschte vorsichtig von der Lehne herunter, neben Ecaterina. »Wer wusste von dem Geld?«

»Iosif und ich.«

»Adrian?«

Sie nickte zögernd.

»Razvan nicht?«

»Nein.«

»Ein Teil fehlt, oder? Es ist nicht mehr alles da.«

Sie schüttelte den Kopf.

Adrian, dachte Cozma. Er war nach Hause gekommen, hatte das Geld geholt. Razvan log. Wie er diese Art von Lügen hasste. Diese Art von Lügnern. »Wie viel hat er genommen?«

»Zwei-, dreitausend.«

»Euro?«

»Ja.« Sie legte die Hand auf seinen Unterarm, sagte in einem fast gütigen Tonfall, als wollte sie ihn respektvoll auf einen Irrtum hinweisen: »Er hat es nicht getan. Er war doch in sie verliebt.«

»Sie hatte Jungs, vielleicht war er eifersüchtig.«

»Bestimmt. Aber er ist … Er ist noch ein Kind. Und sehr romantisch. Er denkt mit dem Herzen, nicht mit dem Kopf.«

»Ist er impulsiv? Manchmal wütend?«

»Nein, nein. Er hat nichts Wildes in sich. Nichts Böses. Er *kann* das nicht getan haben.«

»Wenn das so ist, helfe ich ihm, Ecaterina. Wenn er mich überzeugt.«

»Wie kann er Sie überzeugen, wenn Sie glauben, dass er es getan hat? Bevor Sie mit ihm geredet haben?«

»Vieles spricht gegen ihn.«

»Aber viel mehr spricht doch für ihn!«

»Sind Sie sicher, dass er nicht wie Razvan denkt?«

Sie warf einen Blick auf ihren anderen Sohn, sah wieder Cozma an. »Wie Razvan?«

»Die Tätowierungen.«

»Gütiger Himmel, nein! Adrian ist genau das Gegenteil. Razvan ist … Er hat viel Pech gehabt im Leben.«

»Was ist mit seinem Fuß passiert?«

»Ist in ein Schneidwerk geraten.« Sie schnaubte durch die Nase. »Er war betrunken.«

Cozma deutete mit dem Finger hinter sich. »Bei Marthen?«

»Nein, oben bei Dudeştii Vechi, schon Ende der neunziger Jahre.« Razvan sei früh von der Familie fortgegangen. Zu viele Geschwister für seinen Geschmack, zu viel Lärm, zu wenig zu essen, das Haus zu klein. Er habe sich überall in Timiş in Großbetrieben verdingt. Als der Unfall passiert sei, habe er für einen italienischen Konzern auf dem Feld gearbeitet. »Schon vorher war er oft wütend, hat zu viel getrunken, sich geschlagen, ich weiß nicht, warum. Mit einem halben Fuß weniger haben sie ihn mir zurückgebracht, und alles wurde noch schlimmer.« Sie hielt inne, dachte nach. »Aber er lebt, und dafür bin ich dankbar.«

»Ja«, sagte Cozma.

Sie hörten Razvan fluchen. Er hatte keine Zigaretten mehr. Hatte keine Lust mehr, draußen zu liegen. War krank, wollte ins Bett. Legten die einen Krüppel in Handschellen! Scheißstaatsdiener. Scheißkommunisten.

Cozma stand auf. »Wird Adrian Sie anrufen?«

»Irgendwann sicher.«

»Dann sagen Sie ihm, dass er sich stellen soll. Dass alles noch schlimmer wird, wenn er sich nicht stellt.«

Eine Hose, ein Hemd, ein T-Shirt, vermutete Florian. Nur das Hemd war weitgehend verbrannt. Cozma trug den Plastikbeutel mit den Kleidungsresten aus dem Kamin durch den Garten zu Ecaterina. Sie erkannte die Hose. Adrian hatte sie am Morgen getragen.

Ihre Augen füllten sich wieder mit Tränen.

Cozma blieb stumm, was sollte er auch sagen.

Es war, wie es war.

Mit dem Beutel in der Hand kehrte er ins Haus zurück, hörte sich an, was Florian noch zu sagen hatte. Er habe feuchte Stellen auf dem Stoff gefunden, wolle sich nicht festlegen, aber wenn du dir Blut wünschst, Cozma, dann darfst du dich wahrscheinlich freuen. Auf dem ausgetretenen Teppichboden in der Küche habe er einen »Tropfen« entdeckt, auf einem der Geldscheine aus dem Bündel einen verschmierten Fleck, beides wohl ebenfalls Blut. Profil und Größe der Schuheindruckspuren im Acker passten vermutlich zu denen mehrerer Spuren im Blut um Lisas Leiche herum, außerdem zu zwei unvollständigen Abdrücken auf der Nationalstraße. Fingerabdrücke im Blut auf der Leiche, Reste einer getrockneten roten Flüssigkeit an der Haustür, auf dem Stein neben dem Kamin, am Kleiderschrank im Zimmer der Brüder.

»Ein wahrer Spurensegen«, sagte Florian fast abfällig und nahm einige Beutel mit benutzten Kaffeetassen, einem Rasierer, einer Zahnbürste, Haargel und anderem vom Küchentisch. »So viel Glück verdienst du nicht, Cozma.«

Glück, dachte er.

Glück und Skepsis.

Der Polo störte.

Adrian war zu Fuß nach Hause, war zu Fuß weiter. Was also hatte es mit dem Polo auf sich? Warum und bis wann hatte er im Wald in der Nähe des Flusses gestanden? Warum war der Fahrer nach Coruia gekommen?

»Cozma«, sagte der zweite Techniker, hielt einen weiteren Plastikbeutel hoch. Ein Mobiltelefon, sie hatten es im Hühnerstall gefunden.

»Einen Moment«, sagte Cozma. Zum wiederholten Mal trat er durch den Perlenvorhang und folgte dem schmalen Gang an der Toilette vorbei. Die Tür zu dem Holzanbau, in dem die Lascus ein Dutzend Hühner hielten, war von innen aufgesprengt worden, als hätte sich jemand dagegen geworfen. Er hatte Ecaterina gefragt. Am Morgen war die Tür noch intakt gewesen.

Er setzte sich wieder neben sie, sagte: »Rufen Sie Adrian an.«

»Ich habe es doch schon versucht.«

»Versuchen Sie es noch mal.«

Sie zog das Handy aus der Tasche der Strickjacke. Sekunden später ertönte hinter ihnen ein harfenartiges Klingeln, erst leise, dann lauter. Der Techniker trat aus dem Hühnerstall, in der linken Hand den Beutel mit dem Mobiltelefon, streckte den rechten Daumen nach oben.

Florian verabschiedete sich, Cippo kam zurück. Die beiden auf dem Acker behaupteten, sie hätten niemanden gesehen am Morgen. Niemanden, der vom Haus in Richtung Wald gerannt sei, auch kein Auto. Nichts gesehen, nichts gehört. »Sie lügen.« Cippo zuckte die Achseln. »Ich hatte kein Bargeld mehr.«

Cozma gab ihm den Tereza-Fünfziger zurück. »Und die Pilotin?«

»Vergessen.«

»Ruf sie an, Cippo.«

»Ruf sie an, geh rüber, tu dies und jenes, Herr Sekretär Rusu – also hör mal, Ioan!« Cippos Schultern saßen plötzlich hoch oben neben den Ohren, die Hände wirbelten vor dem runden Bauch, das

Gesicht eine Oper, Melodram und ein bisschen Komödie zugleich. »War das früher auch schon so? Tu dies und jenes, und Herr Sekretär Rusu hat es getan?«

»Ja«, sagte Cozma.

»Na, dann bleibt ja zum Glück alles beim Alten.«

Sie gingen zu Razvan in den Garten, mussten ihn vom Sofa hochziehen, freiwillig wollte er nicht mitkommen. Auf dem Weg zum Haus stieß er sie plötzlich mit den Schultern von sich. Er war ein Bulle von Mann, in seiner Wut kaum zu bändigen. Und nur um diese Wut ging es, dachte Cozma, der wie Cippo ein Stück zur Seite getreten war, um nicht erneut gerammt zu werden. Razvan genoss die Wut, genoss es zu toben. Was mit ihm geschehen würde, war ihm gleichgültig, solange es die Wut rechtfertigte.

Ecaterina half ihnen, sagte scharf: »Genug jetzt, Junge! Es ist genug!«

Ohne weitere Ausfälle zog Razvan sich an, durfte zur Belohnung einen Schluck aus der Ţuica-Flasche nehmen, dann traten sie in den kleinen Vorgarten. Während Cippo sich wieder zu einem der Hunde bückte, ging Cozma mit Razvan weiter. Als sie den Kadett erreichten, nahm er Motorengeräusch wahr, ein Auto näherte sich. In einer Staubwolke kam es durchs Dorf auf sie zu, viel zu schnell. Eine silberfarbene Limousine, kräftiger Motor. Cozma schirmte die Augen mit der Hand gegen die Sonne ab. Ein Mercedes, nicht das neueste Modell, aber gepflegt. Niemand aus Temeswar, Bukarester Kennzeichen. Am Steuer ein Mann, der Beifahrersitz leer.

Wenige Meter vor ihm blieb der Mercedes stehen. Der Fahrer stieg aus, mittelgroß, dunkler Anzug, aufgepumpter Oberkörper, an den Schultern spannte der Stoff wie bei einem Boxer. Er öffnete die Fondtür. Eine Frau erschien.

Der Boxer sah Cozma reglos an, die Frau kam auf ihn zu. Er schätzte sie auf Anfang vierzig. Jeans, Pumps, Jackettjacke, klassische, eher große Sonnenbrille, das dunkle Haar hochgesteckt. Feiner Teint, hohe Wangenknochen, die Nase groß und elegant, fast arabisch, die Augen unsichtbar. Die Hände waren schlank und fein wie ihre ganze Gestalt, Akademikerinnenhände, Ringe an Zeige- und Mittelfinger der rechten. Schnelle Hände mit klaren Gesten, dachte Cozma, sahen aus, als könnten und würden sie zupacken. Hände, die wussten, was sie wollten, und das galt eindeutig auch für diese Frau.

Zwei Meter vor ihm blieb sie stehen, distanziertes Lächeln, dachte nicht daran, die Brille abzunehmen. »Ioan Cozma?«

Er nickte.

»Valentina Olar, DNA.«

Cozmas Blick wanderte zu Cippo, der noch im Vorgarten der Lascus stand, einen der Hunde auf dem Arm, und mit entsetzter Miene herübersah. Die DNA, beliebteste Behörde des neuen Rumänien – Cippos Albtraum.

Cozma wandte sich wieder Olar zu. »Was macht die *Direcția Naționala Anticorupție* in Coruia?«

13

Nahe Hațeg, Kreis Hunedoara

ANA DESMEREAN STAND AM RAND der Grube und blickte auf die zwei freigelegten Skelette hinab. Die Bäume warfen lange Schatten auf die Körper, doch die Schädel befanden sich im Sonnenlicht. Halb zertrümmerte Schädel, der Mann und die Frau ohne Namen waren mit Kopfschüssen hingerichtet worden. Vor dreißig, fünfunddreißig Jahren von hinten erschossen und in einem Erdloch im Wald vergraben.

Zwei von zehntausend Opfern der Securitate.

Die falschen.

»Zu groß für Ihre Eltern«, sagte Teodor, ein behäbiger, untersetzter Historiker des IICCMER, der die Skelette eben vermessen hatte.

»Ja.«

»Tut mir leid, Ana.«

Einer seiner Kollegen reichte ihm die Hand, half ihm aus der fünfzig Zentimeter tiefen Grube. Schwitzend stand er neben ihr, T-Shirt, Basecap, Jeans, sah auf die Gebeine hinunter. Einmal hatte sie ihn gefragt, was er in solchen Momenten empfinde. Genugtuung, hatte er erwidert. *Wir finden die Ermordeten, einen nach dem anderen. Klagen die Mörder an, einen nach dem anderen.*

Und was empfand sie?

Erleichterung. Enttäuschung. Dann Einsamkeit.

Mehrere Hundert Tote hatten Teodor und seine Kollegen in den vergangenen zehn Jahren geborgen, die meisten in Transsilvanien.

Bei fünf Graböffnungen war Ana Desmerean dabei gewesen. Fünf Mal die gleiche Prozedur. Eine Handvoll Männer hob vorsichtig die Erde aus. Zwei weitere fotografierten und filmten. Die ersten Knochen tauchten auf. Die Männer arbeiteten mit Handschaufeln und schließlich mit Pinseln weiter. Lagen die Gebeine frei, zündete Teodor eine Kerze an und steckte sie auf Schädelhöhe ins Erdreich. Dann untersuchte ein Gerichtsmediziner die Skelette, und Teodor vermaß sie.

Fünf mal die falschen Toten.

Nein, »falsch« war kein gutes Wort, dachte Ana. Auch diese Toten wurden vermisst, waren beweint und vielleicht verzweifelt gesucht worden. Nun hatte man sie endlich gefunden, konnte sie exhumieren, identifizieren und in Würde beerdigen.

Keine falschen Toten. Andere.

Ich will Ihnen keine Hoffnung machen, dass wir Ihre Eltern eines Tages finden werden, hatte Teodor vor zwei Jahren in Bukarest in seinem Büro gesagt.

Tag für Tag vergrub er sich mit seinen Leuten in den Akten der Securitate und anderer Organisationen, folgte jeder noch so vagen Spur, die ein Mensch, der für immer hatte verschwinden sollen, hinterlassen konnte. Lief durch Dörfer, über Friedhöfe, Wiesen, lief an Straßen entlang, in deren Nähe Securitate-Einheiten stationiert gewesen waren, las und las. Sprach mit Zeugen, Überlebenden, namenlosen ehemaligen Agenten, hörte sich Gerüchte und Geschichten an. Und stand irgendwann am richtigen Ort. Der Rest, hatte er ihr erzählt, sei Intuition.

Detektoren beseitigten die letzten Zweifel.

So fanden sie die Gräber, die keine Gräber hatten sein sollen, sondern Verstecke. Wenn sie nicht wussten, wer da unten lag, riefen sie Ana Desmerean an und fragten, ob sie bei der Öffnung dabei sein wolle. Deshalb fuhr oder flog sie zwei-, dreimal im Jahr in ihr unbekannte Regionen Rumäniens, um zuzusehen, wie Teodor und seine Leute die grauenhaften Geheimnisse der Vergangenheit ans

Licht holten, auf einem Dorffriedhof unter einem Holzkreuz ohne Inschrift, an einem Bach, auf einer Waldlichtung. Die Verschwundenen zurückholten. Eine Kerze anzündeten.

Teodor war zu einem der Archäologen gegangen, jetzt kam er wieder zu ihr, sah sie nachdenklich an. »Wir haben noch ein Grab. Vier Tote, keine Namen.«

Als er nicht weitersprach, spürte Ana ein Kribbeln auf der Kopfhaut, das sich rasch zum Hals und über die Schultern ausbreitete. »Wo?«

»Kreis Caraş-Severin«, sagte er sanft, »in den Bergen zwischen Reşiţa und Oraviţa. Wir fahren am Freitagnachmittag hin.«

Das Banater Gebirge.

Sie würde früher in die alte Heimat zurückkehren als gedacht.

Das Kribbeln ließ nicht nach. Irgendwann war es eben so weit, dachte sie unwillig, während sie den bewaldeten Hügel hinabstieg in Richtung Haţeg. Sie *wollte* die Leichen ihrer Eltern doch finden. Wollte doch wissen, wann und wo und wie sie gestorben waren. Und am Freitagnachmittag war es vielleicht so weit.

Das war alles.

Das Kribbeln blieb.

Zwischen den Bäumen kam die Robinson in Sicht, die fünfzig Meter neben den Jeeps und SUVs der IICCMER-Leute auf einer Wiese stand. Einige Kinder hatten sich um den Hubschrauber versammelt. Nasen und Hände an den Scheiben, Füße balancierten auf den Kufen. Ana kam bis auf fünf Meter unbemerkt an sie heran, dann verriet ihr Telefon sie. Köpfe fuhren herum, hysterisches Gelächter, schon rannten sie. »Ihr könnt euch gern mal reinsetzen, wenn ihr wollt«, rief sie und hob das Handy ans Ohr. »Hallo?«

Wieder ein Polizist vom *Serviciul Criminalistica* in Temeswar, dieser stellte sich vor, Ciprian Rusu. Wieder die Frage, ob sie am Morgen etwas gesehen habe. Wieder erzählte sie von dem VW und dem Mann.

»Beschreiben Sie ihn bitte.«

»Ich habe nur seinen Arm gesehen.«

»Dann beschreiben Sie den Arm.«

Sie lächelte irritiert. Kräftig, unbedeckt, hatte verschmutzt ausgesehen. Tätowierungen? Möglich, dann hatte sie die Tätowierungen für Schmutz gehalten.

»Sie könnten den Mann also nicht identifizieren?«

»Nein. Weder vor zwei Stunden noch jetzt.«

»Haben Sie das Kennzeichen gesehen?«

»Aus sechzig Metern Höhe?«

Die Kinder waren hinter einem der Autos stehen geblieben, sahen ihr beim Telefonieren zu. Ana winkte, kommt ruhig her, keine Angst, gleich mache ich die Tür auf, dann könnt ihr euch mal reinsetzen. Kinder waren das beste Mittel gegen die Enttäuschung und die Einsamkeit, die sie noch tagelang mit sich herumtrug, nachdem Teodor andere Tote ausgegraben hatte, nicht ihre Eltern. Die Erleichterung war jedes Mal nach wenigen Minuten verflogen.

Aber die Kinder reagierten nicht.

»Darf ich fragen, was passiert ist?«, erkundigte sie sich.

»Eine Straftat im Umfeld von JM Romania. Sie sind aus Temeswar gekommen?«

»Was für eine Straftat denn?«

»Wollen Sie bitte meine Frage beantworten?«

»Aus Temeswar, ja.«

»Keine Zwischenlandung?«

»Nein.«

»Auf der Straße? Am Fluss? In Coruia?«

»Nein«, wiederholte sie beunruhigt.

Sie hörte, dass Rusu sich Notizen machte, ächzte, an einer Zigarette zog. Im Hintergrund bellte ein Hund. Ein Schraubverschluss wurde geöffnet, geschlossen. Unvermittelt fragte er: »Was meinten Sie mit: ›Weder vor zwei Stunden noch jetzt?‹«

Sie erklärte es ihm. Ein Kollege von ihm hatte zwei Stunden zuvor angerufen und ähnliche Fragen gestellt, als sie auf dem Weg den Hügel hinauf gewesen war, zum Grab.

»Von meiner Dienststelle?«, fragte Rusu. »*Serviciul Criminalistica*, Temeswar?«

»Ja.«

»Erinnern Sie sich an den Namen?«

»Er hat ihn nicht genannt.«

»Mordkommission, ja?« Rusu schrieb wieder, brummte.

»Jemand ist … *ermordet* worden?«

In diesem Moment setzten sich die Kinder in Bewegung, erst zwei, die sich gegenseitig Mut zusprachen, dann alle. Scheu kamen sie auf Ana zu. Sie streckte eine Hand aus, Sekunden später legten sich kleine kalte Mädchenfinger um ihre, hielten sich an ihr fest, hielten sie fest.

»Wer?«, flüsterte sie.

14

Neu-Prenzlin

WINTER LEHNTE AM FENSTER seines Arbeitszimmers im Wohnhaus, das Telefon am Ohr, lauschte auf das Freizeichen. Ein ferner, vertrauter Klang, weil er den alten weißen Apparat in der Diele der Marthens so deutlich vor Augen hatte, als wäre er gestern noch daran vorbeigegangen. Der Klang erinnerte ihn an früher, an seine Jugend. An Anett, den grauen Himmel ohne Licht genauso wie die vielen Stunden, in denen sie seine Tage und Nächte mit Intensität gefüllt hatte. An die Arbeit in den Brigaden, zumeist in Marthens Nähe. Den Unsinn, den sie zu zweit oder zu dritt angestellt hatten ... Nächtliche Traktorenrennen, Autobatterien in die Luft jagen, einen halben Hektar hochstehende Wintergerste abfackeln, um sich anzusehen, wie Wintergerste brannte.

An die Schneemassen Ende Dezember 1978, viereinhalb Meter hoch, zwei Tage lang hatte er den Marthens Essen durch das winzige Dachfenster gereicht, bis die NVA das abgelegene Haus ausgegraben hatte. An ein Lied, eine Stimme: »Wenn die Wandervögel zieh'n, nach den fernen, fernen Ländern hin ...« Und an Anetts hingeworfene Bemerkung im Sommer 1990 in Berlin – *Ich sollte dich vielleicht heiraten ... Ich meine, ohne »vielleicht« natürlich. Ja, ich glaube, ich sollte dich heiraten. Ich meine, vielleicht.* Dass in diesem Moment alles hätte anders kommen können, wenn er nicht eine Sekunde zu lang geschwiegen hätte, um zu begreifen, ob es ihr ernst war. Ihr Lachen, das erschrocken begann und spöttisch endete. *Ach nein, vielleicht auch nicht, wer braucht schon die Ehe, ich ganz bestimmt nicht.*

All das lag in dem fernen, vertrauten Klang.

Und schließlich das Leben danach, das letzte Gespräch mit Marthens Mutter im April 2011, seine Bitte: *Darf ich sie euch anvertrauen? Kümmert ihr euch?*

Natürlich, mein Lieber, jeden Tag, und einmal in der Woche frische Blumen.

Winter ließ das Telefon sinken, um die Verbindung zu unterbrechen. Im selben Moment hörte er eine Frauenstimme. »Ja?«

»Maik hier. Christl?«

»Maik … Nein, Christl ist …«

Winter schwieg, versuchte, die Augen auf eine Stelle der weißen Wand scharf zu stellen, aber es gelang ihm nicht. Draußen das milchige Blau, dunkel die fernen Hügel, der Wald schon halb im Nachmittagsschatten. Eugen stand am Tor der Traktorenhalle, entdeckte ihn am Fenster und hob eine Hand, als hätte er ihn gesucht. Setzte sich in Bewegung.

Er räusperte sich, sagte endlich: »Anett.« Er hörte ihren Atem, dann nichts, dann ließ sie die Luft langsam ausströmen. »Du bist wieder in Prenzlin?«

»Schon eine Weile.«

»Bei den Eltern?«

»In der Scheune. Wir haben sie hergerichtet.«

Winter musste schmunzeln. Auch die Scheune hatten sie irgendwann halb abgefackelt. Kerzen, Wodka, Sex und Heu, nicht die beste Kombination. Er setzte sich auf den Stuhl am Fenster. Eugen hatte den Hof zur Hälfte überquert. Er ging schnell, hatte es eilig.

Ein gedämpftes *Bling*, in Prenzlin war eine SMS eingegangen. »Maik, ich muss los, ich bin … Ich muss jetzt los.«

»Ja«, sagte Winter.

»Ruf heute Abend an, wenn du magst. Besser morgen, ich weiß nicht, wann ich zurück … Hast du was zu schreiben?« Sie diktierte ihm ihre Mobilnummer. »Jetzt muss ich wirklich los. Ach so, Christl und Hans sind in Güstrow, einkaufen. Bis morgen, Maik.«

»Ja«, sagte er. »Warte, Anett.«

Doch sie hatte schon aufgelegt.

Er wollte aufstehen, kam nicht gleich hoch, plötzlich fehlte die Kraft. Über zwanzig Jahre hatte er nicht viel mehr von ihr gehört als die Namen der Länder und Städte, von denen aus sie gelegentlich Postkarten an Lisa geschickt hatte. Ausgerechnet heute war sie in sein Leben zurückgekehrt, am Tag, an dem Lisa für immer daraus verschwunden war.

Sie hatten sich in die Küche gesetzt, tranken frischen Espresso, den Winter mit fahrigen Händen zubereitet hatte. Eugen saß gebückt da, die Schultern kraftlos, das eisgraue Haar dicht an Winters Schläfe. Er hatte Lisa auf eine distanzierte Weise nahegestanden, respektvoll, begeistert, hatte sich oft von ihr zum Lachen bringen lassen. Er sprach leise, als sollte niemand hören, was er erfahren hatte, und Winter hatte Mühe, ihn zu verstehen.

Hatte Mühe, sich zu konzentrieren.

Aber er begriff die Tragweite dessen, was Eugen sagte: Adrians Kleidung blutverschmiert, im Kamin seines Elternhauses zur Hälfte verbrannt.

»Von wem weißt du das?«

»Von einem der Kinderpolizisten.«

»Der was?«

Eugen deutete zum Fenster. Am vordersten Silo standen die beiden jungen Ermittler aus Temeswar, mit ihren Handys beschäftigt. »Danach ist er über die Felder weiter, nach Nordwesten. Denta vielleicht oder Voiteg.«

In Denta und Voiteg hielten Züge, Busse. Offenbar wollte er nach Temeswar, dachte Winter. Oder in die andere Richtung, nach Serbien. »Wer hat ihn gesehen?«

»Der alte Voinea und seine Frau.«

Winter nickte. Die letzten Kleinbauern aus Coruia, die an Marthen verkauft hatten, unter der Bedingung, dass sie ihre einstigen

Parzellen selbst bearbeiten durften. Sie hatten Geld gebraucht und eine Beschäftigung für die langen, leeren Tage des Alters.

»Sie … Lisa … hat ihm von Deutschland erzählt. Von der alten Heimat, wo die Familie herkommt.«

»Prenzlin?«

»Sagt Denis. Der Kleine aus Jamu Mare, du weißt schon.«

Winter erinnerte sich an ein schmales, kindliches Gesicht, wildes dunkles Haar, Aknenarben. Der Nachname war ihm entfallen. Die Eltern völlig verarmt, der Junge ohne Ausbildung, aber geschickt, half bei der Ernte aus, wenn Not am Mann war. »Woher hat er das?«

Adrian und Denis hätten im Sommer häufig zusammen auf den Feldern gearbeitet, erwiderte Eugen, seien auch gelegentlich mit dem Lkw nach Moldova Veche gefahren. Adrian habe von kaum etwas anderem gesprochen als von Lisa. Nicht davon, was sie zusammen gemacht hätten, nur, was sie ihm erzählt habe. Eugen brach ab, griff nach der Tasse. Er hob den Kopf, ein flüchtiger, müder Blick in Winters Richtung.

»Und? Was hat sie ihm erzählt?«

»Sie wollte wohl zurück. Nach Prenzlin.«

»Ich weiß. Was noch?«

Eugen rieb sich die verwitterte Stirn, als versuchte er, sich zu erinnern – dass sie lieber heute als morgen heim wolle, dass sie die Großeltern vermisse, dass sie hier niemanden habe, außer Adrian und … Eugen zeigte auf ihn.

Winter presste die Lippen aufeinander, kämpfte die Tränen zurück.

»Und sie hat von einem Engel erzählt, sagt Denis. Dass es in Prenzlin einen Engel gegeben hat, der auf sie aufpasst.«

»Einen Engel?«

»Einen fliegenden Engel.«

Winter verstand. Barlachs »Schwebender Engel«, eine Bronzeskulptur, hing im Güstrower Dom. Yvonne hatte vor Jahren erzählt, dass Lisa früher bei jeder Fahrt nach Güstrow darauf bestanden habe, den Engel zu »besuchen«, nachdem sie ihn mit vier oder fünf zum ersten Mal gesehen hatte, weil wiederum er sie seitdem jeden Abend in Prenzlin »besuche«, um sie nachts zu beschützen.

Eugen richtete sich auf, rieb sich die Lider. Als er die Hände wieder senkte, waren die Augen gerötet. »Ist nicht nach Rumänien mitgekommen, der Engel, was?«

»Nein.«

»Maik, er hat gesagt, vielleicht geht er mit ihr nach Prenzlin.«

15

Coruia

EIN UMS ANDERE MAL erklang der Name in Cozmas Bewusstsein. Löste Schauer in ihm aus, die er nicht einschätzen konnte. Ein Name wie eine Melodie: Valentina Olar.

Sie war nicht Cippos oder seinetwegen gekommen, Olar war die Anwältin, die Ecaterina erwähnt hatte. »Anwältin« stimmte allerdings nur bedingt, sie arbeitete als Anklägerin für die staatliche Antikorruptionsbehörde. Vor etwa einem Jahr war die DNA zum scharfen Schwert geworden, seit die ehemalige Generalstaatsanwältin Laura Codruța Kövesi die Leitung übernommen hatte, die neue Heldin des rumänischen Volkes. Olar ermittelte mit ihren Kollegen gegen Politiker, Richter, Polizisten, Ärzte, Lehrer und die »Barone« genannten Oligarchen, die der Korruption verdächtigt wurden. Und das waren, so hörte man in den Fluren der Polizeidirektion, Tausende, darunter hochrangige Persönlichkeiten wie der Bruder des Staatspräsidenten und Ministerpräsident Victor Ponta.

Cippo war verschwunden, Olar seit einigen Minuten im Haus bei Ecaterina. Jetzt kam sie zurück, die Sonnenbrille in der Hand. Sie hatte unauffällige Augen, mittelgroß, irgendwo zwischen Balkan und den Mittelmeerländern anzusiedeln. Cozma war fast ein wenig enttäuscht. Er hatte Beeindruckenderes erwartet, Augen wie Stahl, Kämpferinnenaugen.

»Gehen wir ein paar Schritte«, sagte sie.

Der Boxer übernahm Razvan. Olar übernahm Cozma.

Die Sonne sank dem Horizont entgegen, sie schlenderten den eigenen Schatten hinterher, schwarzen, stark in die Länge gezogenen Wesen. Cozma betrachtete den Olar-Schatten, der etwas kleiner war als seiner, deutlichere Konturen hatte, sich eleganter bewegte. Ein schöner Schatten, wie er fand, man erkannte Olars Energie und Selbstbewusstsein darin. Sie beschrieb sich als eine Art inoffiziellen Rechtsbeistand der Lascus. Ihr Anliegen sei es nicht, ihn von Adrians oder Razvans Unschuld zu überzeugen, sondern dafür zu sorgen, dass die Rechte der Familie gewahrt und keine vorschnellen Verdächtigungen zementiert würden. Cozma sah keinen Grund, ihr Informationen zum Stand der Ermittlungen vorzuenthalten. Adrian sei wohl in Lisa verliebt gewesen, sagte er, sie jedoch nicht in ihn. Sie habe ihn als Freund nahe an sich herangelassen, aber aus seiner Sicht nicht nahe genug. Am heutigen Morgen habe er, wie es aussehe, die Kontrolle verloren.

»Das *ist* vorschnell!«, sagte Olar.

»Auf seiner Kleidung ist Blut.«

»Wie kommen Sie an seine Kleidung?«

»Lag im Kamin. Er hat sich umgezogen.«

»Selbst wenn es ihr Blut ist: Würde das beweisen, dass er sie getötet hat?«

»Es würde nahelegen, dass er auf ihr gelegen hat, als sie blutete. Ersparen Sie mir solche Spitzfindigkeiten bitte.«

»Darauf hinzuweisen, dass das Naheliegende nicht unbedingt der Wahrheit entspricht, nennen Sie spitzfindig?«

»Gehen Sie davon aus, dass mich nur die Wahrheit interessiert.«

»Sie wären in Ihrer Zunft eine Ausnahme.«

»Vor fünfundzwanzig Jahren vielleicht. Heute nicht mehr.«

Sie lachte. Auch ihr Lachen war unauffällig. Wollte nicht mehr sein, als es war, wie die ganze Frau. Ein ehrliches, freundliches Lachen. »Und Razvan?«

»Weiß mehr, als er zugibt. Woher kennen Sie Ecaterina Lascu?«

»Ermittlungen der DNA.«

»Korruptionsermittlungen?«

»Dazu kann ich nichts sagen, Cozma.«

»Ermitteln Sie gegen sie?«

»Nein. Sie und ihr Mann sind Geschädigte.«

»Irgendwelche Verbindungen zu meinem Fall?«

»Ich sehe keine.«

»Die Lascus sind rein zufällig in zwei Straftaten involviert?«

»Solange gegen Adrian keine Beweise vorliegen, sind sie nur in eine Straftat involviert, und zwar als …«

»Wollten Sie mir die Spitzfindigkeiten nicht ersparen?«

»… als Geschädigte, Cozma.«

»Etwas viele Zufälle, wenn Sie mich fragen.«

»Wie gesagt: Das Naheliegende entspricht nicht unbedingt der Wahrheit.«

Cozma lächelte in sich hinein. Es gefiel ihm, das Wesen auf der sandigen Straße zu provozieren, vielleicht weil es sich nicht wirklich provozieren ließ. Olar war sich ihrer Sache sicher, ihrer selbst. »Weihen Sie mich ein«, sagte er.

»Das geht nicht.«

»Sie vertrauen mir nicht?«

Er sah sie schmunzeln. »Richtig.«

»Schade, denn ich vertraue Ihnen.«

»Beweisen Sie es mir.«

»Etwas passt noch nicht ins Bild.« Er erzählte von dem Polo, der sich nicht zuordnen ließ. Der nur dann ins Bild passen würde, wenn man davon ausginge, dass es einen zweiten Mann gab. Einen Mittäter.

»Oder davon, dass sich alles ganz anders abgespielt hat«, sagte Olar.

»Wenn Sie so wollen.«

»Ich habe eher den Eindruck, dass Sie nicht so wollen.«

Sie hatten das Dorfende erreicht, kehrten um. Im Sand vor ihnen keine Schatten mehr, sie traten ins Leere, Grelle. Cozma kniff die Augen zusammen, Olar setzte die Sonnenbrille auf.

»Sie sind dran«, sagte er.

Die Geschichte, die sie erzählte, war weniger einfach als seine.

Die Lascus hatten nach der Revolution wie Millionen andere Kleinbauern ihre einst zwangskollektivierten Flächen zurückerhalten. Vier Hektar von ihrem Haus bis zum Wald, die hatten sie im Vorjahr an Marthen verkauft. Außerdem vier Hektar jenseits des Waldes, die sie nie selbst bewirtschaftet hatten, weil sie von Coruia aus schwer zu erreichen waren. Der kleine Hof irgendwelcher Vorfahren dort war im Zweiten Weltkrieg aufgegeben worden. Diese Felder waren an einen Landwirt verpachtet gewesen, der im Herbst 2012 das Zeitliche gesegnet hatte.

Wegen der neuen Transparenzgesetze fuhren die Lascus damals nach Deta ins Katastertamt, um alle acht Hektar ins Grundbuch eintragen zu lassen. Besitzurkunden hatten sie nie gehabt, lediglich die von der Rückgabekommission 1991 bestätigten Anspruchstitel. Auf dem Amt erfuhren sie, dass ihnen die vier Hektar jenseits des Waldes seit Ende 2010 nicht mehr gehörten. Im Grundbuch war ein anderer Eigentümer eingetragen.

»Wer?«, fragte Cozma überrascht.

»Ein deutscher Agrarfonds.« Die Lascus hatten angeblich an einen Rumänen verkauft, dessen Namen sie bis zu diesem Zeitpunkt nie gehört hatten. Dieser Mann wiederum hatte an den deutschen Fonds verkauft – und war unauffindbar.

»Wie heißt er?«

Sie lächelte kühl. »Keine Namen, Cozma. Anfang fünfzig, Alkoholiker, alleinstehend, kommt aus Liebling, einem Dorf Richtung Temeswar. Er stammt aus einer Kleinbauernfamilie, deren Parzellen längst verkauft sind.«

»Wie ist sein Name ins Grundbuch gekommen?«

»Wie schon? Korruption.« Olar ging langsamer, als erforderte ihre komplexe Geschichte ein reduziertes Tempo. Nichts durfte ausgelassen, nichts übersehen werden. Die Kette der Ereignisse sei verschlungen, sagte sie, die der Beteiligten lang. Außer den Lascus, dem Fonds und dem verschwundenen Mittelsmann eine Bürgermeisterin, die Zugang zu den relevanten Unterlagen habe, sowie ein Richter, der die Lascu-Flächen dem Verschwundenen zugesprochen habe, beide offensichtlich bestochen. Der Richter habe bereits gestanden, dass er Geld bekommen habe. Von wem, könne er angeblich nicht sagen – gefüllte Umschläge im Briefkasten, Anweisungen per Telefon.

»Und die Bürgermeisterin?«

»Leugnet noch.«

»Wie haben sie's gemacht?«

Die These Olars und der DNA war, dass die Bürgermeisterin die entsprechenden Informationen bezüglich der Flächen gegen Geld weitergeleitet hatte. Daraufhin hatte sich der verschwundene Mittelsmann mit einem gefälschten Vorvertrag über den Kauf der vier Hektar ans Gericht, sprich: den bestochenen Richter gewandt und behauptet, die Lascus wollten sich nicht an diesen Vorvertrag halten. Der Richter setzte eine Verhandlung an, zu der nur der Mittelsmann erschien, nicht aber die Lascus. Kein Wunder, sie hatten die Vorladung nicht erhalten. In der Verhandlung bestätigte der Richter die Gültigkeit des Vorvertrags, erklärte den Verkauf für erfolgt und überschrieb das Land dem Mittelsmann, der es kurz darauf an den Fonds weiterverkaufte.

»Viel Aufwand für … zehntausend Euro?«

»Zwölftausend, laut Vorvertrag. Es gibt ähnliche Fälle oben im Kreis Arad, ebenfalls aus 2010. Zehn betroffene Familien in einem Dorf mit zweihundert Einwohnern. Insgesamt über hundert Hektar mit zum Teil hoher Bodenpunktzahl, die Hälfte davon kompakt. Geschätzter Verkaufswert mindestens vierhunderttausend Euro.«

»Ein anderer Bürgermeister, ein anderer Richter.«

Sie nickte. »Und ein anderer Mittelsmann.«

»Aber derselbe deutsche Agrarfonds?«

»Nein. Ein libanesisches Konsortium.«

»Dann fehlt das Wesentliche«, sagte Cozma. Der, der die Vorverträge angefertigt hatte. Den ganzen Plan überhaupt entworfen hatte.

Olar blieb unvermittelt stehen, zeigte an ihm vorbei. Das letzte Haus vor dem der Lascus, hinter der einzigen Fensterscheibe zur Straße ein großes weißliches Gesicht, flach, vollkommen reglos – ein Mann Anfang sechzig, der sie anstarrte.

»Er ist mir vorhin schon aufgefallen«, sagte Olar.

Sie gingen auf das Gesicht zu, blieben am brusthohen Holzzaun stehen, drei Meter vor dem Fenster. Die Augen waren ihnen gefolgt und wieder erstarrt, auf den schmalen Raum zwischen ihnen gerichtet und doch, so empfand es Cozma, auf irgendeine Weise beide mit ihrem seelenlosen Blick umfassend. Das dichte weiße Haar des Mannes war millimeterkurz geschnitten, die Ohren auffallend klein und wurzelartig verformt.

Olar gestikulierte freundlich, Cozma brachte ein Lächeln zustande. Und tatsächlich, nach wenigen Sekunden erschien eine große weißliche Hand am Knauf des Fensters und öffnete es.

Sanft sagte Olar: »Hallo, ich bin Valentina. Das ist Ioan.«

»Valentina«, wiederholte der Mann mit hoher Stimme. Nur die schmalen, blutleeren Lippen bewegten sich, sonst zeigte sein Gesicht keinerlei Regung. Die Hand senkte sich, zeigte auf seine Brust. »Bogdan.«

»Wir suchen Adrian, Bogdan. Adrian Lascu.«

Die Augen gerieten in Bewegung, irrten umher, während das Gesicht reglos blieb. Doch plötzlich strömten Tränen über Bogdans Wangen. »Adrian ist tot«, flüsterte er. Die Hand schloss das Fenster so langsam, wie sie es geöffnet hatte. Die Lippen wiederholten den Satz hinter der Scheibe lautlos, aber deutlich.

Adrian ist tot.

16

Prenzlin

ZUM ERSTEN MAL SEIT ACHTZEHN JAHREN wieder diese ruhige, klare Stimme, die immer zuversichtlich klang, als läge die Lösung aller Probleme nur einen Schritt weit entfernt … Die Stimme, die ihr eine bittere Jugend lang Trost und Hoffnung vermittelt hatte und ohne die sie vielleicht nicht überlebt hätte in dem engen Land, an dessen Verboten und Grenzen sie beinahe verzweifelt wäre.

Anett Bendik bog auf die Hauptstraße ab und radelte in Richtung Kirchturm, eine winzige Spitze am Ende der Straße. Auch an diesen Straßen wäre sie beinahe verzweifelt, Prenzlins grauen, rauen Betonstraßen, die einfach nicht enden wollten, obwohl sie nur an wenigen Häusern und Höfen vorbeiführten … Vierhundert Meter Straße vom Haus der Eltern zur Hauptstraße, siebenhundert Meter zur Kirche an der T-Kreuzung, LPG-Straße. Nach Osten ein halber Kilometer zum Konsum. Von dort nach Norden zum Bahnhof vierhundert Meter, Straße der Kultur, zum Runden See weitere achthundert Meter, Straße der Jugend. Von der Kirche in die andere Richtung dasselbe: ein Haus, viel Straße. Zwei Häuser, einander gegenüberliegend, noch mehr Straße. Wie viele Kilometer war sie voller Ungeduld auf diesen Straßen gegangen, gerannt, geradelt, wie viele Stunden ihrer Kindheit und Jugend hatte sie damit vergeudet, Straßenmeter hinter sich zu bringen …

Warum bauen die bloß solche Straßen, Maik? Was wollen sie damit erreichen? Dass die Leute depressiv werden? Mich machen sie jedenfalls depressiv.

Dann gehen wir irgendwohin, wo es nur kurze Straßen gibt. Zwanzig Meter oder so, dann kommt schon die nächste.

Versprochen?

Ja, Anett.

Maiks Stimme und seine Versprechen. Mächtige Waffen gegen die Hoffnungslosigkeit, auch jetzt noch, in der Erinnerung.

Der Kasimir stand auf halber Strecke zur Kreuzung im Gras, ragte mit seinen dreieinhalb Metern Höhe über das Drese-Häuschen hinaus. Wie Ralf Drese an den vierzig Jahre alten Traktor gekommen war, wusste Anett nicht, vielleicht durch irgendeine dunkle Gefälligkeit. Einst der strahlend gelbe Stolz der LPG »Vorwärts Prenzlin«, heute ein verbeultes Metallungetüm aus Kanten und Rohren, das zwischen wuchernden, von Früchten schweren Apfelbäumen vor sich hin rostete. Aber er fuhr noch. Ralf saß schon in der Fahrerkabine, gerade sprang der Motor an, eine schwarze Rauchfontäne schoss aus dem Auspufftürmchen.

Sie stieg ab und lehnte das Rad an den Zaun vor dem Haus, einem geduckten Gebäude mit zahllosen nicht genehmigten Anbauten aus Wellblech, Holz, Ziegeln. Auf der anderen Seite standen ein schwarzer Pick-up, nicht ganz so alt wie der Traktor, daneben ein Russenjeep, ein Trabi, mehrere andere Gefährte, alle im Dornröschenschlaf, bis jemand sie für ein paar Stunden auslieh. Ein Fuhrpark des Verfalls, der enttäuschten Erwartungen.

Der Kasimir setzte sich in Bewegung. Mit einem wuchtigen Tuckern rollte er an ihr vorbei, am Straßenrand brachte Ralf ihn zum Stehen. Er stieg auf der Beifahrerseite ab, mittelgroß, hager, Militärhose, Schnürstiefel, löchriges T-Shirt. Mit jeder Bewegung, jedem Blick strahlte er Gleichgültigkeit aus. Einer der vielen, die das Land zwischen Aufbruch und Niedergang verloren hatte.

Die Hände in den Hosentaschen, kam er zu ihr, während sie das Fahrrad an den Zaun kettete. »Genug Sprit drin?«, fragte sie.

»Für drei Kilometer reicht's.«

»Die werden heute Abend anrufen, dass du ihn holen sollst.«

»Beim Fernsehen hör ich das Telefon nicht.«

Sie ging an ihm vorbei, sah, dass ihr seine Augen folgten, die Seele dahinter nicht, oder was auch immer bei Ralf Drese mittlerweile hinter den Augen liegen mochte. Neben dem Kasimir blieb sie stehen, nahm den Rucksack ab. »Kommst du am Sonntag zum Fest?«

»Fest?«

»In deinem Briefkasten liegt ein Infoblatt.«

»Muss im Müll gelandet sein.«

»Neunundvierzig Jahre freiwillige Feuerwehr.«

Er lachte, zog eine Zigarettenschachtel aus der Hosentasche. »Was soll das sein, neunundvierzig Jahre?«

»Mein Vater ist zum fünfzigsten vielleicht nicht mehr da.«

Er stieß Rauch aus, lachte wieder. »Neunundvierzig, ja?«

Früher hatte ihr sein Lachen gefallen, es hatte neugierig geklungen, voller Tatendrang. Heute fand sie es abfällig und zu selbstgerecht. Er war etwas älter als sie und in dieselbe POS in Güstrow gegangen. Danach Grundwehrdienst, freiwillige Feuerwehr, dann die Wende. Einige ausgelassene, den Körper zersetzende Jahre im Westen, anschließend hatte er in Berlin auf die falschen Freunde gesetzt. Beteiligung an einem Fitnessstudio, das nicht lief, an einem Club, der abbrannte, einer Stripteasebar, in der zu viele Drogen verkauft wurden. Mitte der Neunziger war er mit einer westdeutschen Aussteigerin zurückgekommen. Seitdem lebte er von Transferleistungen, Hartz IV, wie ein Drittel der Prenzliner. Die Aussteigerin hatte längst das Weite gesucht.

»Es gibt Kaffee und Kuchen.«

»Lass man.«

»Alle Ehemaligen kommen.«

Er nickte, glaubte ihr nicht, zu Recht. Kaum einer würde kommen. Ihr Vater, der die Feuerwehr gegründet hatte, und zwei weitere von den Alten. Eine Handvoll Leute, die nicht dabei gewesen waren, aber noch am Dorfleben teilnahmen.

Er deutete auf den Traktor. »Der Preis ist gestiegen. Wegen Polizei und so.«

»Wie viel?«

»Hundert.«

Sie schnaubte durch die Nase. Im letzten Herbst hatte sie fünfzig bezahlt. Sie gab ihm das Geld. Er rollte die Scheine zusammen und steckte sie sich hinter ein Ohr. »Mach bloß keine Kratzer rein.«

Sie lächelte höflich. »Was passiert mit den Äpfeln?«

Ralf wandte den Blick in Richtung der Bäume, die Stirn gerunzelt, die Augen halb geschlossen. »Werden irgendwann runterfallen. Dann kommen die Wespen. Dann kommt der Winter.«

Ohne ein weiteres Wort verschwand er im Haus.

Anett langte nach dem unteren Handgriff, stellte den Fuß auf das Trittbrett und zog sich hoch. Sie legte den Rucksack in den Fußraum vor dem Beifahrersitz, dann schloss sie die in den Angeln quietschende Tür und ließ sich auf das verschlissene Polster vor dem Lenkrad sinken. Mit fünf Jahren hatte sie zum ersten Mal hier gesessen. Mit zwölf war sie zum ersten Mal »gefahren«, auf Maiks Schoß, er hatte die Pedale getreten, sie gelenkt. Drei Jahre später hatten sie eine Decke auf dem Boden der Kabine ausgebreitet und gevögelt, draußen auf den Feldern, im Regen. In Berlin erfuhr sie Anfang der Neunziger von ihrem Bruder, dass die LPG aufgelöst worden war, alles war plötzlich Privatbesitz, auch der Kasimir. Ihre Mutter schickte ein Zeitungsfoto, aus der Fahrerkabine grüßte Gerd Colditz, einst SED-Kader und LPG-Vorsitzender, der neue Herr über viereinhalbtausend Hektar Land diesseits und jenseits der A19. Polen lenkten den Kasimir über die Äcker, die nicht mehr den Prenzlinern gehörten. All das kümmerte sie damals nicht. Sie war in Berlin und wollte weiter. Maik verließ sie, erschöpft von ihrer Unrast. Später hörte sie in Buenos Aires von ihrer Mutter, dass er geheiratet hatte. Heiratete selbst, um den alten Namen loszuwerden, der für immer mit Enge und Tristesse verbunden sein würde.

Ließ sich scheiden, um weiterzuziehen.

Irgendwo in Afrika hörte sie von der Katastrophe. Da blieb sie stehen, konnte endlich umkehren und nach Hause fahren, Maiks wegen und dann auch wieder nicht seinetwegen. Zwei Wochen nach der Beerdigung kam sie zum ersten Mal seit einundzwanzig Jahren heim – wenige Tage, nachdem er Deutschland verlassen hatte.

Sie blieb. Brachte zusammen mit ihrer Mutter Blumen ans Grab seiner Familie. Kämpfte gegen den Verfall des Dorfes, gegen die Enttäuschungen der Bewohner. Gegen die alten Kader in den neuen Ämtern, gegen desinteressierte Kommunalpolitiker.

Gegen den Lauf der Dinge.

Sie startete den Motor, legte die Hände ans Lenkrad. Der freundliche alte Kasimir, der so viele Erinnerungen auslöste – und im hohen Alter noch einmal einem guten Zweck diente. Sie fasste die Straße in den Blick und trat aufs Gaspedal.

Die Kolonne erreichte Prenzlin in der Abenddämmerung um kurz vor sechs. Fünf Tieflader, auf jedem ein Schneidwerk und ein Mähdrescher, vorneweg ein Streifenwagen der Polizeistation Krakow am See. Sie waren zwanzig Kilometer östlich der A19 losgefahren, wollten zur Betriebsstätte der ROGA im Westen von Prenzlin. Noch heute Abend sollte auf den zweitausend Hektar diesseits der Autobahn bei Flutlicht mit der Maisernte begonnen werden.

Doch daraus würde nichts werden.

Anett hatte den Kasimir ein Stück vor dem Ortsausgang so auf der Straße geparkt, dass die wenigen Pkws, die unterwegs waren, zwischen Traktor und Böschung durchkamen, Tieflader oder Mähdrescher nicht. Ausweichen konnten sie nicht, zurück auch nicht, sie mussten warten. Sie selbst saß gut zwei Meter über der Straße auf dem Motorkasten, eine Thermoskanne mit Kaffee, eingeschweißte Plastikbecher, Kaffeesahne und Zuckerstreuer hinter sich.

Mit Getöse kam der Konvoi zum Stehen, auf den Windschutzscheiben der Zugmaschinen lag die tief stehende Sonne. Der Streifenwagen rollte ein paar Meter weiter, hielt dann ebenfalls. Nur ein Beamter saß darin, stieg jetzt aus, Frieder Roth, einer der wenigen ihrer Generation, die nie aus Prenzlin hatten weggehen wollen. Mit seinem gemütlichen Wiegeschritt näherte er sich, breit und groß und stabil, in der Hand die Mütze, das Haar halblang und im Wind verweht.

»Dachte, der Transporttermin war geheim«, sagte er.

»Nicht geheim genug. Was macht die Familie?«

»Der Sohn ist aus dem Haus, die Frau langweilt sich. Hast du angemeldet?«

»Am Nachmittag, Eilversammlung.«

»Na dann. Hoffentlich ist der Kaffee besser als letztes Jahr.«

»Neue Sorte, afrikanisch.« Sie füllte einen Becher. »Sahne?«

»Laktoseintoleranz. Nur Zucker, bitte.«

»So was bekommt man in unserem Alter?« Sie reichte ihm den Becher.

Er deutete damit auf den Kasimir. »Man bekommt wohl so einiges in unserem Alter.«

Sie schmunzelte. »Einer muss Widerstand leisten, wenn alles den Bach runtergeht.«

»Alles nicht«, sagte Frieder Roth bedächtig.

Ein Motor war zu hören, näherte sich schnell, die Drehzahl zu hoch, als hätte der Fahrer vergessen, in den nächsten Gang zu schalten. Zwischen den Tiefladern und der Böschung kam auf der Gegenfahrbahn ein Kleinbus angerast, bremste neben dem Streifenwagen ab. Der Fahrer sprang heraus, eilte auf sie zu, ein älterer Mann, hochrotes Gesicht. Einer der ROGA-Leute, Anett hatte seinen Namen vergessen. In Erinnerung geblieben war ihr, dass er aus dem Ruhrgebiet stammte.

»Sie haben fünf Minuten, dann gibt's Ärger!«, schrie er.

»Nicht drohen, Herr Nowak«, sagte Frieder Roth.

Sechs weitere Männer stiegen aus dem Kleinbus, die Traktoristen, alle in Arbeitskleidung. Südosteuropäer, die ROGA beschäftigte auf ihren Feldern in Ostdeutschland vor allem Rumänen und Bulgaren. Langsam, fast scheu folgten sie Nowak, griffen dabei nach Zigarettenschachteln. Man sah ihnen die Müdigkeit an. Von ihrem Informanten wusste Anett, dass sie seit sechs Uhr morgens fuhren, die vergangenen Tage Vierzehnstundenschichten geleistet hatten. Der Mais musste schnell vom Feld, für das Wochenende war Regen vorhergesagt. Noch war es bis zweiundzwanzig, dreiundzwanzig Uhr nicht zu feucht zum Ernten.

Nowak richtete den Zeigefinger auf sie. »Schaffen Sie das Scheißding da weg!« Er passierte Frieder Roth, die Wut trieb ihn voran. Schon im vergangenen Jahr war sie überrascht gewesen, wie zornig dieser Mann werden konnte, vielleicht werden musste, wenn er sich vor seinen Traktoristen und den Lkw-Fahrern behaupten wollte, die ebenfalls ausgestiegen waren und aus zwanzig Metern Entfernung zusahen, blasse, überwiegend korpulente Männer mit Schnauzbärten, zu langem oder zu kurzem Haar, Outdoor-Westen über T-Shirts.

»Nichts Persönliches, Herr Nowak«, sagte sie. »Kaffee?«

Er war noch immer in Bewegung, ein kleiner, drahtiger Mann, musste jetzt den Kopf in den Nacken legen, um sie anzusehen. Den letzten Meter nahm er mit einem Satz, und bevor sie oder Frieder reagieren konnten, hatte er ihren rechten Unterschenkel gepackt und zerrte so heftig daran, dass sie nach vorn gerissen wurde und fiel.

Sie kam mit dem rechten Fuß auf der Straße auf, federte in den Knien ab, stand sicher.

»Scheiße!«, sagte Frieder.

»Nichts Persönliches«, zischte Nowak, keinen Meter von ihr entfernt und irgendwie immer noch in der Vorwärtsbewegung. Aber sie hatte schon die Hände oben, drückte ihn durch eine leichte Berührung gegen seine Brust von sich.

»Au«, sagte er.

Frieder zog ihn am Arm zurück, rote Flecken im Gesicht, die

Nasenwurzel in Zornesfalten. Er sah sie an. »Wenn du Anzeige erstatten möchtest.«

»Ist ja nichts passiert.«

»Autsch!«, murmelte Nowak, während er sich mit kleinen Schritten rückwärts entfernte, eine Hand an der Brust. Aber er machte den Anschein, als beruhigte er sich ein wenig. »Fünf Minuten«, murmelte er.

»Sind vorbei«, erwiderte sie.

Nowak telefonierte, Frieder Roth sprach im Streifenwagen abwechselnd am Funkgerät und am Mobiltelefon. Anett war wieder auf die Motorhaube des Kasimir gestiegen, winkte die Traktoristen zu sich. Drei trauten sich nicht, die anderen nahmen wortlos Becher, Kaffeesahne, Zucker entgegen. Einen von ihnen erkannte sie, er war schon letztes Jahr dabei gewesen. Ein Mann um die fünfzig, eiserner Blick, muskulös, gekrümmter Rücken, das Gesicht fleckig von der Sonne. Missbilligend sah er zu ihr hoch, lange, zu lange, wandte sich dann ab.

Auch die Lkw-Fahrer telefonierten. Niemand hatte für die fünfzig Kilometer vier, fünf Stunden einkalkuliert.

Frieder kam zurück. »Ralf geht nicht ans Telefon.«

»Vielleicht ist der Fernseher zu laut.«

»Wie letztes Jahr.«

»Er hört eben schlecht.«

»Wir sollen diesmal kurzschließen, nicht abschleppen. Geht schneller.«

»Schade.«

Er deutete hinter sich. »Ist nicht ungefährlich, das ganze Metall auf der Straße im Dunkeln. Soll ja nichts passieren, oder?«

»Lass dir Zeit, ja?«

»Ich?« Er legte beide Hände an die Rippen. »Ich mach so was nicht. Die schicken einen aus Güstrow, und auf den warten wir jetzt.«

Anett sah Bewegungen am Kleinbus, Nowak war wieder auf dem Weg. Er hatte sich tatsächlich beruhigt, ging jetzt langsamer. Immer noch rieb er sich die Brust. Drei Meter vor ihr blieb er stehen. »Überstunden der Lkw-Fahrer, Arbeitszeit unserer Leute, vielleicht Ernteausfall, wenn es anfängt zu regnen, dazu Nötigung, Verstoß gegen die Verkehrsvorschriften, Einsatzkosten der Polizei und so weiter. Das wollen Sie wirklich haben?«

»Das und vieles mehr, Herr Nowak.«

Er hob die Hände, wie um zu sagen: Gut, dann war's das, wandte sich ab und kehrte zum Bus zurück.

Frieder stand plötzlich neben ihren Füßen. »Ich komme jetzt hoch.«

»Wollten wir nicht auf den aus Güstrow warten?«

»Ich warte lieber im Sitzen.«

Die Sonne sank hinter die schmalen Waldstreifen im Westen, der Abend war da. Die Abende hatten Erlösung gebracht damals, in der Dunkelheit war das enge Land weiter geworden. Mit Maik über die Wiesen und Felder rennen, bis sie nicht mehr konnten, schwimmen, trinken, tanzen, vögeln, was man eben tat mit fünfzehn, sechzehn Jahren. Später in der Nacht im Stall das heimliche Karate-»Training«: schlechte Fotokopien aus einem Übungsbuch, tapsige Schritte und Bewegungen vor einem Handspiegel, auf die *Kiais* hatte man verzichtet, um die Kühe, die Eltern und den Staat nicht zu wecken. Noch später die Träume von Ländern, die auch tagsüber weit waren.

»Wie hast du es hier nur so lange ausgehalten?«, fragte sie.

»Wie hast du es woanders so lange ausgehalten?«

Sie lachte. Frieder Roth, den der Gedanke an ein Woanders schon immer verstört hatte. »Ich wollte frei sein.«

»Bist du's denn jetzt?«

Sie senkte überrascht den Kopf, sah wieder auf. »Ja.«

»Und zurück in Prenzlin.«

17

Temeswar

ADRIAN IST TOT.

Cozma stand auf dem Dach der Polizeidirektion und starrte in den dunklen Himmel, eine Zigarette im Mund. Fragte sich noch immer, wie dieser Satz zu verstehen war.

Seit Cippo kurz hinter Voiteg eingeschlafen war, grübelte er darüber nach, was Bogdan gemeint haben könnte. Natürlich musste man in Betracht ziehen, dass er Lascu tatsächlich hatte sterben sehen. Doch ohne Leiche, Blut- oder Kampfspuren in der Nähe seines Hauses war das sehr unwahrscheinlich. Oder er hatte ihn am Morgen in der blutdurchtränkten Kleidung beobachtet und hielt ihn deshalb für tot, wie Valentina Olar glaubte.

Cozma nahm einen letzten Zug und schnippte die Zigarette über die Brüstung. Bogdan ließ ihn nicht los.

Bogdans Tränen.

Er hatte wohl um Lascu geweint, aber es war Cozma so vorgekommen, als hätte er auch um die anderen geweint, um die tote Lisa genauso wie um die Lebenden, die heute so viel Leid aufgebürdet bekommen hatten – Lisas Vater, der undurchsichtige Familienfreund Michael Winter, Ecaterina und deren Mann, sogar um Razvan.

Um Coruia und eine kleine, zerfallende Welt. Hockte vor seinem Fenster, sah, was andere nicht sahen, und weinte um seine Welt.

In der abgasgeschwängerten Abendluft lag plötzlich ein Hauch von Hochprozentigem. Cippo trat neben ihn, lautlos wie immer.

Cozma reichte ihm eine Zigarette, nahm sich selbst eine weitere. Beim Anzünden nuschelte er: »Ich werde mit jedem Tag sentimentaler. Vielleicht ein natürlicher Prozess. Wenn man alt ist, braucht man die Sentimentalität. Irgendwann muss man anfangen, über das vergangene Leben nachzudenken, darüber zu lachen und zu weinen, damit man dereinst Abschied nehmen kann.«

»Sentimentalität ist auf jeden Fall billiger als Alkohol.«

Sie lachten.

Cippo hatte gerade die Auswertung von Lascus und Lisas Mobiltelefonen bekommen. In den letzten acht Wochen tauchten bei Lascu nur die Nummern von Lisa, seinen Eltern und Razvan auf, außerdem der Büroanschluss Terezas sowie die Nummer eines der Traktoristen. Mit Lisa habe er im Durchschnitt zweimal pro Woche telefoniert, meistens habe sie angerufen, immer am späten Nachmittag, so auch am Tag vor dem Mord.

Bei Lisas Telefonaten keine Auffälligkeiten. Alle Nummern waren zuzuordnen. Am Vorabend und am frühen Morgen vor dem Mord hatte sie nicht telefoniert.

»Vorhin hat Winter angerufen«, sagte Cippo. »Einer aus Coruia hat Lascu heute Morgen zurückkommen sehen.«

»Bogdan?«

»Ein Bauer, Voinea. Der auf dem Feld, den ich nicht bezahlen konnte. Er hat ein grünes Auto gesehen. Ist ein paar Minuten, bevor Lascu kam, durch das Dorf gefahren. Aber kann man ihm glauben? Mich hat er belogen.«

Cozma lächelte, klopfte ihm tröstend auf die Schulter.

»Jetzt brauchen wir nur noch die Spurenauswertung und Lascu«, sagte Cippo.

Cozma wusste, was ihm durch den Kopf ging: Dann war der Fall abgeschlossen, und sie konnten wieder abtauchen. Keine DNA-Staatsanwältinnen mehr. Keine Untiefen und andere Gefahren.

Sie rauchten schweigend, verfolgten wie so oft die Positionslichter eines unsichtbaren Flugzeugs im Anflug auf Traian Vuia. Im

Frühling machte Cippo in solchen Momenten gewöhnlich Bemerkungen wie: *Ioan, wie wäre es mal mit einer Städtereise? Du und ich und der Mops? Venedig vielleicht oder Paris. Einmal sammle ich das Häufchen ein, einmal du.* Im Herbst schwieg er.

»Und die Pilotin?«

Cippo berichtete, sagte dann: »Irgendjemand hatte sie schon angerufen, einer von uns.«

»Dan?«

»Er hat keinen Namen genannt.«

»Kann ja nur Dan gewesen sein.«

»Dan sagt, von uns hat keiner angerufen.«

»Wir fragen morgen rum.«

»Dan *hat* rumgefragt. Aus der Mordkommission war's keiner.«

Cozma nickte irritiert. »Na komm, ich fahre dich nach Hause.«

»Noch nicht«, sagte Cippo wie üblich.

Die italienischen Soaps entwickelten ihren Charme nur, wenn man einsam zu Hause hockte. Seit sie sich kannten, lebte Cippo allein. In früher Zeit hatte es eine Frau gegeben, eine »kleine Dralle aus Firiteaz«, deren Namen Cozma nie erfahren hatte. Einer »aus dem Westen« hatte sie Cippo in einem verregneten Sommer ausgespannt. Auch einen Bruder hatte es gegeben, der war mit Mitte zwanzig der Sehnsucht nach einer einfacheren Welt erlegen; Cippo hatte ihn vom Seil geschnitten. Keine Kinder. Die eine oder andere Damenbekanntschaft, offenbar nie erwähnenswert. Gelegentlich haftete unter dem Hochprozentigen ein blumiger Duft an ihm, manchmal eine Woche lang derselbe, doch das waren Ausnahmen.

Unvermittelt dachte Cozma an Valentina Olar. Den kurzen, leichten Händedruck zum Abschied, den vorsichtig freundlichen Blick, der ihm bestätigt hatte, dass es jetzt Gemeinsamkeiten gab und die etwas schroffe Kühle der ersten Minuten nicht mehr vonnöten war. Zwei schattige Wesen hatten sich miteinander verständigt, hatten sich ein wenig aus der Deckung gewagt, über den anderen und sich selbst gelächelt. Waren gemeinsam berührt gewesen von den plötzlichen Tränen Bogdans.

Falls Sie Fragen haben, hatte Cozma am Ende gesagt.

Falls Sie Spitzfindigkeiten brauchen, hatte Olar erwidert.

Cippo stieß ihn an. »Wann nehmen wir uns Razvan vor?«

»Morgen Vormittag.« Der Abend und die Nacht waren Cozma dafür zu gefährlich. Nachts hatte er seinem Zorn damals freien Lauf gelassen. Rastlos hatte er auf die Stunden um Mitternacht gewartet, um sich von der Wut und der Trauer zu befreien.

Den Vater zurückzuholen von den Toten.

»Ganz sicher, dass du später nicht allein runtergehst?«

»Ganz sicher.«

Dan hatte Razvan in Coruia übernommen und in einer Ausnüchterungszelle im Keller tief unter ihnen abgesetzt. Kein Essen, keine Zigaretten, kein Alkohol. Nur Wasser, so viel er wollte.

»Sag mal, man gibt Böden eine Punktzahl?«

»Wissenschaftler und Kapitalisten tun das, wir nicht, wir Bauern. Andererseits gibt man allem eine Punktzahl, also …« Cippo zuckte die Achseln, erteilte der Bodenpunktzahl damit seinen Segen.

Weitere Positionslichter, weitere Gedanken ohne Worte.

»Frauen«, sagte Cippo.

Cozma stieß Rauch aus. »Entschuldige?«

»Sogar Frauen gibt man eine Punktzahl.«

»Hoffentlich nur als Teenager!«

»Die heute aus Coruia ist eine Sieben und eine minus Zehn.«

»Es gibt Minuspunkte?«

»Minus heißt: gefährlich. So oder so – oder ganz anders.«

»Ich kann dir nicht folgen.«

»Sie wird dich aufspießen, Ioan.«

»Mich? Sie hat mit dem IICCMER nichts zu tun. Die DNA sucht – verzeih mir bitte – Leute wie dich.«

Cippos Hände gestikulierten, Funken stoben. »Und meine Vorahnungen?«

»Lass uns von etwas anderem sprechen.«

»Wenn das so einfach wäre!«

Cozma seufzte, für einen Moment vom Glück der Zuneigung durchströmt. »Wie viel?«

»Fünfzig. Die Hausbar ist gefüllt, der Kühlschrank leer, ich bin im Superkmarkt vor den falschen Regalen gelandet. Hundert, und das Schicksal lässt sich vielleicht erweichen.«

Lachend schob er Cippo einen Hunderter in die Seitentasche. Selbst das Schicksal war also bestechlich. »Fahren wir?«

»Ach, noch nicht.«

Wenige Flugzeuge später kehrten sie ins Gebäude zurück, stiegen die Treppe vom Dach hinunter, müde und hustend von zu vielen Zigaretten in zu kurzer Zeit. Cippo vertraute sich dem Aufzug an, Cozma nahm die Treppe und hustete weiter.

Während der Fahrt zu den Plattenbauten westlich des Zentrums, wo Cippo sich nach der Scheidung von der kleinen Drallen aus Firiteaz eine Wohnung gekauft hatte, sprachen sie wenig.

Als Cippo ausstieg, sagte er unvermittelt: »Keine gute Idee.«

»Was?«

»Zurückfahren und mit Razvan reden.«

»Darf ich zurückfahren und mit Paul reden?«

»Keine gute Idee«, wiederholte Cippo und tippte sich zum Abschied an die Stirn.

Cozma fand Paul Bejenaru in der Kantine, allein an einem Tisch sitzend, wo er Nudeln in grauer Soße aufspießte, ein Glas Wasser und eine Zeitung vor sich. Er setzte sich zu ihm. Weder die Nudeln noch die Soße passten in irgendeiner Weise zu Bejenaru, fand er, sie wirkten zu gewöhnlich vor diesem eleganten Mann. Man sah ihnen die Ahnungslosigkeit der Köche an, die Gleichgültigkeit des Servicepersonals, die Genügsamkeit der anderen Esser. Bejenaru schien es einerlei.

»Intensiviert die Fahndung.«

»Druck von oben?«, fragte Cozma.

»Vor allem vom Botschafter.«

»Lascu ist in Panik, macht Fehler. Morgen haben wir ihn.«

Bejenaru nickte. »Trotzdem. Ab morgen früh international.«

Cozma berichtete, was der Tag erbracht hatte, während Bejenaru den Teller leerte, sich den Mund abtupfte, gelegentlich nickte oder die Brauen hochzog.

»Du bist sicher, dass er es war? Lascu? Keine Zweifel?«

»Zweifel hat man immer.« Cozma erzählte von dem Polo und dem Anruf bei der Pilotin, den sie nicht zuordnen konnten. Von seinem Gedanken, dass hinter der einfachen Geschichte womöglich eine komplexere stecke.

Bejenaru sah ihn überrascht an, schob dann den Teller beiseite und erhob sich. Sie verließen die Kantine. »Kann ich etwas tun? Brauchst du mehr Leute?«

»Nein.«

Gemeinsam warteten sie auf den Aufzug. Allein der Gedanke, dass der Chef in Kürze damit nach oben fahren und für zwei Minuten die Kontrolle über sein Leben gänzlich aus der Hand geben würde, beunruhigte Cozma. Bejenaru selbst hatte ganz offensichtlich keine Probleme mit Fahrstühlen. Überhaupt wirkte er nicht wie ein Mensch, der Alltagsängste kannte. Er würde sie niemals zulassen, schlicht und ergreifend weil sie Zeit und Energie fraßen.

»Und wenn er es nicht war?«, fragte Cozma.

»Brauchen wir schnellstens andere Verdächtige.«

»Du hättest kein Problem damit?«

Bejenaru musterte ihn irritiert. »Entschuldige bitte?«

Ein dumpfes Röhren kündigte den Aufzug an. Die Türen öffneten sich scheppernd. Innen war kaum Licht, zwei der drei Deckenleuchten blieben dunkel. Ein durchdringender Geruch von Schmieröl drang an Cozmas Nase, dann der Geruch von ausfasernden Stahlkabeln, brüchigen Führungsschienen kurz vor dem Exitus.

»Steig ein.«

»In den Lift?«

Bejenarus Kopf näherte sich seinem. »Du denkst, dass ich ein bestimmtes Ermittlungsergebnis will? Dass ich bereit wäre zu manipulieren?« Die Stimme war gesenkt, die Verärgerung trotzdem zu hören.

»Ich denke, dass du mir nicht die Wahrheit sagst.«

Bejenaru schnappte nach Luft, sah irgendwelchen Kollegen nach, Cozma hatte hinter sich Schritte gehört. »Na los, steig ein.«

»Ich gehe zu Fuß, das ist gesünder.«

»Antworten gibt es da drin oder nie.«

»Die Fahrzeit wird nicht reichen, wir sprechen oben in …«

»Also nie.« Bejenaru betrat den Fahrstuhl, drückte auf eine Taste. Als sich die Türen zu schließen begannen, erklang wieder das Scheppern. Dann stand Cozma im Innenraum. Er hielt sich an Bejenarus stählernem Blick fest, sah aus den Augenwinkeln, wie sich der Spalt zwischen den Türen verringerte. Die Luft wurde ihm knapp, der Sauerstoffvorrat war vermutlich aufgebraucht. Die Kabine setzte sich in Bewegung, das Röhren noch lauter als von draußen. Schwerfällig trug sie sie nach oben.

Dann blieb sie unvermittelt stehen.

»Du kennst Sorin Aurescu?«, fragte Bejenaru.

»Hast du …« Cozma beugte sich zur Seite, um die Bedienelemente hinter Bejenaru sehen zu können. Der einzige Hebel im Tableau stand auf »Stopp«. »Nicht persönlich. Können wir weiterfahren? Ich bin in Eile.«

»Du weißt, wer er ist?«

»Der Vorsitzende des Kreisrates von Timiş.«

»Der Herr der Budgets. Auch unseres Budgets.«

»Und er wollte mich als Ermittlungsleiter?«

»Er wollte den Besten.«

»Da hast du *mich* empfohlen?«

Bejenaru trat dicht vor ihn. »Er sagte: Wer von Ihren Mordermittlern hat Erfahrung, Fingerspitzengefühl, Reife? Einfühlungsvermögen? Ist integer, ruhig und kann mit Menschen umgehen? Ein altgedienter Ermittler, der den Umgang mit Deutschen gewöhnt ist und ein bisschen Deutsch versteht? Ich sagte: Warum? Er sagte: Weil ich den Vater des Opfers kenne und möchte, dass diese grauenhafte Tat so schnell, reibungslos und mitfühlend wie möglich aufgeklärt wird. Weil es weh tut, einen Freund so leiden zu sehen. Ich sagte: Woher wissen Sie schon davon? Er sagte: Weil auch Ihr Vorgesetzter ein Freund von mir ist. Also, wer könnte in Frage kommen? Ich sagte: Klingt nach Ioan Cozma. Aurescu sagte: Ich habe von ihm gehört. Bürgen Sie für ihn? Ich sagte: Herr Kreisratsvorsitzender, unten bei Jamu Mare liegt ein aufgeschlitztes Mädchen, die Kollegen warten, der Notarzt wartet – und wir können es uns leisten, komplizierte Anforderungsprofile zu erstellen und Kandidaten für die Ermittlungsleitung zu überprüfen? Er sagte: Sie haben ja so recht. Versuchen wir es mit Herrn Cozma.«

»Das ist alles?«

»Das ist alles.«

Cozma nickte, zufrieden und beruhigt, weil ihn sein Gefühl nicht getrogen hatte – die Skepsis war angebracht gewesen. »Er hat mich beschrieben und es dir überlassen, mich vorzuschlagen?«

Bejenaru runzelte die Stirn. »So könnte man es interpretieren.«

»Wenn du jetzt bitte …«

Bejenarus Hand verschwand hinter seinem Rücken, etwas klackte. Die Kabine bewegte sich nicht. Wieder das Klacken, dann noch einmal. Endlich nahmen sie Fahrt auf.

»Sorin Aurescu«, sagte Cozma, atmete langsam und tief, um nicht zu hyperventilieren.

»Korrupt bis in die Knochen.«

»Ja.«

Bejenaru lächelte bitter. »Mach mit der Information, was du willst.«

»Heißt?«

»Dass auch der Herr der Budgets nicht über dem Gesetz steht.«

Sie hatten das zweite Stockwerk passiert, als Bejenarus Hand erneut hinter seinem Rücken verschwand. Die Kabine, in der stetigen Fahrt abgefangen, ruckelte stark und schien Mühe zu haben, nicht aus dem Gleichgewicht zu geraten. Vor Cozmas innerem Auge rissen Stahlseile, sprang ein Rahmen aus den Schienen.

Nichts dergleichen geschah. Im Gegenteil, die Kabine beruhigte sich.

»Wenn Sorin Aurescu dich als Ermittlungsleiter wollte, frage ich mich: warum?«, sagte Bejenaru.

»Eine interessante Frage.«

»Du bist sicher, dass du ihn nicht kennst?«

Cozma hielt dem prüfenden Blick stand. Überrascht begriff er, dass ihn Bejenarus Misstrauen kränkte. »Im Sinne von Gefälligkeiten? Finanzieller Unterstützung? Einer neuen deutschen Waschmaschine? Nein, in diesem Sinne nicht, und das weißt du.«

»Er hat dich nicht kontaktiert?«

»Er hat *dich* kontaktiert, Paul.«

»Jemand anders?«

»Niemand hat mich kontaktiert.«

»Warum dann, Ioan?«

»Lass uns weiterfahren, bevor wir abstürzen.«

Bejenaru erlöste ihn, Sekunden später stiegen sie aus. Cozma beschloss, das Gefühl der Kränkung zu überwinden, er hatte sich Bejenaru gegenüber schließlich ähnlich verhalten. »Vielleicht sollte uns gerade das Sorgen bereiten. Dass mich niemand kontaktiert hat. Solange das nicht geschieht, bin ich vielleicht auf dem falschen Weg.«

»Dem gewünschten falschen Weg?« Bejenaru nickte, klopfte ihm auf den Arm und ging davon.

Cozma warf einen letzten Blick ins Innere des Fahrstuhls, dann wandte er sich zur Treppe und stieg hinunter. Seine Beine waren etwas wacklig, der Nacken verschwitzt, ansonsten hatte er die Tortur halbwegs unbeschadet überstanden. Er vergaß sie schnell, während er über das Gespräch mit Bejenaru nachsann. War Sorin Aurescu Teil der komplexen Geschichte hinter der einfachen? Wie der Anruf eines vorgeblichen Ermittlers der Mordkommission bei Ana Desmerean? Wie der Polo, den nicht Adrian Lascu gefahren hatte?

Falls ja, dachte er, war auch er selbst auf irgendeine Weise Teil der komplexen Geschichte.

Ein mulmiges Gefühl überkam ihn. Hatte er bis zu dem Gespräch mit Bejenaru noch geglaubt, er habe die Zügel in der Hand, war diese Sicherheit nun dahin. Er hing an Fäden, ohne dass der Strippenzieher schon daran zog. Und solange er dem gewünschten falschen Weg folgte, würde sich das wohl auch nicht ändern.

Im Foyer hielt er inne, sah zum Ausgang.

Der Gedanke an Sorin Aurescu trieb ihn weiter, hinunter in den Keller.

18

Coruia

»ECATERINA«, FLÜSTERTE WINTER. »IOSIF.«

Iosif hob den Blick, Ecaterina bewegte sich nicht. Sie saßen auf dem Sofa, zwei kleine, zerbrechende Menschen, Hände im Schoß, die Mienen versteinert in Trauer und Angst. Winter hatte auf einem der Sessel gegenüber Platz genommen, die Ellbogen auf die Knie gestützt. Voinea hatte Eugen angerufen, nachdem die Polizei und der Wagen aus Bukarest Coruia verlassen hatten. Eugen hatte ihn begleiten wollen, doch Winter hatte abgewehrt. Er ging zu Fuß, Autos fielen auf im Dorf; niemand sollte ihn sehen.

Im Haus war es kühl, der Kamin durfte nicht benutzt werden, Absperrband war waagerecht über die Öffnung geklebt.

»Ihr müsst mir sagen, was ihr wisst.«

»Aber wir wissen doch nichts«, sagte Ecaterina leise.

»Wusstet ihr, dass er mit Lisa nach Deutschland wollte?«

Iosif nickte. Er bewegte die Hände nachlässig, wie um Adrians Vorhaben die Brisanz zu nehmen. »Er hat gefragt, was soll ich nur machen, wenn sie weggeht, da habe ich gesagt, wenn sie dich liebt, gehst du einfach mit, wie wäre das? Er …«

»Iosif«, unterbrach Ecaterina mahnend.

»Weiter!«, drängte Winter.

Ecaterina legte eine Hand auf die ihres Mannes. Er schwieg.

»Und wenn er es getan hat?«, fragte Winter erregt, erschrak selbst über seine plötzlich laute Stimme. »Wenn er sie umgebracht hat? Dann deckt ihr einen Mörder!«

»Er ist doch unser Sohn«, murmelte Iosif.

»Er hat es nicht getan«, flüsterte Ecaterina.

Winter fuhr sich über die Augen, wischte Tränen weg. »Wo könnte er sein? Hat er irgendwo Freunde, Verwandte?«

»Er war ja nie weg von hier«, murmelte Iosif.

»Ecaterina?«

Sie schüttelte den Kopf.

»Hat ... Wie heißt er? Razvan? Hat Razvan etwas gesagt? Er war doch heute morgen hier. Er muss ihn gesehen haben.«

Keine Antwort.

»Wird Razvan mit der Polizei sprechen?«

»Ich glaube nicht«, erwiderte Iosif.

»Es tut uns sehr leid«, sagte Ecaterina.

Winter begriff, dass sie hart bleiben, nicht reden würde. Langsam erhob er sich, stand für eine Weile da, den Blick auf eine Kommode mit gerahmten Fotos gerichtet, ohne zu erkennen, wer darauf abgebildet war. Er wünschte, Ecaterina würde ihn zurückhalten, würde aufstehen und ihn umarmen, alles erzählen, was sie wusste, und er würde erzählen, was *er* wusste, von den Pferden in Blåvand, dem dunklen Sand, dass man in Dänemark vor Langeweile sterben konnte, dass er das Horn des Lkws noch immer in vielen Nächten hörte, alles das eben, was er wusste und nie jemandem erzählt hatte.

Er wandte sich Ecaterina zu. Wie aus weiter Ferne hörte er sich sagen, sie könne bis auf Weiteres nicht bei Marthen arbeiten, ab morgen sei sie freigestellt.

Dann verließ er das kalte Haus und kehrte in die Finsternis zurück.

19

Prenzlin

FRIEDER ROTH WAR HINUNTERGESTIEGEN, hatte im Streifenwagen telefoniert, war wieder aufgestiegen, das Ganze drei Mal. Nun war das Bürokratische erledigt, und er saß entspannt neben Anett. Sie spürte seinen warmen, kräftigen Körper, den warmen, kräftigen Mann, der so ganz anders war als sie, verwurzelt und aufs Wesentliche konzentriert, weil alles andere Irritationen mit sich brachte, während sie in den Irritationen zu Hause war und das Wesentliche nicht fand.

Die Führerkabinen der Tieflader waren matt erleuchtet, fünf Rechtecke in der Dunkelheit. Die Fahrer saßen allein oder zu zweit darin. Die Traktoristen der ROGA waren wieder in den Kleinbus gestiegen, schliefen vielleicht. Nowak stand am Straßenrand und telefonierte ununterbrochen.

In der Ferne leuchtete Blaulicht auf. Der aus Güstrow kam.

Frieder räusperte sich. »Was genau willst du eigentlich?«

Die wesentliche Frage. Sie dachte seit fast dreißig Jahren darüber nach. Sie wusste nur, dass sich die Ziele im Lauf der Zeit geändert hatten: Freiheit. Das Recht, zu tun und zu lassen, was man wollte. Die Weite der Welt erleben, um die Enge zu überwinden, die einem die Luft abgeschnürt hatte. Etwas bewirken, um in der Weite der Welt nicht verloren zu gehen. Widerstand leisten, wo Widerstand geleistet werden musste.

Den traurigen Lauf der Dinge aufhalten.

Was sie noch nicht benennen konnte: das, was hinter den sich ändernden Zielen gleich geblieben war. Den Kern. Wer sie war, immer gewesen war. *Warum* sie diese Ziele hatte.

»Ist nicht alles gut hier, das schon«, sagte er, als sie nicht antwortete. »Aber es ist doch auch nicht alles schlecht.«

»Mach die Augen auf, Frieder.«

»Sind offen. Aber es ist dunkel.«

Sie lachten.

Dann sprach Anett vom traurigen Lauf der Dinge in Prenzlin, den er nicht wahrnehmen wollte. Davon, dass die meisten Einwohner keine Arbeit mehr hatten und viele von Hartz IV lebten. Dass sie sich aus Scham zurückzogen und nicht mehr am Dorfleben teilnahmen, dass sie immer dicker wurden, krank wurden. Dass Prenzlin wie viele Dörfer im Osten verödete. Dass die Böden verödeten, weil die Agrarindustrie vor allem auf Monokulturen setzte, auf Mais, Raps, Soja, auf den Biospritwahnsinn, auf Massentierhaltung. Dass deshalb die Biodiversität verloren ging, Bienenvölker starben, Insektenarten verschwanden. Dass Neubauern oder Wiedereinrichter hier kaum Chancen hatten, an ein paar Hektar Land zu kommen, weil nur die Großen sich die mittlerweile aberwitzigen Kauf- und Pachtpreise leisten konnten. Dass in der ostdeutschen Landwirtschaft immer weniger ortsansässige Familienbetriebe existierten, dafür immer mehr landwirtschaftsfremde Konzerne wie Müllfirmen, Brillenfirmen, Möbelfirmen, Immobilienfirmen und börsennotierte Unternehmen, denen je nach Bundesland bereits zwischen zwanzig und fünfzig Prozent der Flächen gehörten. Dass die Großen viel weniger Arbeitsplätze bereitstellten als die Kleinen, selten in die lokalen Strukturen eingebunden waren, nicht in den Dörfern lebten, kauften, aßen, investierten, reparieren ließen. Dass die Politik nichts gegen diesen traurigen Lauf der Dinge unternahm, im Gegenteil die Großen nach Kräften förderte, zum Beispiel durch das Subventionssystem der EU, knapp dreihundert Euro pro Hektar pro Jahr, rechne nach, Frieder, die ROGA besitzt in Ostdeutschland zwanzigtausend Hektar, das sind fast sechs Millionen Euro im Jahr … Und wenn der rumänische EU-Kommissar die Subventionen auf dreihunderttausend Euro deckeln will, scheitert er an wem? Unserer ehemaligen Landwirtschaftsministerin, ihren ostdeutschen Kollegen und deren Bauernverbänden. Klar. Achtundzwanzig der dreißig größten deutschen Agrarbetriebe sind im Osten.

»Die Betriebe waren schon vor der Wende groß«, sagte Frieder.

»Ja, aber danach hatten die Politik und die Treuhand die Chance, das zu ändern. Man wollte es nicht ändern, will es immer noch nicht. Die Lobbyisten sind zu stark.«

Sie schwiegen für einen Moment.

»Schon seltsam«, sagte Frieder dann, »du warst so lange weg, und jetzt denkst du, du kannst uns retten.«

»Nicht retten, Frieder. Wachrütteln.«

»Wir sind wach.« Er nickte hinter sich in Richtung Dorf. »Stimmt schon, die vielen Lkw ruinieren die Straßen. Sind nicht gemacht dafür, unsere Straßen.«

Anett musste lächeln. »Sind ja auch beschissene Straßen.«

»Der Lärm und das Licht, wenn sie nachts ernten. Schlecht für uns, schlecht für die Tiere.« Er kratzte sich an der Stirn. »Aber das ist nun mal der Lauf der Dinge. Wollten wir es nicht so, damals?«

»*So* sicher nicht.«

»Auch wir wollten frei sein, nicht nur du.«

»Was hat das mit Freiheit zu tun?«

»Der Mensch ist frei, das Kapital ist frei. Warum bist du zurückgekommen, Anett?«

Sie lehnte sich nach hinten, auf die Hände gestützt. »Ich weiß es nicht. Wegen dem, was Maik passiert ist. Vielleicht auch, um zu sehen, ob sich was verändert hat seit der Wende.«

»Und?«

»Viel hat sich nicht verändert. Nicht wesentlich.«

»Du hattest schon immer einen speziellen Blick«, sagte Frieder. Es klang weniger kritisch als bewundernd. »Vieles ist leichter jetzt. Manches besser, manches schlechter.«

»Aber es ist doch kaum noch jemand hier.«

»Das täuscht. Man muss nur laut genug an die Türen klopfen.«

Der Güstrower Streifenwagen passierte die Tieflader und blieb hinter Nowaks Kleinbus stehen. Zwei Polizisten stiegen aus, näherten sich. Frieder kletterte hinunter, Anett sprang ab. Man gab sich die Hand, riss Witzchen, leises Lachen, dann stieg einer der beiden Güstrower mit einer Stablampe auf den Kasimir.

Anett holte die Thermoskanne, den Rest, packte alles in ihren Rucksack. Frieder bot an, sie zu fahren, sie lehnte ab. »Kommt ihr zum Fest?«

»Ist eingeplant. Sonntag, richtig?«

»Ja.«

»Brauchst du Hilfe beim Vorbereiten?«

»Vielleicht beim Aufbauen. Eine Stunde vorher reicht. Viele werden nicht kommen.«

»Ja. *Das* hat sich verändert.«

Ohne etwas zu erwidern, hob sie eine Hand zum Gruß und ging davon. Als sie den Konsum erreicht hatte, hörte sie, wie der Motor des Kasimir ansprang. Eine Minute später erlosch er wieder, der Traktor war aus dem Weg geschafft. Der Kleinbus raste vorbei. Dann folgte langsam der Streifenwagen, dahinter die Tieflader mit den Schneidwerken und den Mähdreschern.

Einundzwanzig Uhr, knapp drei Stunden Verzögerung erreicht.

Und einen kleinen Schritt weiter auf dem Weg zum Kern.

Ein mühsamer Kampf.

Ralf Dreses Haus und sein Fuhrpark des Verfalls lagen im Dunkeln. Aber sie hörte gedämpfte Stimmen. Dort, wo die Autos auf der Wiese standen, glühten drei, vier Zigarettenspitzen. Die wenigen Kunden, die Ralf hatte, kamen aus der näheren und weiteren Umgebung. Manche waren kaum sechzehn, was sie nicht davon abhielt, selbst zu fahren. Anett hatte von Autorennen auf dem ehemaligen NVA-Gelände in der Nähe des Runden Sees gehört. Im

Winter machten sie auf den gefrorenen Äckern mit dem Pick-up Jagd auf Kleintiere. Ralf ließ sich auch in Naturalien bezahlen.

Sie öffnete das Schloss, wollte das Rad zur Straße schieben, als sie begriff, dass beide Reifen platt waren. Fluchend stieß sie es gegen den Zaun.

Verhaltenes Gelächter aus der Dunkelheit.

Sie ging auf die glühenden Zigarettenspitzen zu, hörte leise Jungsstimmen, ohne zu verstehen, was sie sagten. Das Licht der Straßenlaterne reichte nicht weit in den Garten hinein, sie sah nur die Konturen der Autos, keine Menschen. Die Zigaretten bewegten sich auseinander, das Flüstern kam aus unterschiedlichen Richtungen. Sie fröstelte. Ralfs Kunden waren zumeist überdrehte Jugendliche aus verarmten Familien, Jungs und Mädchen ohne Chance, bildungsfern, vernachlässigt, an sich harmlos. Sie mussten sich austoben, indem sie gegen Regeln verstießen.

Aber es gab auch andere. Manchmal tauchten Gruppen auf, die Frieder zum Umfeld der Freien Kameradschaft Rostock rechnete. Sechzehn-, Siebzehnjährige, die für die NPD plakatierten, Werbezettel verteilten, Migranten verprügelten. Einer aus Prenzlin gehörte dazu, ein Mädchen aus dem Nachbardorf.

Dröhnend sprang ein Motor an. Türen wurden geöffnet, zugezogen. Kein Scheinwerferlicht. Der Pick-up setzte sich in Bewegung, hinter der Windschutzscheibe glühten rötliche Punkte. Aufreizend langsam rollte er auf Anett zu, passierte sie mit einem Meter Abstand. Sie sah harte Kindergesichter hinter den Scheiben, drei Jungs, ein Mädchen. Da flog die Beifahrertür auf, der Rahmen traf sie hart an der Schulter.

Sie stürzte, rollte sich zur Seite ab, kam wieder hoch.

Gedämpftes Gelächter.

»Ralf!«, schrie sie voller Wut.

Kein Laut aus dem Haus.

Die Bremsleuchten flammten auf, der Wagen war stehen geblieben. Alle vier Türen öffneten sich.

Kommt, dachte sie und kontrollierte ihren Atem. Kommt nur.

Drei Gestalten näherten sich langsam. Die Gesichter schälten sich aus der Dunkelheit heraus, helle Hände. »Die Linken-Fotze«, sagte einer heiser, um die zwanzig, wohl der Älteste, sehnig, tief liegende Augen, eingefallene Wangen, Piercings in den Ohrmuscheln.

»Jetzt wirst du mal ein bisschen Spaß haben, Fotze«, sagte ein anderer. Halskrause aus Fett, der übergewichtige Körper in einen dunklen Blouson gezwängt, Metall an den Stiefelkappen, nicht älter als sechzehn.

»*Viel* Spaß«, entgegnete sie, spürte das Adrenalin.

Da erklang von der Straße her ein müdes Quietschen, eine wacklige Fahrradleuchte tauchte auf. »Ende der Veranstaltung!«, rief eine Männerstimme streng.

»Gerd«, sagte der Dicke.

Die drei drehten sich um, schlenderten zurück, stiegen ein. Der Wagen rollte auf die Hauptstraße und blieb neben Gerd Colditz stehen. Das Fahrerfenster wurde heruntergekurbelt, Colditz beugte sich zu ihnen. Anett hörte ihn sprechen, seine Stimme klang kompromisslos. Dann richtete er sich auf, sagte: »Klar?«

Die Scheinwerfer flammten auf, dazu zwei der vier auf dem Dach angebrachten Extraleuchten. Langsam entfernte sich der Wagen.

Colditz stieg ab, wartete am Straßenrand auf sie.

»Neonazis, Gerd?«, fragte sie, die Stimme zitternd vor Wut.

Er lächelte geheimnisvoll. Er hatte die Ellbogen auf den Lenker gestützt, der kahle Kopf hockte tief zwischen den kräftigen Schultern. Auf Wangen und Stirn glänzte Schweiß, das Gesicht immer leicht gebräunt, er war auch im Ruhestand oft draußen, meistens mit dem Fahrrad. »So schlimm ist es nicht.«

»Wie kommt es, dass sie auf dich hören?«

»Natürliche Autorität?«

»Sie nennen dich ›Gerd‹.«

»Tust du auch, Kind.«

Sie schnaubte durch die Nase, bekam die Wut nur langsam in den Griff, Wut auf die vier im Pick-up, auf Colditz. Er war immer da gewesen, hatte die Geschicke Prenzlins gelenkt wie kein anderer. Er war das Gesicht des alten Landes wie des neuen, das Gesicht der LPG, der Wende, des Reichtums wie des Niedergangs.

Colditz hatte die LPG mit einer Handvoll Genossen übernommen, 1991, als alles hatte schnell gehen müssen. Die Regierung in Bonn hatte festgelegt, dass die ostdeutschen LPGs bis 31. Dezember des Jahres aufgelöst und in Gesellschaftsformen überführt werden mussten, die westdeutschem Recht entsprachen. Die Zeit der »roten Junker« kam, der LPG-Vorsitzenden und SED-Kader, die durch die Wende reich werden sollten. Auf den Mitgliederversammlungen prognostizierte Colditz den Bauern eine düstere Zukunft, falls die LPG-Flächen aufgeteilt und künftig von knapp zweihundert Kleinstbetrieben bewirtschaftet wurden. Wie wollt ihr in den Markt? Wie wollt ihr zum Käufer? Wie wollt ihr euch gegen die Konkurrenz aus dem Westen wehren? Gegen die internationale Konkurrenz? Er versprach Arbeitsplätze, Investitionen in den Dörfern, Aufträge für Reparaturbetriebe. Prenzlin und die anderen betroffenen Orte würden blühen.

Die Mitglieder ließen sich auszahlen, die LPG wurde aufgelöst, ihr Besitz ging in eine neu gegründete eingetragene Genossenschaft über. Colditz war deren Geschäftsführer, drei seiner Leute Vorstände, drei weitere Mitglieder. Wenig später schieden die sechs aus, und Colditz wandelte die Genossenschaft in eine GmbH um. Keines seiner Versprechen löste er ein. Die GmbH blühte, Prenzlin und die anderen Dörfer verdorrten. 2012 verkaufte er an die ROGA und wurde vielfacher Millionär.

In der Ferne röhrte der Motor des Pick-ups. Anett sah die Heckleuchten hinter Bäumen verschwinden. »Du bist dir für nichts zu schade, was?«

»Besser, jemand hat sie unter Kontrolle«, raunte Colditz.

Als sie das Fahrrad auf die Straße schieben wollte, bot er an, sie auf seinem Gepäckträger nach Hause zu fahren. Entsetzt lehnte sie ab.

Er fragte, ob er sie begleiten dürfe. Mit ihr reden. Sie sagte Nein.

»Na komm, bis zur Abzweigung.«

»Ich will nicht mit dir gesehen werden.«

»Es ist dunkel, Anett.«

»Zum Teufel, was willst du von mir?«

Colditz lachte leise. »Im Gehen redet es sich besser.«

»Ich habe mit dir nichts zu bereden.«

»Tu's für deine Eltern.«

»Die wollen erst recht nichts mit dir zu schaffen haben.«

Er hob die Hände, sagte: »Deswegen komme ich damit zu dir.«

»Womit?«

»Mit meinem Vorschlag. Meinem Angebot.«

»Mir wird schlecht.«

»Bis zur Abzweigung, Anett.«

Sie gab nach. Dreihundertfünfzig Meter, das würde sie ertragen.

Sie gingen los, die Räder zwischen sich. Zwei Lichtbälle tanzten auf dem Beton vor ihnen, das Quietschen begleitete sie. Seit Anett wieder in Prenzlin war, scharwenzelte Colditz um sie herum. Sie war seine Hoffnung auf Aussöhnung mit ihrer Familie. Auf Vergebung. Das Einzige, was ihm zum vollendeten Glück im Alter fehlte, war Frieden mit den Marthens. Nur sie hatten ihm den Coup von 1991 nicht verziehen.

Alle anderen einstigen LPG-Mitglieder Prenzlins und der umliegenden Dörfer hatten sich ins Schicksal gefügt, hatten über die Jahre vergessen. Warum die alten Wunden wieder aufreißen, so war eben der Lauf der Dinge: Die einen waren clever und mutig und gewannen, die anderen nicht. Solche wie der Colditz waren damals ins kalte Wasser gesprungen und hatten alle Risiken auf sich genommen, das musste man anerkennen. All die Ungereimtheiten und Merkwürdigkeiten hin oder her, nach der Wende hatte es schnell gehen müssen mit der Abwicklung der LPG, da waren eben Fehler passiert, auf der einen wie auf der anderen Seite. Da hatten die einen überhastet Entscheidungen getroffen, die man mit ein bisschen Ruhe vielleicht nicht getroffen hätte. Und der Gerd Colditz hatte es im Chaos und dem juristischen Dickicht so gut gemacht, wie er konnte. Und hatte er nicht der Kita jährlich zweihundert Mark gespendet, bis sie wegen Kindermangels hatte schließen müssen? Sponserte er nicht die freiwillige Feuerwehr mit zweihundert Euro im Jahr? Die Seniorenfußballer, solange es sie gegeben hatte?

Es war nun mal, wie es war.

Selbst ihre Mutter wollte mittlerweile vergessen. Der Vater nicht. Er konnte nicht. Die Familie war über seiner Entscheidung im Sommer 1991, sich von Colditz auszahlen zu lassen, zerbrochen. Deshalb hatte er den Sohn verloren. Jörg, damals dreiundzwanzig, hatte die zwölf Hektar als Wiedereinrichter übernehmen, einen eigenen Betrieb aufbauen wollen. Der Vater hatte es ihm nicht zugetraut. *Du bist zu jung, und zwölf Hektar sind zu wenig, und wir haben doch kein Kapital …*

Vielleicht wäre alles anders gekommen, wenn Maik nicht Mitte der neunziger Jahre auf einen Artikel im SPIEGEL gestoßen wäre und ihn dem Vater geschickt hätte. Wieder und wieder hatte Hans ihn gelesen. War mit der Mutter zu den anderen ehemaligen LPG-Mitgliedern gelaufen und hatte gerufen: *Und wenn der Gerd auch getrickst hat? Wenn er uns auch unter Wert ausgezahlt hat? Wenn seine Bilanz auch gefälscht war?*

Lass man, Hans, hatten sie erwidert.

Hier, lies! »Fast überall sind die LPG auf rätselhafte Art arm geworden«! Wie bei uns! Und hier rechts: »flächendeckende Bilanzfälschungen«! Oder hier: »Die Bauern wurden um ihren rechtmäßigen Anteil am Vermögen der LPG geprellt, Bilanzen frisiert, Protokolle gefälscht«. Die Bauern, das sind wir!

Zwei der Jüngeren schlossen sich ihm an. Zusammen rekapitulierten sie den Besitz der LPG »Vorwärts Prenzlin« vor der Wende, soweit das noch möglich war – Flächengrößen, Maschinenpark,

Wirtschaftsgebäude, Silos, Wohneinheiten. Zum ersten Mal überhaupt gingen sie die Bilanz akribisch durch, die Colditz 1990 mit seinen Westanwälten hatte erstellen lassen.

Weil sie sie nicht verstanden, engagierten sie einen Wirtschaftsjuristen. Der fand in ihren handgeschriebenen Listen Maschinen, Ställe, Silos und weitere Gebäude, die in der Bilanz nicht vorkamen. Der Kasimir fehlte – Colditz log, er sei ein Geschenk der Sowjetunion an die DDR und vom Ministerium für Land-, Forst- und Nahrungsgüterwirtschaft an die LPG gewesen. Die riesige Getreidehalle von 1986 war in der Bilanz 1968 erbaut worden und deshalb 1990 kaum noch etwas wert – ein bedauerlicher Verdreher, behauptete Colditz. Ein Dutzend »verschwundene« Silos – baufällig und nicht mehr zu benutzen. Funktionstüchtige Traktoren, Mähdrescher und Anhänger waren mit jeweils 1 Mark bewertet, genauso mehrere Wohngebäude. So ging es weiter. Die Altschulden der LPG waren in der Abschlussbilanz immens, in der ersten Bilanz der neuen Genossenschaft ein Viertel so hoch. Weitere Tricks, Dokumentenfälschungen, vermeintliche Rückstellungen. Zum Zeitpunkt ihrer Auflösung war die LPG »Vorwärts Prenzlin« offiziell zwanzig Prozent dessen wert gewesen, was der Jurist später errechnete.

1997 standen der Vater und seine beiden Mitstreiter davor, Anzeige zu erstatten. Da brannte das kleine Gartengebäude ab, das Colditz als Archiv gedient hatte. Ein Großteil der LPG-Unterlagen war für immer verloren.

Kurz darauf zogen sich die Mitstreiter plötzlich zurück. Offensichtlich war Geld geflossen.

Schließlich gab der Vater auf. Er war nie ein Kämpfer gewesen und hatte allein gegen einen wie Gerd Colditz und dessen Rechtsanwälte keine Chance. Colditz saß damals für die SPD im Kreistag, war Geschäftsführer des Bauernverbandes Güstrow, außerdem Präsident des Bauernverbandes Mecklenburg-Vorpommern. Er war der König von Prenzlin, der ganzen Region, der Vorzeigelandwirt Mecklenburgs.

Während er immer reicher und immer mächtiger wurde, zerbrach der Vater. Jörg war fort, machte den Meister und arbeitete auf Betrieben überall im Osten. Selten kam er nach Hause, wechselte dann kein Wort mit dem Vater. 2005 verschwand er ganz. Seitdem hatten sich die beiden nicht gesehen.

Colditz' Vorschlag sollte all dies vergessen machen. Sollte die Familie Marthen mit sich selbst und mit ihm versöhnen.

Und Anett sollte den Preis dafür bezahlen.

Colditz hatte einhundert Hektar seiner GmbH-Flächen behalten, darunter die zwölf, die ihr Großvater 1960 in die LPG hatte einbringen müssen. Nun wollte er sie der Familie zurückgeben. Ein Geschenk, verbunden mit einer Bedingung: dass Anett den Kampf aufgab. Keine Blockaden mehr, keine Petitionen, keine Demos. Keine Aufregung mehr im beschaulichen Prenzlin.

Anett war stehen geblieben, sagte zum zweiten Mal: »Nein.«

Colditz lehnte das Rad gegen seine Hüfte, ließ die Hände tanzen, warf Zahlen in die Nacht. Sechs-, siebentausend Euro Pacht im Jahr, das sei doch eine hübsche Aufstockung der Rente zweier Menschen, die nicht viel besäßen. Noch besser, sie würden verkaufen, zum Beispiel an die ROGA. Bei einem Hektarpreis von fünfundzwanzigtausend Euro bekämen sie dreihunderttausend Euro.

»Gute Nacht, Gerd.«

»Sprich mit ihnen. Überlegt es euch in Ruhe.«

»Da gibt es nichts zu überlegen. Ich lasse mich nicht kaufen.«

»Irgendwann muss man aufhören zu kämpfen, Anett.«

»Und zusehen, wie alles den Bach runtergeht? Wie Menschen von deinem Schlag alles zerstören?«

Colditz runzelte die Stirn, wirkte für einen Moment getroffen. »Von meinem Schlag?«

»Menschen ohne Skrupel, ohne Verantwortungsgefühl. Die aus Geldgier lügen und betrügen und …«

»Kind, die Zeiten damals waren brutal gewesen. Man hatte Angst vor dem, was nach der Wende kommen würde. Keiner wollte untergehen. Man musste sich den Umständen anpassen.« Er rang sich ein Lächeln ab. »Aber ich habe mich geändert. Ich schenke euch dreihunderttausend Euro.«

»Du kaufst dir deinen Seelenfrieden.«

»Warum nicht? Hast du deinen Seelenfrieden gefunden? Nach all den Kämpfen, all den Jahren im Ausland? Was hat es dir gebracht? Du bist zurückgekommen, lebst wieder bei deinen Eltern. Kein Mann, keine Kinder, keine eigene Familie. Nur der Kampf. Bist du glücklich, Kind?«

Nur der Kampf, dachte sie.

Ja, schon immer war es so gewesen. Als könnte sie nicht aufhören zu kämpfen. Erst der Kampf gegen ein inhumanes System, gegen die Eltern, sich selbst. Dann gegen den Mann, den sie geliebt hatte, gegen die Trägheit, gegen die Angst, sich aus Bequemlichkeit selbst ein Gefängnis zu bauen.

»Denk darüber nach, Anett«, flüsterte Colditz, stieg auf sein Rad und fuhr quietschend in den Ort zurück.

20

Temeswar

IN DIESER NACHT GING COZMA nicht ins Bett. Um zwei Uhr morgens, vier Stunden, nachdem er heimgekommen war, saß er noch immer im Dunkeln am Küchentisch, links von sich den Vater, rechts den jungen Cozma, den zornigen von früher.

Nur der junge Cozma sprach. Der Vater blieb stumm wie immer, und er selbst hatte nichts zu sagen. Er hatte zu schweigen, fand er. Es gab keine Rechtfertigungen, keine Ausreden. Keine Entschuldigungen. Dass er vielleicht einer Marionette gleich an unsichtbaren Strippen hing, war keine Entschuldigung.

Der junge Cozma redete erregt auf ihn ein: Hättest ihn ruhig härter rannehmen können! Ein paar Ohrfeigen, und jetzt sitzt du da und schämst dich? Er ist ein Faschist! Bei denen helfen andere Methoden nicht! Hat er dich nicht schon in Coruia belogen und verspottet? Hat er dich in der Zelle nicht wieder verhöhnt und beleidigt?

Keine Rechtfertigungen, keine Entschuldigungen.

Besorg mir Bier und Zigaretten, Bulle, dann rede ich vielleicht.

Cozma hatte mit dem Rücken am Zellengitter gelehnt, Razvan auf der Pritsche gesessen, im Unterhemd und barfuß, der verstümmelte Fuß wie eine Mahnung, dass hier ein Wehrloser der Willkür ausgeliefert war.

Der diensthabende Kollege brachte Dosenbier und Zigaretten.

Ein Zeuge hat Adrian heute Morgen zurückkommen sehen, gegen Viertel nach …

Dein Zeuge lügt.

Was hat er mitgenommen? Kleidung, das Geld – was noch?

Glaubst du, ich liefere meinen Bruder ans Messer? Familie hält zusammen. Der Kleine und ich sind vom selben Blut, Bulle. Euer Bier schmeckt scheiße.

Razvan rauchte eine Zigarette nach der anderen. Trank eine Dose Bier nach der anderen. Fluchte, lachte, in der Stimme Wut und Angst und Hass.

Cozma trat näher zu ihm, lehnte sich an die Wand gegenüber dem Bett. *Hat Adrian seinen Pass mitgenommen?*

Ich will ein anderes Bier. Eine andere Marke. Was Gutes. Flaschenbier.

Hat er überhaupt einen Pass?

Lass mir Flaschenbier bringen, Bulle. Wenn ich betrunken bin, rede ich wie ein Wasserfall. Aber frag nicht nach Adrian. Der ist vom selben Blut.

Dann erzähl von dem Auto.

Razvan sagte, er habe kein Auto gesehen und nichts gehört. Er habe geschlafen. Habe mit Fieber und einer Flasche Țuica im Bett gelegen und geschlafen.

Cozma fragte nach Sorin Aurescu.

Kenn ich nicht, wer soll das sein?

Einer, der Anrufe macht, dachte er. Vielleicht die Strippen zieht. Der mich tanzen lässt, Razvan, ohne dass ich es merken soll.

Eine halbe Stunde war verstrichen, er machte keine Fortschritte. Verärgert wandte er sich der Zellentür zu, wollte gehen, um nicht am Ende noch in Versuchung zu geraten. Razvan musste spüren, wie es um ihn stand, sein Lachen hämisch und provozierend. Cozma kehrte um, lehnte sich wieder gegen die Wand, zündete sich eine Zigarette an. Beide schwitzten, waren unruhig, erschöpft. Das Neonlicht blendete, die Luft war stickig und feucht, es roch nach Wandschimmel. Manchmal waren Stimmen von Kollegen zu hören, einer kam und fragte, ob Cozma ein Glas Wasser wolle. Er verneinte. Als der Kollege gegangen war, nahm er sich eine der Bierdosen und trank, ließ sich von Razvan dafür auslachen. Er versuchte es erneut. Fragte nach dem Pass, dem Auto, obwohl er wusste, dass es ihm längst nicht mehr um Antworten ging. Immer öfter fiel sein Blick auf die Tätowierungen, das »Sig« auf Razvans rechter Schulter, die Wolfsangel am linken Unterarm.

Schließlich tat Razvan ihm den Gefallen. *Ist der ein Jude, der mich hergebracht hat? Er hat eine hässliche Judennase.*

Nein, er ist orthodox. Habe ich auch eine Judennase, Razvan?

Du bist Jude?

Mein Vater war Jude.

Daher der Geruch, der bleibt nämlich hängen. Deine Mutter?

Deutschstämmige Katholikin.

Wenn du Glück hast, schlägt die Mutter durch. Aber ich wette, du hast Pech. Juden bringen Pech. Erzähl mal von deinem Judenvater, Pechvogel.

Er kam mit fünfzehn ins Lager, nach Transnistrien.

Im Großen Krieg.

1944, ja.

Razvan hielt die Dose empor, die Augen glänzten. *Auf Antonescu, unseren Staatsführer! Auf die Legionäre! Die Eiserne Garde!* Er trank lachend, verschluckte sich, hustete.

Die Legionäre haben gegen Antonescu geputscht.

Ach, was weißt du schon, Bulle.

Soll ich weitererzählen? Von meinem Vater?

Nein, mir reicht's mit deinem Judenvater.

Doch Cozma erzählte, von den inneren und äußeren Verletzungen des Vaters während der KZ-Haft, dem Hunger, der Kälte, den Krankheiten, die den jungen Körper fast zerstört hätten. Nach der Befreiung durch die Sowjetischen Truppen kam ein Sechzehnjähriger heim, der nicht mehr genug Kraft besaß für einen ganzen Tag, aber mit ungeheurer Entschlossenheit leben wollte. So blieb dem Körper keine andere Wahl, als noch eine Weile durchzuhalten. Ende der fünfziger Jahre die Heirat, eher ein Versehen, bei ihm die Sehnsucht nach Liebe, hatte die Mutter gesagt, bei mir Mitgefühl für diesen tapferen, geschundenen Mann. Der einzige Sohn kam zur Welt. Ein Jahr später, 1962, war die Kraft aufgebraucht, der Vater legte sich auf den Küchenboden vor sein Kind und starb.

Cozma brach ab. Razvan war eingeschlafen, schnarchte rasselnd. Noch heute hatte er den Anblick vor Augen, der sterbende Vater auf dem Boden der Küche. Er hielt es für möglich, dass er sich tatsächlich daran erinnerte, obwohl es eigentlich unmöglich war. Er glaubte ohnehin, sich an vieles aus diesem einen Jahr zu erinnern – den Klang der dünnen, kraftlosen Stimme des Vaters, das blässliche, magere Gesicht, eine eher kleine Hand, die sich ihm näherte und ihm wie ein Windhauch über den Kopf strich.

Und vieles mehr.

Er sah den Vater an, der nie antwortete, nie reagierte, nur immer da war in seinem Haus am Ufer der Bega. Ich weiß noch, wie du mich getragen hast, dachte er, immer höchstens fünf, sechs Schritte, aus Angst, dass dir die Kraft ausgeht und du mich fallen lässt. Wie du geweint hast, stumm und reglos, nachmittags auf dem Sofa, wenn die Entschlossenheit nachgelassen hat. Nachts hast du wegen deiner Albträume geschrien und mich geweckt, und ich habe mit dir geschrien, weil ich Angst vor deiner Angst hatte. Morgens hast du das Wohnzimmerfenster geöffnet, um die Albträume hinauszulassen, ganz langsam hast du es aufgezogen, als wäre es zentnerschwer. Genauso langsam hast du mich auf deinen Schoß gehoben, und wir haben zugesehen, wie die Albträume hinausgeflogen sind. In der nächsten Nacht waren sie wieder da.

An all das glaubte er sich zu erinnern und an vieles mehr.

Razvan hatte gehustet und war davon aufgewacht. Sekundenlang hatte er Cozma irritiert angestarrt, während das Bewusstsein zurückkam. *Da siehst du es, die Juden sind nicht fürs Leben gemacht. Die sind krank und kaputt, und die Natur sortiert die aus. Wanzen werden sie genannt, man weiß schon, warum.*

Cozma ging vor ihm in die Knie, die Ellbogen auf der Pritsche, die Rune vor Augen. *Ich brauche Antworten, Razvan. Hat Adrian seinen Pass mitgenommen? Wo könnte er sein? Ist jemand aus dem Auto ausgestiegen?*

Besorg uns Flaschenbier, Bulle, dann hab ich wieder gute Laune, und dann …

Und dann hast du ihm endlich eine verpasst, sagte der junge Cozma hitzig.

Er hatte mit der flachen Hand zugeschlagen, aus einem Reflex heraus, so schnell und kräftig, dass Razvans Muskeln und Gehirn nicht reagieren konnten. Der Kopf war zur Seite geflogen, der Körper auf die Pritsche gekippt. Erst da hatte Razvan ein schrilles, überraschtes Quieken von sich gegeben. Cozma hatte ihn hochgezogen und erneut geohrfeigt, dann mit der Rückseite derselben Hand auf die andere Wange.

Erstaunt hatte er bemerkt, dass er nicht wütend war, nicht einmal mehr verärgert. Es hatte keine Wut in ihm gegeben, nur Trauer.

Razvan war auf die Matratze gesunken und hatte sich erbrochen. Leise schluchzend war er liegen geblieben.

Du hättest nicht aufhören sollen, sagte der junge Cozma. Ein paar Ohrfeigen bringen einen wie den nicht dazu, die Wahrheit zu sagen. Ohrfeigen sind nur der Anfang. Du hättest weitermachen müssen!

»Ich bin nicht mehr so«, sagte Cozma und blickte auf seine Hände, in denen die wuchtigen Schläge nachklangen. »Ich will nicht mehr so sein. Ich will nicht mehr du sein. Ich *bin* nicht mehr so.« Er stand auf, holte sich ein Glas Wasser und trat hinaus auf die Veranda. Die Bega lautlos wie immer, am anderen Ufer der hellgraue Koloss der Betonsiloanlage, sicherlich vierzig Meter hoch und achtzig lang, zwanzig schlanke runde Silotürme, jeweils fünf miteinander verbunden. Hunderte Tauben bewohnten die Anlage, die noch in Betrieb war, trotz der rostenden Zugangstreppen, der zersplitterten Fenster in den flachen anderen Gebäuden. *Was für ein riesiges, schreckliches Monster*, hatte Cozmas zweite Exfrau geklagt. *Nachts bekommt man Beklemmungen davon, und am Tag steht es der Sonne im Weg!* Die Anmutung verflogener Grandezza, den stummen Stolz der Anlage hatte sie nicht wahrgenommen.

Mit Cozma war es ihr ähnlich ergangen.

Die Trennung hatte beide aufatmen lassen. Trotzdem ertappte Cozma sich dabei, dass er sie in diesem Moment vermisste. Vielleicht nicht sie konkret. Einfach eine Frau. Die die beiden am Küchentisch vertrieb. Zu der er jetzt ins Bett kriechen konnte.

Er ging wieder hinein, setzte sich. Er dachte, dass er endlich vergessen wollte, aber er wusste nicht genau, was. Den Vater? Dass der Vater nur in den ersten zwölf Monaten seines Lebens da gewesen war und all die Jahre danach nicht mehr? Das war nun einmal so. Man konnte es vermutlich nicht vergessen, nur hinnehmen.

Als Razvan sich beruhigt hatte, war Cozma zur Tür gegangen, hatte den Kollegen gerufen, der mit schnellen Schritten gekommen war. Ohne ihn anzusehen, hatte er aufgeschlossen, wieder abgeschlossen, war davongeeilt. Cozma hatte Razvan durch die Gitterstäbe betrachtet, dessen Wangen stark gerötet gewesen waren und nass von Tränen, um den Mund Spuren von Erbrochenem. Er hatte kein Mitleid empfunden, kein schlechtes Gewissen. Aber er hatte sich vor ihm und vor sich selbst geschämt.

Besorg mir frische Kleidung, verflucht. Eine andere Matratze.

Morgen.

Jetzt! Morgen holt mich die Anwältin raus.

Wir werden sehen, Razvan.

Wir werden sehen? Ja, werden wir? Weißt du was, Bulle? Ich bin stolz auf den Kleinen! Er lässt die verfluchten Landräuber büßen, er zahlt ihnen heim, dass sie uns bestehlen, er ist ein Kämpfer, ein Mann, ein richtiger Mann! Ich hab immer gedacht, das Jungchen ist ein Waschlappen, viel zu gefühlsduselig, viel zu fröhlich, wie kann man dauernd lachen und grinsen und fröhlich sein, als wär das Leben was Tolles! Der kapiert nicht, wie beschissen die Welt ist, hab ich gedacht, der taugt ja nichts, der ist eine Schande für seine toten Geschwister und die Familie und mich! Und jetzt das, Bulle! Ich wette, er hat sie gefickt, bevor er sie alle gemacht hat, die ausländische Schlampe, hat er? Recht so! Er ist ein Mann, ein Kämpfer, ein richtiger Rumäne, Antonescu hätte ihm eine Medaille umgehängt! Endlich zeigt es einer von uns den Ausländern, die uns alles stehlen und uns auslachen und auf uns spucken! Für die Mutigen bauen wir einen Altar, für die Verräter gibt's die Kugel! Ja, Bulle, ich bin stolz auf diesen kleinen Irren!

Cozma legte die Arme auf das Wachstischtuch, bettete die Stirn darauf und schloss die Augen. Nein, die Ohrfeigen hatten Razvan nicht dazu gebracht, die Wahrheit zu sagen. Er hatte keine Antworten bekommen. Jedenfalls nicht die, auf die er gehofft hatte.

Dafür andere. Antworten über sich selbst. Anworten über Adrian. Einen anderen Adrian, einen, der lachte, fröhlich war und das Leben mochte. Einen Adrian, den er sich, zumindest in diesen Sekunden, nachts um halb drei, den Kopf auf den Armen, die Augen geschlossen, schon halb im Schlaf, als Mörder Lisas nicht vorstellen konnte.

21

Im Zug vor der tschechisch-deutschen Grenze

LISAS AUGEN weckten ihn.

Kurz nach Prag war er endlich eingeschlafen, jetzt, eine Stunde später, im Morgengrauen, schrak er in der schmalen Koje hoch, weil er ihre Augen im Schlaf auf sich gespürt hatte. Starr und matt und traurig hatten sie ihn beobachtetet, wie sie ihn seit dem Morgen am Fluss beobachteten, sahen halb geschlossen durch ihn hindurch in die Zukunft und schienen immer zu wissen, was er tun und wohin er gehen würde, bevor er selbst es wusste. Während er in Coruia über den Acker gerannt war, mussten sie schon gewusst haben, dass er von Denta aus per Anhalter nach Temeswar und mit dem Zug weiter nach Budapest fahren würde und dass er in Budapest Kleidung und einen Koffer kaufen würde, um seriöser auszusehen, und dass er sich eine Fahrkarte für ein Dreier-Abteil erster Klasse im Schlafwagen leisten würde, in der Hoffnung, dass man ihn dann nicht für einen armen Bauernsohn halten würde.

Und alles andere wussten sie ebenfalls.

Er richtete sich auf und versuchte, sich zu beruhigen, lauschte auf das rhythmische Schnarchen des Ungarn über ihm. Der im obersten Bett, der redselige Holländer, war nicht zu hören. Lautlos erhob Adrian sich und betrat die WC-Kabine. Im schummrigen Licht ließ er Wasser in seine hohlen Hände rinnen und tauchte das Gesicht hinein und sah das Blut auf ihrer Haut und auf seiner Haut, die Risse und Löcher in ihrem Körper, ein Körper der zerstörten Träume und Hoffnungen, sah das Gesicht dicht vor seinem, spürte die Finger, die sich um seinen Hals krallten und ihm die Luft abschnürten …

Sah die wutverzerrte Fratze.

Ein lautes Klopfen ließ ihn zusammenfahren. Eine tiefe Stimme erklang, gedämpft durch zwei Türen. Er hörte, wie die Schiebetür des Abteils aufgezogen wurde, dann schlug eine Hand klatschend gegen die WC-Tür. Er öffnete. Vor ihm standen der Ungar und der Holländer, draußen auf dem Gang zwei Polizisten, bewaffnet, Schutzwesten, in den Händen Pässe.

Kurz darauf bekam der Holländer seinen Ausweis zurück. Der Polizist sah Adrian an, sagte: *»Passport.«*

Er zog den Pass aus der Hosentasche.

Auch der Ungar nahm seinen Ausweis entgegen, entspannt und routiniert, er fuhr die Strecke zweimal im Monat. Aufmunternd zwinkerte er Adrian zu. Ein kleiner, runder Geschäftsmann, rötliche Äderchen schimmerten durch die Haut, der Hals wölbte sich über den Hemdkragen. Er sprach ein wenig Rumänisch.

Der eine Polizist fragte Adrian etwas auf Englisch. Der andere wartete, beobachtete ihn wachsam.

Adrian sah den Ungarn an.

»Wo fahren?«, übersetzte der, so gut es ging.

»Prenzlin.« Er zeigte mit den Händen: Berlin, weit darüber und ein wenig nach links Prenzlin.

Der Ungar sprach auf Deutsch mit dem Polizisten, der erneut Fragen stellte.

»Arbeit?«

»Urlaub. Bei den Großeltern von meiner Freundin.«

»Wie lange?«

»Eine Woche.«

Der Polizist gab ihm den Pass mit einem knappen Nicken zurück. Der mit dem wachsamen Blick ging weiter.

Adrian versuchte, sich die Erleichterung nicht anmerken zu lassen. Er hatte es geschafft.

Der Polizist sagte etwas.

»Freundin ist im Zug?«, fragte der Ungar.

Adrian zögerte überrascht. »Nein.«

»Freundin wo?«

Er starrte den Ungarn an, dann den Polizisten, einen bulligen Mann mit Glatze, spürte, dass sich seine Augen mit Tränen füllten. Konnte es nicht verhindern.

»Weg?«, fragte der Ungar mitfühlend.

Adrian schüttelte den Kopf. »Tot.«

22

Neu-Prenzlin

»CHRISTL«, sagte Winter leise.

Sie antwortete nicht mehr, legte schluchzend auf.

Er stand wie so oft in diesen Tagen am Fenster, sah zu, wie der Betrieb erwachte. Eugen wanderte scheinbar ziellos über den Hof, weitere Arbeiter tauchten auf, verschwanden, die Büromitarbeiterinnen kamen nach und nach, rauchten vor dem Gebäude in kleinen Gruppen, alle paar Sekunden drehte sich ein Kopf in Richtung Wohnhaus. Ein Traktor setzte sich in Bewegung, andere zogen draußen auf den Feldern ihre Bahnen. Im Betrieb schien alles seinen gewohnten Gang zu gehen, ganz so, wie Marthen es wollte. Der Alltag sollte den Schmerz dämpfen, keinen Platz lassen für Schmerz. Überrascht stellte Winter fest, dass er jetzt gern bei Christl und Hans wäre. Hier wurde er nicht benötigt, dort schon. Dort könnte er ein wenig von dem zurückgeben, was sie für ihn getan hatten im April 2011 und danach. Ohne sie hätte er die ersten Tage nicht überlebt. Und noch immer brachte Christl Blumen ans Grab. Erzählte den dreien von ihm.

Aber zurück nach Prenzlin? In den Abgrund der Erinnerungen? Jahrelang war das unvorstellbar gewesen.

Er verließ das Zimmer, hielt im Flur abrupt inne. Etwas fehlte. Die laute Musik aus Lisas Zimmer über seinem.

Das Gebäude wie gelähmt in der Stille.

In der Küche aß er eine Scheibe Brot, stürzte den Kaffee hinunter, dann begann er, Marthen zu suchen, der nicht im Haus war und auf Anrufe nicht reagierte. Das Bett war unberührt; wenn er überhaupt geschlafen hatte, dann nicht in seinem Zimmer. Winter überquerte den Hof, fragte, wen er antraf, dann im Büro, niemand hatte Marthen an diesem Morgen gesehen. Seine Unruhe wuchs. Er lief in die Traktorenhalle, stieß auf Eugen, der müde und erschöpft aussah.

»Wird schon nichts …« Er brach ab.

Winter zwang sich zu einem Lächeln.

Sie verließen die Halle. Ein Kombi aus Temeswar fuhr auf den Hof, hielt vor dem Bürogebäude. Ein großer hagerer Mann stieg aus, den Winter nicht zuordnen konnte.

»Der GPS-Techniker«, sagte Eugen.

»Brauchst du mich dabei?«

»Nein.«

Winter eilte weiter, sah in den Hallen nach, in der Werkstatt, bei den Silos, kehrte ins Büro zurück. Erst als er kurz darauf am Metallzaun stand und über die Felder blickte, wusste er, wo er suchen musste.

Die Absperrbänder waren entfernt worden. Dunkle Flächen getrockneten Blutes markierten ihren letzten Weg vom Fluss zum Waldrand. Marthen stand zwei Schritte neben der Stelle, an der Winter ihre Leiche gefunden hatte, die Hände in den Taschen des Blaumanns, sah nicht auf, als er neben ihn trat.

So standen sie zehn, fünfzehn Minuten lang da, ohne zu sprechen.

»Die Saudis kommen bald«, sagte Winter schließlich und sah Marthen nicken.

Sie gingen zum Forstweg, stiegen in Winters Wagen.

»Ich kann mich nicht an den Engel erinnern«, sagte Marthen.

»Warst du mal mit ihr dort? Im Dom?«

»Ich glaube nicht.«

Winter bog auf die Nationalstraße ab. Rechts von ihnen schimmerte es hell zwischen den Bäumen, jenseits des Waldstreifens lag Coruia. Er dachte an Ecaterina und Iosif. Daran, was er gestern über sich gelernt hatte: dass er bereit war, seine Macht zu missbrauchen.

»Ich weiß nicht mal, ob sie mir von dem Engel erzählt hat.«

»Du warst viel unterwegs. Hattest viel zu tun«, sagte Winter.

Die Jahre nach der Wende und der Entscheidung, die Hans Marthen getroffen hatte. Jörg hatte auf einem Betrieb Richtung Schwerin gearbeitet, nebenbei in Güstrow den Landwirtschaftsmeister gemacht. Dann folgten andere Höfe, bis hinüber nach Märkisch-Oderland an der polnischen Grenze. Dazu die zahlreichen und immer erfolglosen Fahrten nach Schwerin, Magdeburg, Berlin, sogar Dresden, wo die BVVG ihre Landesniederlassungen hatte und Ackerflächen zur Pacht oder zum Verkauf anbot, die volkseigenen Gütern gehört hatten oder von LPG-Nachfolgebetrieben bewirtschaftet worden waren. Wer am meisten Geld zahlen konnte und am meisten Hektare haben wollte, wurde bevorzugt. An finanzschwachen Wiedereinrichtern, die erst einmal nur dreißig, vierzig Hektar pachten wollten, bestand kein Interesse. Man wollte die Großbetriebe erhalten, nicht die kleinen fördern. Marthen wurde immer verschlossener, verbissener, aber er ließ sich nicht von seinem Ziel abbringen. Er lernte, sparte und hielt nach Investoren Ausschau. Alles andere hatte er seinem Traum untergeordnet: Ehe, Familie, Tochter.

2005 zogen sie nach Rumänien. Marthens Traum erfüllte sich, der von Yvonne und Lisa nicht.

»Ich war immer viel unterwegs. Hatte immer viel zu tun. Ich hatte nie Zeit für sie.«

Ja, dachte Winter, sagte es nicht. Er bog auf die Zufahrt zum Betrieb ab. Sein Blick fiel auf das Wohnhaus, in dem jetzt nur noch sie beide lebten.

»Nach der Beerdigung reiße ich es ab«, sagte Marthen.

Sie waren gerade aus dem Wagen gestiegen, als Cozma und dessen Kollege vor der Einfahrt hielten. Zu Fuß kamen sie herüber. Winter stand dicht neben Marthen, spürte die fiebrige Hitze, die von ihm ausging.

»Willst du dich noch umziehen?«, fragte er. Marthen trug dasselbe T-Shirt wie am Vortag, hatte vermutlich in der Kleidung geschlafen, in irgendeiner Scheune oder in einer der Hallen.

»Nein.«

Die Kripobeamten traten zu ihnen.

»Viel Zeit haben wir nicht«, sagte Winter.

»Fünf Minuten reichen«, erwiderte Cozma. Er wirkte müde, nachdenklich. »Kennen Sie Sorin Aurescu, Herr Marthen?«

»Man sieht sich ...«, Marthen schien nach dem richtigen rumänischen Wort zu suchen, »gelegentlich.«

»In Voiteg und in Temeswar«, präzisierte Winter. »In Lugoj vor einem Jahr.« Die Metallhaut der Silos reflektierte das Sonnenlicht, mit zusammengekniffenen Augen tastete er seine Jacke ab, fand die Sonnenbrille nicht. Er legte die Hand an die Stirn.

»Bei welchen Gelegenheiten?«

»Veranstaltungen zur Landwirtschaft, Zusammenkünfte der Großbetriebe. Manchmal hält er eine Rede oder spricht ein Grußwort. Hinterher schüttelt er Hände.«

»Warum fragen Sie?«, wollte Marthen wissen.

»Sind Sie mit Herrn Aurescu befreundet?«

»Was hat das mit meiner Tochter zu tun?«

»Würden Sie ihn als Freund bezeichnen?«, fragte der Kollege, Rusu, mit strenger Stimme.

»Nein.«

»Er kennt nicht mal unsere Namen«, sagte Winter.

»Was hat Aurescu mit Lisa zu tun?«

Marthens Frage ging im Klingeln eines Mobiltelefons unter. Cozma entfernte sich, hörte zu, kratzte sich dabei mit der Hand am Kinn. Dann kam er zurück und erklärte umständlich, die Lascus hätten eine Art Anwältin, und diese Anwältin habe gerade angerufen und gesagt, die Lascus hätten sie darüber informiert, dass gestern jemand von JM Romania bei ihnen gewesen sei, um Informationen über Adrian zu bekommen und sie einzuschüchtern.

»So?«, fragte Winter. »Wer?«

»Das wollten sie nicht sagen. Wie auch immer.« Cozma drehte den Kopf weg, der Blick ging in die Ferne. Nach einem Moment wandte er sich ihnen wieder zu. »Wie auch immer.«

»Einer von Ihnen?«, fragte Rusu, der im Gegensatz zu Cozma sichtlich verärgert aussah.

»Lass, Cippo.«

»Aber das ist ungeheuerlich!«

»Ja«, sagte Cozma. »Sorgen Sie dafür, dass es nicht wieder vorkommt.«

Bewegungen an der Einfahrt erregten Winters Aufmerksamkeit. Ein schwarzer BMW näherte sich fast lautlos, bremste am Tor ab. Er hob eine Hand, bedeutete dem Chauffeur, vor dem Bürogebäude zu parken. »Unser Termin«, sagte er.

Der BMW rollte an ihnen vorbei, die Scheiben getönt, die Männer im Inneren nicht zu erkennen.

Plötzlich trat Marthen einen Schritt auf Cozma zu, sagte fast drohend: »Ich will Antworten auf meine Fragen!«

»Das verstehe ich, Herr Marthen. Leider habe ich noch keine.«

»Kannte Aurescu meine Tochter?«

»Ich glaube nicht. Sein Name ist gefallen, das ist alles.«

»Und das muss für den Moment genügen«, blaffte Rusu.

Der Chauffeur hielt, sprang heraus, öffnete die Türen. Dieselben drei Entsandten der Tayma Group wie Mitte August stiegen aus, die langen weißen Gewänder und rotweißen Kopftücher der beiden Vorstandsmitglieder wie damals ein fast unwirklicher Anblick, hier, auf dem rumänischen Land. Nur Tarik Kariri, der Firmenanwalt, war im Anzug. Erneut hob Winter eine Hand, diesmal ein kurzer Gruß, den sie mit ernster Miene erwiderten. Sie wussten es. Kariri hatte Winter am frühen Morgen angerufen, sein Beileid ausgedrückt und angeboten, den Termin zu verschieben. Ein Mord sprach sich herum, zumal ein Mord auf dem Gelände eines der nichtrumänischen Großbetriebe.

»Wir reden später«, sagte Cozma.

Marthen ergriff seinen Arm. »Haben Sie Adrian verhaftet?«

»Noch nicht. Lassen Sie mich …«

»Werden Sie ihn finden, Cozma?«

»Lassen Sie mich bitte los? Danke.« Noch immer zeigte Cozma keine Spur von Ärger, anders als Rusu, der sich offenbar nur mit Mühe zurückhalten konnte. »Ja, wir werden ihn finden.«

»Was ist mit Aurescu? Mischt er sich ein?«

»Jörg«, sagte Winter mahnend, deutete auf die wartenden Saudis.

Marthen beachtete ihn nicht. »Spielt Geld eine Rolle, Cozma? Aurescus Geld?«

»Geld spielt immer eine Rolle«, sagte Rusu.

»Dann sagen Sie mir, wie viel, und …«

»Verdammt, Jörg!«

»Wie sollen wir das verstehen?«, fragte Rusu.

»Mir gefällt dieses Gespräch nicht«, knurrte Cozma, nun doch verärgert. »Wer auch immer Ihre Tochter getötet hat, wird …«

»Gibt es eine Verbindung zwischen Aurescu und Adrian?«

»Eine andere, als Sie denken, Herr Marthen.«

Winter fing Cozmas Blick auf, verstand die Aufforderung. Mit sanftem Druck schob er den Freund in Richtung der Saudis. »Spinnst du?«, flüsterte er.

»Sie vertuschen etwas«, entgegnete Marthen ruhig.

23

Coruia

»SORIN AURESCU, um Himmels willen …«

»Ist ja gut, Cippo.«

»Darunter geht es nicht, was? Der Chef muss uns den Vorsitzenden des Kreisrates von Timiş ins Nest legen. Warum nicht gleich …«

»Aurescu hat sich selbst ins Nest gelegt.«

»… den Ministerpräsidenten?«

Cozma hatte Cippo auf der Fahrt von Temeswar in den Süden erzählt, Aurescu interessiere sich auffällig für den Fall Lascu. Man müsse mit übergeordneten Interessen rechnen. Er wollte, dass Cippo gewappnet war.

Sie befanden sich auf dem Wiesenpfad, der die ehemaligen Flächen der Voineas von denen ihrer Nachbarn trennte. Immer wieder stolperte Cozma über kaum sichtbare Baumstrünke, auch eine Hecke hatte hier gestanden, die, wie Cippo vermutete, von Marthens Leuten entfernt worden war, damit deren Traktoren keine Umwege fahren mussten. Die Sonne blendete, ein kühler Wind ging. Schon immer hatte Cozma die Natur nur in Gedanken geschätzt, nicht unter den Füßen. Zu viel Sonne, zu viel Wind, zu viel unkontrollierbare Wildheit. Seine erste Exfrau hatte nach zwei Jahren Langeweile mit ihm beschlossen, dass sie nur auf dem Land jemals wieder glücklich würde. Um die Ehe zu retten, hatte er sich in Banater Dörfer, an von allen Lebewesen verlassene Berghänge und lärmende Flüsse schleppen lassen, wo Immobilien zum Verkauf gestanden hatten. In jede zweite hätte sie ihn verpflanzt, wenn er sich nicht mithilfe fantasievoller Ausreden beharrlich geweigert hätte. Am Ende hatte sie sich in einen attraktiven Immobilienmakler verliebt, dem sie kurz entschlossen ausgerechnet nach Bukarest gefolgt war.

Voinea musste sie längst gesehen haben, aber er arbeitete in aller Ruhe weiter. Zusammen mit seiner Frau harkte er die Erde auf oder um, nur zentimeterweise schienen sie sich voranzubewegen, zwei einsame Gestalten, die Cozma auf dieser riesigen dunklen Fläche winzig und verletzlich erschienen. Selbst wenn man bedachte, dass sie nur auf den ehemals eigenen Parzellen mit der Hand zu Werke gingen und die anderen mit Marthens Traktoren bearbeitet wurden, erschien ihm ihre Tätigkeit aussichtslos angesichts ihres Tempos. War es da so schlimm, dass viele rumänische Kleinbauern an die ausländischen Großbetriebe verkauften?

Endlich legte Voinea die Harke, oder wie immer man nannte, was er in der Hand hielt, zu Boden und kam ihnen mit weiten, vorsichtigen Schritten entgegen. Er mochte an die siebzig sein, bewegte sich kontrolliert und erfahren. Trotz aller körperlichen Anstrengungen eines Bauernlebens ging er aufrecht. Fast erleichtert registrierte Cozma, dass er gut genährt aussah, sogar halbwegs zufrieden. Um Voinea musste man sich keine Sorgen machen, er hatte sich mit dem neuen Leben arrangiert, vielleicht war es ja ein besseres Leben.

Sie blieben stehen, warteten auf ihn.

»Keine Lügen diesmal«, sagte Cippo streng, obwohl auch er wusste, dass Winter die Arbeiter des Betriebs mittlerweile zur Kooperation mit der Polizei aufgefordert hatte.

»In diesem Land retten Lügen manchmal Leben«, entgegnete Voinea.

Cozma lächelte müde. »Die Zeiten sind vorbei.«

»Schau ins Parlament, Polizist, und du weißt, dass sie nicht vorbei sind.«

»Rumänien ist nicht das Parlament oder die Sozialdemokraten oder Victor Ponta.« Cippo bückte sich, hob einen Klumpen Erde hoch und hielt ihn Voinea entgegen. »Das ist Rumänien.«

»Nein, das ist jetzt Deutschland«, sagte Voinea. Er sah Cozma an. »Stell deine Fragen, Polizist.«

Cozma erklärte, was er wissen wollte. Adrian, ein grüner Wagen. Die Reihenfolge war wichtig. Erst Adrian, dann der Wagen? Umgekehrt?

»Umgekehrt«, sagte Voinea.

»Also erst der Wagen, dann Adrian?« Voinea antwortete nicht, offensichtlich hielt er Nachfragen für überflüssig. »Wohin ist der Wagen gefahren? War er schnell? Langsam?«

Voinea hob einen Arm, beschrieb damit den Weg des Polo. Er sei aus dem Wald ins Dorf gerast, habe beim ersten Haus abgebremst, Coruia langsam durchquert. Vor dem letzten Haus, dem der Lascus, sei er umgedreht und noch langsamer zurückgekommen. »Da drüben, wo der Radu Dobre gewohnt hat, bleibt er stehen. Eine Minute, zwei Minuten. Dann fährt er weiter. Am Wald bleibt er nochmal stehen. Aber nur kurz. Dann gibt er Gas und ist weg.« Kurz darauf habe seine Frau Adrian aus dem Wald kommen sehen, »da drüben, wo kein Weg ist«. Erst sei er gegangen, dann gerannt.

»Nach Hause?«

Die Hand wanderte weiter. Später hätten sie ihn über den Acker laufen sehen. Einmal sei er stehen geblieben und habe sich umgedreht. Dann sei er oben am Hügel im Wald verschwunden.

»Wer hat das Auto gefahren?«

»Ein Mann.«

»Was hat er hier gemacht, in Coruia? Wonach sah es aus?«

»Als würde er was suchen.«

»Adrian?«

»Meine Frau meint Ja.«

»Und du?«, fragte Cippo.

»War's das?« Voinea deutete ein knappes Abschiedsnicken an und ließ sie stehen.

»He, wir sind noch nicht fertig«, sagte Cippo.

»Doch, doch«, sagte Cozma schmunzelnd.

Auf dem Weg zurück zu den Häusern ging er stumm mögliche Erklärungen durch. Eins: Der Fahrer des Polo war Zeuge des Mordes geworden und hatte Adrian, den Mörder, gesucht, sich aber nie bei der Polizei gemeldet. Zwei: Der Fahrer und Adrian waren Komplizen und hatten sich aus irgendeinem Grund gestritten. Drei: Nicht Adrian, sondern der Fahrer des Polo war Lisas Mörder und hatte Adrian als Gefahr für sich betrachtet und deshalb verfolgt. Doch wie war dann Lisas Blut an die Kleidung Adrians gekommen?

»Das ist das Ende«, sagte Cippo unvermittelt.

Cozma sah auf. Valentina Olars silberfarbener Mercedes fuhr in Coruia ein. »Eher der Anfang«, entgegnete er.

Langsam ließ Cozma den Kadett die Straße hinunterrollen. Zwei Dinge immerhin schienen klar: Der Fahrer des Polo hatte nicht gewusst, wo Adrian wohnte, sonst hätte er dort gewartet. Und: Adrian hatte sich im Wald versteckt, bis der Wagen Coruia wieder verlassen hatte. Erst dann war er nach Hause gerannt.

An Bogdan vorbei.

Cozma beugte sich über Cippo und winkte, doch das blasse, starre Gesicht hinter dem Fenster zeigte keine Reaktion.

Adrian ist tot.

Wieder ergriff ihn ein mulmiges Gefühl. Was wusste Bogdan?

Olars Boxer stand vor dem Gartentor, bat sie mit einem überzeugenden Knurren zu warten. Sie setzten sich in den Kadett und rauchten. Cippo deutete mit dem Finger auf das Haus, sagte: »Das Fahrrad ist weg.« Cozma nickte. Er hatte Dan am Morgen im Büro informiert, dass Razvan nach Hause gebracht werden könne. Offenbar war er wieder gesund, fuhr mit dem Rad durch die Gegend.

»Wir hätten ihn dabehalten sollen. Ihn ein bisschen kitzeln sollen.«

»Wir wissen doch jetzt, was wir wissen wollten«, sagte Cozma.

»Du warst gestern Nacht bei ihm, richtig?«

»Ja.«

»Keine gute Idee.«

Cozma schwieg.

»Habt ihr einen Arzt gebraucht?«

»Wie viel, damit wir das Thema wechseln?«

Die Währung hatte sich geändert. »Ein bisschen mehr Vertrauen«, sagte Cippo streng. »Wenn ich sage: keine gute Idee, dann hör künftig auf mich.«

Der Boxer telefonierte, kam zu ihnen. »Nur Cozma«, sagte er.

»Was ist das, eine Audienz beim Patriarchen?«, fragte Cippo.

Cozma stieg aus, dachte auf dem Weg zum Vorgarten, dass er sich ganz ähnlich fühlte – als stünde ihm eine Audienz bevor, wenn auch nicht beim Patriarchen, sondern, viel besser, bei einer beeindruckenden Frau.

Einer Sieben und minus Zehn.

Was in der Cozma'schen Arithmetik gleichbedeutend war mit einer glatten Zehn.

Die Lascus saßen auf dem Sofa. Trotz des dämmrigen Lichts erkannte er, dass ihre Gesichter gerötet waren, Ecaterinas Augen schwammen. Valentina Olar hatte sich auf einem Sessel neben ihr niedergelassen, die Beine übereinandergeschlagen. Cozma ließ sich einen Moment Zeit, sie zu betrachten. Andere Pumps als gestern, dunkle Stoffhose, azurblaue Bluse, die am Brustbein Haut freigab, zwischen den Säumen lag eine mattgoldene Kette mit einem münzgroßen Medaillon. In ihrer eleganten Erscheinung passte sie überall hin, nur nicht in diesen Raum, fand er, doch da sie eindeutig nicht in solchen Kategorien dachte, passte sie wiederum nirgendwo besser hin als hierher, ganz einfach weil sie hier war, hier sein wollte.

Noch bevor er Platz genommen hatte, sagte sie: »Adrian hat vor zwei Stunden angerufen.«

Er schürzte die Lippen, nickte, ließ sich langsam auf den Sessel gegenüber vom Sofa sinken. »Will er sich stellen?«

Iosif räusperte sich. »Nein. Das wäre zu kompliziert.«

Adrian war in Deutschland.

Er hatte gegen halb zehn aus Berlin angerufen, war auf dem Weg nach Prenzlin. Iosif versuchte zu erklären, was er verstanden hatte. Prenzlin sei für Adrian gleichbedeutend mit Lisa, und nun, da Lisa nicht mehr in seinem Leben sei, wolle er in ihr Leben gehen. Er wolle mit eigenen Augen sehen, wovon sie ihm erzählt habe. Den Ort kennenlernen, in den sie bald zurückgekehrt wäre. In den er sie vielleicht begleitet hätte.

Cozma dachte, dass er schon absurdere Lügen gehört hatte.

Absurdere Wahrheiten.

»Deswegen flieht er? Taucht unter?«

»Er flieht vor dem Mörder!«, sagte Iosif.

Cozma nickte, obwohl er noch nicht alles verstand, doch immerhin begann er, das Wesentliche zu begreifen: Das Einfache existierte nicht, es war nur der Augenschein. Von Anfang an war alles an diesem Fall kompliziert gewesen.

Erklärung drei also, dachte er und kratzte sich mit den Fingern am Kinn. Und das hieß: von vorn anfangen.

Ecaterina schaltete sich ein, und Cozma sah und hörte ihre Erleichterung, aber auch ihre Angst. Adrian, sagte sie, sei gestern am Morgen mit Lisa am Fluss verabredet gewesen, aber dann habe er sie im Gebüsch gefunden, »nackt und … voller Blut. Er wollte ihr helfen, da hat er sich neben sie gekniet und sie berührt.«

»Und das soll das Blut an seiner Kleidung erklären?«

»Er hat sie umarmt«, sagte Valentina Olar. »Er hat sie in die Arme genommen und gehalten.«

Cozma nickte wieder, kratzte sich erneut am Kinn. Verwundert bemerkte er, dass er kaum an dieser Geschichte zweifelte. Alles passte. Alles wurde dadurch erklärt, vielleicht ja auch Sorin Aurescu. »Und der Mörder …«

»… ist zurückgekommen«, flüsterte Iosif.

»Da ist er weggerannt. Er war in Panik. Der Mörder hat ihn …« Ecaterinas Stimme versagte.

»… gewürgt«, vollendete Iosif. »Aber er hatte Glück und konnte entkommen.«

»Er würde ihn also wiedererkennen? Den Mörder?«

»Und der Mörder ihn!«, rief Ecaterina.

»Warum stellt er sich dann nicht?«

Iosif beugte sich gestikulierend vor. »In Deutschland? Aber er kennt da niemanden! Er spricht kein Deutsch! Und er hat doch nichts Schlimmes getan!«

Cozma rieb sich die Stirn. »Wird er wieder anrufen?«

»Morgen, am Vormittag.«

»Dann sagen Sie ihm, dass er sich stellen soll.«

Auch Valentina Olar lehnte sich jetzt nach vorn, und Cozma spürte plötzlich, dass da noch etwas in der Luft lag. Ein Netz, das sich um ihn zuzuziehen begann. »Ecaterina hat eine Idee. Einen Wunsch.«

Sag's nicht, dachte er.

»Dass Sie unser Kind nach Hause holen«, sagte Ecaterina.

24

Neu-Prenzlin

WINTER HATTE DIE SAUDIS wie beim ersten Gespräch in den Konferenzraum geführt, das einzige halbwegs gemütliche Zimmer im Bürogebäude. Mehrere Sessel und eine Couch vor dem Fenster, an den Wänden Plakate von Städten Siebenbürgens, den Karpaten, dem Eisernen Tor der Donau an der serbischen Grenze, in einer Ecke eine Anrichte mit Kaffeemaschine, Kaltgetränken, Snacks – doch keine Flurkarten, kein Computer, keine Ordner, nicht einmal Kugelschreiber. Die Saudis hatten die Botschaft sicher schon im August verstanden: Marthen würde nicht an die Tayma Group verkaufen.

Sie wollten zweihundert Hektar nördlich von Gattaja, dreihundert südlich von Denta, Flächen, die im Lauf der Jahre zu Großschlägen zusammengeführt und deshalb hochattraktiv waren. Außerdem interessierten sie sich für fünfhundert Hektar aus einzelnen Feldblöcken unterschiedlicher Größe zwischen Denta und Gattaja. Für die fünfhundert arrondierten Hektar hatte Tayma siebentausend Euro pro Hektar geboten, für die kleinteiligeren viertausend. Weit mehr als das, was zurzeit im Süden von Timiş gezahlt wurde. Fünfeinhalb Millionen Euro insgesamt. JM Romania wäre seine Schulden innerhalb weniger Sekunden los.

Doch Marthen wollte nicht verkaufen.

Mit den Flächen südlich von Denta habe ich angefangen.

Was hilft dir das? Die Bank wird nicht mehr lange stillhalten.

Wir schaffen das schon, Maik.

Tereza bereitete Kaffee zu, richtete Gebäck her. Solange sie im Raum war, würden die Saudis nicht vom Geschäft sprechen, also machte Kariri Small Talk, und Winter bemühte sich, ihn zu unterstützen. Sie sprachen Englisch, das hieß: Kariri sprach Englisch, Winter stolperte durch die Sätze.

Er und Marthen saßen gegenüber vom Fenster, unter dem das Sofa stand. Dort hatte sich Ahmad Burasais niedergelassen, ein zurückhaltender, kluger Mann um die sechzig mit Bart über der Oberlippe und am Kinn. Wenn er die linke Hand bewegte und der Ärmel nach oben rutschte, waren Narben an Handballen und Unterarm zu erkennen, von seinem Lieblingsfalken, wie er im August erzählt hatte. Kariri hatte links von Winter Platz genommen, Yassir al-Saeed rechts von Marthen, ein attraktiver Mittdreißiger mit Fünftagebart, blitzweißen Zähnen, immer freundlich, ausgesprochen höflich.

Ein *Wow*-Mann, dachte Winter.

Du weißt nicht, was ein Wow-Mann ist, Maik? Ein Mann, mit dem du sofort mitgehen würdest, egal wohin.

Ich würde mit keinem Mann mitgehen, Lisa.

Hahaha.

Soll ich dir al-Saeed vorstellen?

Ich hab doch schon einen Wow-Mann.

Den Kleinen aus Voiteg?

Quatsch. Dich.

Ich bin höchstens ein Wow-Familienfreund.

Wow ist wow.

Winter vertrieb die Erinnerungen, sah zu, wie Tereza die Kaffeetassen und das Gebäck auf den Couchtisch stellte. Nachdem sie den Raum verlassen hatte, drückten die Saudis ihr Beileid aus.

Marthen nickte schweigend.

Der schwierigste Moment.

»*Thank you*«, sagte Winter. »*Mr. Marthen … appreciate that.*«

Man füllte Zucker in die Tassen, nahm Gebäck, trank und aß.

Nur Ahmad Burasais rührte sich nicht. Schließlich beugte er sich leicht nach vorn, fasste Marthen ins Auge und sagte in seinem weichen Englisch: »*When your child dies, you die with him or her.*«

»*Yes*«, entgegnete Winter mechanisch.

»*You will ressurect someday. But you will be another person. Another person in another life. Poorer in a poorer life. I have experienced it myself.*«

»*I'm sorry.*«

»*Thank you, Mr. Winter.*«

»*My daughter hated business*«, sagte Marthen.

Winter hoffte, dass die Saudis die Aufforderung verstanden. Reden wir endlich übers Geschäft.

Tarik Kariri übernahm die Gesprächsführung, indem er Unterlagen aus der Aktenmappe zog und die Brille mit den bläulich getönten Gläsern an die Nasenwurzel zurückschob. Er sagte, die Tayma Group respektive Tayma Cereals – eine Tochterfirma – erhöhe ihr Angebot um zweitausend Euro je Hektar. Neuntausend Euro für die arrondierten Flächen, sechstausend für die anderen.

Zwei Millionen Euro mehr, dachte Winter. Siebeneinhalb Millionen insgesamt. Unfassbar viel Geld.

Auch andere Großbetriebe der Region würden die eintausend Hektar, an denen die Saudis interessiert waren, sofort übernehmen – der Österreicher, die Dänen, der Konzern aus den Emiraten. Doch sie würden nicht einmal die Hälfte dafür bezahlen und auch nicht alles kaufen, sondern einen Großteil pachten.

»*I have the wrong contract*«, witzelte er. »*How bad that I don't get a … äh …*«

Der junge Al-Saeed half ihm. »*… percentage of the profit?*«

»*Yes.*«

Die Saudis lächelten höflich.

Winter warf einen Blick auf Marthen, seufzte stumm, er rechnete mit dem Schlimmsten. »*Thank you, this is a very good … a very generous offer. Mr. Marthen will think about it.*«

Kariri bedankte sich, Burasais und al-Saeed neigten die Köpfe. Dann ergriff Letzterer das Wort, die Zeit musste totgeschlagen werden, schließlich konnte man nicht nach fünfzehn Minuten den Rückweg antreten. Auf einen Ellenbogen gestützt erklärte er, weshalb Tayma Cereals in Rumänien investierte. Leider würden es die wundervollen Wüsten seiner Heimat weitgehend unmöglich machen, dass Saudi-Arabien einen nennenswerten Teil der Nahrungsmittel für seine Bürger im Land selbst produziere. Es sei kein Geheimnis, dass die Regierung die eigene Weizenproduktion habe aussetzen müssen, um die Wasservorräte zu schonen. Die rumänische Regierung, das rumänische Volk und Partner wie JM Romania würden seinen Landsleuten aus dieser prekären Lage helfen, deren Dank sei ihnen deshalb gewiss. Dass Staaten und Unternehmen sich auf diese Weise gegenseitig unterstützten, sei ein Segen der Globalisierung, der freien Märkte, ja, der Völkerverständigung.

Winter hörte nur mit halbem Ohr zu, al-Saeeds Bemühen war zu durchsichtig. Er wollte den Deal, bei dem es um politische Vorgaben und Ziele ging, um das Wohl der Saudis, nicht das der Rumänen, ethisch verbrämen. Natürlich übte die Regierung in Riad Druck auf die saudischen Unternehmen aus. Sie drohte, finanzierte, investierte versteckt und offen, half mit politischer Einflussnahme. Ackerflächen mussten her, um die Nahrungssicherheit des Landes – für andere arabische und asiatische Staaten galt Ähnliches – zu gewährleisten und es von Einfuhren unabhängiger zu machen. Saudi-Arabien war längst einer der größten Getreideimporteure weltweit, drei Viertel seiner Nahrungsmittel kamen aus dem Ausland. Ernteausfälle, Preiserhöhungen und internationale Konflikte konnten da schnell zu politischen Problemen führen, wie es verschiedene arabische Länder bei den Lebensmittelkrisen von 2008 und 2011 erlebt hatten, als die Preise hochgeschnellt waren. Und so waren die Emirate, Ägypten und die Saudis mittlerweile die größten Landkäufer und -pächter weltweit.

Winter hatte dafür Verständnis. Allerdings verstand er nicht, weshalb Marthens Flächen für Tayma so interessant waren – schließlich ging es »nur« um eintausend Hektar. In Äthiopien hatten saudische Firmen fünfhunderttausend Hektar gepachtet oder gekauft, die sie steuerfrei bewirtschaften und deren Erträge sie vollständig in die Heimat exportieren durften. Die libanesische Maria Group bewirtschaftete im Osten Rumäniens mehr als fünfundsechzigtausend Hektar und produzierte ebenfalls hauptsächlich für den arabischen Markt. Was also brachten eintausend Hektar, von denen ohnehin nur die Hälfte effizient genutzt werden konnte? Hatten sie vor, die Flächen später gegen andere zu tauschen?

Aber er musste die Saudis auch nicht verstehen. Es würde ihm schon reichen, dachte er, wenn er Marthen verstünde.

»Do you miss your falcons when you are in Romania?«, fragte Marthen Burasais.

»My … Of course. They belong to the family.«

Plötzlich wusste Winter, was kommen würde.

Oravița.

Eine Pferdezucht für Lisa, im Andenken an Emmy.

Er versuchte, die Fassungslosigkeit zu verbergen, während Marthen den Saudis seinen Vorschlag für die Flächen von Oravița unterbreitete. Eine Pferdezucht auf zehn Hektar, eine Falknerei auf den anderen zehn, räumlich so weit voneinander getrennt, wie die Tiere es brauchten. Tayma beteiligte sich am Kauf der zwanzig Hektar und an den laufenden Kosten und würde das Know-how für die beiden Farmen zur Verfügung stellen, JM Romania die bürokratischen Formalitäten erledigen, den Bau überwachen, den reibungslosen Betrieb gewährleisten, die rumänischen Angestellten aussuchen.

»A very interesting proposal«, sagte al-Saeed. *»I indeed love horses.«*

Kariri sprach auf Arabisch mit Burasais, machte sich Notizen, während dieser antwortete. Dann strich er sich über den schmalen Schnurrbart und sagte: *»We add this to the contract about the purchase of the thousand hectares, do you agree?«*

»No«, sagte Marthen. *»I don't sell my land.«*

Sekundenlang sagte niemand etwas. Müde hob Winter die Augen zum Fenster, er wollte die Mienen der Saudis nicht sehen. Wie er es befürchtet hatte, vergrub Marthen sich nach Lisas Tod noch tiefer in seinen Traum von Neu-Prenzlin.

Al-Saeed wandte sich Marthen zu, fragte lächelnd: *»Shouldn't you talk to your bank in the Netherlands first?«*

»Yassir!«, wies Burasais ihn zurecht, wandte sich dann an Marthen und Winter. *»I apologize for him.«*

Wieder herrschte für Sekunden Schweigen.

»Do you want more coffee?«, fragte Winter.

Marthen erhob sich schwer atmend. *»Did you kill my daughter?«*

»Jörg, um Himmels willen ...«

»Did you let her kill to get my land?«

»I am so sorry«, murmelte Winter.

»I feel deeply with you, Mr. Marthen«, sagte Burasais, während Marthen schon zur Tür ging und den Raum verließ.

Winter blieb sitzen, wollte retten, was zu retten war, brachte kein Wort hervor außer einer erneuten Entschuldigung. Dann standen die Saudis auf, und er führte sie durch das Hauptbüro hinaus. Am Wagen reichten sie sich die Hand.

»He is another person in another life now«, sagte Burasais. *»Everything will be more difficult from now on.«*

»Yes«, sagte Winter. *»Thank you.«*

Er sah dem BMW nach, dachte unvermittelt: und er selbst? War auch er seit 2011 ein anderer Mensch in einem anderen Leben?

War er überhaupt schon wiederauferstanden?

25

Coruia

»SIE WISSEN, DASS ICH IHN NICHT einfach so holen kann«, sagte Cozma.

»Aber Sie könnten mit ihm reden.«

Sie hatten das Haus der Lascus verlassen, um ungestört zu sprechen, waren in Olars Mercedes gestiegen. Kaum ein Meter trennte ihn von ihr, er hing mit der Nase und den Sinnen in ihrem Duft, frisches Parfum und dezente Weiblichkeit. Zwischen ihren Blusensäumen schimmerte die Haut, wie ein streng gehüteter Schatz lag dort halb verborgen das Medaillon.

»Auch das nicht. Jedenfalls nicht offiziell.«

»Inoffiziell, als Abgesandter der Familie Lascu. Und wer weiß, vielleicht kommt er ja freiwillig mit Ihnen zurück.«

»Und wenn er lügt?«

Sie seufzte. Er mochte das Geräusch, es klang sanft, geduldig. »Fahren Sie nach Prenzlin, sprechen Sie mit ihm. Dann sehen Sie, ob er lügt oder nicht.«

Cozma richtete den Blick auf seinen Opel Kadett, auf Cippos Hinterkopf, die Rauchsäule, die aus dem Beifahrerfenster stieg. Relikte einer anderen Welt, des lieb gewonnenen jahrelangen Trotts, einer Zeit der Sicherheit und der Ruhe. Die selige Bega-Zeit – der Mensch Cozma und sein Leben begradigt, das Unkontrollierte und die Leidenschaft einbetoniert, die innere Wut ausgetrocknet. »Ich verstehe nicht, weshalb Sie diese Idee unterstützen.«

»Weil die Lascus Ihnen vertrauen. Und Angst haben.«

»Wovor? Dass der Mörder Adrian nach Prenzlin folgt? Warum sollte er das tun?«

»Sie befürchten, dass Adrian eine Dummheit begeht. Er ist verzweifelt. Allein. Vielleicht traumatisiert. Abgesehen davon …«

»Machen Sie ihn nicht zum Opfer. Er ist von einem Tatort geflohen. Er entzieht sich der Verhaftung.«

»Abgesehen davon gefällt mir die Alternative nicht.«

Cozma runzelte die Stirn. Die Alternative, das war der offizielle Weg. Rechtshilfeersuchen durch die Staatsanwaltschaft Temeswar, Fahndung in Deutschland, Haftbefehlseröffnung vor einem deutschen Richter, Auslieferungsgesuch, akribische Überprüfung der Beweislage durch die Deutschen. Mindestens drei, vier Wochen würden ins Land gehen. »Das von einer Staatsanwältin zu hören, beunruhigt mich.«

Sie lachte düster.

»Ich werde nicht nach Prenzlin fahren, Frau Olar.«

»Was bedeutet, dass der Fall liegen bleibt, bis Adrian überstellt ist. Er ist der Hauptverdächtige. Der *einzige* Verdächtige. Paul wird nicht zulassen, das Sie inzwischen weiter ermitteln. Das Budget ist zu knapp und die Indizienlage zu eindeutig.«

»Sie kennen Paul?«

»Allerdings.«

»Weil sein Name auf einer DNA-Liste steht?«

»Nein, er ist sauber.«

Und verheiratet, dachte Cozma mit einem Anflug von Empörung. Er runzelte die Stirn. Daher wehte also der Wind in seinem Herzen? Er sah Cippo gemächlich aus dem Auto steigen, den Boxer mit einer Handbewegung grüßen. Er lehnte sich gegen den Kotflügel, rauchte, sprach, bekam jedoch keine Antwort.

»Ich kläre das mit Paul.«

Aus dem Augenwinkel sah er, dass Olar nickte. »In Ordnung.«

»Ich muss Marthen informieren«, sagte er. Wenn Adrian in Prenzlin war, um in Lisas »Leben zu gehen«, was auch immer das bedeutete, musste man einkalkulieren, dass er ihre Großeltern aufsuchte, Freunde, von denen sie erzählt hatte. »Sie sollten Bescheid wissen, für alle Fälle.«

»Weil Sie glauben, dass er lügt?«

»Weil Wissen Verantwortung bedeutet.«

»Verantwortung auch für Adrian?«

Cozma öffnete die Tür, blieb aber sitzen. »Wir sind wieder bei den Spitzfindigkeiten angelangt. Meine Verantwortung endet, rein physisch betrachtet, an den Grenzen des Kreises Timiş.«

»Ich verstehe.« Sie lächelte milde. »Kämpfen wie der tapferste Löwe, aber nur im eigenen Käfig.«

Cozma zog die Tür wieder zu und dachte lange nach. Zu seiner eigenen Verwunderung empfand er auf einmal das starke Bedürfnis, sich Olar zu erklären. Er wollte, dass sie ihn verstand. Er sei froh, sagte er schließlich, dass er nur noch im eigenen Käfig kämpfe. Man wisse, wo er beginne und wo er ende. Das sei viel. Solange er außerhalb des eigenen Käfigs gekämpft habe, sei er im Draußen immer mehr verloren gegangen, wo zugegeben vieles sein möge, die Fantasie, die Moral, das Abenteuer, der Ruhm, nur eines eben nicht: er selbst, sein Kern.

Er erzählte von der Bega, von der Wesensverwandtschaft zwischen ihm und dem Fluss, der vor seinem Haus, nun ja: stehe. Der oft tatsächlich so wenig innere Energie habe, dass man, auch wenn man ihn minutenlang beobachte, nicht erkenne, in welche Richtung er fließe. So etwa sei sein Leben mittlerweile, auf eine höchst beruhigende Weise im Stillstand befindlich.

Sie schwiegen lange. Cozma war drauf und dran, sich für seinen Rededrang zu entschuldigen, als Olar sagte: »Ich weiß nicht, ob ich die Bega jemals bewusst wahrgenommen habe.«

»Wie auch, sie hat es nicht bis nach Bukarest geschafft.«

Olar erwiderte, sie sei in Temeswar geboren, wohne seit einigen Jahren auch wieder dort, jedenfalls an den Wochenenden.

An den Wochenenden, entgegnete Cozma, sei die Bega ein wenig lebendiger. Sie fließe sogar hin und wieder, um all den Spaziergängern und Fahrradfahrern zu imponieren. Sie plustere sich auf wie ein Pfau, wenn auch ein struppiger. Wieder legte er die Hand auf den Türgriff, wieder zog er sie zurück. »Sie wissen, wer Sorin Aurescu ist?«

»Natürlich, aus den Medien.« Außerdem tauche sein Name auf zahlreichen DNA-Listen auf. Sie schürzte die Lippen, als wollte sie sagen: was zu erwarten war, die Kaste ist verseucht.

»Und in Ihrem Lascu-Fall?«

»Nein.«

»In meinem schon«, sagte Cozma und stieg endlich aus. Unwillkürlich fiel sein Blick auf die Äcker, die wenige Meter weiter am Ende der Straße begannen und sich entlang des Waldes und der Hügel Hunderte Meter weit hinzogen. Nicht um Lisa ging es, dachte er plötzlich. Sondern darum: Land.

»Ioan?«

Eine Hand am Türrahmen, beugte er sich hinunter. Olar bewegte sich leicht in seine Richtung, das Medaillon tanzte träge. Mit dem Kinn wies sie unauffällig in Richtung Cippo und sagte, auch Herrn Rusus Name befinde sich auf den Listen der DNA, und zwar sehr weit oben.

26

Güstrow

NA, EIN ENGEL EBEN. *Er hängt in Güstrow im Dom, und als Kind habe ich mir vorgestellt, dass er abends nach Prenzlin geflogen ist, um mich zu beschützen. In meiner Fantasie hat er sich auf mein Bett gesetzt, ans Fußende, und wenn ich nicht einschlafen konnte, hat er die Hand auf meinen Fuß gelegt, und dann konnte ich schlafen. Wenn ich am Morgen aufgewacht bin, hat er mir zugelächelt, jedenfalls habe ich mir das eingebildet. Dann ist er heimgeflogen in seinen Dom.*

Und jetzt fliegt er jeden Abend von Deutschland nach Coruia?

Mach dich ruhig über mich lustig, Adi. Nein, ich dachte damals, dass er auch auf andere Kinder aufpassen muss und deshalb nicht weg kam. Aus irgendeinem Grund dachte ich, dass er nur für die Kinder zwischen Güstrow und Lübz zuständig ist, nicht für die in Rumänien.

Dafür hast du mich. Ich beschütze dich.

Letzteres hatte er nicht gesagt, nur gedacht.

Langsam ging Adrian auf den Engel zu, der in einer Seitenkapelle an zwei eisernen Ketten von der Decke hing und ganz anders aussah, als er es erwartet hatte, nicht stand, sondern waagerecht in zweieinhalb Metern Höhe über dem Boden zu schweben schien, die Arme auf der Brust zusammengelegt, und man sah auch keine Flügel, nur einen Mantel. Das Gesicht war streng und in sich gekehrt, die Augen geschlossen, es wirkte trotzig, als wollte der Engel nichts wissen von dem, was um ihn herum geschah, was in Coruia geschehen war, und Adrian konnte das verstehen. Trotzdem wollte er es ihm erzählen für den Fall, dass der Engel nur erfuhr, was zwischen Güstrow und Lübz geschah, nicht aber in Rumänien. Er fand, dass der Engel erfahren musste, was mit Lisa passiert war.

Der Bus, den der Ungar auf seinem Laptop herausgesucht hatte, war klein und bequem, leise und freundlich fuhr er durch die Stadt, hinter den Fenstern renovierte alte Häuser und hellhäutige, fremdartige Menschen, später Dörfer und Felder und viele kleine Hügel, die Straße war voller Kurven. Hin und wieder sah er auf den Maisäckern Mähdrescher, die von Traktoren mit Überladewagen begleitet wurden, ganz wie auf den Feldern von Lisas Vater, und ihm fiel ein, dass ihr Vater einmal zu Eugen gesagt hatte, die Böden in Timiş seien sehr gut, aber die in seiner Heimat seien sogar noch besser, sie seien so gut wie die im Süden Rumäniens, und die gehörten, wie Adrian wusste, mit denen in der Ukraine zu den besten Europas. Vor einer Kirche an einer kleinen Kreuzung stieg er aus, stand minutenlang da und wusste nicht, wohin, still war es in Prenzlin. Kein Mensch und kein Auto zu sehen, und der Vater hatte keinen Rat für ihn und schwieg, und Lisas Augen waren fort, seit Güstrow schon, und er verstand nicht, weshalb, hier war doch ihr Zuhause, gerade hier hätte er sie doch gebraucht. Vielleicht, dachte er, waren sie fort, weil sie ihn hierher hatten führen wollen und ihre Aufgabe jetzt erfüllt war. Allmählich gewöhnte er sich an die Stille, sodass er die Geräusche dahinter wahrnahm, das Vogelzwitschern in den Bäumen, den Wind in den Blättern, hoch über ihm ein kleines Flugzeug und gar nicht einmal weit entfernt die leisen, vertrauten Motoren der Landmaschinen auf den Feldern.

Also, der Stein da ist die Kirche. Wenn man links geht, kommt man zum Konsum und zum Bahnhof und später zum Runden See. Wenn man rechts geht, kommt man zu Maik Winters Haus und dann zu dem Landwirtschaftsbetrieb, für den alle gearbeitet haben, als es die DDR noch gab, aber jetzt ist er schon lange kapitalistisch, und es ar-

beitet keiner aus Prenzlin mehr dort, sondern Bulgaren und Rumänen und davor die Polen.

Ging man von der Kirche geradeaus ans Ende des Ortes und dort nach rechts, kam man zum Haus der Großeltern, es lag am Ende einer Straße, in der keine anderen Häuser standen, ein einsames Haus, weit entfernt von allem, klein und warm, und die Schritte hallten, wenn man über den Steinboden der Küche ging, und der Holzboden knarzte, wenn man durch die Zimmer ging. Doch es war nicht das Haus, in das der Engel gekommen war und in dem Lisa gelebt hatte, denn das hatte der Großvater damals abgerissen, als ihre Eltern mit ihr nach Rumänien gegangen waren, neuneinhalb war sie da gewesen, erst hatte er es gebaut, dann hatte er es abgerissen, so war der Großvater nun mal, störrisch wie der Vater. Als sie die Großeltern zum ersten Mal wieder besucht und vor der leeren Fläche gestanden und geweint hatte, da war der Großvater mit ihr zum Fluss gegangen und hatte sich auf eine Bank gesetzt, sie auf den Schoß genommen und erklärt, warum er das getan hatte, warum er das Haus mit dem Engel abgerissen hatte: weil man jeden Morgen, wenn der Blick darauf fiel, dachte, dass die Lisa weit weg war und höchstens zweimal im Jahr nach Hause kam und dass der Papa für immer weggegangen war, und da wurde man traurig und konnte an nichts anderes mehr denken. Also riss man es ab, und danach dachte man nur noch nachts daran und war traurig, wenn man aufwachte, lange bevor es hell wurde und irgendein Hahn im Dorf auch nur einmal blinzelte. Aber dagegen gab es ein einfaches Mittel: Man lief zum Fluss und sprang hinein und schwamm die traurigen Gedanken fort. Außerdem gab es da noch die alte Platane, an die konnte man sich lehnen, wenn man traurig war und Trost brauchte, und das hatte der Großvater oft getan und Lisa auch, wenn sie zu Besuch war, sich mit dem Rücken an die Platane gelehnt, die der Großvater zusammen mit seinem Vater kurz nach dem Krieg gepflanzt hatte, in den guten Zeiten.

Wenn die guten Zeiten vorbei sind, was wird dann aus uns, Adi?

Na, hoffentlich sind sie vorbei! Nach den guten Zeiten kommen doch die besten.

27

Neu-Prenzlin

WIEDER DIE SUCHE NACH MARTHEN, der nicht ans Telefon ging, wieder dauerte es eine Weile, bis er ihn fand, diesmal im Lager der Werkstatt, wo Marthen mit Fabio, einem jungen Mechaniker aus Kalabrien, auf Holzkisten zwischen den Regalen saß. Beide hielten verschmutzte Bolzen in den Händen, diskutierten leise in einem Mischmasch aus Rumänisch und Englisch irgendein technisches Problem. Sie nickten, schüttelten die Köpfe, nahmen aus einer Schachtel im Regal neben sich weitere Bolzen, nein, sagte Marthen auf Rumänisch, nein, nein, da müssen auch größere sein, und wühlte in anderen Schachteln, während Fabio Winter hilfesuchend ansah, als ginge das schon eine ganze Weile so.

»Cozma hat angerufen«, sagte er.

»Such weiter, Fabio, irgendwo sind größere«, sagte Marthen.

Sie gingen an den Regalen entlang in den vorderen Bereich der Werkstatt, wo einer der älteren Traktoren über der Fahrzeuggrube stand. Eugen saß auf einem Hocker daneben, einen Plastikbecher in der Hand, der Blick ging ins Leere. Winter sah Dampf aus dem Becher aufsteigen, der Duft von Kaffee in seiner Nase. »Ist das GPS okay?«

Eugen hob den Daumen.

Draußen im Hof sagte Marthen: »Yvonne kommt übermorgen.« Er deutete auf das Büro, und Winter, der stehen geblieben war, setzte sich wieder in Bewegung. »Wir brauchen Ecaterina. Eines der Mädchen aus Jamu Mare soll ihr helfen.«

»Ich kümmere mich darum. Und du rufst Kariri an und entschuldigst dich, okay?«

Marthen blieb vor der Eingangstür des Bürogebäudes stehen. »Und wenn ich recht habe?«

Krude Gedanken in einem verzweifelten Hirn. Die Saudis als Auftraggeber des Mordes, Adrian als Ausführender. Sie wollten sein Land – vielleicht glaubten sie, ihn auf diese Weise vertreiben zu können. Der am Boden zerstörte Vater verkaufte in seinem Schmerz den Betrieb und verließ das Land, das ihn die Tochter gekostet hatte, für immer.

»Dann kämen nicht nur die Saudis in Frage.« Winter zählte auf, wer in den vergangenen Monaten sonst noch Interesse an Flächen von JM Romania bekundet hatte: der Österreicher, die Libanesen, die Araber aus den Emiraten, die Dänen, die Italiener in Jamu Mare, außerdem mehrere Landmakler.

»Ja«, sagte Marthen düster, »alle kommen in Frage.«

Sie betraten das Hauptbüro. Marthen ging schneller als sonst, kam Winter überhaupt unruhig vor. Abgesehen von allem anderen hatte er in der vergangenen Nacht wohl nicht geschlafen. Morgens um sechs, hatte Eugen erzählt, sei er plötzlich auf einem der Felder nahe dem Fluss aufgetaucht. Offenbar hatte er die Nacht draußen verbracht.

»Was sagt Cozma?«

»Dass Adrian auf dem Weg nach Prenzlin ist.«

Sie waren zu den Tischen mit der kleinen Kolonne mattweißer Prüfgeräte gegangen, standen auf die Hände gestützt da, die Köpfe dicht beisammen, sprachen leise. Um sie herum das Klappern von vier, fünf Tastaturen, die Stimmen telefonierender Mitarbeiterinnen. Winter spürte ihre Blicke, Augen voller Entsetzen, voller Mitgefühl. Man sah ihnen an, dass sie helfen wollten, aber nicht wussten, wie.

»Sag Christl Bescheid, dass sie aufpassen sollen.«

Winter nickte, dachte an die ferne Stimme am Morgen, unnatürlich hoch und dünn. »Ich rufe Anett an. Sie wird wissen, wie sie es ihnen am besten sagt.«

»Und Frieder. Er soll hin und wieder vorbeifahren. Die Augen offenhalten.«

Winter ging zur Kaffeekanne, füllte zwei Tassen, gab Milch dazu und kehrte zurück. »Seit wann weißt du, dass Anett wieder daheim ist?«

Marthen zuckte gleichmütig die Achseln. »Schon lange.«

»Von Anfang an?«

»Lange jedenfalls.«

»Warum hast du nichts gesagt?«

»Sie wollte es dir selbst sagen.«

Sie tranken, musterten sich über die Becherränder hinweg. Winter dachte, dass sie am Vortag ein ähnliches Gespräch geführt hatten, nur war es da um Lisas Geheimnisse gegangen, die Marthen nicht hatte erfahren sollen. »Gut«, sagte er. Es hatte ohnehin keine Gelegenheiten gegeben. Sie hatten in den vergangenen Jahren nie über Anett gesprochen. »Ich überlege, ob ich rauffliege.«

»Rauf?«

»Nach Prenzlin. Einer von uns sollte bei ihnen sein.«

»Du vielleicht, ich nicht.«

»Zwei, drei Tage, wäre das okay?«

»Sicher. Eugen wird schon klarkommen.«

Winter lächelte flüchtig. Um den Betrieb sorgte er sich nicht, eher um Marthen. »Morgen ist Ecaterina wieder da. Und Yvonne kommt.«

»Ja«, sagte Marthen abwesend.

»Dann bringe ich die drei zur Beerdigung mit.«

Marthen rieb sich die Stirn, seine Hand hinterließ Rötungen auf der Haut. »Wann wird sie … freigegeben?«

»In fünf, sechs Tagen, sagt Cozma.«

»Weil sie obduziert wird?«

»Ja.«

»Aufgeschnitten.«

Winter sagte nichts.

Marthen stellte den Becher ab, starrte auf seine gespreizten Hände. Er ballte sie zu Fäusten, öffnete sie, ballte sie erneut. »Sag Frieder, er soll dafür sorgen, dass das Schwein nicht abhaut.«

»Er wird nicht viel tun können. Er ist nicht mal zuständig.«

»Er kann ihn im Auge behalten.«

»Drei, vier Wochen lang?«

»Drei, vier Wochen«, wiederholte Marthen. Nach einem Moment wandte er sich dem Feuchtigkeitsmessgerät zu, tippte auf das Display. Dann nahm er einen der Probenbeutel mit Gerstenkörnern aus dem Regal dahinter, öffnete ihn und schüttete sie in die Öffnung der Messzelle. Die Hand mit dem Beutel zitterte, einzelne Körner sprangen über den Tisch.

»Jörg, wir haben das …«, begann Winter.

»Ruf Gerd an, wenn du in Prenzlin bist.«

Er leerte seinen Kaffeebecher, ließ ihn in den Papierkorb neben sich fallen. »Gerd Colditz?«

»Tanzt Prenzlin nicht immer noch nach seiner Pfeife?«

»Ich wundere mich nur. Ausgerechnet Colditz.«

Marthen hatte Colditz schon zu LPG-Zeiten für dessen Opportunismus und das immerwährende Glück verachtet, das damit einhergegangen war. Als Colditz die LPG-Flächen nach der Wende mit ein paar Vertrauten übernommen hatte und auf den Äckern, die einst im Besitz der Marthens waren, zu säen begonnen hatte, wurde aus der Verachtung Hass. Mehr als einmal kam es zu Handgreiflichkeiten. Colditz verdankte Jörg einen gebrochenen Kiefer und diverse Platzwunden. Seit zwei Jahrzehnten hatten die beiden nicht miteinander gesprochen.

»Er soll seine Leute informieren, das ist alles.«

»Was für Leute?«

»Hatte er nicht immer irgendwelche Leute?«

»Und wenn Adrian Lisa gar nicht … Cozma sagt, möglicherweise war noch jemand am Fluss.«

»Gib Cozma genug Geld, und er sagt, was du hören willst.«

Die Geschichten aus den frühen Jahren von JM Romania. Marthen, der mit Briefumschlägen voller Scheine in die Kataster- oder Bürgermeisterämter gefahren war, wenn er Flächen pachten oder kaufen wollte. Polizisten aus Denta und Voiteg fünfzig Euro zukommen ließ, damit sie für einige Wochen keine abstrusen Strafzettel an die Betriebsangestellten verteilten. All das hatte sich geändert. Kaum einer der niedrigen und mittleren Staatsbediensteten verlangte noch Gefälligkeiten. Die einen aus Überzeugung, die anderen aus Angst vor der DNA.

Marthen brauchte länger, um sich zu ändern.

»Rufst du ihn an?«

»Nein«, sagte Winter. »Nicht Colditz.«

Marthen warf einen Blick auf das Display, nahm den Aufkleber mit dem Prüfergebnis aus dem Drucker und reichte ihn Winter. »Keine vierzehn Prozent. Ich weiß nicht, was das Arschloch will.«

Winter nickte vage. Ein Händler aus Bukarest hatte sich beschwert, der Feuchtegehalt der gelieferten Gerste liege bei über siebzehn Prozent, was das Lagern teurer gemacht hätte. Er verlangte einen Preisnachlass oder Trocknungsgebühren. Manche versuchten es eben. Deshalb behielt JM Romania von jeder Lieferung Proben zurück.

Marthen zog das blaue Schubfach aus dem Aquamatic und füllte die Gerste wieder in den Beutel. Winter klebte den Ergebniszettel darauf und wog den Beutel in der Hand. Unter normalen Umständen würde die Probe als Beweis nach Bukarest reisen. Diesmal nicht. Sie hatten die Bukarester Gerste bereits vorgestern geprüft.

Lisa hatte sie geprüft.

Dreizehnkommaacht Prozent. Der betrügt euch, Maik!

Jedenfalls versucht er es.

Winter hatte den Beutel beklebt wie heute. Auch Marthen war

im Büro gewesen, eher zufällig, hatte bei einer der Mitarbeiterinnen gestanden und auf deren PC-Monitor geschaut. Lisa hatte in seine Richtung genickt und leise gefragt: *Wer ist der Mann in der Latzhose?*

Das Hofgespenst. Taucht auf und verschwindet wieder.

Hat es nicht vor zwei Wochen mit uns Abendbrot gegessen?

Ja, ich meine schon.

Und kaum ein Wort gesagt. Es spricht nur mit den Äckern.

Er ist eben geerdet, Lisa. Ein Erdmensch.

Aber kein Erdling. Höchstens ein Sonderling.

Ich habe gehört, er soll sehr nett sein.

Das höre ich seit achtzehn Jahren, Maik, und ich weiß immer noch nicht, ob's stimmt. Machen wir am Glutomatic weiter?

Kein Weizen da, Süße.

Dann gib mir Sonnenblumenkerne für den Inframatic.

Schon geprüft. Knapp fünfzig Prozent.

Dann frage ich Eugen, ob ich Traktor fahren darf.

Marthen starrte auf den Beutel in Winters Hand, hatte begriffen.

»Komm«, sagte Winter.

Sie verließen das Büro, sammelten Eugen ein, gingen ins Haus. Winter stellte Brot, Butter, Aufstrich und Bier auf den Küchentisch, beim Essen besprachen sie, welche Aufgaben Eugen in den kommenden Tagen zusätzlich übernehmen musste, welche er delegieren konnte. Als das geklärt war, ging Winter in den Flur und rief Ecaterina an, die anfangs zögerte, schließlich zusagte. Er hatte vorgehabt, sich zu entschuldigen, doch dann dachte er, dass sich nichts geändert hatte. Ecaterina verschwieg ihnen, was sie wusste. Sie wollte ihren Sohn beschützen, was er nachvollziehen konnte. Aber sie hatten unterschiedliche Interessen.

Das Gespräch mit Anett würde er später führen, in Ruhe. Er musste sich die richtigen Formulierungen zurechtlegen. In Bezug auf Adrian, auf sich selbst. Dass er kam, um sich um Christl und

Hans zu kümmern. Alles andere würde besser ungesagt bleiben – dass er vielleicht auch ihretwegen kam. Dass er Angst hatte vor Prenzlin. Vor den Erinnerungen, vor dem Abgrund.

Dass er eigentlich nicht kommen wollte.

Plötzlich sah er Lisa vor sich, hörte ihre beiläufig klingende Stimme.

Warum kommst du nicht mal mit nach Prenzlin?

Fahr doch mal mit, Maik. Oma und Opa würden sich freuen. Und nicht nur die.

Es würde dir gefallen, Maik, es hat sich viel … also, verändert.

Natürlich hatte sie es gewusst. Sie war jedes Jahr zwei-, dreimal zu den Großeltern gefahren. Hatte ihn zu Anett zu locken versucht.

Er kehrte in die Küche zurück. Marthen hatte die Kaffeekanne von der Warmhalteplatte geholt, drei Tassen gefüllt. Eugen stand rauchend am geöffneten Fenster, eine Tasse in der Hand, blickte hinaus.

»Ecaterina kommt gegen drei«, sagte Winter.

Marthen nickte. »Wenn noch jemand am Fluss war …« Er brach ab, schien auf eine Erklärung zu warten.

»Adrian hat wohl so etwas gesagt.«

»Dass sie zu zweit bei ihr waren?«

»Er sagt, es war jemand, den er nicht kannte. So habe ich Cozma verstanden.«

»Wer soll das gewesen sein?«

»Keine Ahnung.«

»Sprich mit ihm, Maik.«

»Mit Adrian?« Winter trat zum Tisch, füllte Milch in seinen Kaffee, trank. Marthen hatte ausgesprochen, was er selbst sich bislang nicht hatte eingestehen wollen: dass er auch nach Prenzlin fuhr, weil Adrian dort war. Um ihn zur Rede zu stellen. »Wird nicht leicht sein, ihn zu finden.«

»Frieder wird ihn finden. Wenn nicht er, dann Gerd.«

»Lass Gerd aus dem Spiel.«

Marthen zuckte die Achseln, was alles bedeuten konnte, »von mir aus« genauso wie »meine Entscheidung«.

Plötzlich fuhr Eugen herum und sagte mit kaum verhohlener Wut: »Prügel es aus ihm raus, Maik!« Er trat einen Schritt in den Raum, die Augen voller Tränen, die glühende Zigarettenkippe zeigte auf Winter. »Hol ihn dir und prügel die Wahrheit aus ihm raus!«

28

Südlich von Temeswar

PETRE FUIA SASS DÖSEND AM UFER der Bega auf einem Gartenstuhl, die Angelrute zwischen den Fingern, der Blick lag auf dem reglosen Schwimmer. Der Sonnenschirm sorgte für Schatten, in der Kühltruhe neben ihm befanden sich Bier und Sandwiches. Er fuhr zum Angeln immer aus Temeswar hinaus, schlug sein Lager ein Stück südlich der Stadt auf, wo keine Fußgänger unterwegs waren, keine Hunde gestreichelt werden wollten, keine Radfahrer nach dem Weg fragten. Schon seit jeher ertrug er Menschen nicht und anderes Getier gleich welcher Größe. Nur die Fische der Bega mochte er. Auf der einen Seite respektierten sie seinen Wunsch nach Alleinsein. Schwammen dahin, wollten nichts. Auf der anderen Seite lösten sie nichts in ihm aus. Kein Mitleid wie ein verstörter Straßenhund oder eine hungrige Katze oder der Säufer in Dudeştii Vechi. Keine Gier wie der junge, nasse Körper der Deutschen. Keine Angst, keine Wut. Nicht einmal Hunger lösten sie aus. Kühl lagen sie in seiner Hand, hilflos und seelenlos, nicht in der Lage, mit ihm zu kommunizieren. Sie schrien nicht, sie heulten nicht, sie wärmten nicht. Sie zappelten eine Weile, dann war es vorbei.

Meistens warf er sie vorher zurück in die Bega.

Das Telefon holte ihn aus dem Halbschlaf.

Der Boss. Das nächste Problem. Der Kleine war in Deutschland aufgetaucht.

»In welchem?«

»Es gibt nur noch eins«, sagte der Boss. »Er ist in dem Dorf, aus dem die Deutsche stammt, Prenzlin.«

Petre Fuia hatte genau auf den Klang der Stimme geachtet. Aber er hatte keinen Vorwurf darin gehört. Die Deutsche, der du nur ein bisschen Angst einjagen solltest. Angst, das hätten wir gebraucht. Nicht mehr. Schon gar keinen Zeugen, Petre. Und dass du so blöd warst und Tausende Spuren hinterlassen hast …

Nein, kein Vorwurf. Nur Freundlichkeit. Klarheit.

Da wurde er misstrauisch.

»Drei, vier Wochen, dann ist er in Temeswar und redet«, sagte der Boss. »Das heißt, du musst verschwinden. Wir können es uns nicht leisten, dass er dich identifiziert. Das wäre genau das, was nicht passieren darf.«

»Ja«, sagte Petre Fuia.

»Wenn du nicht da bist, kann er dich nicht identifizieren. Dann denken sie, er hat dich erfunden.«

»Verstehe.«

»Pack einen Koffer, Petre. Jemand wird dir heute Abend so viel Geld bringen, wie du für ein halbes Jahr brauchst. Wie viel brauchst du für ein halbes Jahr im Ausland?«

»Ich weiß nicht. Viel.«

»Hunderttausend Euro?«

»Wie viel ist das pro Woche?«

»Fast viertausend. Reicht das?«

»Ja.«

»Gut. Dann wird dir heute Abend jemand hunderttausend Euro bringen.«

Einen Augenblick lang dachte Petre Fuia wie der Säufer. Endlich war das Glück da. Geld. Eine neue Zukunft.

Aber nur einen Augenblick lang.

»Wer ist das? Der mir das Geld bringt?«

»Du kennst ihn noch nicht. Du wirst ihn mögen.«

Petre Fuia nickte wortlos. Er sollte also einen Koffer packen und auf einen Jemand warten, der es besser machen würde als er. Reingehen, zustoßen, so machte man das. Nicht anfangen zu reden. Kein Augenkontakt.

Bloß Endstation.

Und alles nur, weil der kleine Scheißkerl gestern morgen überraschend am Fluss aufgetaucht war und gesehen hatte, was er nicht hätte sehen dürfen, und ihm entwischt war. Wenn der nicht wäre, würde heute Abend niemand mit einer Tasche, in der kein Geld sein würde, an Petre Fuias Haustür klopfen.

Der kleine Scheißkerl, der inzwischen in Deutschland war.

Vielleicht war das ja gar kein Problem, sondern die Lösung, dachte er. »Ich könnte hinfahren, nach Deutschland. Ist doch besser, wenn *er* verschwindet.«

»Nein«, sagte der Boss. »Zu kompliziert.«

Petre Fuia verstand nicht gleich, was daran kompliziert sein sollte. Dann begriff er. Für den Boss blieb es kompliziert, solange er selbst nicht verschwunden war. Nicht der Kleine konnte mit dem Finger auf den Boss zeigen und dessen Namen nennen – *er* war das Problem.

Solange der Kleine mit dem Finger auf ihn zeigen konnte.

Und wegen der Spuren, die er hinterlassen hatte.

Es war tatsächlich kompliziert, dachte Petre Fuia.

»In einem halben Jahr meldest du dich, und wir sehen weiter«, sagte der Boss.

»Ja.«

Sie legten auf.

Petre Fuia blieb noch eine Weile am Ufer der Bega sitzen. Dann holte er die Leine mit dem Köder ein. Heute hatte kein einziger Fisch angebissen. Das war das Angenehme mit den Fischen. Sie ließen einen in Ruhe.

Er schlüpfte in die Sandalen, ein anderes Paar aus dem letzten Großeinkauf. Er hasste geschlossene Schuhe, auch Socken. Alles, was den Fuß einsperrte. Nur in Sandalen fühlte er sich frei. Vielleicht, weil er als Vierjähriger an beiden gebrochenen Beinen ein Jahr lang Holzschienen hatte tragen müssen. Seit er selbst entscheiden durfte, ging er nur in Sandalen, ohne Socken, selbst im Winter.

Er klappte den Stuhl und den Sonnenschirm zusammen und verstaute alles im Auto, einem Japaner. Den Polo hatte der Boss sicherheitshalber verschrotten lassen, samt dem Bikini der Deutschen. Der Kleine hatte den Polo gesehen. Und der Hubschrauberpilot.

Als er den Motor anließ, dachte Petre Fuia: Wie praktisch, dass es nur noch ein Deutschland gab. So würde er automatisch im richtigen ankommen.

29

Temeswar

EIN KURZES MITTAGESSEN IM »SICILIA« mit Cippo, der wie immer verschämt mit dem Trinken begann. Cozma verabschiedete sich schnell, die Information von Valentina Olar schnürte ihm die Kehle zu, er wollte weder essen noch reden. Unkonzentriert erledigte er im Büro Papierkram, telefonierte, um das Rechtshilfeersuchen auf den Weg zu bringen. Ovidiu kam, berichtete von der langwierigen Suche nach einem deutschen Kollegen, der für Prenzlin zuständig sei – über das Bundeskriminalamt in Berlin und das Landeskriminalamt in Leezen –, einem kurzen Gespräch mit dem Betreffenden, einem Frieder Roth, der versprochen habe, die Großeltern der Verstorbenen zu informieren und außerdem nach Lascu Ausschau zu halten. Cippo schlenderte herein, und Cozma sah schweigend zu, wie er im Internet nach einer Tonprobe Sorin Aurescus suchte, die er der Pilotin vorspielen würde. Er fand eine, lud sie zufrieden herunter und machte sich auf den Weg zum Flughafen. Endlich Ruhe, dachte Cozma; Zeit, um zu überlegen, was in Bezug auf Cippo zu unternehmen war. Da trat Dan ein, warf die Ergebnisse der Spurensicherung auf seinen Schreibtisch und sagte: »Scheiße.«

Cozma überflog die Unterlagen, legte sie zur Seite, nickte.

Sie konnten jetzt beweisen, dass Adrian am Fundort der Leiche gewesen war. Einzelne Haare auf Lisas Körper stammten von ihm, genauso einzelne Fingerabdrücke aus Blut auf ihren Armen, ihrem Rücken, ihren Wangen. Und das Blut auf seiner Kleidung, im Haus der Lascus und auf dem Geldschein wiederum war von Lisa.

Doch auf ihrer Leiche waren auch Haare eines anderen, unbekannten Mannes entdeckt worden. Haare, deren DNS identisch war mit der aus dem Sperma in ihrer Vagina. Außerdem hatten Schamhaare mit derselben DNS an ihrem Unterleib geklebt. Um mehrere Einstichwunden herum hatten sich winzige Hautfetzen befunden, die sich ebenfalls diesem anderen Mann zuordnen ließen. Vermutlich stammten sie von seiner Hand, die das Messer geführt hatte.

»Lascu ist es nicht gewesen«, sagte Dan.

»Nein.«

»Was nicht heißen muss, dass er unschuldig ist.«

»Nur in der Theorie, Dan.«

»Aber er war dort!«

»Ja.«

Dan starrte ihn an, das längliche Gesicht zog sich vor Konzentration zusammen. Cozma war immer wieder erstaunt darüber, wie viele Lachfältchen Dan um Augen und Mund hatte, denn er hatte ihn in all den Jahren nie lachen oder auch nur lächeln gesehen. »*Nach* dem Mord?«

»Richtig«, bestätigte Cozma.

»Dann hat er den Mörder gesehen?«

»Und der Mörder ihn.«

Nachdem Dan den Raum verlassen hatte, griff Cozma zum Telefon. Es war an der Zeit, die Dinge in Bewegung zu bringen. Den Strippenzieher dazu anzustacheln, ihn, Cozma, tanzen zu lassen.

Wind war aufgekommen, fast ein kleiner Sturm, der alle paar Sekunden die Jackenschöße hob und das Haar verwehte. Schnelle schwarze Wolken zogen über den Himmel, im Osten regnete es, Temeswar hatte noch Sonne. Cozma stand neben der Dreifaltigkeitssäule auf der Piața Unirii, dem Lieblingsplatz Cippos wie seiner zweiten Exfrau. Hier hatte sie sich am richtigen Fleck gefühlt, umgeben von den prächtigen Häusern im Barock- und Jugendstil, die unstete Seele behütet vom römisch-katholischen Dom auf der einen Seite und der serbisch-orthodoxen Kathedrale auf der anderen. Hier bekomme der Mensch Schutz und Bedeutung, hier zähle man, inmitten dieser zurückhaltenden, historisch bedeutsamen Pracht. *So wohnen, Ioan, in einem Haus wie der Casa Brück oder dem Löwenhaus, das ist der Traum, aber einer wie du kann das nicht verstehen.*

Er hatte es tatsächlich nicht verstanden.

Eher Cippos Freude an der Weite und Offenheit des Platzes, auf dem immer eine unwirkliche Ruhe herrschte, weil die Geräusche der Menschen und Hunde und Tauben über die niedrigen Gebäude davonflogen und nicht zurückgeworfen wurden. An Sommerabenden begleitete er Cippo nach Dienstschluss oft hierher. Inmitten des Trubels saßen sie auf den Steinbänken oder in einem der Lokale, sprachen wenig, trieben gemächlich der Nacht und dem Ruhestand entgegen.

Sorin Aurescu war pünktlich. Er kam um zehn Minuten vor drei, begleitet von zwei Leibwächtern, athletischen Männern, die sich heldenartig bewegten und unter Sonnenbrillen in unsichtbare Mikrofone sprachen.

Cozma hatte nicht gedacht, dass es so einfach sein würde. Er hatte bei der Verwaltung des Kreises Timiş angerufen, war zu Aurescus Empfangsdame durchgestellt worden, hatte seinen Namen genannt und wenige Minuten später einen Termin gehabt: vierzehn Uhr fünfzig, Dreifaltigkeitssäule. Um fünfzehn Uhr wurde Aurescu zu einem offiziellen Termin im Kunstmuseum im Barockpalast auf der Südseite des Platzes erwartet

»Cozma!«, rief Aurescu, streckte ihm wie einem alten Freund die Hand entgegen.

»Herr Vorsitzender.«

»Man hört viel Gutes über Sie.«

»Sehr freundlich, danke.«

Einer der Leibwächter überprüfte Cozmas Dienstausweis, während Aurescu fortfuhr: »Schön, dass wir uns endlich kennenlernen. Gehen wir ein bisschen, immer in Bewegung bleiben, das ist mein Motto. Bewegung hilft gegen Krankheiten, das Alter und vor allem gegen den Feind.«

Mit raschen Schritten folgten sie dem rautenförmig angelegten Sandweg um die Säule, die Leibwächter hinter sich. Aurescu war um die sechzig, einen Kopf kleiner als Cozma, ein weißer, tonsurartiger Haarkranz zierte sein Haupt. Man sah dem Gesicht und dem Leib an, dass er gern aß, ein Genießer, nahm alles mit, was das Leben bot. Immer wieder konfrontierten ihn die Medien mit Vorwürfen – Bestechung, Bestechlichkeit, Vetternwirtschaft. Nichts blieb haften, nichts brachte ihn aus der Spur, Aurescu war glatt und kalt wie ein Arktisgletscher. Er war wohl nicht der Intelligenteste, dafür bestens vernetzt und in der richtigen Partei, was zugleich Macht und Protektion versprach. Der Partidul Social Democrat und seine Vorläufer hatten seit der Revolution die Mehrheit der Regierungen gestellt und vieles getan, um die Pfründe der Ihren zu mehren.

»Ich habe aus den alten Zeiten exzellente Kontakte nach Berlin, *Ostberlin,* Sie verstehen. Heute Nachmittag werde ich einige Anrufe tätigen, vielleicht kann ich das Prozedere beschleunigen. Ich gehe davon aus, dass Sie nicht vier Wochen warten wollen, bis Lascu wieder in Temeswar ist?«

Cozma ließ sich die Überraschung nicht anmerken. »Keinesfalls, Herr Vorsitzender.« Das Rechtshilfeersuchen hatte noch nicht die Runde gemacht, also konnten nur wenige Menschen außer ihm und Valentina Olar wissen, dass Adrian Lascu in Deutschland war – Cippo, Ovidiu, Lascus Eltern, vielleicht einige von Olars DNA-Kollegen. Paul Bejenaru, den er in Kenntnis gesetzt hatte. Sonst niemand.

Trotzdem wusste auch Aurescu Bescheid.

Er spürte eine Hand an seinem Arm, eine nachlässige Berührung, die Vertrautheit herstellen sollte. »Spätestens übernächste Woche sitzt Lascu hier in der Zelle, Cozma, ich denke, das kann ich versprechen.«

»Er wäre der Falsche, Herr Vorsitzender.«

»Der falsche was?«

»Er hat Lisa Marthen nicht getötet.«

»Wie bitte?« Aurescu blieb stehen, wandte ihm das entgeisterte Gesicht zu. »Von ganz oben aus Ihrer Dienststelle hört man anderes.«

»Neueste Entwicklungen, die Spurenlage ist eindeutig.«

Aurescu setzte den Marsch fort. »Spuren lassen sich manipulieren. Wer sollte es sonst gewesen sein?«

»Um das herauszufinden, bin ich hier, Herr Vorsitzender.«

»Aha? Nicht langsamer werden, Cozma, bleiben Sie in Bewegung. Denken Sie an das Alter, an den Feind, er ist zahlreich und schlägt zu, wenn man es am wenigsten erwartet. Abgesehen davon ist Ihre Zeit abgelaufen. Hier lang, bitte, zum Museum.«

Sie verließen die Raute, hielten auf den langgezogenen dreistöckigen Barockpalast zu, der in gedecktem Weiß erstrahlte. Der kleine Sturm war abgeflaut, die Wolken zogen nach Osten ab, die Jackensäume flogen nicht mehr. Cozma sagte: »Sie erwähnten bei Ihrem Telefonat mit Paul Bejenaru, der Vater der Toten und Sie seien Freunde.«

»Bekannte, nicht Freunde.«

»Der Vater allerdings sagt, er kenne Sie nicht persönlich.«

»Bekannte, Cozma.«

»Ich frage mich, wie man mit jemandem befreundet sein kann, den man nicht persönlich kennt.«

»*Bekannte*, verdammt, geht das nicht in Ihren Schädel?«

»Da will es in der Tat nicht hinein, Herr Vorsitzender. Woher …«

»Werden Sie nicht unverschämt!«

»Woher kennen Sie Jörg Marthen?«

»Antoniu.« Aurescu hob flüchtig eine Hand.

Einer der Leibwächter trat Cozma in den Weg, ließ ihn gegen

sich prallen. Er spürte eine stählerne Hand an der Brust, roch und sah Schweiß und hielt sofort inne. Schweiß war gefährlich, er bedeutete Argwohn und Unberechenbarkeit. »Letzte Frage«, sagte er. »Die wichtigste.«

Aurescu drehte sich mit einem lauten Lachen zu ihm um, der Moment der Irritation und Unbeherrschtheit war vorüber. »Ein Mann, der nicht aufgibt, ja? Sie haben den falschen Beruf gewählt, er ist zu gefährlich und undankbar. Gehen Sie in die Politik, der Pöbel wird Sie lieben.« Er warf einen Blick auf den Eingang des Museums, vor dem zahlreiche Menschen standen, Angestellte, Gäste, Fotografen, einige Polizisten. Fast nachdenklich fuhr er fort: »Sehen Sie, die ausländischen Agrarinvestoren liegen mir am Herzen, sie sind für den Standort Timiş wichtig, für unsere Landwirtschaft, das Wohl unserer Leute. Ich kenne ihre Namen, ich weiß, wo ihre Betriebe liegen und wie groß sie sind, ich begegne ihnen bei diversen Gelegenheiten – ich kenne sie. Ich wäre ein schlechter Kreisratsvorsitzender, wenn es anders wäre.« Er trat näher, stellte sich dicht neben Antoniu, die Augen klein und konzentriert. »Die *wichtigste* Frage, Cozma? Vielleicht ja diese: Kann der Kreisratsvorsitzende Aurescu das unverschämte Gehabe des *Comisar* Cozma verzeihen?«

»Mit Verlaub, die wichtigste Frage ist: Warum ist jemand daran interessiert, dass ausgerechnet ich diese Ermittlung leite?«

Aurescu hob beide Hände. »Ich bat um den Besten und bekam Sie, und nun zeigt sich, dass Sie nicht der Beste und schon gar nicht der Klügste sind. Aber viel Schaden werden Sie nicht mehr anrichten. Spätestens wenn der Fall abgeschlossen ist, gehen Sie in Rente.«

Cozma trat einen Schritt zurück, dann noch einen. Ein wohliges Gefühl durchströmte ihn, er wusste sich endlich auf dem richtigen Weg, nicht mehr dem gewünschten falschen, wie Paul Bejenaru es genannt hatte. »Sagen Sie dem, der Ihnen meinen Namen genannt hat, dass ich keine Antwort auf meine Frage mehr brauche.« Er lächelte ernst. »Sagen Sie ihm, dass es mir egal ist.«

II

Das andere Leben

30

Prenzlin

ALLES WAR auf einmal anders.

Lisa ermordet.

Mehr als sieben Stunden waren vergangen, noch immer wollte das Gehirn nicht begreifen. Den Eltern ging es genauso. Bis vor wenigen Minuten hatte sie mit ihnen zusammen gesessen, hatte ihre Hände gehalten und in ihre fassungslosen Augen geblickt. Hatte sie in den Armen gehalten und mit ihnen geweint. Sieben Stunden in der dunklen Küche, in die kaum Tageslicht gelangte, weil der Vater die Platane vor dem Fenster nicht fällen wollte.

Irgendwann hatte Anett die Dunkelheit und die Verzweiflung nicht mehr ertragen. Sie hatte Licht gebraucht und Luft. Weite. Das Gefühl, dass das Leben trotzdem weitergehen würde. Mit dröhnenden Kopfschmerzen war sie hinausgelaufen, durch den Wald zum Fluss gehastet und hinüber zu den Äckern, wo der Blick frei war. Die ehemaligen Marthen'schen Felder, zwölf Hektar vom Fluss über den Hügel hinaus, im Osten bis zum Wald, im Westen und Norden bis zu den Landstraßen.

Colditz hatte bereits ernten lassen, auf den Feldern standen nur noch die bräunlichen Maisstoppeln, die bald zerkleinert werden würden. Wie geschoren lag der Boden im Sonnenlicht, ausgelaugt und stumm, längst ein einziges großes Feld, eben bis auf die kleine Erhebung in der Mitte. Die Mutter hatte Fotos aus den sechziger Jahren aufgehoben, da sah das Feld ganz anders aus, zersplittert, rauer, unförmiger, mit Dellen und Buckeln, zur Straße eine

Wallhecke, die nicht mehr existierte, mit langen Gebüschreihen zwischen den einzelnen Parzellen, Feldgehölz und Baumgruppen mittendrin. Schon zu LPG-Zeiten war eingeebnet worden, hatte man die Parzellen miteinander verbunden. Colditz hatte die Felder schließlich ganz plan machen, die Bäume fällen, die Wallhecke entfernen lassen. Hatte ihnen dadurch, fand sie, die Individualität und die Schönheit geraubt. Dabei hatte ihr Ackerland nie viel bedeutet, anders als Jörg, der es als etwas Lebendiges wahrnahm, als etwas zu Beschützendes, für das man Verantwortung trug. Als Erweiterung seines Zuhauses, seiner Seele.

Müde hielt Anett auf die Erhebung mit der baufälligen Scheune zu. Noch vor sieben Stunden war es ihr undenkbar erschienen, auf Colditz' Angebot einzugehen. Doch jetzt war alles anders.

Lisa ermordet …

So, wie sie Jörg einschätzte, würde er verkaufen und Rumänien verlassen. Er hatte zu viel verloren. Wie sie selbst vor wenigen Jahren würde er begreifen, dass keiner aus der Familie Marthen dauerhaft gewinnen konnte; dafür waren sie zu verbohrt. Sehenden Auges rannten sie gegen die Wände, die sie sich selbst ausgesucht hatten, gewannen eine Weile, verloren immer öfter, verloren das Wichtigste – und gaben auf. Wie ihr Vater, wie sie.

Auch Jörg würde aufgeben. Die Sehnsucht nach Trost würde ihn nach Hause treiben.

Zwölf Hektar Ackerland konnten ein Trost sein. Natürlich, es war nicht viel. Aber wenn er den rumänischen Betrieb verkaufte, brauchte er auch nicht viel. Er brauchte nur ein paar Hektar Erde, damit die Seele überleben konnte.

Vielleicht würde Colditz' Angebot unverhofft tatsächlich altes Unrecht wiedergutmachen. Die Wunden der Marthens heilen.

Neue Wunden reißen.

Sie rief Maik an. »Wie geht es ihm?«

»Schlecht. Auch wenn er es nicht zeigt.«

»War auch eine blöde Frage.«

»Yvonne kommt morgen, das wird ihm helfen.«

»Ja.«

»Und bei euch?«

»Ich weiß nicht, wie die beiden das überstehen sollen.«

Er schwieg.

»Hans«, sagte sie. »Christl wird es überstehen.«

Der Boden stieg jetzt kaum merklich an, eine weit geschwungene Welle bis zu der niedrigen Erhebung, senkte sich jenseits davon wieder ab. Sie ging langsamer, die Lunge war eng vom Weinen und von der stickigen Luft in der Küche. Sie überlegte, ob sie Maik von Colditz' vergiftetem Geschenk erzählen sollte, aber dann tat sie es nicht. Solche Entscheidungen traf man allein.

Aus dem Telefonhörer drang Gehupe. »Bist du unterwegs?«

»Auf dem Weg zum Flughafen.«

Sie hielt den Atem an, wusste es, bevor er es aussprach.

»Ich komme nach Prenzlin, Anett.«

»Ja«, sagte sie und begann wieder zu weinen.

Fröstelnd stand sie vor der Scheune auf dem Hügelchen, verdrängte den Aufruhr der Gefühle. Viel wichtiger war, was Maik noch gesagt hatte: dass auch der Mann, der Lisa möglicherweise getötet hatte, auf dem Weg nach Prenzlin war und dass niemand vorhersagen konnte, was er vorhatte. Ob er gefährlich war.

Man muss mit allem rechnen. Sagst du es Christl und Hans?

Heute nicht. Auf keinen Fall. Morgen, wenn du da bist.

Sie zog einen Torflügel der Scheune auf, die seit Langem nicht mehr genutzt wurde, und betrat sie. Licht fiel durch die Schlitze, stumm tänzelte der Staub, es roch nach Katzenurin, trockenem Heu. Wenn Lisa in Prenzlin gewesen war, hatten sie hier Karate »geübt«, Lisa schweißüberströmt, völlig untalentiert, begeistert. Anschließend hatten sie von früher gesprochen, Lisas Jahre in Prenzlin, der Engel im Dom, der Unfall 2011. Maik in Rumänien, Anett und Maik, vor allem das. Seltsame Stunden, die Stimmung geprägt von Lisas überbordender Romantik, der sich Anett nicht entziehen konnte. Plötzlich stand alles, was sie getan oder nicht getan hatte, im gleißenden Licht dieser Romantik und wirkte armselig.

Aber wieso denn nur, wenn du ihn geliebt hast?

Ich wollte eben nicht. Ich konnte nicht.

Ja, schon, aber warum?

Weil ich frei sein wollte.

Kann man nicht auch zusammen frei sein, wenn man sich liebt?

Ich nicht.

Bei einem dieser Gespräche hatte sie begriffen, dass es um etwas ganz anderes gegangen war. So, wie ihr Mädchenname unausweichlich mit Enge und Tristesse verbunden war, mit der DDR, der Unfreiheit, so war es ihr auch mit Maik gegangen. Egal, wo sie ihn hingezerrt hatte, nach Rom, nach Griechenland, nach New York, Maik war die permanente Erinnerung an ein furchtbares Gefühl gewesen, das sie viele Jahre lang beherrscht hatte. Obwohl er die Enge und Tristesse damals so oft verscheucht hatte, in ihrer Jugend für sie Freiheit bedeutet hatte. Sie hätte mit Maik nie wirklich frei sein können, sosehr sie ihn auch geliebt hatte.

Wie armselig, dachte sie.

Im Herzen war sie unfrei geblieben.

Sie verließ die Scheune, wollte schon wieder in Richtung Hof gehen, als sie auf der Straße von Prenzlin nach Krakow einen Streifenwagen bemerkte, der mit hoher Geschwindigkeit fuhr. Vor dem Feldweg zum Hügel bremste er hart, bog ab und kam in ihre Richtung.

Frieder Roth.

Angespannt ging sie ihm entgegen, wartete am Fuß des Hügels. Frieder saß am Steuer, ein Kollege neben ihm. Beide stiegen aus.

»Folgendes«, sagte Frieder ruhig.

»Ich weiß. Er kommt nach Prenzlin.«

»Er ist schon da.«

Sie brachten sie nach Hause, Frieder hatte darauf bestanden, weshalb auch immer. Anett konnte sich nicht vorstellen, dass tatsächlich jemand in Gefahr war. Sie selbst schon gar nicht.

Adrian Lascu war bei der ROGA untergekommen und mit den anderen Arbeitern bereits auf dem Feld. Sie brauchten Leute, der Regen würde früher kommen. Frieder war davon ausgegangen, dass Lascu einen Ort zum Schlafen suchen würde. Nicht auffallen wollte im Ort. Also hatte er Nowak angerufen, der sich erst dumm gestellt und gesagt hatte, für Personalentscheidungen sei er nicht zuständig. Frieder hatte angedroht, selbst nachzusehen. Da hatte Nowak geredet. Richtig, das sei ihm entfallen, ein junger Rumäne, sei heute gekommen, Eugen irgendwas, der Pass liege bei der Botschaft in Berlin, werde in den nächsten Tagen nachgeschickt.

»Weiß Nowak Bescheid?«, fragte Anett.

»Nein. Er glaubt, die Familie sucht nach dem Jungen. Streit wegen eines Mädchens.«

»Wie sicher sind sich die Rumänen, dass er es war?«

»Wohl ziemlich sicher.« Sie rollten auf den Hof, hielten. Frieder sagte: »Mario bleibt bis morgen bei euch.«

»Ach was, das ist übertrieben.«

»Für alle Fälle.«

»Und wie soll ich das meinen Eltern erklären?«

»Sag ihnen die Wahrheit.«

»In ihrem Zustand?«

»Dann sag ihnen … dass Mario nicht nach Hause kann. Er braucht ein Bett für die Nacht.«

Sie wandte sich zu Mario um. »Und warum kannst du nicht nach Hause?«

Er zuckte die Achseln, errötete leicht. Sie kannte ihn flüchtig, wusste nicht viel über ihn, nur dass er aus Vorpommern stammte und wenig sprach. Er war Mitte dreißig, wirkte sportlich, etwas schüchtern.

»Wer ist bei dir zu Hause? Deine Frau? Kinder?«

»Niemand«, erwiderte er.

»Überlegt euch was«, sagte Frieder. »Und bleibt daheim heute Abend, ja?«

»Glaubst du wirklich, er kommt hierher? Zu uns?«

Frieder musterte sie lange, schien nachzudenken. Dann fragte er sanft: »Warum sollte er sonst in Prenzlin sein?«

31

Temeswar

EINE EINLADUNG ZUM ABENDESSEN von einem Kriminalkommissar … Einem Mann, der zu viel aß, zu viel trank und zu viel sprach. Der schon zu lange allein war und nicht mehr wusste, wie er mit einer Frau umgehen sollte, die ihm ein bisschen gefiel. Keiner wie Viorel, nicht einmal wie Jörg Marthen. Weder ungreifbar noch geheimnisvoll.

Was vorteilhaft sein konnte.

Ana Desmerean lächelte.

Sie saß an ihrem kleinen Schreibtisch bei Flying Banat am Flughafen, wollte sich demnächst auf den Heimweg machen. Unkonzentriert klickte sie sich durch den elektronischen Kalender des Computers, um sich einen Überblick über die Buchungen der kommenden Tage zu verschaffen. Allzu viele waren es nicht.

Am ehesten erinnerte Ciprian Rusu sie an Miron, ihren Chef, dessen Traum sie vor fünf Jahren von Brandenburg nach Temeswar geführt hatte. Auch er war untersetzt und redselig, nicht der Schönste, nicht der Sportlichste. Aber Perfektion hatte sie ohnehin nie gesucht. Sie hatte von den Ungreifbaren und Geheimnisvollen geträumt und für den Alltag die Durchschnittlichen genommen.

Was bequem war, doch vielleicht ein Fehler. Bei den Durchschnittlichen entwickelte sie kaum Gefühle und gab sich entsprechend wenig Mühe, sie zu halten. Miron war sieben Monate bei ihr geblieben, dann zu seiner Ungarin gewechselt, was wiederum nicht schlimm gewesen war. Sie hatte – gewissermaßen jedenfalls –

die Robinson bekommen, und die ersetzte jeden Mann. Nur Viorel und vielleicht Jörg Marthen würden sie aufwiegen.

Sie fragte sich, ob auch Ciprian Rusu wie Miron statt der Geheimnisse einen Traum hatte. Einen glitzernden Traum, der im Alltag vielleicht immer mehr an Glanz verloren hatte … Schon seit einer Weile gingen die Buchungen von Flying Banat zurück. Doch Miron war zuversichtlich. Er bastele an einer neuen Idee, sagte er oft. Ana vertraute seiner Fähigkeit zu träumen. Miron war einer von den Durchschnittlichen, die Träume umsetzen konnten. Rusu eher nicht, dachte sie. Was ihr an ihm gefiel, war einerseits das Spitzbübische, andererseits das Ernste, Emotionale. Er gestikulierte wie ein Weltmeister und wusste, dass man ihn durchschaute. Lächelte entzückt.

Hören wir uns an, was Herr Aurescu zu sagen hat.

Sie hatte gleich zu Beginn der Aufnahme den Kopf geschüttelt. Die Stimme war nicht maskulin, nicht tief, nicht schön genug. Zu monoton. Nein, keinerlei Ähnlichkeit mit dem Kollegen, der sie angerufen habe.

Ein vermeintlicher *Kollege. Einer, der sich für einen Kollegen ausgegeben haben könnte. Mehr darf ich dazu nicht sagen.*

Sie hatte genickt. Mehr hatte sie auch nicht wissen wollen.

Sie hatte über Marthen sprechen wollen.

Ich kannte seine Tochter.

Das arme Kind … Ich bin froh, wenn ich so was … Wir wollten eigentlich keine Tötungsdelikte mehr bearbeiten, ich und mein Kollege, aber der Fall ist uns zugeteilt worden, was will man machen. Kannten Sie sie gut?

Ich bin ihr zwei- oder dreimal begegnet. Den Vater kenne ich besser.

Seltsamer Mann. Hat kein Wort gesagt, als wir da waren. Man weiß bei solchen Leuten nicht, woran man ist. Kommen sie klar? Drehen sie durch? Sie sollten ihn vielleicht anrufen. Ein paar nette Worte sagen.

Ja. Später.

Nach einer Stunde war Rusu aufgestanden, hatte ihr die Hand geschüttelt und das Büro verlassen. Zwei Minuten später war er verlegen zurückgekommen.

Nein, ich habe noch nichts vor, hatte sie spontan erwidert.

Sie war froh darum. Ciprian Rusu hatte etwas in das kleine Zimmer mitgebracht und dann wieder mitgenommen, was sie beinahe schon vermisste – Sehnsucht und Wärme.

Die Tür flog auf. Mirons Art, einen Raum zu betreten.

»Ana, Schatz, hör mal.«

In diesem Moment klingelte ihr Telefon. Auf dem Display stand *Anonym*. Miron bedeutete ihr hastig dranzugehen und verschwand wieder.

Sie meldete sich. Eine Buchung. Sie klemmte sich den Hörer zwischen Ohr und Schulter, notierte: Mara Rebreanu, zwei Personen, Rundflug über den Karpaten, Geschenk zum Hochzeitstag für den Ehemann, übermorgen. Sie nannte den Stundenpreis.

»Stattlich!«, sagte Mara Rebreanu.

»Dafür einzigartig.«

»Mehr als zwei Stunden kann ich mir nicht leisten.«

»Es werden zwei unvergessliche Stunden für Ihren Gatten.«

Im Hintergrund erklang die Stimme eines Mannes. Auch er schien zu telefonieren. Ana achtete nicht auf die Worte, nur auf den Klang der Stimme, die sie sofort wiedererkannt zu haben glaubte: maskulin, tief, ruhig. Melodisch. Selbstbewusst. Jeder Satz vollständig. Eine schöne Stimme, zu der sie sich gestern wie heute automatisch einen schönen Mann vorstellte.

»Dann bis Samstag«, sagte Mara Rebreanu.

Ana legte auf. Hatte sie sich getäuscht? Sie war sich nicht sicher. Aber sie hatte die Stimme doch *erkannt*, dachte sie, schon bei den ersten Worten des Mannes, den einzigen, die sie noch bewusst wahrgenommen hatte: *Hallo, hier Dorin.*

Sie nahm sich vor, Ciprian Rusu später von der Stimme zu erzählen. Sollte er entscheiden, ob er ihr von diesem Mann ebenfalls eine Tonaufnahme bringen wollte. Vielleicht hatte er auch eine Antwort auf eine andere Frage: Musste sie sich Gedanken wegen ihrer Sicherheit machen? Erst rief ein falscher Polizist bei ihr an, dann diese Buchung.

Erneut flog die Tür auf, schon stand Miron neben ihr und sprach drauflos, ohne auch nur einmal Luft zu holen, und Ana verstand erst nach und nach, dass er ihr Leben wie schon einmal mit einem Traum grundlegend änderte. »Ana, Schatz, wir brechen die Zelte hier ab, im Dezember gehen wir in die Ukraine, der Ackerboden ist da noch besser als hier, und die Entfernungen sind größer, und bald boomt die Ukraine, das ist kein Geheimnis. Monsanto, Cargill, DuPont und die Russen sind schon mit einem Fuß und vielen Millionen dort, und die Schweizer und die Saudis und der eine oder andere Deutsche, dabei hat die Regierung den Verkauf von Boden an Ausländer noch gar nicht erlaubt, aber das wird bald passieren, und dann gehen die anderen auch in die Ukraine, und dann sind wir schon dort und fliegen sie herum, Schatz.«

»Ich möchte nicht in die Ukraine, Miron. Ich …« Plötzlich begriff sie.

»Tut mir leid, Ana, Schatz. Tut mir sehr leid.«

Ohne dass sie es wollte, kamen ihr die Tränen. »Und wer soll die Robinson fliegen?«

»Unser neuer ukrainischer Partner.«

32

Temeswar

DER ABEND KAM, BRACHTE NUN DOCH ein wenig Regen und wie immer Lärm und Stau auf dem Take Ionescu stadtauswärts. Cozma saß an seinem Schreibtisch zwei Stockwerke darüber und machte sich Sorgen.

Zum einen war Cippo nicht zu erreichen. Seitdem er am Nachmittag zum Flughafen aufgebrochen war, hatte er sich nicht gemeldet. Mittlerweile war es fast halb sieben. Zum anderen fragte Cozma sich, ob Adrian Lascu Gefahr drohte, weil er nicht länger Verdächtiger, sondern Zeuge war. Er hatte Lisas Mörder gesehen, vielleicht würde er ihn auf einem Foto wiedererkennen. Aus Sicht derer hinter Aurescu durfte es nicht zu einer Aussage kommen. Aber wären sie in der Lage, jemanden nach Prenzlin zu schicken? Und woher wussten sie, dass Lascu dort war?

Ein weiterer Grund zur Sorge … Nein, ermahnte er sich, nicht darüber nachdenken.

Er tat es doch.

Cippo, Ovidiu, Paul Bejenaru auf der einen Seite. Valentina Olar, vielleicht weitere DNA-Leute, Lascus Eltern auf der anderen. Dazu der deutsche Polizist und inzwischen wohl auch die Verwandtschaft in Prenzlin. Sonst konnte es niemand wissen.

Streich Cippo und Olar, dachte er. Paul sowieso. Und Ovidiu.

Er strich sie nicht. Fragte sich stattdessen, wann das Misstrauen über ihn gekommen war. Hatte er die Fähigkeit zu vertrauen verloren? Konnte er selbst Cippo nicht mehr vertrauen?

Er strich Cippo.

Und noch ein Grund zur Sorge: die DNA. Soweit er Valentina Olar verstanden hatte, wurde bislang keine Anklage gegen Cippo vorbereitet. Ihre Kollegen sammelten noch – Hinweise, Beschwerden, Informationen. Doch Olar hatte die Unterlagen am Morgen eingesehen und hielt eine Anklage mittelfristig für zwingend.

Das Mobiltelefon klingelte, eine unbekannte Nummer. Ecaterina Lascu. »Herr Winter« sei auf dem Weg nach Prenzl'in, sagte sie. Er wolle Lisas Großeltern beistehen. Aber er wolle bestimmt auch mit Adrian reden, ihn vielleicht unter Druck setzen. »Tun Sie etwas, ich flehe Sie an!«, sagte sie.

Nachdem sie aufgelegt hatten, dachte Cozma lange nach.

Schließlich griff er nach dem Zettel, den Ovidiu gebracht hatte. Polizeihauptmeister Frieder Roth, Polizeistation Krakow am See. Adresse, Festnetznummer, Mobilnummer.

Ausgerechnet Deutschland, dachte er, während er wählte.

Eine weitergeleitete E-Mail von Dan, JM Romania hatte die nächste Namensübersicht geschickt: Agrarunternehmen, Investoren, Zwischenhändler, die in den vergangenen zwei Jahren Interesse an Marthens Land geäußert hatten.

Da hatte sich jemand ähnliche Gedanken gemacht wie er.

Er druckte die Zusammenstellung aus und überflog sie. Um die zwanzig Firmen- oder Personennamen, jeweils mit Geschäftssitz, Adresse und Datum der Kontaktaufnahme sowie, falls es dazu gekommen war, der Gespräche mit JM Romania. Auch das Treffen von heute Morgen stand darauf: *Tayma Group, Tabuk (Saudi-Arabien).* Eine erste Zusammenkunft hatte es am 12. August gegeben. Die übrigen Interessenten kamen aus Österreich, Italien, dem Libanon, Dänemark, Deutschland, den Niederlanden, den Vereinigten Arabischen Emiraten, mehrere aus Rumänien. Dazu einige Agenturen, die offenbar auf die Vermittlung von Agrarflächen spezialisiert waren, eine aus Deutschland, zwei aus Temeswar, eine aus Bukarest.

Er antwortete auf Dans Mail, instruierte ihn. Alle Unternehmen auf der Liste mussten überprüft werden. Fangt mit Verbindungen zu Sorin Aurescu an. Kontaktiert die DNA – gibt es Beschwerden oder Anzeigen wegen Korruption? Laufende Ermittlungen oder Verfahren gegen eine der Firmen? Seht euch die Grundbücher an. Auffälligkeiten, Ungereimtheiten? Hört euch in den Dörfern um, in deren Nähe Betriebe liegen. Was sagen die Einheimischen über die Konzerne? Darüber, wie sie an das Land gekommen sind?

Und wer soll das alles machen?, schrieb Dan zurück.

Wir werden aufgestockt, erwiderte Cozma.

Er rief Bejenaru an.

»Nur, wenn du sicher bist, dass Lascu der Falsche ist.«

»Bin ich.«

Bejenaru seufzte. »Wie viele?«

»Achtzig, gern neunzig.«

Er hörte Bejenaru entnervt lachen. »Du bekommst zwei, die anderen brauche ich. Wir haben ein Tötungsdelikt in Dudeştii Vechi.«

»Also gut, fünfzehn. Aber die Besten.«

»Ich werde sehen, was ich machen kann. Ach, ja. Sorin Aurescu hat wohl versucht, mich zu erreichen.«

»Er wird nicht der Einzige bleiben – er kennt die hohen Herren. Apropos, du kennst Valentina Olar?«

»Nein.«

»Sie sagt, sie kennt dich.«

»Na dann. Sie kommt gelegentlich auf einen Kaffee vorbei.«

»Ja«, sagte Cozma.

»Ja«, entgegnete Bejenaru. »Aber sprich nicht darüber.«

»Hatte ich nicht vor. Grüße an die Gattin.« Er legte auf.

Dann, endlich, meldete sich Cippo. Ohne Begrüßung oder Erklärung sagte er: »Ich brauche Hilfe, Ioan!«

»Wo bist du?«

»Hilf mir, bitte. Ein Notfall ist eingetreten. Ein Notfall, wie er alle zehn Jahre eintritt. Ich übertreibe nicht.«

Erleichtert lehnte Cozma sich im Stuhl zurück. Ein Cippo-Notfall war nie Anlass zur Sorge, eher zur Heiterkeit und Zementierung ihrer Freundschaft; zumal im Hintergrund ein lautes Gewirr aus Stimmen und Musik zu hören war. »Wie viel?«

»Zwei-, dreitausend.«

»Lei hoffentlich, nicht Euro.«

»Natürlich!«

»Wann bekomme ich sie zurück?«

»Wahrscheinlich nie.«

»Ein fairer Deal.«

»Aber Geld ist nicht alles«, grummelte Cippo.

»Ganz recht.«

»Ich meine, ich brauche auch deine Expertise.«

»Als was?«

»Als Mann der Mode. Der Eleganz. Der Frauen. Als Freund. Iulius Mall, Haupteingang.«

Cozma war noch nie in der Iulius Mall gewesen, sie lag zu weit nördlich für seinen Alltagsradius und war ihm außerdem wie jedes Einkaufszentrum zu bunt, zu laut, zu primitiv. Was er brauchte, kaufte er in der Altstadt oder südlich davon, zumeist in alten, verwinkelten, stillen Läden, deren Eigentümer genauso alt und verwinkelt und still waren und von der Globalisierung irgendwann hinweggespült würden.

Widerstrebend betrat er die Mall. Nie würde er verstehen, was die Temeswarer hierhertrieb, in die Plastikwelt des Konsums. Da hatten sie für die Demokratie gekämpft und den glitzernden Kapitalismus bekommen – und gaben sich damit zufrieden. Während er im Dezember 1989 in Bukarester Kellerverließen Knochen und Seelen gebrochen und an nichts anderes gedacht hatte als an sein persönliches Leid, war in Temeswar die Revolution ausgebrochen, hatte Rumänien endlich die ersten Schritte ans Licht getan. Mehr als tausend Menschen waren binnen weniger Tage gestorben – und wofür? Für Preisschilder?

Cippo kam ihm entgegengelaufen, bedankte sich aufgeregt und schob ihn in Richtung Rolltreppen. Cozmas Verdruss schien er nicht zu bemerken, anderes war wichtiger. Ein neuer Anzug, ein neues Paar Schuhe, ein neues Hemd mussten her. Er war mit einer Frau verabredet.

»Wo kommt so plötzlich eine Frau her«, fragte Cozma und stolperte von der Rolltreppe.

»Ich bin versucht zu sagen: vom Himmel.«

»Vom … Etwa die Pilotin?«

Cippo errötete. Die Arme fuchtelten, rissen den Körper mit, während sie auf ein italienisches Bekleidungsgeschäft zuhielten. Cozma hörte im Lärm nur jedes zweite Wort, es war wohl von Verletzlichkeit die Rede, der Anmutung von Einsamkeit, von einem schmalen, zerbrechlichen Wesen mit scheuen, sanftmütigen Augen und einem Hals, wie man noch keinen je gesehen habe, nicht zu lang, nicht zu kurz, ein idealtypischer Hals mit makelloser Haut, über den man ausgiebig mit den Fingerspitzen streichen wolle …

»Du musst endlich aufhören zu trinken, Cippo.«

»Unbedingt!«

»Keine Frau der Welt will einen Säufer. Außer einer Säuferin vielleicht.«

»Einen *Säufer*?«

»Und du musst ihr absagen. Sie ist eine Zeugin in einem laufenden Mordfall.«

»Ich schwöre, wir werden nicht über Privates sprechen, nur über den Fall.«

»Das ist ja das Problem.«

»Wir werden kein einziges Wort über den Fall verlieren!«

»Noch heikler. Du sagst ab.«

»Um Himmels willen, Ioan …«

Schmunzelnd klopfte Cozma ihm auf die Schulter. »Gut, damit wäre das Offizielle geklärt. Jetzt zum Anzug. Ich habe ja von so etwas wenig Ahnung, aber ich empfehle ein sommerliches Hellblau, das sollte dir stehen, und in scheuen, sanftmütigen Augen reflektiert es sicherlich ganz wunderbar.«

Zwanzig Minuten vergingen, Cippo eilte in die Umkleide, aus der Umkleide, präsentierte sich zur Sicherheit auch in Braun, Dunkelblau und Grau, während Cozma wartete, die abgelehnten Anzüge entgegennahm, die nächsten reichte und über den letzten passenden hellblauen wachte.

Das Telefon vibrierte in seiner Brusttasche.

»Wir müssen reden«, sagte Valentina Olar.

»Nicht jetzt, bitte.«

»Können Sie Winter aufhalten?«

»Ich habe die deutschen Kollegen informiert, sie …«

»Was machen Sie später?«, unterbrach sie ihn.

Er zögerte kurz. »Ein Glas Wein wäre nicht schlecht.«

»Aber es wird spät, zehn Uhr.« Sie nannte ein Café am Rand der Altstadt, das »Reciproc«, und verabschiedete sich.

Cippo kam angerannt, ohne Hose und Schuhe. »Hellblau?«, fragte er außer Atem.

Cozma nickte. Auf dem Weg zu den Hemden sagte er: »Keine Gefälligkeiten mehr, Cippo. Weder in die eine noch in die andere Richtung.«

»Heute Abend würde ich dir alles versprechen.«

»Dann muss ich deutlicher werden. Paul mistet aus. Wer Geld nimmt oder gibt, fliegt.«

Cippo hielt erbleichend inne. »Weiß er es?«

»Er ahnt etwas.«

»Meine Verlängerung?«

»Könnte auf dem Spiel stehen«, log Cozma.

»Gut, ich bemühe mich!«

»Dann muss ich noch deutlicher werden.«

»Ioan … Man wird die Große Rumänische Krankheit nicht von einem Tag auf den anderen los!«

»Noch ein einziges Mal, und sie wird dich dahinraffen.«

Sie hatten die Regale mit den Hemden erreicht.

»Gelb?«, fragte Cippo.

»Weiß«, sagte Cozma.

Während Cippo davoneilte, sah er an sich hinunter. So konnte er sich nachts um zehn nicht mit einer schönen Frau auf ein Glas Wein treffen, und sei sie eine Staatsanwältin. Die braunen Schuhe seit Monaten nicht geputzt, auch nicht mehr wirklich in Form, die dunkelblaue Anzughose hatte die Falten verloren und aus einem unerfindlichen Grund deutlich mehr Farbe als das dazugehörende Jackett, und das braune Hemd hatte sich die Kragenspitzen in der Waschmaschine weiß gestoßen.

Er hatte es sich in den stillen Winkeln ein wenig zu gemütlich gemacht.

Wenige Minuten später war Cippo im hellblauen Anzug, einem weißen Hemd und glänzenden schwarzen Schuhen verschwunden, und Cozma lief dieselbe Route ein zweites Mal ab, von den Anzügen über die Hemden zu den Schuhen. Um halb neun band er die Schleifen schmaler brauner Budapester, erhob sich und strich die scharfkantige dunkelblaue Hose glatt. Als er aufsah, blieben seine Augen an einem Gesicht hängen, das ihm zugewandt war. Jenseits der Glasfront, etwa zehn Meter von ihm entfernt, stand ein Mann und beobachtete ihn. Er war in den Dreißigern, Kapuze über dem Kopf, Jeans, ungepflegt. Auf den ersten Blick ein Bruder all der kleinen Schläger, Diebe, Betrüger, die Cozma im Lauf der Jahrzehnte untergekommen waren. Doch er spürte plötzlich, dass dieser Mann mehr war als das.

Jetzt hob der Mann eine Hand und hielt ein bedrucktes Blatt Papier an die Scheibe. Langsam ging Cozma auf ihn zu, erkannte dabei immer deutlicher, was ihm gezeigt wurde: die Kopie der ersten Seite eines Vernehmungsprotokolls. Oben das Foto eines in Haft Genommenen, der Text mit der Schreibmaschine getippt, handschriftliche Ergänzungen, Stempel. Ein Formular, wie sie es in den Achtzigern benutzt hatten.

Als er unmittelbar vor der Glasscheibe stand, schoss der Puls hoch. Er erinnerte sich an das Gesicht auf dem Foto und den Namen daneben, Róbert Barbu.

Einer, dessen Knochen und Seele er gebrochen hatte.

Und da stand es, wenige Zeilen darunter: *Vernehmender Beamter: Ioan Cozma.*

Der Strippenzieher hatte begonnen, ihn tanzen zu lassen.

Er sah auf, nickte.

Der Mann verschwand in der Menge, während Cozmas Augen dem Flug des zu Boden trudelnden Blattes folgten.

33

Berlin

DIE MASCHINE LANDETE PÜNKTLICH um einundzwanzig Uhr in Tegel. Winter besorgte sich Kaffee und etwas zu essen, dann mietete er einen Wagen, warf die Reisetasche auf den Rücksitz und verließ die Stadt. Er hatte mit einer Flut von Erinnerungen an die Kinder und Claudia gerechnet, doch nichts kam, keine plötzlichen Bilder, Stimmen, Assoziationen. Er hatte den Schmerz und die Erinnerungen besser im Griff als gedacht.

Nach Norden war nicht mehr viel Verkehr. Trotz der Geschwindigkeitsbegrenzungen fuhr er schnell, bekam am Rande mit, dass er einmal geblitzt wurde. Dann war er auf der A19 und passierte die Landesgrenze. Während der Fahrt zwischen den Seen hindurch sammelten sich Mückenkörper auf der Windschutzscheibe, weniger als früher, der Sommer in Mecklenburg musste trocken gewesen sein. Bei Krakow verließ er wie so viele Male vor 2011 die Autobahn, um Viertel vor elf erreichte er Prenzlin, das dunkel und still in der leicht gewellten Ebene lag.

Langsam rollte er über die ersten hundert Meter, die noch immer aus uraltem Kopfsteinpflaster bestanden und zahlreiche Stoßdämpfer zermürbt hatten. Nur jede zweite Straßenlaterne leuchtete, Autos waren nicht mehr unterwegs, hinter kaum einem Fenster glomm Licht. Fünfzig Meter vor der Kirche stand in der Einfahrt eines der aufgegebenen Höfe überraschend ein alter Vertrauter, als hätte er auf ihn gewartet: der unverwüstliche Kirowez K-700A, den alle nur »Kasimir« genannt hatten.

Winter hielt an der Kirche, stieg aus und ging zum Friedhof, der auf der anderen Seite des Kirchenschiffs lag. Das Tor war verschlossen, aber so niedrig, dass er ohne Probleme darüber steigen konnte. Im vagen Licht des Mondes folgte er den Pfaden zwischen den Gräbern hindurch. Schon von weitem glaubte er, die Kinder zu spüren, hörte ihre Stimmen, hörte, wie Leon mit Radiomoderatorenstimme das Quad-Rennen zwischen Vater und Sohn kommentierte, das nie stattfinden sollte, hörte Emmy sagen: Warum lässt du dir nicht auch was versprechen, Mama?, hörte Leon lachen, hörte Emmy rufen: Aber wir wollen nicht nach Dänemark …

Dann stand er vor dem Familiengrab mit den beiden Grabstellen, in der einen die Kinder, in der anderen Claudia. Das Gras darauf kurz und gepflegt, frische Garten- und Feldblumen in Vasen, in Töpfen Grünpflanzen, trotz der Dunkelheit ein hübscher Anblick, viel zu hübsch, als hätten der Tod und der Schmerz und die Minuten im dunklen Sand und all die schlaflosen Nächte danach hier keinen Platz. Als müsste alles nun hübsch sein und nicht mehr leer und zerrissen und zerstört.

Doch für die drei, dachte er, sollte ja auch alles hübsch sein.

Er kniete nieder, berührte beide Grabstellen mit der Hand und dachte verzweifelt, Dann fahren wir da nicht hin, wir fahren ins Haus zurück, da bleiben wir, solange wir wollen, da bleiben wir für immer.

Später stieg er wieder über das Tor, ging in Richtung Straße, als plötzlich ein Mann aus dem Schatten der Kirche trat und mit angespannter Stimme sagte: »Und wir, was machen wir hier?«

Winter war erschrocken stehen geblieben, hatte ihn nicht gleich erkannt. Frieder Roth in Uniform, eine Hand am Pistolenholster, die Stirn leicht glänzend von Schweiß.

»Maik! Da muss man sich wohl entschuldigen.«

»Schon in Ordnung.«

Sie reichten sich die Hand.

»Hast am Telefon nicht erwähnt, dass du kommst.«

»Spontaner Entschluss. Ist er schon aufgetaucht?«

»Drüben im Betrieb. Aber die Rumänen …«

»Bei der ROGA?«

Frieder nickte, zog ein Taschentuch aus der Hose, wischte sich den Schweiß von der Stirn. »Die Rumänen sagen, er war es nicht.«

»Mit wem hast du gesprochen? Cozma?«

»Nicht, dass du was anstellst, Maik.«

»Hab ich nicht vor.«

Sie gingen zur Straße. Unmittelbar vor dem Mietauto stand der Polizeiwagen. Das Standlicht war eingeschaltet.

»Warum bist du dann gekommen?«

»Ich habe hier ein Haus, Frieder.«

»In dem seit 2011 keiner geschlafen hat.«

Winter öffnete die Fahrertür. Frieder Roth, der seit vielen Jahren seine schützende Hand über Prenzlin hielt, ob Prenzlin es nun brauchte oder nicht. Er hätte diese Hand zur Wendezeit gern auch auf Anett gelegt, hatte es aber nicht getan, vielleicht weil er klug genug gewesen war, um zu ahnen, dass er im besten Fall ans Ende der Welt gezerrt worden und irgendwann aus Heimweh allein und ausgelaugt zurückgekehrt wäre. Anfang der Neunziger hatte er stattdessen die ungefährliche Nadine geheiratet. Irgendwann später war das Gerücht umgegangen, er sei mit vierzehn über einen Lehrer von der Stasi kontaktiert worden und habe Informationen über Mitschüler und Freunde an einen Führungsoffizier weitergeleitet. Mit fünfzehn war er für einige Wochen verschwunden, angeblich wegen psychischer Probleme in einer Klinik behandelt worden.

»Falls du mit ihm reden willst …«

»… dann nur in deiner Gegenwart?«

»So ist es«, bestätigte Frieder.

»Wird die Kripo ihn vernehmen?«

»Unsere? Vorerst nur informell. Sobald Cozma einen Fragenkatalog geschickt hat.«

»Dann will ich mit ihm reden.«

»Morgen Abend, ich arrangiere was.«

Winter nickte, während er überlegte, was Frieder Roth ihm verheimlichte. Er war davon überzeugt, dass er durch ihn keine Gelegenheit erhalten würde, mit Adrian zu sprechen. »Dann bis morgen.« Er stieg ein, setzte zurück und fuhr langsam weiter. Im Rückspiegel sah er, dass sich die Standlichter nicht bewegten. Schließlich erloschen sie. Auch Frieder Roth schien keine Ruhe zu finden in dieser Nacht.

Dreihundert Meter weiter glomm ein einsames Licht, die Lampe über der Eingangstür des Hauses. Christl musste sie eingeschaltet haben, ein Willkommensgruß, damit er heimfand in der Dunkelheit.

Er ließ den Wagen in der Auffahrt ausrollen, blieb erst einmal sitzen. Die Grasfläche vor dem Haus war gemäht, die Steinplattenwege gefegt. Christl hatte die Holzläden geöffnet, im oberen Stockwerk waren die Fenster gekippt.

Emmys Fenster. Leons Fenster.

Sicher hatte sie Wasser und Strom angestellt, warteten Blumen auf dem Küchentisch. Auch er sollte es hübsch haben.

Er stieg aus, nahm die Reisetasche vom Rücksitz, machte ein paar Schritte auf die brennende Lampe zu. Mit einem Mal wusste er, dass er das Haus nicht betreten würde.

Nicht in dieser Nacht.

Da nahm er von der Straße her ein leises Quietschen wahr, sah ein schwankendes Licht, das vom Dorfkern her in seine Richtung kam. Ein Radfahrer.

Colditz.

Marthen hatte ihn also tatsächlich angerufen. Hatte ausgerechnet Colditz um Hilfe gebeten, den alten Feind, der die Marthens und all die anderen nach der Wende betrogen, ihnen die Chancen auf einen soliden Neubeginn genommen hatte.

Colditz bremste, stützte sich mit einem Fuß ab. »Wollte mal sehen, ob du schon da bist. Hallo, Maik.«

»Gerd.«

Colditz nickte, hatte die Kühle in seiner Stimme wahrgenommen. Er schien damit gerechnet zu haben. »Schlimm, das mit Lisa. So was wünscht man dem ärgsten Feind nicht.« Er trat in die Pedale, fuhr eine wacklige Kurve, kam zurück zum Straßenrand und blieb erneut stehen. »Euer Rumäne ist bei der ROGA untergekommen. War am Nachmittag schon auf dem Acker. Fleißiger Junge. Ist mit den anderen eben zurückgekommen.«

»Halt dich da raus, Gerd.«

»Wenn die Familie Hilfe braucht, bin ich da. Ist doch das Mindeste.«

»Heißt?«

»Jemand passt auf, dass er nicht abhaut.«

»Und wenn er's gar nicht war?«

»Ich habe gehört, er war's. Am besten, einer von uns spricht mal mit ihm, nein?«

»Überlass das Frieder. Den Rumänen.«

»Wir regeln das auf unsere Weise, Maik. Man muss doch jetzt zusammenstehen.« Colditz zog ein Telefon hervor, wählte, kurz darauf klingelte Winters Handy. Colditz lächelte. »Du bekommst heute Nacht einen Anruf. Geh dran.« Er setzte das Fahrrad quietschend in Bewegung, war bald nicht mehr zu erkennen. Das rote Rücklicht tänzelte noch eine Weile in der Finsternis.

Winter ging zum Auto, warf die Reisetasche auf den Rücksitz, wog dabei die Möglichkeiten ab. Frieder anrufen. Adrian warnen. Beides würde bedeuten, dass es nicht zu einem Gespräch käme, vielleicht nie. Dass Adrian vielleicht die Gelegenheit bekam, unterzutauchen.

Er rief Colditz an, sagte: »Sie sollen ihm nicht wehtun.«

»Aber von Wehtun kann keine Rede sein, Maik.«

Er legte das Telefon auf die Mittelkonsole, ließ sich auf dem Beifahrersitz nieder und senkte ihn nach hinten ab. Die Lampe über der Haustür vor Augen, schlief er irgendwann ein.

34

Temeswar

IM »RECIPROC« WAR ES LAUT, stickig, fröhlich, die meisten Gäste um die dreißig, moderne junge Leute, verantwortungsbewusst, sendungsbewusst. Hier waren sie unter sich, konsumierten oder kauften regionale, ökologisch erzeugte Produkte, gründeten Nachbarschaftshilfen, Kooperationen mit Landwirten, dachten sich neue Formen ökonomischer Kreisläufe aus. Bauten Websites, bespielten die sozialen Netze. Voller Begeisterung bastelten sie am neuen Rumänien, während sich hoch über ihnen das alte mit allen Anstrengungen an der Macht zu halten suchte und der Rest des Landes schwieg. Cozma empfand viel Sympathie für diese Leute.

Heute Abend jedoch ging ihm anderes durch den Kopf.

Valentina Olar saß weit hinten an der Wand vor einem Laptop, fiel sofort auf durch ihre stolze, kontrollierte Haltung, ihre fremdartige Schönheit. Sie war nicht Teil der Menge, der Fröhlichkeit. Sie trieb an deren Rand dahin, unübersehbar, aber auf eine seltsame Weise isoliert, eine Aura der Distanziertheit umgab sie.

Sie war einsam, dachte Cozma.

Sie trug eine Lesebrille, die Finger bewegten sich in einem gleichmäßigen Rhythmus über die Tastatur. Er erkannte die dunkle Stoffhose, die azurblaue Bluse vom Mittag, sie hatte keine Zeit gehabt, sich umzuziehen.

Als er ihre Schulter berührte, sah sie irritiert auf. Dann schloss sie den Laptop, verstaute ihn in einer Aktentasche und setzte die Brille ab. »Danke, dass Sie gekommen sind.« Sie nahm drei Fotos aus der Tasche, legte sie vor ihn, nachdem er sich auf den Stuhl gegenüber gesetzt hatte.

Ein Toter.

Männlich, um die fünfzig, drei Stichwunden, am Hals, im Bauch, am linken Arm. Ein völlig heruntergekommener Raum, eher ein Unterschlupf für Obdachlose als ein Zimmer. Die Wände aneinandergenagelte Platten aus Holz und Wellblech, auf dem Boden eine aufgequollene Matratze. Zwei windschiefe Stühle, in einer Ecke ein uralter Ofen.

»Der verschwundene Mittelsmann aus Liebling?«

»Ja«, sagte Olar.

Cozma rief sich die Zusammenhänge in Erinnerung. Eine korrupte Bürgermeisterin und ein geständiger Richter, der dem Toten in einem illegitimen Prozess das Land der Lascus jenseits des Waldes zugesprochen hatte, vier Hektar, die mittlerweile einem deutschen Agrarfonds gehörten. Dazu Unbekannte im Hintergrund, von denen das Geld und die Anweisungen gekommen waren. »Dudeştii Vechi? Paul hat ein Tötungsdelikt erwähnt.«

Sie nickte. »Ein Hund hat die Leiche gewittert. Ist heute Mittag wie verrückt um die Hütte gerannt. Da haben die Nachbarn nachgesehen.« Sie selbst sei am späten Nachmittag von Bejenaru informiert worden und sofort nach Dudeştii Vechi gefahren, erst vor wenigen Minuten zurückgekommen.

Sachte legte Cozma die Fotos aufeinander. »Jetzt sollte er einen Namen bekommen, finden Sie nicht?«

»Dragomir Mircia.«

»Haben wir die Tatzeit?«

»Gestern Nachmittag zwischen zwei und vier.«

»Spuren?«

»Bis jetzt keine.«

»Wer leitet die Ermittlung?«

Olar lächelte fahrig. »Sie.«

»Weil es nach einem Messer aussieht wie bei Lisa? Die Wut fehlt.«

Cozma legte die Hand auf die Fotos, da die Bedienung kam. Ein schüchterner Junge, Student vielleicht, im Internet sicherlich mehr bewandert als in der Gastronomie. Aber er war höflich, und Cozma schätzte höflichen Service.

»Kein Abend für Wein«, sagte Olar.

Sie bestellten Espresso, dazu Wasser.

»Die Wut ist wichtig«, sagte Cozma dann.

»Ein *Comisar*, der seine Lektion gelernt hat.«

Sie hatte recht. Keine vorschnellen Schlüsse mehr. Und doch konnte man eine These zum Ablauf wagen. Die Wunde am Arm war wohl die erste, eine typische Abwehrverletzung, Mircia hatte versucht, sich zu schützen. Dann hatte der Mörder ein zweites Mal zugestochen, in den Bauch, um ihn kampfunfähig zu machen. Am Ende hatte er ihm die Halsschlagader durchtrennt. Ein kühler Mord, eher nicht spontan, sondern geplant. Konnte einer, der so in Raserei geriet wie bei Lisa, so kühl töten wie bei Mircia?

Natürlich, dachte Cozma. Lisa war eine Frau und nackt gewesen. Die Raserei war aus der Gier entstanden. Die Gier hatte dafür gesorgt, dass er nicht mehr aufpasste. Spuren hinterließ.

Olar lehnte sich vor, brachte durch die Bewegung das Medaillon zum Schwingen. »Zwei Morde innerhalb weniger Stunden. In beiden Fällen ist die Tatwaffe offensichtlich ein Messer. Beide haben mit den Lascus zu tun. Es *muss* derselbe …«

»Nicht mit den Lascus«, unterbrach Cozma sanft.

»Sondern?«

»Mit Ackerland.«

Die Getränke kamen, das Wasser wurde von einer zittrigen Hand eingeschenkt. Olar hob das Glas, bewegte es zum Prosit höchstens flüchtig in seine Richtung. Er war eben kein Bejenaru, dachte er, lediglich ein Cozma, von außen wie von innen. Begradigt, beruhigt, ein Löwe im Käfig.

»Sie meinen, bei dem Mord an Lisa ging es um Land?«, fragte sie skeptisch.

»Warum nicht? Ackerland ist das Wertvollste, was Rumänien zu bieten hat.«

»Abgesehen von dem Gold in Roşia Montana.«

»Ist die DNA da auch involviert?«

Sie hob eine Augenbraue. »Ich jedenfalls nicht.«

»Cippo ist involviert.« Cozma lächelte. »Emotional. Er war letztes Jahr auf Demonstrationen, hat Petitionen unterschrieben. Den ganzen Sommer über gab es kaum etwas anderes als Roşia Montana. Er stemmt sich gegen den Ausverkauf Rumäniens an die Nichtrumänen.«

Jeden Morgen hatten neue Artikel oder Gutachten auf Cozmas Tisch gelegen; die Hälfte davon hatte er überflogen. Eine kanadische Bergbaufirma plante seit den neunziger Jahren einen Tagebau nahe dem transsilvanischen Dorf Roşia Montana. Innerhalb von sechzehn Jahren sollten die Gold- und Silbervorräte abgebaut werden – dreihundertvierzig Tonnen Gold, fünfzehntausend Tonnen Silber. Dafür müssten drei Berge abgetragen und Tausende Menschen umgesiedelt werden. Umweltschäden drohten, pro Jahr würden durch den Abbau dreizehn Millionen Tonnen zyanidhaltige Gift-Lauge anfallen. Sie sollten in einem eigenen Tal aufgefangen und mit einer hundertachtzig Meter hohen Mauer gesichert werden. Das Unternehmen bekam eine Lizenz, doch dann brach der Protest der Bevölkerung los, und das Drama nahm seinen Lauf. Gerichte entschieden, das Projekt verstoße gegen rumänisches Baurecht. 2013 wollte die Regierung Ponta das entsprechende Gesetz ändern, um den Bau zu ermöglichen, scheiterte aber am Parlament. Zurzeit war das nächste Gesetz in Arbeit, während die Kanadier eine Milliardenklage vor einem internationalen Schiedsgericht vorbereiteten. Es gab einen Handelsvertrag zwischen Rumänien und Großbritannien, der eine solche Klage ermöglichte, weil das Unternehmen eine – laut Cippo – »Briefkastenfirma« auf Jersey hatte.

»Er ist einer von den Guten«, sagte Cozma. »Cippo.«

Olar hob die offenen Hände, eine freundliche Geste der Ratlosigkeit, die aber auch klar stellte: Ich kann und werde nichts tun.

Er gab nicht auf. »Ich verbürge mich für ihn.«

»Ich möchte mit Ihnen nicht über Ciprian Rusu sprechen.«

»Dann erzähle ich, und Sie hören zu. Wir wollen zusammen eine Kreuzfahrt im Mittelmeer machen, in zwei, drei Jahren, nach der Pensionierung.«

Ein Schmunzeln glitt über ihre Lippen. »Hübsches Bild. Fehlen nur das Pferd und der Esel.«

»Denken Sie sich einen Hund dazu. Er will sich einen Mops anschaffen.«

»Sie müssen Fotos schicken.« Olar hob die Espressotasse. »Auf das Mittelmeer. Kreta ist schön. Griechenland überhaupt. Ich bin ein Griechenland-Fan.«

Sie tranken.

Griechenland, dachte Cozma, von plötzlicher Melancholie ergriffen. Sie war also eine Frau des Meeres. Der lauen Abende auf Dorfplätzen unter Zypressen. Tanzte in warmen Nächten barfuß Sirtaki. »Ich verreise selten, und wenn, dann an die bulgarische Küste, an unsere kann man ja nicht.« Eines der vielen hausgemachten Probleme Rumäniens: Die eigene Schwarzmeerküste war teurer, die Dienstleistungen schlechter, also flog man nach Bulgarien.

»Das Mittelmeer wird Ihnen gefallen.«

»Ich werde an Ihre Worte denken.«

Die Melancholie hielt an. Er fragte sich, wann er der Suche nach dem Glück abgeschworen hatte. Nicht erst bei seiner zweiten Exfrau, schon früher, vor der ersten, an ihnen lag es nicht. In den Bukarester Kellerverließen, wo er sich der Wut hingegeben hatte? Vielleicht auch schon in dem Moment, als der Vater vor seinen Augen auf dem Küchenboden gestorben war und die Sehnsucht nach ihm und die Wut ihren stillen Anfang genommen hatten. Gefühle, die wohl nicht viel anderes zuließen.

Er verdrängte die Gedanken und die Melancholie, sagte: »Ich brauche alles, was Sie über Dragomir Mircia haben.«

»Morgen früh per E-Mail.«

»Wir müssen herausfinden, wer ihn als Mittelsmann ausgewählt hat. Dann wissen wir, wer für seinen Tod und vielleicht auch für den Tod Lisas verantwortlich ist. Wer hat ihn angerufen, in Liebling aufgesucht? Wo ist das Geld, das er bekommen haben muss? Sie werden ihn an der kurzen Leine geführt, vielleicht eingeschüchtert haben, damit er nicht auf die Idee kommt, die Flächen selbst zu verkaufen. Es muss Spuren von ihm zu den Hintermännern geben. Ich schicke Ihnen eine Liste mit Namen, Firmen und Agenturen, die Interesse an Marthens Land haben. Vielleicht taucht ja einer dieser Namen in Ihren Unterlagen auf.«

»Steht die Tayma Group darauf?«

»Ja.«

»Sie zahlt üppige Provisionen für die Vermittlung von Flächen.« Olar wirkte jetzt hochkonzentriert und zuversichtlich, bereit, sich mit ihm in die Schlacht zu werfen.

»Ist das üblich?«

»Andere tun es auch. Ob es üblich ist, weiß ich nicht.«

»Wer noch?«

»Der deutsche Agrarfonds, an den Mircia das Land der Lascus verkauft hat. Das libanesische Konsortium, von dem ich erzählt habe.«

Cozma erinnerte sich. Die Flächen im Norden, im Kreis Arad. Ein anderes Dorf, wie bei den Lascus hatten ein Bürgermeister, ein Richter, ein Mittelsmann Geld bekommen. Sie brauchten Finanzexperten im Ermittlungsteam. Alle Landverkäufe in Timiş in den letzten zwei Jahren mussten analysiert werden, Geschäfte der Tayma Group, des deutschen Fonds, der Libanesen in Arad, viele weitere. Vielleicht gab es Überschneidungen. Dieselben Namen. Dieselben Bankverbindungen. Falls Provisionen geflossen waren, könnten sie den Weg des Geldes vielleicht bis zum Empfänger nachvollziehen.

»Würde man Provisionen für illegale Geschäfte überweisen?«

»Sie haben recht.« Cozma ließ einige Sekunden verstreichen, damit sie das Wasserglas in Ruhe leeren konnte, bevor er das Thema wechselte. »Wie viele Leute haben Sie an dem Fall?«

»Außer mir zwei.«

»Staatsanwälte?«

»Frisch von der Uni.«

»Verlässlich?«

»Ich hoffe es. Warum?«

»Weil Sorin Aurescu weiß, dass Adrian in Prenzlin ist.«

Sie sank zurück, sichtlich erschüttert. Die rechte Hand langte an das Medaillon, Zeigefinger und Daumen strichen darüber. »Für einen meiner Mitarbeiter kann ich mich verbürgen.«

»Dann ziehen Sie den anderen ab.«

Olar nickte. »Und bei Ihnen?«

»Wie gesagt: Ich verbürge mich für Cippo.«

»Ausgerechnet.«

»Er würde niemals etwas tun, was mir schaden könnte.«

»Also dann, in Gottes Namen. Weiter.«

»Paul?«

Sie winkte ab. Vergessen Sie Paul. Paul, der Ehrlichste. Der Integerste. Paul, die Aufrichtigkeit in Person. Cozma nickte grimmig, war aber letztlich derselben Ansicht.

»Was weiß Aurescu noch?«

»Dass Adrian nicht der Täter ist.«

»Von wem hat er das?«

»Von mir«, sagte Cozma.

»Ein bisschen fahrlässig, oder?«

»Sie kennen die Hintergründe nicht.«

»Dann weihen Sie mich ein. Was hat Sorin Aurescu mit dem Fall zu schaffen?«

Der Schüchterne kam wieder. Cozma verscheuchte ihn, vielleicht ein wenig zu grob, aber irgendwo musste die Angst ja hin, und besser zum Schüchternen als zu Olar. Er begann mit dem Anruf Aurescus bei Paul Bejenaru, erklärte, wie Aurescu ihn ins Spiel gebracht hatte, ohne seinen Namen zu nennen. Er fasste das Gespräch auf der Piața Unirii vom Nachmittag zusammen und schloss mit der Frage, die ihn von Anfang an umgetrieben hatte: warum ausgerechnet er die Ermittlungsleitung hatte übernehmen sollen. Er leerte die Espressotasse, die längst geleert war, trank einen Schluck Wasser, wartete unruhig auf Fragen, die nicht kamen. Er ahnte, dass Olar schon weiter war, bei den möglichen Antworten, dass sie gewappnet war, erkannte es an ihren kühlen, wachsamen Augen, die von einem Moment auf den nächsten die überwunden geglaubte Distanz wiederhergestellt hatten.

»Muss ich raten?«, fragte sie schroff.

»Die glauben, sie können mich erpressen.«

»Womit?«

Er zog die Kopie der Deckseite des sechsundzwanzig Jahre alten Vernehmungsprotokolls aus der Innentasche, entfaltete sie und schob sie über den Tisch.

Olar überflog sie, ohne sich zu bewegen, ohne sie zu berühren. »Erklären Sie mir das«, sagte sie dann.

»Es ist eine lange Geschichte.«

»Dann fangen Sie endlich an.«

Er lächelte bitter. »Ich bin Ende der siebziger Jahre Polizist geworden. Mitte der Achtziger habe ich mich zum Staatsschutz versetzen lassen, in eine kleine Spezialeinheit, von der ich gehört hatte. Wir sollten faschistische Untergrundgruppen in Bukarest enttarnen, Mitglieder der Legionäre aufspüren und so weiter. Immer wieder haben wir Verdächtige verhaftet. Die Kollegen haben die Harmloseren übernommen und die, bei denen wir nicht sicher waren, ob die Vorwürfe stimmten. Die eingefleischten Faschisten kamen zu mir.

Ich ließ sie in eine Zelle im Keller unserer Dienststelle bringen und verhörte sie. Kontakte, Gruppenstrukturen, Treffpunkte, Namen von Spitzeln, geplante Aktionen und so weiter. Wer kooperierte, kam schnell vor einen Richter. Wer nicht koopierte, blieb in meiner … Zuständigkeit. Das waren in den drei Jahren bis zur Revolution vielleicht fünfundzwanzig Männer. Fünfundzwanzig Männer, die sich lange weigerten zu reden. Barbu war einer von ihnen.« Er deutete auf die Formularkopie.

»Um Antworten und Geständnisse zu bekommen, begann ich, sie zu schlagen. Zu foltern, muss man sagen, auch wenn ich nur die Hände benutzte. Ich wollte diese Männer brechen, wollte ihre Seelen brechen, weil sie Faschisten waren. Ich war von meinem Hass besessen. Tagelang prügelte ich aus ihnen heraus, was wir wissen wollten. Und wenn Tage nicht reichten, dann eben Wochen. Barbu blieb eine Woche bei mir. Dann gestand er.

Nach der Revolution wurde unsere Einheit aufgelöst, wir kamen in andere Abteilungen, bei mir war es für ein paar Jahre das Betrugsdezernat. Ich begann zu begreifen, was ich getan hatte. Was für ein Mensch ich durch meinen Hass geworden war. Und vor allem: dass ich nichts erreicht hatte. Ich hatte keine Genugtuung, keine Ruhe gefunden, indem ich den Hass auslebte.«

»Aber Sie haben geschwiegen«, sagte Olar, die Stimme kalt, sie verbarg ihren Zorn nicht. »Gehofft, dass Gras drüberwächst.«

»Ja.«

»Bis heute. Sechsundzwanzig Jahre lang.«

Cozma nickte. Dass er es Cippo vor langer Zeit erzählt hatte, tat nichts zur Sache.

»Und jetzt reden Sie nur, weil Sie erpresst werden.«

»Auch das ist richtig.«

»Sie sind ein Feigling, Cozma. Deshalb wollen Sie Ihren Käfig nicht verlassen. Sie wissen, dass ich Sie anzeigen werde?«

»Natürlich.«

»Sie werden den Käfig gegen das Gefängnis tauschen, ist Ihnen das klar?« Ohne eine Antwort abzuwarten, stand sie auf, nahm ihre Jacke von der Stuhllehne und zog sie an. Dann hielt sie inne, setzte sich wieder. »Das also ist der Kern, von dem Sie gesprochen haben? Das sind Sie, Cozma? Ein Gewalttäter?«

»Zumindest war ich es. Nein, das stimmt nicht ganz. Gestern ist mir bei Razvan die Hand ausgerutscht. Ich habe mich von ihm provozieren lassen. Das hätte nicht passieren dürfen. Jetzt … wird so etwas nicht mehr passieren.«

Sie schwieg einen Moment lang, die Augen dunkel vor Zorn. »Sagen Sie mir, warum. Erklären Sie es mir!«

»Ich will mich nicht rechtfertigen. Es gibt keine Erklärung.«

»Dann nennen Sie es ›Grund‹.«

»Die fünfundzwanzig Männer wollten nicht reden.«

»Faschisten wie Razvan.«

Er zuckte müde die Achseln.

»Spielen Sie nicht den verdammten Märtyrer, Cozma.«

»Den Märtyrer? Um Himmels willen, nein. Ich war vom Hass verblendet. Märtyrer hassen nicht.«

»Hass auf Faschisten.«

»Ja.«

»Warum?«

»Das ist eine andere lange Geschichte.«

»Ich warte.«

»Mein Vater war Jude.«

»Und? Weiter.«

»Antonescus Faschisten haben ihn 1944 ins Konzentrationslager gebracht, mit fünfzehn. Er hat überlebt, aber er war gebrochen. 1962 ist er gestorben, er hatte keine Kraft mehr. Meine ganze Kindheit und Jugend lang drehte sich mein Denken fast ausschließlich um ihn. Um meine Sehnsucht nach ihm. So zumindest habe ich es mir später erklärt. Irgendwann kam der Hass. Irgendwann der Wunsch nach Rache. Aus meiner Sicht hatten ihn die Faschisten getötet, also nahm ich an Faschisten Rache. So banal und unbeschreiblich dumm ist es. Muss ich sagen, dass ich es bereue? Das wissen Sie, so gut können Sie mich einschätzen.«

»Trotzdem haben Sie sich nie gestellt. Wie so viele andere Verbrecher aus der Zeit der Diktatur.« Sie erhob sich wieder, nahm ihre Aktentasche.

»Gehen Sie nicht.«

»Glauben Sie im Ernst, ich decke Sie?«

»Natürlich nicht.«

»Was wollen Sie dann?«

Er zuckte die Achseln, rang sich ein Lächeln ab. »Sirtaki tanzen an einem griechischen Strand.«

»Bis vor zwanzig Minuten wäre ich vielleicht mitgekommen.«

Cozma schwieg überrascht, sagte dann: »Ich habe einen Vorschlag.«

»Kein Deal. Ich werde Sie anzeigen. Verstehen Sie, warum ich das tun muss?«

»Ja. Informieren Sie das IICCMER. Nennen Sie meinen Namen, seinen Namen.« Er deutete auf das Blatt Papier. »Sagen Sie denen, was ich Ihnen erzählt habe. Wenn Barbu noch lebt, gibt es einen Zeugen gegen mich. Sicher lassen sich andere Unterlagen finden, andere Zeugen. Das IICCMER soll die Anzeige vorbereiten. Ich werde kooperieren.«

»Und ins Gefängnis gehen?«

»Über die Konsequenzen habe ich mir noch keine Gedanken gemacht. Worum ich Sie bitte: Sorgen Sie dafür, dass ich genug Zeit habe, den Mörder von Lisa und Mircia zu finden. Den Mörder und seinen Auftraggeber. Ich brauche drei Tage, vielleicht vier.«

Sie spreizte die Hände. »Unter einer Bedingung.«

»Wir informieren Paul?«

»Morgen früh, gleich als Erstes.«

»Ich fliege morgen früh nach Berlin.«

Sie musterte ihn, sagte eine Weile nichts. »Weil Sie glauben, dass Adrian in Gefahr ist?«

»Nur so ein Gefühl.«

»Was für ein Gefühl?«

»Ein Gefühl der Verantwortung. Jemand sollte in Prenzlin nach dem Rechten sehen. Aufpassen.«

Für eine Weile fiel kein Wort, dann sagte Olar: »Der Löwe verlässt seinen Käfig.« Sie legte einen Zehn-Lei-Schein auf den Tisch und deutete mit dem Kopf auf die Formularkopie, die sie noch immer nicht berührt hatte. »Wären Sie Ihrer Verantwortung damals nur auch gerecht geworden.«

35

Prenzlin

DRAUSSEN AUF DEN FELDERN war Adrian Lisa wieder begegnet, auf ihren Feldern, von denen sie ihm so oft erzählt hatte, *als Kind hab ich das Gesicht in die Erde gedrückt, weil ich dachte, dann kann ich sehen, was darunter ist, aber dann hab ich mich nicht getraut, die Augen aufzumachen …* Inmitten der Äcker hatte sie nach verregneten Tagen mit schwarzen Händen Häuser gebaut und Straßen angelegt und Tiere erschaffen und nur einen Menschen, ihren Vater, und manchmal hatte sie bewusst Fußspuren hinterlassen, denen sie gleich darauf gefolgt war, um sich Geschichten über den auszudenken, zu dem sie gehören könnten, *jedes Mal war es ein anderer: mein Vater, mein Großvater, Maik, ein Unbekannter, der Engel …* Über diesen Feldern Lisas Himmel, ihre Sonne, ihre Dunkelheit, er hatte ihre Luft geatmet und gesehen, was sie gesehen hatte, gehört, was sie gehört hatte, während er hinter dem Mähdrescher hergelaufen war, verstört von all den wuchtigen Gefühlen, Liebe, Verzweiflung und später, schon in der Nacht, Wut, da er hatte sich vorgestellt, den Mann mit dem Messer zu töten.

Gegen halb zwölf war er mit den anderen von den Feldern zurückgekehrt, hatte sich mit ihnen hinter eine der Lagerhallen gesetzt, ein Stück von der Straße entfernt, die Bulgaren und die Rumänen getrennt voneinander. Bierflaschen wurden gereicht, Brot. Adrian trank und aß schweigend, sah die Felder vor sich, Lisa als Kind, Lisa als Frau, die tote Lisa. Um Mitternacht hörte er einen lauten Ruf, die Bulgaren sprangen auf und bildeten einen Kreis um einen der ihren, der wohl Geburtstag hatte, begannen zu tanzen und zu singen. Er erkannte den großen Hageren in ihrer Mitte, der so schnell arbeitete, wie er noch nie einen Menschen hatte arbeiten sehen, und schneller trinken als jeder andere konnte er auch. Sein Gesicht schimmerte hell über den Köpfen der tanzenden Landsleute, und während er sich um sich selbst drehte, leerte er eine Flasche nach der anderen und warf sie blind über die Schulter, sodass sie auf dem betonierten Boden zersprangen, und manchmal zersprang eine dicht vor Adrians Füßen und schürte die schmerzhafte Wut.

»Woher kommst du, Junge?«, fragte Gabriel, der Gruppenführer, der neben ihm saß, an die Außenwand der Lagerhalle gelehnt, ein Mann mit krummem Rücken und Flecken im Gesicht. Es war der längste Satz, den Adrian ihn an diesem Tag hatte sagen hören, denn Gabriel gab selten mehr von sich als knappe Anweisungen.

»Coruia.«

»Nie gehört.«

»Gemeinde Jamu Mare, Kreis Timiş.«

»Ich aus Chirnogi. An der Donau, Kreis Calaraşi.«

»Gibt gute Erde in Calaraşi«, sagte Adrian, ohne es wirklich sagen zu wollen, eigentlich hatte er es nur gedacht, aber er hörte seine Stimme, also hatte er es wohl laut gedacht.

»Haben sich die Libanesen damals auch gesagt, und jetzt haben sie allein bei Chirnogi elfeinhalbtausend Hektar, und wir haben nichts mehr und gehen zum Arbeiten ins Ausland.«

»Bei uns gehört alles einem Deutschen.«

»So ist das jetzt in Rumänien«, sagte Gabriel.

»Aber ich mag ihn, den Deutschen. Er soll nett sein. Er hat eine Tochter.«

»Ich habe auch eine Tochter. Sie studiert in Bukarest.«

»Er *hatte* eine Tochter«, sagte Adrian.

Gabriel musterte ihn misstrauisch, die Augen zusammengekniffen. Adrian wandte sich ab. Die Bulgaren sangen jetzt ein anderes

Lied, lachten dabei. Der Hagere warf eine Flasche in die entgegengesetzte Richtung, lachte ebenfalls. Der Mann mit dem Messer war plötzlich hinter ihm gewesen, hatte ihn von Lisa weggezerrt und ihm die Hände um den Hals gelegt, so waren sie aufs Gras gefallen und hatten miteinander gerungen, während Adrian *Ich hab das nicht getan!* hatte rufen wollen, *Helfen Sie ihr! Bitte retten Sie sie!*, aber die Hände hatten so fest zugedrückt, dass er kein Wort herausgebracht hatte. Erst nach und nach war ihm klar geworden, dass dieser Mann Lisa getötet hatte und aus irgendeinem Grund zurückgekommen war und ihn bei Lisa vorgefunden hatte und nun auch ihn töten wollte. Als eine Hand seinen Hals überraschend freigab, stemmte Adrian die andere blitzschnell weg und sprang auf und konnte dem Messer, das Lisa getötet hatte, gerade noch ausweichen. In Panik rannte er durch den Wald, drehte sich minutenlang nicht um, und als er es schließlich tat, war der Mann nicht mehr zu sehen. Wäre die Wut da nur schon in ihm gewesen, dachte er, die Wut hätte den Mann mit dem Messer getötet.

Er leerte seine Flasche und warf sie in Richtung der Bulgaren, auf halber Strecke zerplatzte sie.

»Schon am ersten Abend betrunken«, sagte Gabriel.

Der zweite Abend, dachte er. Der zweite in dieser neuen, schrecklichen Welt ohne sie. »Der zweite«, sagte er.

Gabriel starrte ihn an. »Geh schlafen, Junge.«

»Der zweite.«

»Von mir aus.«

Der Mond stand tief am Himmel, blass und schwächlich, weißes Licht lag über den Wäldern und Feldern jenseits des Zauns und über dem grauen, kantigen Gebäude, in dem sie wohnten, in kahlen Schlafsälen, deren Vorhänge auch am Tag geschlossen bleiben mussten, wie Gabriel ihm eingeschärft hatte, von außen sollte man sie nicht sehen, und Lisa flüsterte: *Schau, der Mond, Adi, wie riesig er ist, wieso ist er manchmal so groß und manchmal so klein?* Heute war der Mond wieder klein, und er wusste nicht, weshalb, auf so viele ihrer Fragen hatte er keine Antwort gehabt und auf so viele *seiner* Fragen auch nicht, wie zum Beispiel die Frage, welcher Engel aus ihrer alten Heimat sie dazu bewegen könnte, ihn jeden Tag ein bisschen mehr zu mögen, immer mehr, bis es irgendwann einmal genügen würde, um seine Liebe aufzuwiegen.

Gabriels flache Hand traf ihn am Hinterkopf. »Los jetzt, ins Bett. Halb fünf ist Wecken.«

»Warum ist der Mond heute wieder klein?«

»Was? Du bist vielleicht ein Spinner.«

Sie standen auf, und im selben Moment erhoben sich auch die anderen Rumänen, und die Bulgaren hörten auf zu tanzen und umarmten den Hageren zum tausendsten Mal, dann kamen sie zu ihnen. Inmitten der schweigenden Männer wankte Adrian durch das Scherbenmeer auf das Schlafhaus zu, Gabriel neben sich, als auf halbem Weg der Hagere und zwei andere Männer zur Maschinenhalle abzweigten, ohne dass ein Wort gefallen wäre.

»Wenn du Ärger willst, geh mit«, sagte Gabriel.

Er nickte, er wollte keinen Ärger, schon gar nicht mit Gabriel, nicht noch mehr Ärger, dachte er und ließ sich auf den Asphalt sinken, er hatte genug Probleme. Alles war zerstört und leer und ohne Hoffnung. Er hatte sich und Lisa zerstört, weil er nicht aufgepasst hatte. Er hatte sich doch vorgenommen, sie zu beschützen anstelle des Engels aus dem Dom, und dann war er nicht da gewesen, war nicht bei ihr gewesen, als der Mann mit dem Messer gekommen war. Zehn Minuten hätten gereicht, wäre er nur früher aufgestanden oder hätte nicht mit den Eltern gefrühstückt oder wäre schneller gegangen, dann wäre sie noch am Leben, und plötzlich begriff er, was der Ausdruck ihrer Augen bedeutete, als ihn die Augen noch begleitet hatten, nämlich genau das: Du hättest mich beschützen müssen.

»Los, hoch mit dir.«

»Gibt keine Engel bei uns«, murmelte er.

»Was für Engel, du Spinner?«

»Ohne Engel stirbt man, weißt du das nicht?«

Eine Hand zerrte ihn hoch. Gabriels Gesicht war dicht vor ihm, Flecken, Narben, Kerben, harte Augen. Er legte die flache Hand auf das Gesicht, um es wegzudrücken, doch Gabriel wich aus, und er stolperte ein paar Schritte weiter. Sein Blick fiel auf eine halb zerbrochene Flasche, er hob sie am Hals auf und wandte sich um, wollte sie in das Gesicht mit den Flecken und Narben und Kerben rammen. Wieder drehte Gabriel sich weg, ein Schlag auf die Hand, und die Flasche fiel zu Boden.

In diesem Moment sprang in der Maschinenhalle ein Motor an, gleich darauf noch einer. Ein Traktor rollte ins Freie, ein zweiter folgte, er sah den Hageren auf einem Trittbrett stehen, einen Arm ausgestreckt, hörte ihn hysterisch lachen, eine Flasche flog durch die Luft. Dann sprang er ab und tanzte auf der Stelle, und die beiden Traktoren begannen, ihn zu umkreisen, Motoren drehten hoch, Gummi quietschte auf dem Beton, die Kreise immer kleiner, das Lachen immer wilder, bis einer der Traktoren auf das rückwärtige Zauntor zufuhr und es durchbrach. Der zweite folgte, der Hagere rannte hinterher, Sekunden später waren sie auf den Feldern verschwunden.

»Hier sterben nur die Kaninchen«, sagte Gabriel. »Morgen verschwindest du, ich brauche keine Spinner wie dich.«

Er sah die Kaninchen in seinen Träumen, sah sie rennen und sterben, sah sie im Wasser des Flusses sterben, im Himmel sterben, unten im Licht und oben in der Dunkelheit, dann kamen andere Träume, in denen er Hände zu spüren meinte, zahllose glatte, warme Hände und Arme, sie hielten ihn, umschlangen ihn, trugen ihn, begleitet von einem scharfen, zugleich süßlichen Geruch, und er wehrte sich nicht, dachte noch, dass ihn die Hände und Arme und der Geruch vielleicht zu Lisa trugen, und verlor das Bewusstsein.

36

Prenzlin

DER ANRUF KAM gegen drei Uhr morgens.

»Er ist jetzt so weit«, sagte eine Männerstimme, die Winter nicht kannte.

»Wo?«

»Im alten Bahnhof. Aber pass auf, vor der Kirche stehen die Bullen.«

Er verließ Prenzlin Richtung Westen, um nicht an Frieder Roth vorbeizukommen, passierte die Betriebsstätte der ROGA, die aus Maschinen- und Lagerhallen sowie einer DDR-Platte mit Schlafräumen bestand. Nirgendwo brannte Licht, noch schien niemand bemerkt zu haben, dass Adrian nicht mehr dort war. Angespannt folgte er der schmalen, löchrigen Straße, die seit den neunziger Jahren immer nur notdürftig geflickt worden war, fragte sich, was er da tat, warum er es tat. Wer er geworden war nach 2011. War dies das eigentliche Leben oder das »andere«, von dem Ahmad Burasais gesprochen hatte?

Keine Antworten, nur die Nacht und schlechte Straßen.

Er nahm die Abzweigung nach Güstrow, bog wenig später Richtung Osten ab und kehrte über die holprige, kurvenreiche Abkürzung durch den Wald zurück. Nach weiteren zehn Minuten erreichte er den Bahnhof, der Anfang der zweitausender Jahre stillgelegt worden war. Ralf Dreses Nissan-Pick-up parkte vor der baufälligen Westwand. Zigarettenglut im Dunkeln, dann entstand im Licht seiner Scheinwerfer Bewegung. Ein Glatzkopf um die vierzig in schwarzer Lederjacke löste sich aus den Schatten, winkte ihn neben den Nissan. Ohrpiercings funkelten, mächtige Ringe. Martialische Tätowierungen, die in der Dunkelheit verschwanden.

Winter hielt und stieg aus. Kein Licht, nur der Mond. Wortlos führte ihn der Unbekannte durch eine aufgebrochene Tür ins Gebäude. Glasscherben knirschten unter ihren Schuhen, irgendwo gurrten panisch Tauben.

Adrian kauerte in einer Ecke der kleinen Halle, beleuchtet von einer Taschenlampe, die wenige Meter vor ihm auf dem Boden lag. Drei weitere Kahlgeschorene, Winter nahm lediglich Schemen wahr, dunkle Leiber, konnte keine Gesichter erkennen, nur das Adrians. Sie hatten ihn geschlagen, ein Auge zugeschwollen, eine Wange aufgeplatzt, die Lippen.

»Verschwindet«, sagte er.

In die Schemen kam Bewegung, Schritte schabten über den Boden. Eine harte Schulter streifte ihn, für einen Moment hatte er den dumpfen Geruch von altem Leder in der Nase.

Er wartete, doch der Motor des Nissan sprang nicht an. Sie waren noch da, irgendwo draußen. Langsam ging er weiter, kniete sich vor Adrian, der den Kopf in seine Richtung drehte. Die Brauen bewegten sich kaum merklich, er hatte ihn erkannt.

»Kannst du sprechen?«, fragte Winter auf Rumänisch.

Adrian nickte.

»Dann erzähl, was am Fluss passiert ist.«

Winter hatte sich ins Halbdunkel zurückgezogen und von Adrian abgewandt. Die undeutliche Stimme hinter ihm, das Gurren und Flattern der Tauben, das unter seinen Füßen knirschende Glas brachten Distanz. Er verstand nicht, was mit ihm geschah, in welche Abgründe ihn Adrians Worte zu stürzen drohten. Als wäre die Tote auf den Bildern vor seinen Augen Emmy gewesen. Als wäre es in dem, was Adrian sagte, um Emmy und Leon gegangen.

Nachdem Adrian geendet hatte, schwiegen sie lange.

Langsam ging Winter zu ihm zurück. »Kennst du den Mann? Hast du ihn schon mal gesehen?«

»Nur das Auto.«

»Wann? Und wo?«

Adrians Antwort kam so leise, dass sie nicht zu verstehen war. Winter fragte nach.

»Einmal stand es da, wo der Forstweg in den Wald geht. Einmal im Wald, nah am Fluss.«

»Wann war das?«

»Vor ein paar Tagen.«

»Also vor … Bevor es passiert ist?«

Er sah Adrian nicken. »Und letzte Woche, da ist er die Straße langgefahren, ganz langsam. Ich glaube, es war dasselbe Auto. Vielleicht auch nicht.«

»Die Nationalstraße?«

»Die zwischen Coruia und dem Betrieb.«

»Als würde er was suchen?«

Ein vages, erschöpftes Achselzucken. »Dann bin ich aus dem Wald gekommen, und er ist weggefahren.«

»Würdest du ihn wiedererkennen?«

»Ja.«

»Auf Fotos?«

Wieder das Nicken.

»Beschreib ihn. Groß? Klein?«

»Eher groß. Schwer. Stark.«

»Wie alt?«

»Vielleicht wie Sie. Etwas älter.«

»Ende vierzig?«

»Ja. Er hat kahle Stellen auf dem Kopf. Die Haare fallen ihm aus. Ich hatte … Haare von ihm an den Händen.«

»Weiter. Seine Kleidung.«

»Er hatte Sandalen an.«

Plötzlich hatte Winter das Gesicht eines Mannes vor Augen. Ein bulliger Mann in Sandalen, mit kahlen Stellen auf dem Kopf.

Eine Sekunde später war es fort.

Er trat wieder in den Lichtkegel, ging vor Adrian in die Hocke. »Tut mir leid, was hier passiert ist.«

»Sie haben gedacht, dass ich es getan habe? Dass ich sie umgebracht habe?«

»Am Anfang. Jetzt nicht mehr. Du warst dort, du bist weggelaufen. Hast deine Kleidung verbrannt.«

Er sah ihn nicken.

»Warum?«

Adrian richtete sich ein wenig auf, verzog das Gesicht vor Schmerzen. »Damit keiner denkt, dass ich es war. Und dann …«

»Was dann?«

»Wollte ich es vergessen. Was passiert ist. Dass sie nicht mehr da ist.«

»Deswegen bist du nach Prenzlin?«

»Ich glaube schon.«

»Aber wie willst du sie hier vergessen?« Winter stand auf. »Komm.«

Er hatte Adrian eben hochgezogen, als hinter ihm Schritte zu hören waren. Er wandte sich um.

»Die Bullen«, sagte der Mann, der ihn hereingeführt hatte. Auch die anderen waren wieder da, näherten sich rasch.

Winter sagte: »Ich warte hier mit ihm.«

»Das hast nicht du zu entscheiden.«

»Ruf Colditz an, sag ihm, er war's nicht.«

Im vagen Licht sah Winter die Faust nicht kommen, sah nur ein plötzliches metallenes Funkeln, dann trafen die Ringe seinen Wangenknochen. Er fiel zur Seite, knickte in den Knien ein. Er fing sich mit den Händen ab, blieb auf allen vieren, der Schädel dröhnte, vor den Augen für Sekunden nur Schwarz. Dann kehrte der Lichtschein zurück, und er rappelte sich keuchend hoch. Im selben Moment legte sich von hinten ein Arm um seinen Hals, umfing ihn wie ein Schraubstock. Der zweite Arm drückte von hinten so fest dagegen, dass ihm die Kehle abgeschnürt wurde. In Panik versuchte er, die stählernen Arme mit den Händen zu lösen, vergeblich.

»Machst alles nur schlimmer«, wisperte der Mann an seinem Ohr.

Winter ließ die Hände sinken, schloss die Augen. Wie aus weiter Ferne hörte er Adrian rufen. Einen Motor starten.

Hörte Emmy schreien, Leon schreien.

Dachte noch: für immer.

Vorsichtige Klapse gegen die Wangen holten ihn zurück, kühles Wasser, eine Stimme, schließlich Licht. Das verschwitzte Gesicht Frieder Roths über ihm. Ein verängstigtes, freundliches Gesicht.

Dann verschwamm das Gesicht immer mehr, bis es nicht mehr zu erkennen war. Blieb über ihm, während in ihm der dunkle Sand zu toben begann. Er spürte, dass jemand seine Hand nahm. Frieder murmelte seinen Namen. Er nickte, konnte nicht aufhören zu weinen.

Er wollte heim, endlich heim. Ins Haus, wo die Kinder glücklich gewesen waren.

Da wusste er, dass das andere Leben begonnen hatte.

37

Nordostdeutschland

DEUTSCH, DIE MUTTERSPRACHE und für Cozma immer die unwichtigere der beiden Sprachen, in denen seine Eltern sich mit ihm unterhalten hatten. Das Rumänische war wichtig gewesen, die Sprache des Vaters, auch wenn der Vater nur ein Jahr lang mit ihm hatte reden können und Cozma lediglich die Laute und den Klang wahrgenommen hatte, keine Wörter. Seit er zehn, elf gewesen war, hatte er sich geweigert, Deutsch zu sprechen. In der Sprache hatte er die Erinnerung an den Vater bewahren wollen. Seitdem hatte er zwar oft auf Deutsch gedacht, gesprochen hatte er es nicht mehr. Auf dem Flug mit Zwischenstopp in München las er mit müden Augen deutsche Zeitungen, hörte den deutschen Sitznachbarn beim Sprechen zu. Sprach stumm auf Deutsch mit sich selbst. Schlief und träumte von seinem Vater, der mit ihm redete, ohne dass ein Laut zu hören war.

Frieder Roth nahm ihn am Ende der Gangway in Empfang, Schatten unter den Augen, unrasiert, düstere Miene. »Schlechte Nachrichten«, sagte er, noch während sie sich die Hände schüttelten. Im kühlen Regen eilten sie zum Ausgang des Gates, passierten die Kontrollen, ohne sich ausweisen zu müssen. Vor dem Flughafengebäude parkte der Streifenwagen, ein silber-blauer VW Passat, am Steuer ein seltsam schüchterner Kollege, Mario. Erneut Händeschütteln, dann rasten sie mit Blaulicht los. Cozma beugte sich zwischen den Sitzen nach vorn, fragte konsterniert auf Deutsch: »Neonazis?«

»Nichts Politisches. Billige Schläger.«

Ungeduldig formulierte er die nächste Frage im Stillen vor, alles dauerte ihm zu lange, das Denken, Reden, Verstehen. Und wie es dann klang, hölzern und ungelenk. »Wer sie hat beauftragt?«

Roth antwortete nicht gleich. »Einer mit Einfluss.«

»Und warum?«

»Damit Maik Winter mit ihm reden kann.«

»Winter hat das … organisiert?«

»Eher Jörg Marthen. Hat wohl aus Rumänien angerufen. Maik hat … Na ja. Die Gelegenheit genutzt. Am Ende hat er versucht zu helfen.«

Roth hatte bislang mit zwei Beteiligten gesprochen, hatte als Erstes, am Morgen gegen vier, den Mann »mit Einfluss« geweckt und sich anhören müssen, dass alles, was man morgens um vier nach einem alkoholreichen Abend von sich zu geben habe, möglicherweise den Tatbestand der Beleidigung erfülle und man es deshalb vorziehe, um zwölf mit »meinen Anwälten« in der Polizeiinspektion Güstrow zu erscheinen. Anschließend hatte Roth den Besitzer des Nissan aufgesucht und lediglich erfahren, was er schon wusste: dass jeder, der einen von dessen Wagen ausleihen wolle, dies tun könne, ohne ihn zu informieren – die Schlüssel steckten im Zündschloss, die Autos stünden zur freien Verfügung. Ja, der Pritschenwagen sei offensichtlich fort. Nein, keine Ahnung, wer ihn genommen habe. Sind die zu schnell gefahren, Chef?

»Ich rede später noch mal mit ihm«, sagte Roth. »Werde ihm den Mist schon austreiben.« Er gefiel Cozma, ein verlässlicher Polizist alter Schule, schien zu wissen, was er zu tun hatte, ohne in Hektik zu verfallen. Zugleich wirkte er betroffen, ja alarmiert. In Prenzlin war wohl lange nichts derart Dramatisches geschehen wie in der vergangenen Nacht.

»Was ist mit Arbeitern im Betrieb?«

»Bulgaren und Rumänen. Einer spricht ein bisschen Deutsch und redet. Der Gruppenführer, ein Rumäne. Hat sich als Dolmetscher angeboten, falls wir einen brauchen. Die anderen reden nicht, haben Angst.«

»Vielleicht nicht bei mir.«

Roth nickte. »Wir versuchen es.« Der Gruppenführer, sagte er, habe ihn darauf hingewiesen, dass Lascu am späten Abend ein neues Bett zugewiesen worden sei, ein anderes als am Nachmittag. Das ursprüngliche Bett stehe am Ende des Schlafraums, das neue am Anfang, unmittelbar neben der Tür.

»Jemand aus Betrieb hat geholfen«, sagte Cozma.

»Ja.«

»Dein Mann mit Einfluss hat da Kontakte?«

»Die Flächen haben ihm gehört. Hat 2012 an die ROGA verkauft.«

»Viereinhalbtausend Hektar auf beiden Seiten der A19«, ergänzte Mario. »Nicht schlecht, was?«

Cozma begann zu rechnen. Mehr als sechstausendfünfhundert Fußballfelder mit mehr als hundertvierzigtausend Spielern. »Was ist die ROGA?«

»Rothauser Gruppe Agrar«, erwiderte Frieder Roth. »Eigentlich ein Immobilienkonzern, legt sein Geld seit der Krise 2008 auch in Agrarflächen an.«

»Inzwischen haben sie hier im Osten zwanzigtausend Hektar.« Mario sah ihn im Rückspiegel an, wurde eifrig, klang missionarisch. »Das Problem ist, gegen so große Betriebe können die Kleinen nicht mithalten. Und Neubauern kommen kaum noch an Land. Und dann die Monokulturen und alles, und wofür? Viehfutter und Biomasse! Die in Berlin ... in Bonn hätten die LPG-Flächen nach der Wende verkleinern müssen. Aber das war nicht, ich sag mal: opportun. Jetzt sterben die Bienen, und wir haben immer weniger Störche, und die Bekassine stirbt aus.«

Roth hatte Mario den Kopf zugewandt, sagte: »Ein Tag mit Anett, und du sprichst wie drei Linke und fünf Grüne zusammen.«

»Was ist eine Bekassine?«, fragte Cozma.

Mario zuckte vage mit den Achseln.

»Ein Wiesenvogel«, sagte Roth.

Sie hatten den Zubringer verlassen, fuhren seit einer Weile auf der Autobahn, trotz des Regens so schnell, dass Cozma unwillkürlich die Hände auf die Vordersitze gelegt hatte, um sich festzuhalten. Er war das Rasen nicht gewöhnt, kannte die Straßen Rumäniens und seine Landsleute zu gut, um ihnen auch nur für zwei Meter zu vertrauen. Mario hatte beide Hände am Lenkrad, saß eingesunken da, fast wie ein verschreckter Jugendlicher. Aber er fuhr sicher, vorausschauend.

»Was zahlt man bei euch für einen Hektar?«

»Fünfzehn- bis siebzehntausend im Schnitt, aber du kannst auch für dreißigtausend verkaufen«, antwortete Mario.

»Bei uns fünfzigtausend. Na ja, in Ausnahmefällen.« Cozma lächelte in sich hinein. Er war ein wenig stolz auf sein rudimentäres Wissen.

Marios Hand klatschte aufs Lenkrad, die Schüchternheit war verflogen. »Wir haben den falschen Beruf, was?«

»Ach wo«, sagte Frieder Roth.

»Colditz hat … Ich sag mal: Zwischen vierzig und fünfzig Millionen wird er damals schon gemacht haben.«

Roth tätschelte seinen Schenkel. »Und muss sich trotzdem mit Neonazis abgeben.«

»Mecklenburg«, sagte Mario kurz darauf, in der Stimme Stolz und Zuneigung, zeigte mit dem Kinn zur Seite. Cozma sah Linien aus Regenwasser auf den Fenstern, grauen Himmel dahinter. Nach einer Weile waren auch weite, baumlose Flächen zu erkennen, Ackerland. Sein Telefon summte, ein aufgebrachter Cippo, wie bitte, nach Prenzlin, und du nimmst mich nicht mit und sagst nicht mal Bescheid? Es kostete Cozma ein wenig Mühe, ihn zu beschwichtigen. Eine spontane Entscheidung, getroffen am Abend, Genaueres, wenn ich zurück bin, und wir war's mit der Pilotin?

»Ana«, sagte Cippo.

»Ana«, wiederholte Cozma gehorsam.

»Sie hat die Stimme wieder gehört. Du weißt schon, unser falscher Kollege. Er könnte Dorin heißen.« Allerdings gebe es ein Problem. Umständlich erzählte Cippo – eine neue Kundin der Pilotin namens Mara Rebreanu, im Hintergrund Dorins Stimme. In Temeswar lebe zwar eine Mara Rebreanu, doch sei sie über achtzig und würde niemals freiwillig in einen Hubschrauber steigen.

»Übermorgen«, sagte Cozma, spürte das Adrenalin in seinen Blutbahnen.

»Dreizehn Uhr. Wann kommst du zurück?«

»Rechtzeitig.«

»Ach ja? Wenigstens das.«

»Sprich dich mit Bejenaru ab. Wir brauchen ein Einsatzkommando. Samstag, zehn Uhr am Flughafen. Und bleib in Kontakt mit der … mit Ana. Falls die Buchung geändert wird.«

»Und wenn sie sich getäuscht hat? Sie ist keine … Man darf sie nicht … Jeder täuscht sich mal, Ioan! Du hörst eine Stimme und denkst …« Cippo brach ab.

Cozma lächelte, legte auf.

»Übrigens«, sagte Frieder Roth. Auf eine Fahndung hätten sie vorerst verzichtet. Zwei Streifen seien in Prenzlin und Umgebung unterwegs, mehr Druck wolle man erst mal nicht erzeugen. Man habe da so ein Gefühl. Niemanden in die Enge treiben, der am Ende vielleicht um sich schlagen würde. Abgesehen davon wolle Colditz kaum mit einem Tötungsdelikt in Verbindung gebracht werden.

Cozma teilte seine Einschätzung. Lascu würde irgendwo an einer einsamen Stelle aufwachen, allein und in Freiheit. Die Entführer würden nie identifiziert werden. Der Mann mit Einfluss würde nie belangt werden.

Dafür bliebe Lascu am Leben.

Er lehnte sich zurück. Das war das Wichtigste. Adrian Lascu lebend nach Temeswar bringen, damit er ihnen helfen konnte, Lisas Mörder zu finden.

Und dessen Auftraggeber.

Für eine Weile führte die Strecke zwischen Seen und Wäldern hindurch. Der Regen hatte nachgelassen; als sie von der Autobahn abzweigten, waren die Straßen und Felder trocken. Im Norden riss die Wolkendecke auf. Im Sonnenschein erreichten sie Prenzlin.

»Wohin zuerst?«, fragte Frieder Roth.

»Du weißt, wo Winter ist?«

Er nickte. »Vorher zu Ralf Drese, Mario.«

»Kennst du Maiks Geschichte?« Mario sah Cozma mit großen Augen im Rückspiegel an.

Cozma verneinte. »Ich vermute, geht es um seine Familie.«

»Ganz genau. Also, vor drei Jahren wollte er mit den Kindern und seiner Frau …«

»Wir tratschen nicht, Mario«, wies Roth ihn sanft zurecht.

Cozma lehnte sich wieder vor, sagte nach einer Weile: »Sie leben nicht mehr.«

Roth nickte. »Ein Unfall, 2011. Die Ehefrau, beide Kinder.« Er hob eine Hand, während der Wagen hielt, zeigte auf ein Haus.

Der Pick-up war zurückgebracht worden.

Cozma blieb im Auto, während die Deutschen zu dem Nissan gingen. Ein Wagen, mit dem der Käufer vor drei Jahrzehnten wohl viel Spaß gehabt hatte. Die Karosserie höhergelegt, extrabreite Reifen, Kuhfänger, seitliches Auspuffrohr, verlängerte Fahrerkabine, vier Scheinwerfer auf dem Dach, zwei davon allerdings zersplittert, dazu zahlreiche Dellen und Schrammen im Lack, überall war Rost zu sehen. Roth umrundete den Wagen, stützte die Hände auf die Knie, um die Reifen zu begutachten. Dann ging er zum Haus, schlug mit der Faust gegen die Tür. Niemand öffnete. Er telefonierte kurz.

Zwei Minuten später hielt ein Streifenwagen hinter ihnen. Roth war schon an der Straße, besprach sich mit den Kollegen. Zusammen mit Mario kehrte er zu Cozma zurück, stieg ein. Er deutete auf den Nissan. »Wird abgeschleppt. Mit Sicherheit Dutzende Fingerabdrücke, wir werden sehen.«

»Wahrscheinlich meine«, gab Mario kleinlaut zu. »Und die von meinem Jungen.«

»Und meine und die von meiner Frau«, sagte Roth.

Sie lachten.

»Was ist mit den Reifen?«, fragte Cozma.

»Sieht nach Schilfresten aus. Dann wären sie drüben am Runden See gewesen. Lascu wird vielleicht eine Weile brauchen, bis er hergefunden hat.« Roth nahm das Funkgerät, schickte einen seiner Wagen zum Wald am Runden See. Dann wandte er sich Cozma zu. »Nimmst du ihn mit nach Rumänien?«

»Wenn er ist einverstanden.«

»Sicher. Nach allem, was passiert ist.«

»Und wenn er nicht am See ist?«

Roth runzelte die Stirn. »Dann irrt er woanders durch die Landschaft.«

»Euer Colditz wird es wissen.«

»Und es uns nicht sagen.«

Winter verbarg seine Überraschung nicht, fing sich jedoch rasch. Schweigend nickte er Cozma zu.

»Richtig, ihr kennt euch«, sagte Roth, der plötzlich verlegen wirkte, nicht so recht zu wissen schien, wie er mit Winter umgehen sollte. Cozma hatte nicht den Eindruck, dass sie sich besonders mochten. Zu viele Geschichten in zu vielen Jahren, dachte er, sie mussten sich noch aus DDR-Zeiten kennen.

Winter führte sie in die Küche seines Hauses, deutete auf Stühle an einem großen, kreisrunden Tisch. Auf seiner linken Wange klebte ein Pflaster, Reste von verkrustetem Blut, die Haut dunkelrotbläulich. Auf beiden Seiten des Halses waren Spuren von Quetschungen zu erkennen. Unter den Augen schwarze Ränder, eine Nacht ohne Schlaf, dafür mit viel Aufregung. Er blieb stehen, während Cozma und Roth nebeneinander Platz nahmen, sagte auf Rumänisch: »Er war es nicht.«

»Ich weiß«, erwiderte Cozma.

»Der Kollege spricht Deutsch«, sagte Roth.

»Erbe von meine deutsche Mutter.«

Winter nickte, setzte sich gegenüber von ihnen an den Tisch. Der Raum war groß, die Einrichtung einfach, funktional, Holzfurnier. Auf den Arbeitsflächen, überhaupt außerhalb der Schränke befand sich rein gar nichts, abgesehen von einer Keramikvase mit Feldblumen in der Mitte des Tischs. Cozma scheute davor zurück, um ein Glas Wasser zu bitten, wollte Winter nicht in Verlegenheit bringen. Von Roth wusste er, dass Winter drei Jahre lang nicht in Prenzlin gewesen war. Vielleicht würde er die Gläser nicht gleich finden. Oder sie waren eingestaubt. Weckten Erinnerungen. Cozma wusste schließlich, wie man sich in Räumen fühlte, in denen die Geister der Vergangenheit anwesend waren. Wie viel Anstrengung es manchmal kostete, den Schmerz auszuhalten.

Auf Deutsch berichtete Winter, was Adrian erzählt hatte, fügte hinzu: »Ich habe den Kerl schon mal gesehen. Aber ich weiß nicht, wo und wann. Nicht im Sommer, weil mir die Sandalen aufgefallen sind. Es muss kalt gewesen sein. Ein irgendwie … klobiger Mann mit dünnem Haar und Sandalen. Ruhig, fast reglos. Starrer Blick. Ich sehe ihn vor mir, er saß da, rührte sich nicht, minutenlang, eher eine halbe Stunde. Eine Stunde. Und noch was: Er hat die ganze Zeit gelächelt.«

Cozma versuchte, sich zu erinnern, wer kürzlich von Sandalen gesprochen hatte. Dann wusste er es. Florian, der Kriminaltechniker. »Kein Name?«

»Nein.«

»Hat Herr Marthen den Mann auch gesehen, vielleicht?«

»Wir haben telefoniert, er erinnert sich nicht.« Winter zuckte zusammen, betastete das Pflaster. »Wenn ich den Zusammenhang wüsste …«

»Versuchen Sie es mit Land. Agrarland.«

»Der Mord an Lisa hat mit Land zu tun?«

Cozma bejahte, machte in einem Mix aus Deutsch und Englisch Vorschläge, mühsam nach den entsprechenden Wörtern suchend. Agrarmessen, andere Landwirtschaftsveranstaltungen, Auktionen, Besuche auf Betrieben, Flächenbesichtigungen, Treffen mit Lobbyisten, Agenten, Politikern, Bürgermeistern, was auch immer eben auf dem Kalender stand, wenn man in einem Großbetrieb in Timiş arbeitete.

Winter schüttelte den Kopf. Keine Assoziationen, keine Erinnerungen.

Plötzlich erklang Musik, eine melancholische Gitarrenmelodie, Frieder Roths Mobiltelefon. Er bekam es nicht gleich aus der Uniformtasche, errötete, als eine Frauenstimme zu singen begann: »Wenn die Wandervögel zieh'n, nach den fernen, fernen Ländern hin …«

Dann hielt er es in der Hand, und der Gesang brach ab.

»Wartet da, wir kommen«, sagte er nach einer Weile, steckte das Telefon weg, stand auf. »Ioan.«

»Habt ihr Adrian gefunden?«, fragte Winter.

»Später, Maik.«

Sie eilten hinaus, zum Wagen, wo Mario wartete. »Runder See«, sagte Roth. Sie stiegen ein, fuhren los.

»Lascu?«, fragte Cozma.

»Nein.« Roth war blass, hatte zu schwitzen begonnen. Die Kollegen, sagte er, hätten am Waldrand einen Kombi mit tschechischem Nummernschild entdeckt, der in einem Ort vor der deutschen Grenze als gestohlen gemeldet sei. Im Fußraum vor dem Beifahrersitz liege eine Tüte. Darin: Sandalen.

Vier, fünf Paar Sandalen.

38

Nahe Prenzlin

PETRE FUIA BEDAUERTE ES, DASS ER keine Angel dabei hatte. Ein stiller kleiner See, eher ein Teich, kreisrund, auf seiner Seite schilfbestanden, auf der anderen ein Steg. Durch die Bäume drang Sonnenlicht. An manchen Stellen sah man durchs klare Wasser hindurch den Grund. Zu gern säße er jetzt auf dem Steg, die Angelrute in der einen, ein Bier in der anderen Hand, im Kopf Stille. Keine Menschen, keine Hunde. Keine Gedanken an den Boss, der mittlerweile wissen würde, dass er am Vorabend nicht zu Hause gewesen war, um eine Tasche entgegenzunehmen, in der kein Geld gewesen war. Keine Gedanken an einen Jemand, der vielleicht noch in der Straße vor seinem Haus wartete, um es besser zu machen als er.

Nur er selbst und die Fische.

Und der kleine Scheißkerl.

Lag in Rufweite gegenüber auf dem Steg in der Sonne, bloßer Oberkörper, als hätte er alle Zeit der Welt und noch ein langes Leben vor sich, während Petre Fuia gegenüber im Schilf im Schatten hockte und fröstelnd auf den richtigen Moment wartete. Die Kahlköpfe hatten den Kleinen ordentlich verprügelt. Rot und blau leuchteten die Verletzungen im Sonnenschein. Doch allzu schlimm konnte es nicht gewesen sein. Der Scheißkerl war vor einer Viertelstunde im Schilf ins Wasser gegangen und zum Steg geschwommen.

An seiner Brust vibrierte das Telefon. Der Boss. Er musste sich noch ein paar Minuten gedulden. Dann würde Petre Fuia zurückrufen und sagen: Problem gelöst. Der kommt nicht mehr nach Temeswar. Was nicht passieren darf, wird nicht passieren. Gern geschehen, Boss. Kein Grund mehr, jemanden mit einer leeren Tasche loszuschicken, Boss.

Ein paar Minuten noch, dachte Petre Fuia. Dann wären die Fehler behoben, die frohe Botschaft verkündet und er und der Boss wieder dicke Freunde.

Er musste es nur richtig machen diesmal. Musste schnell sein. Schon einmal war ihm der Kleine entkommen. An einem anderen Gewässer. Wasser, dachte er, verband sie.

Bislang stand seine Reise unter einem guten Stern. Keine Probleme. Er war stolz auf seine Idee: im letzten Ort vor jeder Grenze ein Auto klauen, damit das nächste Land durchqueren. Vier Länder, vier Grenzen, vier Autos, keine Probleme. Fünfzehn Stunden für dreizehnhundert Kilometer. Zwei Pausen von jeweils einer Stunde. Zehn Minuten essen, fünfzig Minuten schlafen. Nur nicht müde aussehen, auch nicht nachts um zwei. Das hatte er sich vor Jahren als Erstes antrainiert: nie müde aussehen. Und immer lächeln.

Um halb drei am Morgen hatte er Prenzlin erreicht. Er hatte das letzte der vier Autos in der Scheune eines verfallenden Hofes versteckt und war zu Fuß weitergegangen. Vor der Kirche ein Streifenwagen und ein zweites Auto. Ein Bulle und – tatsächlich, Michael Winter. Dann fuhr Winter weg, der Bulle blieb. Mit ihm, fünfzig Meter weiter, Petre Fuia, hoch über der Straße in der Fahrerkabine eines uralten Traktorungetüms, das am Straßenrand parkte wie in einem Freilichtmuseum. Kurz darauf ging der Bulle hinter die Kirche, musste wohl mal. Währenddessen rollte das Witzauto vorbei. Petre Fuia erkannte im Inneren vage zwei Glatzen. Auf der Ladefläche lag ein Mann, hübsch verschnürt, Sack über dem Kopf.

In diesem Ort war einiges los, dachte er. Ein Bulle nachts vor der Kirche. Winter, der überraschend auftauchte. Nazis in einem Witzauto. Ein Verschnürter hintendrauf.

Und wenn das alles miteinander zusammenhing?

Petre Fuia lief zu seinem Wagen und folgte dem Witzauto zum Bahnhof. Konnte sein Glück nicht fassen, als die Nazis den Verschnürten auspackten. Dann tauchte Winter wieder auf. Später gab es offenbar Probleme, Winter bekam eins in die Fresse. Die Kahlköpfe fuhren mit dem Kleinen weiter, Petre Fuia hinterher. Eine Weile kreuzten sie durch die Gegend, entfernten sich immer weiter von Prenzlin. Nach einer halben Stunde kamen sie zurück, verließen die Straße, rollten in den Wald. Petre Fuia ließ das Auto stehen und eilte zu Fuß hinterher.

Die Nazis hatten es sich am See gemütlich gemacht. Rauchten, soffen, pissten. Drei schliefen, einer blieb wach. Der Kleine lag bei ihnen, nach wie vor gefesselt, Kopf ohne Sack. Petre Fuia widerstand der Versuchung. Lautlos töten war nicht seins, das wusste er. Schon weil die Sandalen flappten.

Die Sonne ging auf. Der, der nicht schlief, telefonierte. Die anderen erwachten. Drei zogen sich aus und gingen schwimmen. Der vierte saß so, dass er Petre Fuia sofort gesehen hätte, wäre der aus seinem Versteck getreten.

Also verschob er es erneut, wartete weiter.

Wieder ein Telefonat.

Kurz vor zehn befreiten die Nazis den Kleinen von seinen Fesseln, traten ihn noch ein bisschen und fuhren davon.

Zeit, Abschied zu nehmen, dachte Petre Fuia.

Endstation.

Da zog der Kleine T-Shirt und Schuhe aus, kroch ins Wasser und verschwand unter der Oberfläche. Tauchte zehn Meter weiter wieder auf. Minutenlang ließ er sich treiben, Gesicht nach unten, Gesicht nach oben, schon in dem Bereich, den die Sonne wärmte. Dann durchquerte er den See mit langsamen Bewegungen. Am Steg stieg er aus dem Wasser.

Dort lag er nun seit zehn Minuten und rührte sich nicht.

Vorsichtig arbeitete Petre Fuia sich aus dem Schilf. Hinter Bäumen verborgen umrundete er den See. Wartete fünf Minuten. Nach wie vor bewegte sich der Kleine nicht. Langsam ging er zum Anfang des Stegs. Jetzt sah er, dass sich die Brust in der Sonne gemütlich hob und senkte. Der Scheißkerl schlief.

Petre Fuia erwog seine Optionen. Der Steg war etwa acht Meter lang. Die Bohlen waren schon älter, an den Rändern gesplittert. Irgendeine würde knarzen, das war sicher. Und der Kleine war schnell. Oder er watete durchs Wasser zu ihm. Der Steg hing dicht über der Oberfläche. Er müsste nicht einmal hinaufklettern, sich nur kurz hochstemmen und fertig.

Endstation.

Ja, er würde durchs Wasser gehen.

Wasser verband sie doch.

39

Nahe Prenzlin

AUF DER FAHRT ZUM SEE hielt Cozma die Augen geschlossen. Der Lärm des kräftigen Motors und des Martinshorns trugen ihn durch seine Angst, seine Ungeduld. Durch die schrecklichen Bilder möglicher Katastrophen.

Beinahe hätte er das Telefon nicht gehört.

»Katasteramt Deta«, sagte Winter. »Muss vor zwei, höchstens drei Jahren gewesen sein, ich war noch nicht lange in Rumänien.« Er war mit Marthen im Amt gewesen, sie hatten einen Termin gehabt, im Vorraum warten müssen. Der Mann mit den Sandalen hatte ihnen gegenüber gesessen. Nach etwa einer Stunde war ein anderer Mann aus einem der Büros getreten, sie waren zusammen gegangen. Ungefähr ein Jahr später war dieser zweite Mann bei Marthen im Betrieb gewesen, in Begleitung seiner Ehefrau. Sie hatten sich als Immobilienagenten vorgestellt, spezialisiert auf Ackerland in Timiş, hatten Marthen Kaufangebote unterbreitet. Sie hätten unbesehen jede Parzelle gekauft, die Marthen ihnen überlassen hätte. »Aber er verkauft nicht, grundsätzlich nicht. Sie haben ihn später abwechselnd noch ein paar Mal angerufen, glaube ich, waren wohl aufdringlich. Die Agentur heißt Westrom Soil, das wusste ich noch … Ich habe mir eben die Internetseite angeschaut. Dorin und Nicoleta Gaman, Temeswar.« Er nannte eine Straße in der Altstadt. Eine noble Adresse, Fußgängerzone. Auf seinen Wegen durch Ceta-te war Cozma in den vergangenen Jahren hundertfach daran vorbeigekommen.

Er bedankte sich, behielt das Telefon in der Hand, um Cippo anzurufen.

»Westrom Soil steht auf Marthens Liste«, sagte der. »Dorin Gaman. Was für ein alberner Name, Westrom Soil.«

»Finde raus, was du rausfinden kannst, ohne sie aufzuschrecken.«

»Wenn sie nicht schon aufgeschreckt sind.«

»Und ruf Olar an, vielleicht sagt ihr der Name etwas.«

»Kann das nicht Dan erledigen?«

Frieder Roth deutete mit der Hand nach vorn. Zwei Streifenwagen, ein Pkw am Straßenrand.

»Mir egal«, sagte Cozma, legte auf und kehrte zu den Katastrophen in seinem Kopf zurück.

Ein Škoda, unauffälliges älteres Modell, einfache Ausstattung, blau, stand auf einer sandigen Ausbuchtung der Straße, als wäre der Besitzer zum Beerensammeln oder Spazierengehen in den Wald, zum Baden an den Runden See.

Cozma starrte auf die Sandalen vor dem Beifahrersitz, konnte sich nicht losreißen. War Lisas Mörder tatsächlich ebenfalls nach Prenzlin gekommen?

»Gehen wir«, drängte Roth atemlos. »Erst mal zum See, dann sehen wir weiter.«

Inmitten der deutschen Kollegen rannte Cozma auf dem Forstweg in den Wald. Unwillkürlich hielt er auf dem trockenen Boden nach Reifenspuren Ausschau; der Pick-up hatte diesen Weg wohl genommen. Aber er bewegte sich zu schnell, um Abdruckfragmente zu erkennen.

»Leise jetzt und langsam!«, rief Roth nach wenigen Minuten mit unterdrückter Stimme. Er lief an die Spitze des Trupps, gab das Tempo vor. Cozma schloss zu ihm auf und hielt sich dicht hinter ihm.

Eine Kurve, dann sah er den See. Roth hob die Hand, sie blieben stehen. Der Forstweg wurde hier zu einem Waldweg, der auf beiden Seiten um den See herumzuführen schien. Das Ufer vor ihnen war von dichtem grünem Schilf verdeckt, das sich den halben See entlangzog und ein Stück ins Wasser hinein. Leichter Wind bewegte die Halme. In der fast vollkommenen Stille kamen Cozma das eigene Keuchen und das der anderen unsäglich laut vor.

Roth teilte seine Leute auf, eine Gruppe nach rechts, die andere nach links, darunter er selbst und Cozma, die dritte blieb an Ort und Stelle, sollte das Schilf zum Wasser hin durchkämmen.

So leise wie möglich hasteten sie weiter.

Ein Steg kam in Cozmas Blickfeld, an dessen Ende ein Mann lag, auf dem Rücken, der Oberkörper nackt. Das Gesicht war ihnen zugewandt, ein Arm hing ins Wasser, nur der Oberarm war zu sehen.

Rote Linien färbten den Arm, die Seite des Körpers.

»Scheiße«, flüsterte Frieder Roth. »Ist er das? Lascu?«

»Ja«, erwiderte Cozma und dachte, dass er jetzt allein sein wollte. Sich allein dessen vergewissern wollte, was er doch schon wusste.

Allein sein mit Adrian, zum ersten und zum letzten Mal.

Er hatte ihm so vieles zu sagen. Hatte sich für vieles zu entschuldigen. Dafür, dass er ihn am Anfang allzu bereitwillig für einen Mörder gehalten hatte. Dafür, dass er am Ende zu spät gekommen war.

»Wartet, bitte«, sagte er und legte die letzten Meter allein zurück. Ein Grasstreifen, ein schräg übers Wasser ragender, knorriger Baum, die Luft weich und würzig. Dann trat er auf den Steg. Das Holz knarzte sanft, federte leicht unter seinen Schritten. Adrians Arm bewegte sich mit.

Zwei Stichwunden, Bauch und Hals, ähnlich wie bei Dragomir Mircia. Aus den Wunden lief noch Blut. Er wandte sich Roth zu, rief: »Er muss in der Nähe sein!«

Vor Adrians nackten Füßen kniete er nieder.

Adrian ist tot. Am Ende hatte Bogdan recht behalten.

Es dauerte einen Moment, bis er sprechen konnte.

Sagen konnte, was er zu sagen hatte.

Einige Minuten später richtete Cozma sich auf. In der Ferne waren Martinshörner zu hören, der Krankenwagen vielleicht, die Verstärkung. Er wandte sich um. Mario stand am Ufer, Roth und die anderen waren fort.

Dunkle Wolken waren aufgezogen. Alles sah plötzlich grau aus.

Er verließ den Steg. »Spuren?«

»Die Sandalen.« Marios Finger beschrieb einen Halbkreis vom Schilf zum Steg. In der anderen Hand hatte er ein Schulterholster mit Pistole, das er Cozma nun entgegenhielt. »Entspricht zwar nicht den Vorschriften, aber Sicherheit geht vor, sagte Frieder.«

Cozma legte das Holster an, zog die Waffe heraus, eine betagte SIG Sauer. Mario erklärte ihm die Mechanik, dann machten sie sich auf den Weg zurück zur Straße, um die Ankömmlinge in Empfang zu nehmen, beide mit der Waffe in der Hand. Mario plapperte unruhig vor sich hin, Cozma ließ ihn reden. Adrian Lascus Mörder hatte nur wenige Chancen, aus dem Wald zu entkommen. Eine davon war, sich dort zu verstecken, wo kaum einer ihn vermutete – nahe am Tatort.

Eine andere war, eine Geisel zu nehmen. Im besten Fall eine, mit der er Rumänisch sprechen konnte.

40

Prenzlin

WINTER SASS AM KÜCHENTISCH, starrte erschöpft auf seine vom Schweiß feuchten Hände. Er hatte den ersten Rundgang durchs Haus hinter sich gebracht, hatte alle Türen geöffnet, alle Fensterläden, war durch alle Zimmer gegangen, auch die der Kinder. Und obwohl sie leer und still waren, obwohl das Haus nicht mehr zu atmen schien, fühlte er sich daheim. Auf eine gewisse Weise waren die Kinder eben doch hier, vor seinem inneren Auge, rannten und tobten durch die Räume, liefen in den Garten hinaus, warfen Türen zu, lasen auf dem Sofa im Wohnzimmer, machten in ihren Zimmern Hausaufgaben. Hier hörte er sie lachen, weinen, schreien, sich beschweren, hier saßen sie mit ihm am Küchentisch. Und solange das so war, dachte er, solange die Kinder im Haus waren, würde auch er bleiben.

Später klopfte es an der Tür. Anett stand da, sah ihn schweigend an, in ihren Augen das Chaos von Erinnerungen und Gefühlen. Der Schreck. Sie hob die Hand zu ihrer Wange, sagte: »Um Himmels willen, was ist passiert?«

»Bin ausgerutscht.«

»Davon bekommt man Quetschungen?«

Er lächelte müde. »Komm erst mal rein.« Er führte sie in die Küche. Sie setzten sich nebeneinander an den Tisch, Arme verschränkt, auf die Ellbogen gestützt, rangen um Kontrolle, dachte er, um nicht zu explodieren oder zu implodieren. So vieles war vor achtzehn Jahren ungesagt geblieben, eigentlich alles, die Trennung kurz und unendlich schmerzhaft, zwei Sätze und ein Wort:

Ich kann nicht mehr, Anett. Ich fahre nach Berlin zurück.

Gut.

Und dann alles andere. Der Unfall. Der Mord an Lisa.

»Du bist … alt geworden«, sagte sie. »Ich meine erwachsen. Siehst nicht mehr wie ein Junge aus.«

»Achtzehn Jahre älter eben.«

»Es sollte nicht gemein klingen.«

Er winkte ab. »Dir sieht man die achtzehn Jahre nicht an.«

»Ach komm.«

»Noch immer das wilde Mädchen von früher. Die Kämpferin.« Stark und verletzlich wie früher, schön wie früher. Natürlich sah man Veränderungen, das Dunkelbraun der Haare matter, graue Strähnen, die Zeit und die Kämpfe hatten um Mund und Augen zahlreiche Fältchen hinterlassen. Aber man spürte noch immer ihre Energie, die Glut, den Zorn, wenn auch gedämpfter, wie von weither.

»Seit wann bist du hier?«

»Seit gestern Nacht.«

»Wolltest du nicht rüberkommen? Nach Hans und Christl sehen?«

Er nickte, dachte nur: Aber ich kann doch nicht, Anett. Ich kann doch hier nicht weg.

»Hans ist … Es bringt ihn um.«

»Er ist zäh«, sagte Winter. »Er hat so viel überstanden.«

»Jetzt hat er aufgegeben, Maik. Ich habe den Eindruck, er hat darauf gewartet, aufgeben zu dürfen.«

»Und was heißt das?«

»Er isst nicht mehr. Schläft kaum noch. Heute Morgen war er plötzlich verschwunden, Christl ist halb durchgedreht. Er war im Fluss, schwimmen, hat sich nicht mal ausgezogen, war mit Hose und Strickjacke und allem im Wasser. Jetzt sitzt er an seinem blöden Baum, führt Selbstgespräche, vielleicht spricht er auch mit dem Baum, was weiß ich …«

»Die Platane?«

»Seine Scheißplatane, ja. Wie habe ich sie gehasst. Macht das ganze Haus dunkel.«

»Du hast viel gehasst damals.«

»Aber vieles andere geliebt.«

Er nickte, wunderte sich über seine Verbitterung. »Vor allem das, was nicht da war.«

»Ich will nicht streiten, Maik.«

»War nicht so gemeint. Wie ist es bei dir weitergegangen? Nach unserer Trennung?«

Eine flüchtige Handbewegung. »Wie es angefangen hat.«

»Von einem Ort zum nächsten.«

»Mit Unterbrechungen. Ich habe in London studiert, Master in International Conflict Studies, hab dann für die UN und verschiedene NGOs Konfliktlösung gemacht.«

»Ausgerechnet.«

»Lag doch nahe.« Sie lächelte auf eine irgendwie neue Weise, fand er. Ruhiger, weniger fahrig als damals. Sie nahm sich mehr Zeit zum Lächeln. Dafür fehlte die Intensität.

»Wo?«

»Bosnien, Kambodscha, Äthiopien, Brasilien, zwischendurch ein halbes Jahr Urlaub in Australien. Dann wieder Afrika. Vietnam. Und so weiter. Und du? Bauingenieur, hat Christl erzählt.«

»Ja.«

»Dinge schaffen, die sich nicht von der Stelle bewegen?« Wieder dieses neue, ruhige Lächeln.

In der Ferne waren Martinshörner zu hören, die sich rasend schnell näherten. Drei Streifenwagen rasten an den Fenstern vorbei in Richtung Ortskern, der Raum für Sekunden von ohrenbetäubendem Lärm erfüllt.

»Lascu?«

»Wahrscheinlich.« Winter war drauf und dran, ihr von seiner Begegnung mit Adrian zu berichten, doch dann hätte er auch von Colditz und dessen Helfershelfern erzählen müssen, und er hatte keine Kraft für Anetts Empörung. Also sagte er nur: »Er war es nicht. Er hat Lisa nicht getötet.«

In ihre Augen schossen Tränen, liefen ihr über die Wangen. »Erzähl mir von ihr, Maik.«

Er hielt inne, für einen Moment irritiert, weil ihm bewusst wurde, dass er nicht an Lisa gedacht hatte, seit Frieder Roth und Cozma gegangen waren. Auch sie war oft hier gewesen, aber das Haus schien allein mit Emmy und Leon verbunden zu sein. Schon Claudia hatte er hier nicht automatisch vor Augen, musste sie sich erst dazu denken. Alles außer Emmy und Leon störte, gehörte nicht hierher, nicht zu ihm.

Lisa, Claudia. Anett.

Er nahm ihre Hand in seine und begann zu erzählen, alles, was ihm einfiel, mit den Minuten wurde es immer mehr, Lisa in den letzten Wochen und Monaten ihres Lebens, während Anett stumm weinte und in seinem Herzen eine dumpfe Sehnsucht wuchs. Allein sein mit Emmy und Leon, hier, im Haus, ihre Stimmen hören, ihre Gesichter sehen, sie aufhalten, damit sie nicht für immer gingen. Bitte geht nicht, dachte er, bleiben wir für immer hier, im Haus in Prenzlin.

Christl rief an, bat ihn zu kommen, Hans sei wieder im Fluss, sei wieder samt Kleidung ins Wasser gestiegen und schwimme wie ein Besessener, vielleicht kannst du helfen, Maik, du bist ihm doch wie ein Sohn und mir ja sowieso, wie ich mich freue, dich wiederzusehen, Lieber …

»Wir sind gleich da«, sagte er.

Im Flur blieb Anett vor dem Telefontischchen stehen. Er folgte ihrem Blick, neben dem Apparat ein kleiner Stapel Infopost, die Christl wohl dorthin gelegt hatte und die ihm bislang nicht aufgefallen war. Eine Einladung zu einem Fest am Sonntag, »49 Jahre freiwillige Feuerwehr Prenzlin«. Eine Kinderzeichnung, Feuerwehrauto und Löschtrupp, für Kaffee und Kuchen war gesorgt, musikalische Untermalung, »verantwortlich Anett Bendik (geb. Marthen)«.

»Du bist verheiratet?«

»Geschieden.«

»Schlimm?«

»Ach, unwichtig. Eigentlich wollte ich nur seinen Nachnamen.« Sie nahm das Blatt, zerknüllte es, kein Fest unter diesen Umständen natürlich. Winter trat hinter sie und sah auf die nächste Sendung hinunter, ein Aufruf zu einer Protestaktion, Datum von vorgestern: Leisten wir Widerstand gegen die ROGA und die großindustrielle Landwirtschaft, die unsere Böden und die Artenvielfalt zerstört, Arbeitsplätze vernichtet, den Bodenpreis in die Höhe treibt, errichten wir eine symbolische Barrikade, v. i. S. d. P. Anett Bendik (geb. Marthen). Er stand jetzt dicht bei ihr, nahm ihren vertrauten Duft wahr, den herben, dunklen, würzigen Geruch ihres Körpers, dessen Wärme, die noch immer ein paar Zehntelgrad über der anderer Frauenkörper zu liegen schien. Aber sie war ihm auch fremd, sie gehörte zu einer anderen Zeit. Sie hatte die Kinder nicht gekannt, war deshalb, dachte er irritiert, Erlösung und Albtraum zugleich.

Er schob das Blatt zur Seite und überflog einen »Aufruf der Prenzliner« an die Landesregierung, das ansonsten bundesweit geltende Berufsverbot für »den Schweinehalter Adrianus Straathof« müsse endlich auch in Mecklenburg-Vorpommern durchgesetzt werden, ein Infoblatt von 2013 zur »Demonstration gegen die BVVG (ehem. Treuhand), die im Osten noch immer 250 000 ha (!) verwaltet und bis 2025 zu Höchpreisen verkaufen soll«; einen Aufruf zur Änderung der alten DDR-Straßennamen; eine Einladung zu einer Infoveranstaltung über »skandalösen Landraub in Kambodscha«, an dem die EU Mitschuld trage; zu einem Tanzabend; einem Kegelabend, Lasst uns wieder regelmäßig kegeln, das Kegeln hat doch Tradition in Prenzlin, für hausgemachte Soljanka ist gesorgt; und überall Anetts Name, Anetts Ausrufezeichen, Anetts Zorn, Anetts Begeisterung.

»Und, kommt da jemand?«

»Vier, fünf Leute. Christl manchmal. Colditz. Manchmal bin ich allein.«

»Colditz?«

»Will durch mich Frieden schließen mit der Familie. Die Schuld lastet offenbar auf seiner Seele. Er hat angeboten, uns die alten Äcker zurückzugeben.«

»Die Hans ihm abgetreten hat?«

Sie nickte, meinte bitter: »Großzügig, was?«

»Was sagen deine Eltern dazu?«

»Sie wissen es noch nicht.«

Sie traten ins Freie. Das Licht war in der vergangenen halben Stunde grau geworden, die Wolken hingen tief. Winter schloss die Tür, bewegte sich nicht, die Hand am Knauf, während Anett zu ihrem Fahrrad ging, das in der Einfahrt stand. Er wünschte, die Kinder würden mitkommen, Christl und Hans waren für sie wie Großeltern gewesen, weil seine Eltern früh gestorben und Claudias Eltern Anfang 2000 nach Spanien gegangen waren, Christl und Hans, die Kuchenoma und der Baumopa, wie Leon sie mit drei Jahren getauft hatte. Kommt ihr?, dachte er, wir wollen zur Kuchenoma und zum Baumopa, und das da ist Anett, ihre Tochter, erinnert ihr euch, sie war schon überall auf der Welt und am liebsten in Rom, kommt doch endlich …

Er löste die Hand vom Knauf, ging zum Auto, tief durchatmend, bewegte sich wie am äußersten Rand seines Bewusstseins. Eine blecherne Frauenstimme erklang, die er im ersten Moment nicht zuordnen konnte, sie hätte auch in ihm erklingen können, aber sie kam über Lautsprecher aus einem Polizeiauto, das sich vom Dorfkern näherte. Sie warnte »die Bevölkerung« vor einem »gefährlichen, flüchtigen Gewaltverbrecher«, der sich vermutlich in der Nähe aufhalte und bewaffnet sei, riet, das Haus nicht zu verlassen, keine Anhalter mitzunehmen und sich nicht in die umliegenden Wälder zu begeben.

Sie sahen dem Wagen nach.

»Ich dachte, er war es nicht?«

Winter zuckte die Achseln, sagte: »Fahr lieber mit mir.«

»Nein«, erwiderte Anett, stieg auf und radelte davon.

41

Nahe Prenzlin

COZMA HATTE MARIO VERSICHERT, er werde bei dem Škoda bleiben, und ihn mit den Kriminaltechnikern zum Steg zurückgeschickt. Als sie außer Sichtweite gewesen waren, hatte er sich auf den Weg gemacht. Immer tiefer drang er in den dunklen Wald vor. In welche Himmelsrichtung er ging, wusste er nicht. Einen Pfad gab es nicht, unter seinen Füßen spürte er Wurzeln, Herbstlaub, weichen Waldboden, mit den Armen schob er Zweige beiseite. Er bewegte sich langsam und so leise wie möglich, ein Geist auf der Suche nach einem Versteck oder nach einem, der sich versteckt hielt, er wusste es nicht genau. Auf diese Weise konnte er jedenfalls für einen Moment aus der Welt verschwinden, aus der Verantwortung und der Scham. Hier gab es nur ihn und den Toten am See, einen verzweifelten, dummen, verliebten Zwanzigjährigen, der noch ein Kind gewesen war, ein bisschen naiv und romantisch, der mit dem Herzen gedacht hatte und nicht mit dem Kopf, der niemals anderen Böses hätte zufügen können und den er trotzdem von Anfang an für den Bösen gehalten hatte, bevor er ihn auch nur einmal gesehen, bevor er auch nur einmal mit ihm gesprochen hatte. Aus Bequemlichkeit hatte er die einfache Geschichte zu spät in Zweifel gezogen. Hatte dem Augenschein vertraut.

Und musste nun einen Toten nach Coruia bringen.

Irgendwann vibrierte das Telefon, die Welt war zurück, Frieder Roth, schwer atmend. »Ich mag so was nicht, Ioan.«

»Das verstehe ich.«

»Macht es noch unübersichtlicher. Unkontrollierbarer.«

»Natürlich, du hast recht.«

»Ja«, sagte Roth. »Ruf an, wenn du auf eine Straße stößt. Dann hole ich dich.« Zwei Züge Bereitschaftspolizisten waren eingetroffen, außerdem die Kripo und ein SEK, dazu Hunde, sogar ein Präzisionsschütze. Aus Rostock-Laage werde gleich ein Hubschrauber erwartet. »Ist nur eine Frage der Zeit, bis wir ihn haben. Du passt auf, ja? Wenn er eine Geisel hat, kommt er hier raus.«

»Ich wäre keine gute Geisel.«

»Na dann«, sagte Frieder Roth.

»Jemand sollte Winter warnen.«

»Maik?«

»Der Mörder kennt ihn. Und Winter spricht Rumänisch. Er wäre gute Geisel.«

Sie legten auf, und Cozma ging weiter, hatte plötzlich das Gefühl, dass sie einen Schritt übersprungen, etwas Offensichtliches nicht bemerkt hatten. Er fragte sich, was er getan hätte, am See, nach dem Mord. Wohin er gelaufen wäre. In den umliegenden Dörfern würde er als Fremder sofort auffallen, zumindest tagsüber. Die Landstraßen waren wegen der zahlreichen Einsatzwagen zu gefährlich. Also wäre er im Wald geblieben. Andererseits wäre ihm bewusst gewesen, dass sie ihn im Wald finden würden, irgendwann. Sie hatten die Schuhabdrücke mit dem auffälligen Sandalenprofil, würden auf seine Spuren stoßen. Zog er die Sandalen aus und ging barfuß weiter, fänden ihn die Hunde.

Er rief Roth an. »Am Steg, was habt ihr für Schuhabdrücke?«

»Deine, meine, Marios. Die Sandalen. Jedenfalls vom Schilf zum Steg. Könnte sein, dass er durchs Wasser weiter ist. Im Moment ist es wegen der Wolken zu dunkel, um nach Spuren zu suchen. Wir bekommen Scheinwerfer von der Feuerwehr, aber das dauert noch.«

»Wo sind Lascus Schuhe?«

»Wie meinst du das?«

»Er ist zum Steg geschwommen, vom Schilf, wahrscheinlich ohne Schuhe. Irgendwo sie müssen sein.«

»Auf dem Pritschenwagen?«

»Die Kollegen haben im Schilf nichts gefunden?«

»Nur sein T-Shirt.«

»Aber keine Schuhe?«

»Nein«, sagte Roth, klang jetzt entnervt.

Cozma rieb sich die Nasenwurzel. Sie suchten nach den falschen Abdruckspuren. »Er hat Lascus Schuhe angezogen.«

Roth schwieg, dann sagte er: »Scheiße.«

Wenig später hörte Cozma Wasser rauschen, kurz darauf stand er vor einem Bach. Er ging in die Knie, wusch sich den Schweiß vom Gesicht. Dann hockte er da, starrte auf sein Spiegelbild, das in der unruhigen Strömung kein Ganzes ergab, fratzenhaft verzerrt war.

Dachte an den Toten am See.

Wäre Adrian noch am Leben, wenn nicht er die Ermittlungen geleitet hätte, sondern einer der jüngeren Kollegen? Einer, der rationaler vorging als er, sich weniger von Gefühlen und Eindrücken leiten ließ? Doch auch dann wäre Adrian vom Tatort weggerannt und nach Prenzlin gereist. Auch dann hätte irgendjemand, der den Stand der Ermittlungen kannte, diese Information weitergeleitet. Auch dann wäre der Mörder nach Prenzlin geschickt worden.

Er trug Verantwortung, aber keine Schuld.

Anders als bei Róbert Barbu.

Cozma wollte aufstehen, doch ein Instinkt ließ ihn innehalten, ein plötzliches Frösteln in den Gliedern. Er hob den Kopf und überprüfte das gegenüberliegende Ufer, das etwa zwei Meter entfernt war. Nichts außer Gras, einem Saum aus niedrigen Büschen entlang des Ufers, dahinter Bäume. Unmittelbar vor ihm eine Art

Inselchen aus dicht wachsenden Schilfhalmen und Gesträuch. Auf seiner Seite des Baches ebenfalls nichts Auffälliges.

Da wurde das Frösteln stärker, kam wie eine Woge innerer Kälte. Aufstehen!, rief eine Stimme in ihm. Aufpassen! Wie leichtsinnig du bist!

Er sprang hoch, fuhr herum.

Auch hinter ihm nur Bäume und Büsche, der Waldboden, über den sich Wurzeln zogen wie erstarrte, knotige Reptilien. Mit angehaltenem Atem zog er die Pistole und wandte sich wieder dem Gewässer zu.

Könnte sein, dass er durchs Wasser weiter ist.

War der Bach ein Zufluss des Sees?

Aber da war niemand, weder bachabwärts noch bachaufwärts, so konzentriert er die Ufer mit dem Blick auch absuchte. *Natürlich* war da niemand, dachte er. Er hatte ganz einfach Angst. Allein mit einem Toten in diesen stillen Winkeln, und schon begann er sich zu fürchten.

Umständlich verstaute er die fremde Pistole im Holster, dann setzte er seinen Weg fort. Das Frösteln ließ nur langsam nach, genauso der Ärger über sich selbst.

Kaum hatte der Löwe den Käfig verlassen, fürchtete er sich.

Ein paar hundert Meter weiter wichen die Bäume zurück. Cozma trat aus dem Wald. Auf einer Lichtung standen nebeneinander eine Handvoll fast identische, verfallende Gebäude, graubraun, drei Stockwerke hoch, von einem mannshohen Drahtzaun umgeben. Er folgte dem Zaun, gelangte zu einem geschlossenen Tor aus grün lackierten Metallstangen, das von einer neueren, massiven Kette gesichert war. Eine Straße aus aufgeplatzten Betonplatten führte von irgendwoher durch den Wald zum Gelände. Er trat an das Tor und sah zwischen den Stäben hindurch, machte sich nicht die Mühe, unbemerkt zu bleiben. Kein flüchtiger Mörder würde sich auf einem ehemaligen Militärgelände verstecken, das in jedem Fall durchsucht werden würde, und zwar nicht von einem oder zwei Dorfpolizisten, sondern von Spezialkräften.

Er wollte sich gerade umdrehen, als sich die kalte Mündung einer Schusswaffe gegen seinen Nacken presste. Er schloss die Augen, atmete tief, hob die gespreizten Hände.

»Cozma?«, zischte eine Männerstimme hinter ihm.

Er öffnete die Augen und nickte vorsichtig. Von beiden Seiten griffen Hände nach ihm, zogen und schoben ihn vom Tor weg zu einem hohen Gebüsch am Zaun. Finger tasteten ihn ab. Er sah schwarze Arme im Augenwinkel, schwarze Handschuhe, spürte, wie ihm die Pistole und der Pass aus den Taschen gezogen wurden.

»Ja«, sagte eine Frau knapp.

Die Mündung verschwand, die Hände ließen von ihm ab. Er wandte sich der Frau zu, offensichtlich die Einsatzleiterin. Sie bedeutete ihm, sich hinzuknien, um nicht gesehen zu werden, tat es ihm gleich. Sie trug Schutzhelm und Schutzweste, hatte den Reißverschluss der schwarzen Jacke bis über den Mund zugezogen. Die Augen blickten ihn konzentriert an, vielleicht ein bisschen abfällig. Die Nase war vor langer Zeit gebrochen gewesen und nicht ganz gerade zusammengewachsen. Eine kleine, schmale Frau, doch Cozma spürte Energie und Entschlossenheit. Er fand kein Namensschild, die Schutzweste verbarg es.

Jetzt zog sie den Reißverschluss der Jacke so weit herunter, dass der Mund frei lag, und flüsterte: »Gefährlich!« Sie zeigte mit einem Finger auf die Gebäude, der Blick vorwurfsvoll.

»Ihr geht rein?«

Sie nickte.

Das Geräusch zahlreicher schwerer Schritte war zu hören. Gut zwei Dutzend Einsatzkräfte, alle gekleidet wie die Frau, strömten auf der Straße aus dem Wald. In Sekundenschnelle war das Tor gesichert, die Kette mit einem Bolzenschneider zerschnitten. Eine Gruppe lief auf das Gelände.

Erste Regentropfen fielen.

»Du bleibst hier.« Die Frau stieß ihm den Handschuhfinger gegen die Brust.

»Für den Moment, ja.«

Die Frau runzelte die Stirn. »Bis ich zurückkomme, Cozma.«

Er streckte die Hand aus. »Ioan.«

Doch sie sprang auf, lief zum Tor, setzte sich an die Spitze ihrer Leute, eine Kollegin, die ihm nicht die Hand schütteln wollte, vielleicht hatte sie ja die Angst gespürt oder die Schuld. Vielleicht war auch einfach keine Zeit heute fürs Händeschütteln.

Der Regen wurde stärker, plötzlich war es kühl.

Cozma spürte das Telefon vibrieren, zog es hervor, während er mit den Augen den Polizisten folgte, die sich in Gruppen über das Areal verteilten.

Dans Stimme. »Der Chef sagt, ich soll dich behelligen.«

»Womit?«

»Cippo ist vor eineinhalb Stunden raus und seitdem verschwunden. Niemand weiß was. Weiß du was?«

»Geht er nicht ans Telefon?«

»Nein.«

»Er wird irgendwo zu Mittag essen.«

»Da muss es wohl sehr laut sein.«

Oder sehr hochprozentig, dachte Cozma. Die Aufregung wegen Ana, der Freund und Kollege wortlos verschwunden, da brauchte man vielleicht mehr. Er fragte, ob Cippo von Westrom Soil berichtet habe. Nein, erwiderte Dan. Während Cozma ihn ins Bild setzte, hörte er Dan auf einer Tastatur tippen, rasend schnell, die Maus klickte, die Tasten klackten, als wollte er dem Internet alles entlocken, was es jemals über Westrom Soil und die Gamans erfahren hatte.

Schließlich sagte Dan: »Wir müssen uns Gedanken machen wegen des Informationsflusses, Ioan.«

»Ja.«

»So geht das nicht.«

»Du hast recht.«

»Dass keiner was weiß außer dir und Cippo.«

Cozma beobachtete, wie ein Trupp Polizisten aus einem der Gebäude eilte. Einer hob den Daumen, sprach ins Funkgerät.

»Ich meine, dafür gibt es kleine intelligente Programme.«

»Ja«, sagte er, obwohl er nicht wusste, wovon Dan sprach.

»Und Telefone.«

»Hör jetzt auf, mich zu behelligen, Dan.«

»So geht das jedenfalls nicht.«

»Ich hab's verstanden.«

»Wenn wir schon dabei sind: Wir brauchen dich hier.«

Cozma wusste, dass er jetzt in Temeswar sein sollte. Hier, in Prenzlin, konnte er wenig ausrichten, dort womöglich mehr.

»Um fünf geht der letzte Flug«, sagte Dan.

»Ich nehme den ersten morgen früh.«

»Aha. Irgendwas, was ich noch wissen sollte?«

»Ja«, sagte Cozma.

Lisas Mörder war in Prenzlin.

Hatte auch Adrian getötet.

Zwanzig Minuten später kehrten die deutschen Einsatzkräfte zum Tor zurück, sammelten sich schweigend auf der Straße davor. Mittlerweile goss es in Strömen. Die Frau trat zu Cozma, auf ihrer Nase glänzte Schweiß oder Regen, vom Helm spritzten die Tropfen. Ihr Blick streifte ihn flüchtig. »Wir ziehen ab. Du wartest hier, die aus Krakow sind gleich da. Alles verstanden?«

»Eines nicht«, sagte Cozma. »Warum du magst mich nicht.«

»Mich nicht magst«, korrigierte sie und wandte sich ab. Überrascht sah Cozma den Schwarzgekleideten nach, bis sie hinter einer Kurve verschwunden waren. Dann war er wieder allein mit seinem Toten, seinen Gedanken, der Einnerung an die merkwürdige Angst, die ihn am Bach heimgesucht hatte und nicht wiedergekehrt war, seit er von dort aufgebrochen war.

Und wenn er einen unerklärlichen atavistischen Instinkt mit Angst verwechselt hatte? Den Instinkt, dass er in Lebensgefahr war?

Könnte sein, dass er durchs Wasser weiter ist.

Fluchend lief er los, rannte durch den Regen zum Wald, die Pistole in der Hand, hastete den nicht existierenden Weg hinab, den er gekommen war. Er fand den Bach, wenige Minuten später die Stelle am Ufer, wo er Halt gemacht hatte. Wie eine Stunde zuvor kniete er sich hin.

Tatsächlich, die »Insel« hatte sich verändert. Sie kam ihm jetzt lichter vor. Weniger dicht bewachsen.

Er stieg ins Wasser, das ihm bis zu den Oberschenkeln reichte, und watete zu dem nahen Gestrüpp. Abgeknickte Schilfhalme und lose Zweige mit Blättern hatten sich im Geäst verfangen. Auf dem Grund des Bachs waren im zähen, tiefen Schlamm Reste eines Abdrucks von der Größe eines Fußes zu erkennen. Dicht neben den Wurzeln, im Verschwinden begriffen, fünf Löcher wie von Fingern vielleicht, die sich ins Bachbett gebohrt hatten.

Der Mann, den sie jagten, hatte hier gesessen, keine zwei Meter von ihm entfernt, bis zum Hals im Wasser, der Kopf verborgen hinter Zweigen, Blättern, Schilf.

Und Cozma hatte ihn gespürt.

»Ein Ast mit einem Taschentuch«, sagte Frieder Roth, in einer Hand das Telefon, die andere am Lenkrad.

»Ein blaues Stofftaschentuch.«

»Blau, aus Stoff. Ja, steckt am Ufer in der Erde.« Er sah Cozma an. »Sie finden den Ast nicht.«

Cozma verdrehte die Augen. Nichts hielt er im Moment für unwichtiger. Bis Ergebnisse vorlägen, wäre es zu spät. Die deutsche Gründlichkeit, vermaß weit hinten, wenn ganz vorne jeder Mann gebraucht wurde. Andererseits war er dankbar für die Gründlichkeit, mit der Roth und dessen Leute nach Adrians Mörder suchten. Er selbst war nicht annähernd so gründlich gewesen.

Er war vom Bach zu dem ehemaligen Militärgelände zurückgekehrt und hatte Roth dort vorgefunden. Vollkommen durchnässt saß er nun im Streifenwagen, fror immer mehr. Die Scheiben beschlugen von innen, von draußen prasselte der Regen auf das Auto. Roth schaltete die Klimaanlage ein, rasch wurde es warm.

Die Kälte im Körper blieb.

»Ungefähr dreihundert Meter südlich der Kaserne«, sagte Roth ins Telefon.

»Geht der Bach in den See?«

Roth nickte. »Einer von zwei Zuflüssen.«

»Von wo kommt er?«

»Vom Teuchenbach. Ein kleiner Fluss. Fließt im Norden in den Inselsee und dann weiter bis Güstrow … Okay«, sagte Roth. »Sie haben's.« Er legte das Telefon auf die Mittelkonsole.

»Er ist vom See aus den Bach hoch.«

»Vielleicht ist er zurück zum See.«

»Vielleicht«, sagte Cozma skeptisch.

»Er wird jedenfalls kaum bis Güstrow durchs Wasser laufen.«

»Nein.«

»Mario und die Techniker sind noch am See. Der Gerichtsmediziner.«

»Das weiß er.«

»Ja«, sagte Roth.

Sie hatten die Abzweigung nach Prenzlin erreicht, fuhren in hohem Tempo weiter. Ein Notarztwagen kam ihnen entgegen, Blaulicht, Martinshorn. Cozma dachte, dass sie den Mann unbedingt bis zum Einbruch der Nacht haben mussten. Er war clever. Hatte er es erst einmal in die Nacht geschafft, stiegen seine Chancen.

Er sah aus dem Fenster. Der Regen und die Wolken sorgten schon jetzt für Dunkelheit, dabei war es noch nicht einmal halb drei. »Er weiß auch, dass Hunde kommen. Hubschrauber.«

Roth brummte zustimmend.

»Wohin würdest du gehen?«

»Auf einen schönen, dicken, hohen Baum.«

Cozma musste wider Willen lächeln.

»Und du?«

»Dorthin, wo wir schon gesucht haben.«

»Wir können nicht alles noch einmal durchsuchen.«

»Nicht alles. Nicht den Wald. Er wird nicht sich draußen aufhalten, wo ihn die Hunde finden.«

Roth deutete mit dem Daumen hinter sich. »Die ehemalige Kaserne?«

»Ja. Leere Häuser, verlassene Höfe. Bunker. Was alles es gibt hier.«

»Da kriegt er aber keine Geisel.«

Cozma nickte.

»Ein Krankenhaus, eine Schule«, sagte Roth, wachsendes Entsetzen in der Stimme. »Fünf Kilometer weiter ist ein Seniorenheim.«

»Ein Polizist. Ein Polizeiauto.«

»Ja.«

Sie hatten Prenzlin erreicht, bogen an der Kirche ab und hielten gegenüber vom Gemeindehaus, in dem auch die freiwillige Feuerwehr untergebracht war. Hier hatte die Kripo Güstrow die Einsatzzentrale eingerichtet. Mannschaftswagen, Streifenwagen und Zivilfahrzeuge parkten am Straßenrand, Kollegen kamen und gingen.

Sie stiegen aus, überquerten die Straße. Schon im Vorraum des Gebäudes roch es nach starkem Kaffee. Im Saal stand ein Rechteck aus Tischen mit Laptops, Landkarten, Listen. Zahlreiche deutsche Kollegen saßen an den Tischen, liefen herum, verkabelten Computer. Der Raum war schmal und lang, Cozma empfand ihn beinahe als beklemmend. Die Kassettendecke niedrig, die Wände tapeziert mit einem aus der Zeit gefallenen, verblichenen Blumenmuster, durchbrochen von dunkleren Rechtecken und Quadraten, ein fast vertrauter Anblick. Auch in Rumänien waren die Helden des Sozialismus in manchen öffentlichen Gebäuden in der Provinz noch als dunkle Flächen präsent.

»Kein Geld da für eine neue Tapete«, sagte Roth, als hätte er seine Gedanken gelesen. »Kein Interesse.« Er hob die Hand, deutete nacheinander auf die Rechtecke. »Ulbricht, Honecker, Lenin. Die anderen habe ich vergessen. Hinter dir hängt Gauck.«

Cozma wandte sich um. Ein kleines Porträt in einem großen dunklen Feld.

Roth holte Kaffee, sie setzten sich.

»Oder er kommt nach Prenzlin«, sagte Cozma. »Ins Lager vom Feind, wo niemand ihn erwartet.«

»Was soll er hier?«

»Winter ist hier.«

42

Prenzlin

DIE BEIDEN MÄNNER SASSEN seit Minuten in der dunklen Küche, klammerten sich aneinander, der Vater und Maik, in der Verzweiflung erstarrt. Im Raum hing der Geruch von feuchter Baumwolle, auf dem Holzboden unter dem Vater hatten sich Wasserflecke gebildet. Tropfnass hatte er vor dem Haus auf den Ersatzsohn gewartet, der ihm den echten wenigstens zum Teil ersetzen konnte.

Anett lehnte am Herd, neben ihr hantierte die Mutter an der Kaffeemaschine herum, wollte den Filter mit Pulver füllen, doch ihre Hände zitterten zu stark. Anett nahm ihr den Löffel ab, kurz darauf überlagerte der Duft des Kaffees wie früher alle anderen Gerüche in der Küche.

Ein Raum, beherrscht von der Vergangenheit.

Jörg und der Vater waren am Morgen immer die Ersten gewesen, vor der Wende wie danach. Schweigend hatten sie am Küchentisch gesessen, wenn Anett hereinkam, die Köpfe gebeugt, die Hände an den Tassen, krumme Rücken, wälzten irgendwelche Gedanken, die sie Minuten oder Stunden oder Jahre später mit der Marthen'schen Sturheit in die Tat umzusetzen versuchten.

Von Jahr zu Jahr hatte die Platane weniger Licht durch die Fenster gelassen.

Das vertraute Röcheln der Kaffeemaschine. Christl, die wie so oft in dieser Küche, in diesem Haus den Eindruck erweckte, sie wäre am falschen Ort. Zwei Männer, die sich nicht bewegten.

All die Erinnerungen.

Maik, der doch hierher gehörte, viel mehr als ihr Bruder. Zu ihr gehört hatte, neun Jahre lang. Der Erste überhaupt gewesen war, mit fünfzehn.

Das graue Land, ein grauer Himmel, nackte graue Körper.

Mach das Licht an, Maik.

Dann geht's vielleicht nicht.

Was geht dann nicht?

Na, was wohl.

Aber so sehen wir aus wie Mäuse. Das ist deprimierend. Außerdem siehst du ohne Licht nicht, wo du ihn reinstecken musst. Außerdem …

Was?

Will ich ihn mir mal anschauen. Wenn er so hart ist wie jetzt.

Dann geht's aber vielleicht nicht.

Er wird sich dran gewöhnen. Ich schaue ihn mir ab jetzt jeden Tag an. Morgen kennt er mich schon. Übermorgen wird er sagen: Ach, die schon wieder. In einer Woche wird er aus deiner Hose springen und rufen: Wo bleibt die Alte? Mach Licht, Maik, ja? Bitte.

Wird im Licht nicht weniger wehtun, Anett.

Im Licht tut alles weniger weh.

Doch es hatte wehgetan, der ganze Körper verkrampft, bemüht, die Emotionen auf ein erträgliches Maß zu reduzieren, um die Kontrolle nicht zu verlieren.

Sie lächelte, schaltete die Deckenlampe ein. Die Männer am Fenster bewegten die Köpfe, lösten sich voneinander, verlegene Blicke, Räuspern.

Christl sah sie an, sagte: »Ich möchte zu Jörg. Ich möchte nach Rumänien.«

»Wir fahren morgen oder übermorgen.«

»Hans wird nicht mitkommen.«

Sie nickte, betrachtete ihren Vater, der sich Tränen von den Wangen wischte.

Christl beugte sich zu ihr. »Hast du das vorhin auch gehört? Die Durchsage der Polizei?«

»Ja.«

»Hat das was mit dir zu tun?«

»Wie kommst du darauf?« Eine alberne Erwiderung. Ein übereifriger Polizist, der miserabel log, hatte die vergangene Nacht im Haus verbracht. War in der Dunkelheit immer wieder draußen herumgegangen, angeblich um zu rauchen – Zigaretten, die weder zu riechen noch zu sehen gewesen waren. Und dann, vor einer Viertelstunde, ein Anruf von Frieder für Maik. Ein kurzes Gespräch, keine Erklärung von Maik, doch sein Gesicht war auch eine Art von Erklärung gewesen. Selten hatte sie ihn so blass gesehen.

Leise erzählte sie der Mutter, dass es nicht um Adrian Lascu gehe. Dass Lascu Lisa nicht getötet habe. Der, vor dem gewarnt werde, sei jemand anders.

Christl nickte mechanisch, während die Tränen wieder liefen.

»Kaffee?«, fragte Anett in Richtung der beiden Männer.

»Hans muss sich was Trockenes anziehen«, sagte Maik.

»Verfluchtes Rumänien«, knurrte der Vater und stand auf. »Hat ihn alles gekostet.« An der Tür wandte er sich um, sah Maik an. »Du wohnst bei uns. Kannst im Haus schlafen oder drüben bei Nette, ist genug Platz. Morgen früh gehen wir schwimmen, du und ich. Schwimmen all die Jahre weg und das ganze andere.«

»Ja«, sagte Maik, suchte ihren Blick. Er wirkte seltsam verloren hier, und sie dachte, dass es jetzt ihre Aufgabe wäre, Dinge zu versprechen.

Alles wird gut, Maik.

Du wirst wieder Freude finden am Leben. Licht.

Im Licht tut alles weniger weh, Maik.

Aber sie war nicht gut darin, Versprechungen zu machen, an die man auch glauben konnte. Nicht nur Gemeinplätze und Beschwichtigungen von sich zu geben. Das hatte sie so an ihm geliebt: dass seine Versprechen nie bloße Beschwichtigungen gewesen waren. Er hatte nie beschönigt. Was wehtat, tat eben weh. Aber davor und danach, dort links und dort rechts, da unten und da oben existierte so vieles, was nicht wehtat. Was schön war. Was einen den Schmerz vergessen ließ und noch vieles mehr. Die Wurzeln eines uralten Baumes mitten im Wald, die im Licht des frühen Morgens aussahen wie ein verästeltes Flussdelta. Das schönste und exotischste Delta der Welt, hier, bei uns, in der ollen DDR … *Los, Anett, schauen wir's uns an!*

Jetzt? Nackt?

Die schlafen doch noch alle.

Sie fragte sich, ob er das Delta jetzt noch sehen würde.

»Komm«, sagte sie. »Wir suchen ein Bett für dich.«

Sie verließen das Haus und überquerten den fast quadratischen Hof. Vier Gebäude, auf jeder Seite eines. Zwei davon verfielen, die Sockel schon vom hohen Gras überwuchert. Nur das Wohnhaus und – inzwischen – die Steinscheune gegenüber wurden noch genutzt. Seit Anett zurück war, bedrängte sie den Vater, die Holzscheune und die Traktorenhalle abzureißen. Er weigerte sich. Er wollte keine Ordnung, keine Weite in das neue Leben bringen, er wollte zusehen, wie es zerbröckelte, zerplatzte, unter der Last der Jahre zusammenbrach. Nur das kleine Haus zwischen den beiden Scheunen, in dem Jörg, Yvonne und Lisa bis 2005 gelebt hatten, war verschwunden. Wenige Monate nach ihrer Abreise, hatte Christl erzählt, sei der Vater eines Morgens aufgestanden, habe die Spitzhacke geholt und begonnen, das Haus abzureißen, nein: zu zerstören, zwanzig Jahre, nachdem er es mit Jörg gebaut hatte. Im Frühjahr darauf habe er auf der leeren Fläche Gras gesät.

Anett deutete auf die Scheune, in der sie lebte. »Wir hätten dich brauchen können.«

»Ein Anruf, und ich wäre gekommen. Na ja. Vielleicht nicht.«

Sie nickte. Nicht so kurz danach.

Sie dachte gern an das erste halbe Jahr nach ihrer Rückkehr 2011. Vater, Mutter, Tochter, der eine oder andere Nachbar, nur ein Fremder, der Statiker aus Berlin. Sie hatten brüchige Steine aus den Mauern geholt, neue eingesetzt, die alten Fenster vergrößert, die Wände verputzt, das Dach verstärkt, den Heuboden herausgerissen, Träger eingezogen. Innen und außen gestrichen, eine Ferienwoche lang auch mit Lisa. Ein intensives halbes Jahr. Die Freude der Eltern, ihr eigener Elan. Keine Zeit für Wehmut, für Einsamkeit. Für die Sehnsucht nach dem Kampf.

Die waren anschließend zurückgekommen, mit Wucht.

»Wie habt ihr das bezahlt?«

»Ach, ich habe eine Weile ganz gut verdient.«

Sie waren stehen geblieben, gingen jetzt weiter. Anett öffnete die Tür, die sie ins Scheunentor gesetzt hatten, und trat ein. Nur ein einziger Raum, innen keine Wände, abgesehen vom Bad. Viel Licht, viel Platz, Weite auf hundertfünfzig Quadratmetern. So hatte sie es haben wollen. Zurückzukehren war schwierig gewesen. Es hatte verschiedener Maßnahmen bedurft, damit sie sich das Leben hier wieder vorstellen konnte.

Maik hatte sich umgesehen, ließ sich nicht anmerken, was er dachte. Fragend deutete er auf die Sitzecke mit der breiten Couch.

»Ja, da kann man schlafen«, sagte sie. »Willst du was trinken?«

»Vielleicht ein Bier.«

»Keines da.« Sie ging zur offenen Küche, holte Gläser und eine Karaffe mit Wasser. Maik hatte sich auf die Couch gesetzt, hockte ein bisschen verlegen da im hohen, weiten Raum. Sie sah, dass er sich fremd fühlte, dass ihm der Raum und sie fremd waren. Sie wünschte, sie wäre in der Lage, ihn zu trösten, das war doch jetzt ihre Aufgabe nach den neun Jahren, die er ihr damals Trost und so vieles mehr gewesen war. Aber dann dachte sie, dass sie ihn nicht trösten konnte. Er wollte nicht getröstet werden.

Sie schenkte Wasser in ein Glas, reichte es ihm, musterte ihn, während er trank. »Warum hat Frieder angerufen?«

»Vorhin? Er wollte sichergehen, dass ich die Durchsage gehört habe. Er macht sich Sorgen. Aber wann macht er sich keine Sorgen?«

»Ja«, sagte sie, stand auf und trat an das rückwärtige Fenster. Sie hätte jeden Eid der Welt geschworen, dass Maik sie bis zu diesem Moment nie angelogen hatte. Vielleicht in der Kindheit, wenn Lügen noch nichts zerstörten, Jungslügen, die nicht gezählt hatten – aber nicht in den neun Jahren ihrer Beziehung. Lügen hatten keinen Platz gehabt zwischen ihnen, hatten nicht sein dürfen. Im Land der Lügen hätte sie sie nicht ertragen. Die Wahrheit war ihre Art gewesen, ein bisschen frei zu sein.

Jetzt durften Lügen zwischen ihnen sein, dachte sie betroffen. Beschwichtigungen.

»Lüg mich nicht an, Maik, bitte.«

Er schwieg.

Der nahe Wald war unter den Wolken und dem Regen dunkel geworden, die einzelnen Bäume nicht zu erkennen. Wo auch immer der Mann aus der Durchsage sein mochte, sie fühlte sich in dem hellen Raum wie auf dem Präsentierteller. Sie ließ die beiden Holzjalousien herab und kehrte zu Maik zurück, setzte sich dicht neben ihn. »Keine Lügen, okay?«

Er blinzelte Tränen weg, sagte heiser: »Keine Lüge … Es ist nur plötzlich nicht mehr wichtig.«

»Lisa?«

Er nickte. »Lisa, alles andere. Adrian. Der, den sie suchen. Du, ich.«

Keine Lügen, dachte sie, ließ die Luft langsam ausströmen. Sie hatte vergessen, wie schmerzhaft die Wahrheit sein konnte. »Und was *ist* wichtig? Was damals mit deiner Familie passiert ist?«

Er sah sie an, lächelte unruhig. »Es passiert immer noch.«

Eine Stunde später hatte Maik erzählt, was wichtig war und was nicht mehr.

Pferde in Blåvand. Der Mörder Lisas und Adrians in Prenzlin, vielleicht auf der Suche nach ihm.

Vorgebeugt saß er da, die Ellbogen auf den Knien, verschwitzt, erschöpft. Anett dachte, dass er noch einen weiten Weg vor sich hatte, tief in den Schmerz hinein. Rumänien war ein Umweg gewesen, der Versuch zu fliehen. Jetzt wollte er nicht mehr fliehen. Die Kinder waren drüben im Haus. Er wollte zu ihnen, bei ihnen sein, wenn sie für immer gingen. Sie dachte, dass sie ihn gern begleiten würde. Auch sie hatte ja viele Umwege gemacht und versucht zu fliehen. Auch sie musste noch in den Schmerz von damals hinein – die Depressionen im engen Land, die wirren, endlosen Kämpfe. Die Trennung von Maik.

Musste den Kern erkennen. Herausfinden, wer und was sie war. Außer dem wilden Mädchen von damals, das liebte, ohne es sagen zu können.

Sie hatte die Hand auf seine Schulter gelegt wie früher, eine vertraute, freundschaftliche Berührung, die auch ein wenig für Distanz sorgte.

Es fiel ihr schwer, Distanz zu halten.

Die Sehnsucht nach Nähe zuzugeben. Wie früher.

Sie sagte nichts. Keine Gemeinplätze, keine Beschwichtigungen. Keine Lügen. Schon gar nicht die Wahrheit.

Ein zaghaftes Klopfen an der Tür, und sie dachte: nicht stören, Christl. Bitte.

Ihre Mutter trat ein, brachte eine Thermoskanne mit Kaffee. »Bis morgen ist er kalt«, sagte sie, und es klang auf eine merkwürdige Weise traurig. Unter dem Arm hielt sie das Fotoalbum. Anett schüttelte unauffällig den Kopf, bitte nicht, der falsche Moment … Wenn du ihm helfen willst, dann nimm es wieder mit.

Aber Christl verstand nicht. »Für dich, Lieber«, sagte sie und legte das Album auf den Tisch vor Maik.

»Keine gute Idee«, sagte Anett scharf.

»Nein? Aber ich dachte …«

»Nicht jetzt, Christl. Nimm es wieder mit, ja?«

Doch Maik hatte den Albumdeckel schon aufgeschlagen und blickte auf die Gesichter von Emmy, Leon, Claudia.

Auf die Todesanzeige daneben.

43

Nahe Prenzlin

NUN WAR ER ALSO SELBST zum Fisch geworden, dachte Petre Fuia.

Erst zum Fisch, dann zur Ratte.

Erst der Bach, und jetzt der Abwasserkanal einer verlassenen Kaserne, in dem zahllose Ratten an ihm vorbeiwimmelten. Zum Glück floss kein Wasser mehr durch die Schächte. Jemand hatte ein Einsehen mit ihm gehabt. Noch mehr Wasser, und er hätte sich aufgelöst. Abgesehen davon hätte er den Gestank nicht ertragen. Er hasste Gestank.

Und die Schuhe des Scheißkerls, die ihm zu klein waren.

Die Enge hier unten.

Petre Fuia hasste geschlossene Räume fast so sehr, wie er geschlossene Schuhe hasste. Alles, was den Körper einsperrte. Er hatte zu viele Tage und Nächte in geschlossenen Räumen verbracht.

Im Bach dagegen hatte er sich wohlgefühlt. Fast eineinhalb Stunden hatte er da gesessen, das Wasser bis zum Kinn, war mehr und mehr verschrumpelt. Kalt hatten es die Fische. Dafür sauber. Ruhig sowieso.

Dann war der Mann gekommen. Ein Bulle, natürlich. Hatte sich am Ufer das Gesicht gewaschen. Keine zwei Meter entfernt, hinter Schilfhalmen und Zweigen verborgen, Gesicht und Kopf mit Schlamm bedeckt, hatte Petre Fuia sich bereit gemacht. Das Beste, was ihm hätte passieren können: eine Geisel – noch dazu ein Bulle.

Als der Mann abrupt aufsprang und die Pistole aus dem Holster riss, fuhr ihm der Schreck in die Glieder.

Aber der Bulle hatte ihn nicht bemerkt.

Als Petre Fuia wieder klar denken konnte, ging der Mann schon weiter.

In sicherem Abstand folgte er ihm im Bach, was ihm fast zum Verhängnis geworden wäre. Urplötzlich tauchten fünfzig Meter weiter zwei Dutzend Uniformierte auf. Schutzwesten, Helme, MPs.

Im Wasser hockend wartete er. Eine halbe Stunde später zogen die Uniformierten ab, und der Bulle lief allein in den Wald zurück.

Also keine Geisel. Zumindest vorerst nicht.

Er war über den Zaun auf das Gelände geklettert, mit durchnässter Kleidung und verschrumpelten Händen keine einfache Übung. Im strömenden Regen hatte er sich einen halbwegs verborgen liegenden Gullideckel gesucht und war zu den Ratten hinuntergestiegen.

Hinab in die Enge ganz unten.

Wenn man geschlossene Räume hasste, war ganz unten keine Option. Schon gar nicht in geschlossenen Schuhen.

Er stand auf, trat nach den Ratten und kletterte auf den in der Wand befestigten Sprossen nach oben. Etwa fünf Meter unterhalb des Gullideckels hatte er beim Abstieg einen kleinen Vorsprung gesehen, dort machte er es sich gemütlich.

Der Bulle hatte ihn auf eine Idee gebracht. Wenn er eine Zukunft als freier Mann haben wollte, brauchte er eine Geisel. Im Idealfall eine, die Rumänisch verstand. Und da gab es zum Glück einen Kandidaten in Prenzlin. Er musste ihn nur finden.

Immerhin wusste er, nach welchem Auto er suchen musste.

Später versuchte er, den Boss anzurufen, doch der ging nicht ans Telefon. Wieder und wieder wählte er die Nummer. Schließlich war es noch nie vorgekommen, dass der Boss nicht ans Telefon ging. Selbst wenn er unter der Dusche stand, nahm er ab. Selbst wenn er auf dem Klo saß. Und wenn er doch mal nicht konnte, ging eben seine Frau dran.

Jetzt ging niemand dran.

Petre Fuia stieg nach oben, bis er mit dem Kopf den Gullideckel berührte. Doch auch von hier oben aus nahm niemand ab. Ratlos kletterte er wieder zu seinem Vorsprung hinunter. Er brauchte den Boss, er hatte sonst ja niemanden, abgesehen von seinem Onkel, doch der konnte ihm nicht helfen. Außerdem hatte er beschlossen, dem Boss noch eine Chance zu geben, obwohl der jemanden zu ihm geschickt hatte mit einer Tasche, in der sicherlich kein Geld gewesen war.

Also versuchte er es ein tausendstes Mal – und endlich klappte es.

Aber der Boss zeigte sich enttäuscht. »Wir hatten eine Vereinbarung, Petre«, sagte er. Er atmete schnell, er schien in Eile zu sein. »Unser Freund hat stundenlang auf dich gewartet. So etwas darf nicht passieren. Unzuverlässigkeit können wir nicht brauchen.«

»Ich war nicht da. Ich *bin* nicht da.«

Der Boss schwieg.

»Ich bin in Deutschland.«

Der Boss schwieg noch immer.

»Problem gelöst«, sagte Petre Fuia stolz. »Der kommt nie wieder nach Temeswar.«

»Gut«, sagte der Boss, aber es klang nicht glücklich, sondern noch eiliger. Fast gehetzt.

»Was nicht passieren darf, wird nicht passieren«, sagte Petre Fuia. »Keiner muss verschwinden. Ist ja keiner mehr da, der reden kann und identifizieren.«

»Gut, gut. Und jetzt?«

»Jetzt komme ich nach Hause. Also, sobald ich kann.«

»Besser nicht, Petre. Wir haben hier ein Problem.«

»Das löse ich, das Problem.«

»Nein, besser du verschwindest für eine Weile.«

»Und wer löst dann das Problem? Unser Freund?«

»Der oder ein anderer. Du bleib mal besser im Ausland, Petre.«

»Ich habe kein Geld fürs Ausland dabei.«

»Fahr nach Berlin. Gegenüber von unserer Botschaft …«

»Welches Berlin?«

»Es gibt nur noch eins. Gegenüber von unserer Botschaft ist ein kleines Hotel. Die Mauern sind blau, vor dem Eingang steht eine kleine Skulptur, eine nackte Frau. Dort nimmst du dir ein Zimmer. Morgen Abend kommt jemand und bringt dir deine hunderttausend Euro.«

»Ja«, sagte Petre Fuia und dachte: noch ein »jemand« und »ein anderer«. Wie viele Jemands und Andere und Freunde gab es, ohne dass er von ihnen wusste? Was wusste er überhaupt? Warum vertraute er dem Boss? Einmal hatte der ihn schon verschwinden lassen wollen. Morgen im Hotel mit der nackten Frau sollte wieder Endstation sein.

Trotzdem wollte er zurück in die Heimat. Dem Boss helfen, Probleme zu lösen.

Und in Liebling war der Onkel. Er *musste* zurück.

Den Onkel beschützen.

»In einem halben Jahr meldest du dich, und wir sehen weiter«, sagte der Boss.

»Ja«, sagte Petre Fuia.

Sie legten auf.

Petre Fuia begriff, dass er auf sich allein gestellt war, wenn er nicht in Berlin in einem Hotel sterben wollte. Doch allein würde er die Heimat und den Onkel nie wiedersehen.

Eigentlich hatte sich nichts geändert. Er brauchte eine Geisel.

44

Prenzlin

UND DANN WAR mit einem Mal alles anders.

Cozma saß in der Einsatzzentrale und trank miserablen Filterkaffee, in einer viel zu weiten Cordhose und riesigen Stiefeln von Frieder Roth, die dessen Frau gebracht hatte, weil er weder eine zweite Hose noch ein zweites Paar Schuhe mitgenommen hatte. Da rief Dan an – sie hatten Cippo noch immer nicht gefunden. Ein Zeuge hatte gesehen, wie er das Büro von Westrom Soil gegen halb zwölf betreten hatte. Dan und die Kollegen hatten die Türen um Viertel nach eins verschlossen vorgefunden. Niemand hatte geöffnet, niemand war ans Telefon gegangen. Auch Cippo nicht. Der Dienstwagen, den er benutzt hatte, stand noch in der Nähe von Westrom Soil.

Cozma rieb sich die Stirn. Ein grauenvoller Verdacht beschlich ihn. Erst der Mann in der Iulius Mall und die Kopie des Formulars aus den achtziger Jahren, jetzt Cippo. Zwei Warnungen? Du hast den gewünschten falschen Weg verlassen. Kehr um.

Zerrte der Strippenzieher an den Fäden?

Er musste zurück nach Temeswar, dachte er.

Nur mit halbem Ohr hörte er zu, während Dan berichtete, dass sie den grünen Polo gefunden hätten. Zumindest das, was davon übrig sei – ein handliches Paket aus Metall auf dem Hof eines Schrotthändlers in Fabric. Ein Unbekannter habe den Wagen vor zwei Tagen dorthin gebracht. Ein falscher Name, keine Überwachungskamera, keine Spur.

»Ja«, sagte Cozma. »Wart ihr in seiner Wohnung?«

»Cippos Wohnung? Nein.«

»Geht rein. In meinem Schreibtisch liegt ein Zweitschlüssel, oberste Schublade. Habt ihr die Privatadresse der Gamans?«

»Ovidiu und Maria sind dort, observieren sie.«

»Auch da geht ihr rein. Und durchsucht die Büros von Westrom Soil. Sag Paul Bescheid, er soll sich um die Beschlüsse kümmern. Sag ihm, sie tauchen ab. Sag ihm, möglicherweise wissen sie, wo Cippo ist.«

»Ja.«

»Wann ist der Flieger um fünf in Temeswar?«

»Einundzwanzigvierzig. Zwischenstopp in München.«

»Sorg dafür, dass mich jemand abholt.« Er sah auf die Uhr, Viertel nach drei. Er stand auf, ging zu Frieder Roth hinüber, der in der Küche an der Kaffeemaschine stand, in der einen Hand ein Sandwich, in der anderen eine Tasse, erklärte die Lage.

»Bis fünf schafft ihr es. Ich rufe den Flughafen an.« Roth telefonierte, dann gingen sie vor das Gebäude, um auf Mario zu warten. Cozma rauchte, Roth aß die Reste seines Sandwichs. Anschließend schob er die Hände in die Uniformjackentaschen und sagte bedauernd: »Hätte mich gern noch mit dir ausgetauscht.«

»Worüber?«

»Die Zeit vor der Wende. Was man so erlebt hat vor neunundachtzig.«

»Wände? Wie Mauern?«

Roth lachte, es klang erleichtert. »Mit ›e‹. Von … Ich weiß nicht. Wenden. Wie Umkehren. Man läuft in die eine Richtung, dann wendet man und läuft in eine andere Richtung.«

»Wenn es so einfach gewesen wäre.«

»Einfach nicht, dafür friedlich. Eine friedliche Revolution.«

»Richtig, ihr hattet keine Toten.«

»Vorher und nachher schon.«

»Nachher?«

»Selbstmorde. Stasi-Leute, Offiziere. Parteikader. Und bei euch?«

Cozma drückte die Zigarette an einem nahen Mülleimer aus, sagte: »Über tausend. Die meisten erst nach der Hinrichtung von Ceaușescu am 25. Dezember. Ist noch nicht ganz klar, was genau geschehen ist. Welche Rolle haben Ceaușescus Gegner in der Kommunistischen Partei, das Militär, die Securitate gespielt. Deshalb nennen es die einen ›Revolution‹, die anderen ›Staatsstreich‹.«

»Bei uns wollten sie, dass man nicht ›Wende‹ sagt, sondern ›friedliche Revolution‹. Aber die meisten sagen ›Wende‹.« Roth lachte trocken.

»Wörter sind wichtig. Namen. Sie lassen alles in einem bestimmten Licht scheinen.«

»Was wirklich war, ist wichtig«, widersprach Roth. »Wenn man das weiß, sollte es egal sein, wie man es nennt.«

»Wie soll man es wissen, wenn die einen sagen das Gegenteil von dem, was die anderen sagen?«

Sie schwiegen. Cozma sah zu, wie der Regen fiel, schräg im leichten Wind, in den Dellen der Straße standen Pfützen. Was man so erlebt hatte vor neunundachtzig, dachte er, und ihm wurde bewusst, dass es auch Frieder Roth schwerzufallen schien, darüber zu sprechen. Sie hatten sich über Begrifflichkeiten ausgetauscht, mehr konnte im Moment nicht gesagt werden an diesem Ort, in diesen Minuten. Er warf einen Blick auf Roth, fragte sich, was es da zu erzählen geben mochte. Roth war Mitte vierzig, 1989 war er höchstens zwanzig gewesen, vielleicht schon Polizist, aber noch so jung.

»Keine Zeit mehr, um sich auszutauschen.« Roth nickte in Richtung Dorfende, wo ein Scheinwerferpaar aufgetaucht war, das sich rasend schnell näherte. »Hab nie darüber gesprochen. Du?«

»Gestern zum erste Mal seit viele Jahre.«

»Sollte man wahrscheinlich machen, darüber sprechen.«

»Vielleicht am Telefon?«

Roth nickte, wirkte zufrieden. »Mal geskypt?«

»Nein.«

»Ich skype mit dem Sohn. Ist nach Berlin gegangen. Man sieht sich beim Skypen, das ist besser, als nur zu telefonieren.«

»Gut. Dann lass uns …«

»Skypen. Hast du jemanden, der es dir erklärt?«

»Ja.«

Der Streifenwagen hielt vor ihnen, Wasser spritzte in alle Richtungen. Sie reichten sich die Hand.

»Hat mich gefreut«, sagte Roth.

»Mich auch.« Cozma berührte seinen Arm. »Ihr kriegt den heute Nacht.«

»Man wird sehen.«

Er lief zum Wagen, war schon wieder halb durchnässt, als er sich auf den Beifahrersitz fallen ließ.

»Anschnallen und gut festhalten«, sagte Mario.

45

Im Süden des Kreises Timiş

ZUM ZWEITEN MAL INNERHALB weniger Tage tauchten in der Tiefe vor Ana Desmerean Coruia und Marthens Flächen auf, nur ein kleiner Umweg auf dem Flug zum Banater Gebirge. Nichts schien sich verändert zu haben. Die grünen Traktoren, die Winterraps aussäten, die kaum zu erkennenden Steinhäuschen des Dorfes, der Wald, zweigeteilt von der Nationalstraße. Das Herzklopfen, wenn sie an Jörg Marthen dachte, vielleicht ein wenig diffuser als sonst, weil sie auch an Ciprian Rusu dachte.

Der schreckliche Fluss …

Dann wieder Felder und mittendrin Marthens Hofstelle. Auch hier Traktoren, Arbeiter, auf der Straße zum Betrieb ein Lkw. Alles wie vorgestern. Und doch hatte sich Marthens Leben drastisch geändert.

Lisa am Fluss.

Ciprian Rusu hatte es beschrieben. Beschreiben müssen, nach vier Gläsern Wein. Hatte sich plötzlich an die Stirn gefasst, Tränen in den Augen, die Stimme ein Flüstern: *Das Mädchen geht da nicht mehr raus, Frau Desmerean. Lisa. So viele Stichwunden, all das Blut. Der Körper ganz verdreht, kaputt gemacht. Ein junges, unschuldiges Mädchen, vollkommen zerstört. Ich kann das nicht mehr, Tötungsdelikte. In meinem Kopf möchte ich andere Bilder haben. Inseln im Mittelmeer. Venedig. Paris. Ein Mopsgesicht. Mögen Sie Hunde?*

Eher nicht.

Die Welt von oben, wie Sie sie sehen, das müssen schöne Bilder sein. Die Felder, die Flüsse. Unsere Karpaten.

Blühende Sonnenblumen auf einem Dreihundert-Hektar-Feld. Von oben sehen sie aus wie schlafende Geparden.

Schlafende Geparden! Eine schöne Vorstellung!

Sie hatte Ciprian Rusu eingeladen, einmal mit ihr zu fliegen. Sie würde sich Mühe geben, ihm schöne Bilder zu schenken, die das Grauenvolle überlagerten. Ihm die Luft zugänglich zu machen, in der für sie seit Viorel alles freundlich und einfach war. Sie fand, er hatte es verdient. Obwohl er zu viel aß, zu viel trank, zu viel sprach und schon zu lange allein war und nicht mehr wusste, wie man mit Frauen umging, die man mochte.

Vielleicht ja gerade deshalb, dachte sie.

Viel Zeit bliebe nicht dafür, zwei Monate. Ab Dezember würde ein anderer die Robinson fliegen, in einem anderen Land, für einen neuen Traum, in dem sie keinen Platz mehr hatte.

Um vier landete sie in einer Furche zwischen bewaldeten Hängen, auf einem matschigen Weg über Garlişte, einem Dorf am Fuß der Berge. Sie ließ das Triebwerk im Leerlauf abkühlen, schaltete es ab und kuppelte den Rotor aus. Minutenlang stand sie im Gras, blickte über den Ort auf die Hügel jenseits des schmalen Tals. Dort drüben hatte sie als Sechsjährige um Mitternacht auf einer Weide gestanden, umgeben von schwarzen Bergen und schwarzen Ängsten, und auf Viorel gewartet, der sie aus dem Land bringen sollte, nachdem ihre Eltern verschleppt worden waren. Das Brummen eines Motors im dunklen Himmel über ihr hatte sie erlöst. Nun war sie zurückgekehrt, fünfunddreißig Jahre später, um zu erfahren, ob die Eltern in einem nicht gekennzeichneten Waldgrab über Garlişte lagen.

Wie damals riss Motorengebrumm sie aus ihren Gedanken. Im Konvoi kamen die Autos der IICCMER-Leute den Weg vom Dorf herauf. Teodor reichte ihr die Hand, die anderen nickten ihr zu. Während sie dem Weg, der jetzt kaum mehr als ein Pfad war, in den

Wald hinein folgten, erzählte er. In einem Sommer Ende der siebziger, Anfang der achtziger Jahre hatte ein Dorfbewohner von hier oben einen Kleinbus heraufkommen gesehen. Im letzten Moment hatte er sich versteckt. Dort, wo ihre Wagen standen, hatte der Bus gehalten. Die Insassen waren ausgestiegen, mehrere Männer, vermutlich Securitate-Agenten, außerdem vier Gefangene – drei Männer, eine Frau. Mit Schaufeln war die Gruppe im Wald verschwunden. Kurz darauf hatte der Zeuge Schüsse gehört, dann waren die Agenten ohne die Gefangenen zurückgekommen. Letztes Jahr war dem Zeugen die Ehefrau verstorben, und nun hatte er Zeit, sich an Vergangenes zu erinnern. Er war sehr alt, verließ das Haus nicht mehr. Saß in seinem Wohnzimmer und versuchte, der Flut der Erinnerungen Herr zu werden.

»Machen Sie sich keine allzu großen Hoffnungen«, sagte Teodor wie immer.

Ana schüttelte wie immer den Kopf. »Hoffnungen« war ohnehin das falsche Wort. Es war für die winzige Möglichkeit reserviert, dass die Eltern noch am Leben waren nach fünfunddreißig Jahren Schweigen.

Der Weg gabelte sich, sie folgten dem abwärts führenden Pfad, balancierten auf Steinen über einen Bach. Am anderen Ufer sagte Teodor: »Zehn Schritte, dann rechts. Hinter einem Ahorn-Baum.«

»War er hier? Der alte Mann?«, fragte Ana.

»Am Tag danach. Hinter dem Ahorn war der Erdboden frisch umgegraben.«

»Und er hat nichts unternommen?«

»Kaum einer hätte damals etwas unternommen.«

Sie fanden den Baum. Dahinter lag eine fast ebene Fläche von drei auf drei Metern, schon im Halbdunkel. Teodor schritt von dem Baum aus ein Rechteck von vier Quadratmetern ab, steckte an den Ecken Holzstäbe in den Erdboden und spannte eine Schnur darum. Zwei Männer montierten Fotolampen auf Stative, die den abgetrennten Bereich erhellten. Teodor stieg über die Schnur, setzte die

Schaufel an und begann zu graben. Vier Männer halfen ihm, ein weiterer fotografierte, einer filmte. Niemand sprach.

Um sie herum wurde es dunkel. Nur die Ausgrabungsstelle lag im Licht.

Als eine Grube von dreißig Zentimetern Tiefe ausgehoben war, hielt Teodor inne. »Weiter mit den Handschaufeln«, sagte er.

Dann war es so weit. Das Licht fiel auf eine zersprengte Schädeldecke.

Teodor legte ausgebleichte Armknochen frei. Hüftgelenkspfannen ragten halb aus der Erde. Beinknochen. Eine Wirbelsäule.

Daneben das Gleiche. Und noch einmal. Und noch einmal. Die Mörder hatten sich die Mühe gemacht, die Leichen ordentlich nebeneinander ins Grab zu betten.

Fröstelnd trat Ana auf der Fußseite an die Schnur.

Nicht, dachte sie.

Nicht ihr, bitte.

Angstvoll ließ sie den Blick über die Skelette gleiten. Eines war deutlich kleiner als die anderen. Zu klein?

Alle bis auf Teodor hatten die Grube verlassen. Er kniete nieder, steckte oberhalb der Schädel Kerzen ins Erdreich und zündete die Dochte an. Dann schob er das Basecap in den Nacken, blieb sekundenlang hocken. Ana sah Erschöpfung in seiner Miene. Fassungslosigkeit. »Die Frau«, sagte er leise und deutete auf das Skelett rechts außen.

»Ich glaube, sie ist zu klein«, flüsterte sie.

»Denke ich auch.«

Einer seiner Leute beugte sich nach unten, legte einen Meterstab neben das Skelett der Frau. »Höchstens einsfünfundfünfzig.«

Ana nickte. Ihre Mutter war einsfünfundsechzig gewesen.

»Tut mir leid, Ana«, sagte Teodor.

Sie holte tief Luft, spürte unendliche Erleichterung. Nicht die Eltern. Andere Tote.

»Dem hier haben sie noch die Hand gebrochen«, sagte der Mann mit dem Meterstab. Er deutete auf das Skelett neben der Frau. Der linke Arm ausgestreckt, die Hand auf Hüfthöhe, vom festen Erdreich gehalten. Deutlich war zu erkennen, dass alle Finger gebrochen waren. Die Knochen waren krumm.

Als hätten sie sich auf halber Strecke entschieden, in eine andere Richtung zu wachsen.

Ana nickte, sah nichts mehr vor Tränen.

Sie hatte Viorel gefunden.

46

Prenzlin

EIN UMS ANDERE MAL hatte Winter Christls Fotoalbum durchgeblättert, unter dem Ansturm der Erinnerungen mit den Händen über die verlorenen Gesichter und Körper gestrichen, beglückt und verstört zugleich. Hatte die Kinder noch einmal aufwachsen gesehen, im Wochenend- und Ferienrhythmus größer, ernster, selbstständiger werdend. Leon mit seiner Leidenschaft für Fahrzeuge aller Art, von Anetts verrostetem Liliput-Dreirad mit Handbremse aus den siebziger Jahren bis zu dem monströsen gelben Kasimir, den sie eines Sonntagmorgens heimlich in Ralf Dreses Garten bestiegen hatten, begleitet von Christl, die vor Nervosität lauter verwackelte Fotos geschossen hatte. Leon, der so viel herumalberte, lachte, Grimassen schnitt. Dagegen Emmy hinter ihren Büchern, später hinter Zeitungen, die Stirn gerunzelt, während sie versuchte, das Elend der Welt zu begreifen, großformatige Papierbögen bemalend, auf denen ihre bunten Fantasiewelten entstanden. Emmy mit dem Hofhund schmusend, auf einem Pferd oben bei Güstrow, in der dunklen Küche der Marthens ins Gespräch mit Hans versunken. Selten einmal war sie unbeschwert gewesen, hatte gestrahlt, auch im Haus in Prenzlin. Dann die letzte Seite mit Fotos, Emmy und Leon am Abend vor dem Unfall, sie saßen bei der Kuchenoma und dem Baumopa am Küchentisch und aßen Arme Ritter.

Dann ein weiteres Mal die Todesanzeige.

Dann nur noch leere Seiten.

Er war aufgestanden, musste sich bewegen. Langsam ging er an einer kahlen Wand entlang. Auf der anderen Seite ein Schreibtisch, Bücherregale, das abgetrennte Badezimmer, ganz hinten im Halbdunkel weiße Kleiderschränke und ein Doppelbett.

Er wandte sich ihr zu. Sie saß noch auf der Couch, war in eine Ecke zurückgewichen, die Beine angezogen. Seit fast einer Stunde war kein Wort gefallen. Er ging zur Sitzecke zurück. »Ich habe niemals nachgelesen, was damals genau passiert ist.«

Sie räusperte sich. »Warum auch?«

»Ich wollte es nicht wissen. Nicht eine Sekunde lang.«

»Und jetzt?«

Er bückte sich, nahm seine Tasse, trank kalten Kaffee. »Jetzt schon.«

»Dann frag, Maik.«

»Waren sie die Einzigen?«

Sie schüttelte den Kopf. »Elf insgesamt.«

Elf Tote, dachte er. Außer seinen drei weitere acht Menschen, die für immer fehlten. Er ging in die andere Richtung, an den Sesseln und der Couch vorbei, dem großen Fenster hinter Holzjalousien. Auch die Küche in Weiß, Ikea, aufgeräumt, ein Unterschrankblock als Insel mit Arbeitsplatte, davor zwei Barhocker.

»Irgendjemand hat an der Unfallstelle ein Kreuz aufgestellt«, sagte Anett hinter ihm. »Man sieht es von der Autobahn aus. Ein Holzkreuz mit elf Nägeln.«

Winter nickte, ohne sich umzudrehen. Regen trommelte auf das Scheunendach, er spürte die klamme Feuchtigkeit. Emmy hatte »Regenkonzerte« veranstaltet, Töpfe und Schalen unterschiedlicher Größe im Regen mit dem Boden nach oben auf die Terrasse gestellt und durchnässt den »Klängen« zugehört, die die Tropfen produzierten. Einem geheimnisvollen »Rhythmus«.

»Elf Tote, dazu hundertdreißig Verletzte«, sagte Anett. »Kurz danach gab es ein Tempolimit auf dem Abschnitt, das haben sie wieder kassiert. Nichts hat sich geändert, außer dass auf dem Acker jetzt Winterungen angepflanzt werden.« Da war sie wieder, die Wut von damals, wenn auch in abgeschwächter Form. Ohne die Bereitschaft, aufs Ganze zu gehen.

»Du hast dich informiert.«

»Ja. Aber nicht unmittelbar danach.« Erst, sagte sie, streckte sich, habe sie zurückkommen müssen. Heimkommen nach zwanzig Jahren, ein langwieriger Prozess. Ein Haus für sich zu bauen – sie machte mit den Fingern Anführungzeichen – habe dabei geholfen. Winter verstand, was sie meinte. Er hätte keinen Cent darauf gewettet, dass Anett Mecklenburg jemals wieder betreten würde, von Prenzlin ganz zu schweigen. Dasselbe galt für ihn.

Es war anders gekommen.

Er umrundete die Kücheninsel, die Hand auf dem kühlen Marmor. »Ich erinnere mich an den Geschmack von sandiger Erde im Mund. Überall war … Sand. Erst dachte ich, das muss ein Sandsturm sein, aber hier oben im Norden? Es *war* ein Sandsturm, richtig? Der Wind hat den Sand von den Äckern geweht.«

»Ja.«

»Ein Sandsturm in Mecklenburg.«

»Es musste irgendwann passieren.«

»Wegen der großen Schläge?«

»Auch, ja. Dreißig, vierzig arrondierte Hektar, der ganze Kunstdünger, Monokulturen, die erodierten Böden, dann die Trockenheit in den Wochen davor, der Wind an dem Tag selbst, und der Bauer grubbert den Acker … Also trägt der Wind die oberste Krume mit neunzig Stundenkilometern ab, und so wird eben ein Sandsturm daraus. Kein Baum, keine Hecke zwischen den Parzellen, weil es ja keine Parzellen mehr gibt, kein Feldgehölz, nichts, was ihn abgebremst hätte. Und die Hecke am Feldrain haben sie 2007 abgeholzt, vor dem G8-Gipfel in Heiligendamm.«

»Es gab eine Hecke?«

»Sie wollten die vorbeifahrenden Politiker schützen. Vier Jahre später krachen dort fünfundachtzig Autos ineinander, dreißig brennen aus, elf Menschen sterben, und niemand wird zur Verantwortung gezogen außer ein paar traumatisierten Autofahrern, die zu schnell waren.«

Winter nickte matt. Eine einzelne Hecke hätte nicht viel gebracht, dachte er. Zumal im April, wenn keine Blätter dran waren. Andererseits hätte sie dem Sturm vielleicht die entscheidende Wucht genommen. Seine Richtung minimal verändert. »Ich war auch zu schnell. Hätte früher …« Er brach ab. Früher bremsen sollen. Gar nicht erst losfahren sollen. Auf die Kinder hören sollen.

Wir wollen nicht nach Dänemark.

»Du weißt, dass das Blödsinn ist.«

Er ging zur Couch zurück, ließ sich neben Anett nieder. Sie legte die Hand auf seine Schulter, und er spürte, wie unruhig sie war. Er fragte sich, was sie dachte, was sie empfand. Musste unwillkürlich lächeln, alles wie damals, auch damals hatte er sich laufend gefragt, was sie wollte, was sie fühlte, weil sie es sich nicht hatte anmerken lassen.

»Was ist?«

»Ich frage mich, was dir durch den Kopf geht. Wie damals.«

Sie lachte freundlich. »Glaub nicht, dass du mich so ins Bett kriegst.«

»So?«

»So wie früher.«

»Früher habe ich meistens gespürt, was in dir vorging.«

»Jetzt nicht?«

»Nein.«

»Weil es nicht mehr wichtig ist?«

»So würde ich es nicht ausdrücken. Es ist einfach … überlagert.«

Sie zog die Hand zurück, konnte die Enttäuschung nicht verbergen.

Winter schloss die Augen und lauschte auf den Regen. Er hatte bei Emmys »Konzerten« nie gehört, was sie gehört hatte, ein großes, sinnvolles Ganzes. Sie war, anders als er, immer auf der Suche nach Sinn gewesen, nach einer Verbindung zwischen den einzelnen Ereignissen.

Das ist der Raplotzki-Marsch. Die Wolken-Sinfonie. Der Papa-Walzer.

Er öffnete die Augen, fragte: »Wer hätte denn zur Verantwortung gezogen werden müssen?«

»Der Betrieb, der für den Zustand der Felder verantwortlich war.«

»Dann wäre Landwirtschaft ein unkalkulierbares Risiko.«

»Ach was. Es war politisch nur einfach nicht opportun. Wenn es ein kleinerer Hof gewesen wäre, hätte die Staatsanwaltschaft weiterermittelt. Aber so? Ein LPG-Nachfolger, über zweitausend Hektar in der Region, jedes Jahr fast eine Dreiviertelmillion Euro Subventionen … So einen Betrieb überlässt man nicht der Justiz, die Politik hält die schützende Hand darüber, und dann heißt es eben: kein Anfangsverdacht. In den Landwirtschaftsministerien und Bauernverbänden im Osten sitzen viele ehemalige DDR-Agrarfunktionäre, das ist die Lobby der ostdeutschen Großbetriebe. Warum ist so wenig passiert, als herauskam, dass die meisten LPG-Umwandlungen nicht rechtskonform waren? Dass in vielen Fällen betrogen worden ist?«

Winter lächelte still. Er hatte sie bewundert, geliebt, gefürchtet für ihre Kampfeslust, auch wenn die damals manische Züge getragen hatte. Jahrelang war Anett am Rand der Depression und Verzweiflung gewandelt. Nur der Widerstand gegen alles, was sie einzuschränken gedachte, hatte sie davor bewahrt.

»*Wir* sind betrogen worden, Maik. Meine Familie.«

Er nickte.

»Hier, auf dem Land, hat sich das System über die Wende gerettet. Hat uns wieder betrogen. Unsere Familie zerstört.«

»Und so kämpfst du noch immer gegen die DDR, fünfundzwanzig Jahre nach ihrem Untergang.«

»Ja«, sagte Anett. »Die innere, die äußere. Egal, wo ich bin.«

Es klopfte an einem der vorderen Fenster, ein Gesicht näherte sich der Scheibe, ein Mützenschirm, Frieder Roth.

Anett stand auf, ging zur Tür.

»Wollte nur mal nach dem Rechten sehen«, sagte Frieder, blieb im Eingangsbereich stehen und tropfte den Steinboden nass. »Und dich noch mal warnen, Maik. Cozma denkt …«

»Schuhe aus, bitte«, sagte Anett.

»Ich kann nicht bleiben.« Trotzdem streifte er die Stiefel ab. »Cozma ist davon überzeugt, dass sich der Kerl eine Geisel suchen wird. Anders kommt er hier nicht raus. Und da er dich kennt …« Frieder zuckte die Achseln.

Anett holte einen der Barhocker, stellte ihn neben Frieder. Ächzend setzte er sich darauf, einen Fuß am Boden.

»Woher soll er wissen, dass ich in Prenzlin bin? Dass ich hier bin?«

»Man darf ihn nicht unterschätzen.«

»Weil ihr ihn nicht findet? Weil ihr zulasst, dass ein Mörder durch Prenzlin läuft?«

Frieder nickte nur. Er war blass, wirkte erschöpft und abgekämpft, schien keine Lust auf Streit zu haben. Schweigend saß er da, die Mütze in den Händen, blickte von Winter zu Anett, machte sich vielleicht einen Reim auf das, was er sah. Winter fragte sich, was das sein mochte. Was sah man, wenn man Anett und ihn beobachtete?

»Wir haben ihn unterschätzt. Den Jungen hat er auch erwischt.«

Adrian, dachte Winter.

Auch das war nicht mehr wichtig, war überlagert vom Tod seiner Kinder. Er beugte sich vor, rieb sich die Schläfen, fragte sich, was mit ihm geschah, wenn selbst die Morde an Lisa und Adrian nicht mehr wichtig waren. Wenn er nicht mehr zu Empathie fähig war.

»Und wenn er hier jemanden hat, der ihm hilft? Einen der Rumänen bei der ROGA?«

»Sieht nicht so aus. Die Kripo hat sie vernommen.«

»Die Typen von Gerd?«

»Tun nichts, was Gerd nicht anordnet. Wir sind nicht dumm, Maik.« Frieder hüstelte, sagte dann, sie wüssten, dass Adrians Mörder am Vorabend gegen 22.30 Uhr in Tschechien einen Wagen gestohlen habe. Er müsse also zwischen ein und drei Uhr morgens in Prenzlin eingetroffen sein. Offenbar sei er »Gerds Leuten« zum Runden See gefolgt. Anders lasse sich nicht erklären, dass er Lascu dort gefunden habe. Frieder schwieg, seine Augen blieben auf ihm liegen, fest und dunkel, und Winter verstand. Falls Adrians Mörder am Bahnhof gewesen war, hätte er auch ihn dort gesehen.

Den Mietwagen.

Er nickte. Er würde aufpassen.

»Du bleibst heute Nacht hier, Maik«, sagte Anett.

»Gut«, sagte Frieder, glitt vom Hocker, machte Anstalten, in seine Stiefel zu schlüpfen. »Wir kriegen ihn, früher oder später.« Er klang nicht überzeugt.

»Warte«, sagte Anett. »Es ist Zeit, findest du nicht?«

»Wüsste nicht, was du meinst.«

»Natürlich weißt du das.«

Er seufzte, hievte sich wieder auf den Hocker, drehte die Mütze in die eine, dann in die andere Richtung. Schließlich sah er auf, sagte: »Ich war damals dort, Maik. An der Unfallstelle.« Er stockte. »Ich hab dein Mädchen tot geborgen, Maik.«

Sie war aus dem Auto gefallen, als der Lkw den Citroën zusammenschob, hatte zu diesem Zeitpunkt noch gelebt.

Hätte überlebt, wenn Winter nur schnell genug gewesen wäre.

Ein Zeuge hatte später gesagt, er habe ein in Panik schreiendes Mädchen über die Fahrbahn krabbeln sehen, habe helfen wollen, das Mädchen hochziehen, aber es habe sich mit Händen und Füßen gewehrt. Sie seien von einer Sturmböe auseinandergerissen worden. Dann seien weitere Fahrzeuge auf das Stauende aufgefahren.

Eines davon, sagte Frieder, habe sich gedreht und Emmy getroffen.

Sie war auf den Seitenstreifen geschleudert worden. Mit dem Kopf aufgeschlagen.

Hatte wohl immer noch gelebt.

Wenige Minuten später waren die ersten Einsatzkräfte gekommen, von Norden ein Streifenwagen der Autobahnpolizei, von Süden Frieder und andere. Er hatte geholfen, die A19 Richtung Rostock weiter südlich zu sperren. Dann war er zum Unfallort zurückgefahren. Ein unverletztes Ehepaar hatte Emmy auf den Grasstreifen gezogen. Da sei sie noch am Leben gewesen, hatte der Mann gesagt. Habe geweint, die Augen bewegt, die Finger.

Als Frieder eingetroffen war, hatte sie nicht mehr gelebt.

»Man kann ihnen keinen Vorwurf machen. Der Sturm war ja nicht vorbei, man hat kaum was gesehen. Konnte kaum atmen. Weißt ja, wie es war. Dazu die Brände, der Qualm, die Hitze. Irgendwann hat der Bauer Gülle ausgebracht, von woanders kam Wasser auf die Felder, dann wurde es besser mit dem Sand. Und als das Feuer gelöscht war. Aber bis dahin … Ich hab sie hochgenommen und zur Rettung gebracht. Wollte bei ihr bleiben, wenn sie sie wegbringen. Man kann ein Kind doch nicht allein lassen, wenn es gerade … gegangen ist. Aber dann dachte ich, das darfst du nicht, du darfst jetzt hier nicht weg. Da sind andere, die dich brauchen, und irgendwo muss Maik sein. Also bin ich zurück.«

»Ja«, sagte Winter.

»Nachdem der Arzt bestätigt hat, dass sie tot ist.«

Er nickte.

»Wenn du Fragen hast, Maik.«

Er hatte keine Fragen, brauchte keine Antworten. Er saß da und versuchte zu begreifen.

Sie hatte noch gelebt.

47

Temeswar

DAN HOLTE IHN AM FLUGHAFEN AB, musste nichts sagen, Cozma konnte es an seiner düsteren Miene ablesen: noch immer keine Spur von Cippo, der nun seit bald zehn Stunden verschwunden war. Sie hasteten durch die Halle. Draußen war es trocken und überraschend warm für einen späteren Abend Ende September. Der Dienstwagen stand direkt vor dem Ausgang. Cozma ließ sich die Schlüssel geben, wollte selbst fahren, ein verzweifelter Versuch, die Kontrolle über die Ereignisse zurückzugewinnen. Sie stiegen ein. »Und die Gamans?«

»Waren am Nachmittag im Büro. Bist du sicher, dass sie …«

»Sicher ist nichts«, fiel Cozma ihm ins Wort. Er schaltete Blaulicht und Martinshorn an, passierte die Schranke, jagte den Motor hoch.

»Langsam, langsam, Ioan.«

»Beschreib sie.«

Dan stieß ein Kichern aus, das Gesicht blieb freudlos, kein Lächeln. »Parfümiert in jeder Hinsicht. Edle Garderobe. Schlank, sportlich, sehen nach Tennis aus, aber ohne Schweiß. Man kann sich nicht vorstellen, dass sie durch Äcker stapfen. Er gewitzt, jovial, hilfsbereit, Anfang vierzig. Sie Ende dreißig, kühler, vorsichtiger, intelligenter als er. Auf der Stirn tragen sie ein Schild: Wir sind das moderne, das smarte Rumänien. Sie geben zu, dass Cippo bei ihnen war und Fragen gestellt hat. Nach einer halben Stunde sei er wieder gegangen.«

Cozma fluchte. Hatte er Cippo nicht gebeten, die Gamans nicht aufzuschrecken? Dann überwog wieder die Sorge.

Keine Kameras in den Büros von Westrom Soil, berichtete Dan, auch nicht am Eingang. Keine Verkehrskameras in der unmittelbaren Umgebung, die Straße lag ja in der Fußgängerzone. Ein Zeuge hatte gesehen, dass Cippo das Büro betreten hatte; bislang niemand, der ihn hatte herauskommen sehen. Die Auswertung seiner Mobilfunkdaten lief noch, vielleicht konnten sie ein Bewegungsprofil erstellen.

»Was wollte er von ihnen wissen?«

»Ob sie mit Marthen Geschäfte gemacht haben. Mit anderen Landwirtschaftsbetrieben aus Timiş. Er hatte eine Liste dabei, hat Namen genannt. Marthens Liste, du weißt schon.«

»Und? Haben sie?«

»Nicht mit Marthen, aber mit anderen. Den Libanesen, anderen Ausländern, einem rumänischen Großbetrieb. Sie sagen, sie haben als Vermittler fungiert, aber auch selbst gekauft und verkauft, gepachtet und verpachtet.«

»Unterlagen habt ihr euch nicht angesehen? Die Computer?«

»Nein. Der Chef hat noch keine Durchsuchungsbeschlüsse bekommen. Irgendwer mauert. Jemand ganz oben, ist nicht so klar, ob bei uns, der Staatsanwaltschaft oder ein Richter.«

Cozma nickte grimmig. »Und Olar?«

Dan hatte sie wie gebeten informiert, dass sie an den Gamans dran waren. Sie wisse auch, sagte er, dass Cozma zurück sei. Und dass Lascu nicht mehr lebe. »Sie will dich treffen. Ich glaube, sie kommt noch in die Direktion.«

»Wir fahren nicht in die Direktion.«

»Sondern?«

»Zur Piața Unirii, dann zu den Gamans.«

»Der Chef ist noch da, wartet auf dich.«

»Sag ihm Bescheid. Nein, ruf erst Ana an. Die Pilotin. Frag sie, ob sie was von Cippo gehört hat. Sie soll sich zur Verfügung halten, wir kommen später mit einer Stimmprobe. Hast du ihre Telefonnummer dabei?«

»Ich habe die ganze Fallakte hier.« Dan zog ein Tablet aus der Seitentasche seiner Jacke, startete es. Er tippte die Nummer ins Smartphone, hob es ans Ohr und wartete, während Cozma durch den ersten Kreisverkehr raste und auf die Verlängerung des Bulevardul Take Ionescu einbog. Endlich sprach Dan, anfangs mit Engelszungen, er hatte offenbar Mühe, Ana davon zu überzeugen, dass er »ein echter Polizist« war. Kurz darauf war das Gespräch beendet. Keine Neuigkeiten zu Cippo, abgesehen davon war sie in Caraş-Severin, ein Todesfall, sie würde erst am Morgen zurückkehren.

Cozma fluchte erneut. Der Stimmenabgleich musste warten.

Sie rasten am Polizeigebäude vorbei.

»Willst du nicht wenigstens …«

»Was, Dan? Dem Pförtner Hallo sagen?«

Wenige Minuten später bog Cozma in die schmale Einbahnstraße zur Piaţa Unirii ein, zwang ein entgegenkommendes Auto in den Rückwärtsgang, schob es hupend vor sich her, bis es bei der nächsten Querstraße ausweichen konnte. Er instruierte Dan, in Frage kamen nur die Terrassen der Lokale, drinnen würde Cippo an einem milden Abend wie diesem nicht sitzen, außerdem die Steinbänke rund um die Dreifaltigkeitssäule, die willkürlich über den Platz verteilten Betonsessel, die Cippo bereitwillig als »Mysterium moderner Kunst« akzeptiert hatte, *ich auf dem hier, du da hinten, Ioan, reden können wir dann zwar nicht miteinander, aber bestimmt macht die Kunst was mit uns, vielleicht macht sie uns ja weiser, auf jeden Fall macht sie unsere Hintern härter.*

Cippo, dachte er, du Narr, du Lieber, wo bist du?

Erst auf dem Platz hielt er an. Sie sprangen aus dem Auto, Cozma lief nach Norden, Dan nach Osten, vor der serbisch-orthodoxen Kathedrale trafen sie sich zehn Minuten später wieder; kein Cippo.

Auf dem Weg zurück zum Wagen klingelte Cozmas Telefon, Bejenaru sagte: »Wo zum Teufel bleibt ihr?«

»Geh nach Hause, Paul, wir reden morgen.«

»Wir reden *heute*. In fünfzehn Minuten. In meinem Büro.«

»Ich kann nicht, ich suche Cippo. Ist er in deinem Büro?«

Bejenaru schwieg.

»Wir sehen uns morgen.«

»Und wenn er ... Du weißt schon. Abgestürzt ist.«

»Nein«, sagte Cozma. »Er ist die zweite Warnung.«

»Das musst du mir erklären.«

»Ist Olar da?«

»Sitzt vor mir.«

»Frag sie. Sie weiß von der ersten Warnung.«

»Ihr fahrt nicht zu den Gamans, Ioan«, sagte Bejenaru scharf. Cozma konnte es ihm nicht verübeln. Es ging ums Prinzip. Bejenaru war sein Vorgesetzter, musste für Disziplin sorgen. Zumal, wenn Valentina Olar zuhörte.

Und ganz oben jemand mauerte.

»Bis morgen, Paul.«

»Gib mir Dan.«

»Hat ein eigenes Telefon.« Cozma steckte das Handy in die Jackentasche, begegnete Dans skeptischem Blick, als sie einstiegen.

»Warnungen, Ioan? Ich scheine eine Menge nicht zu wissen.«

»Ja«, sagte Cozma. Er startete den Wagen, musterte Dan. »Du kannst mitkommen oder aussteigen. Deine Entscheidung.«

»Würde ich mitkommen, wenn ich alles wüsste?«

»Nein.«

»Dann komme ich unter Protest mit.« Im Dickicht von Dans Kleidung erklang eine Handymelodie. Sie sahen sich an, warteten. »Wo ist bloß mein verdammtes Telefon?«, murmelte er. »Eben war es noch da.« Die Melodie brach ab. »Fahr endlich, ich lotse dich.«

Cozma gab Gas. Warnungen bedeuteten, dass es nicht zu spät war, dachte er. Er konnte noch aufgeben, ohne dass Cippo etwas geschähe. Konnte das Leben seines einzigen Freundes retten. Und was würde schon passieren, wenn er aufgäbe? Petre Fuia, der Mörder Lisas und Adrians, käme auch dann ins Gefängnis. Sorin Aurescu und andere mit Einfluss würden Telefonate führen. Vielleicht Druck ausüben. Den Strippenzieher aus der Schusslinie nehmen, Fuia ins Rampenlicht rücken. In zwei, drei Tagen gäbe es keinen Strippenzieher mehr. Nur noch den Mörder Petre Fuia. Und Cippo bliebe gesund und am Leben.

Morgen, dachte er. Morgen gebe ich auf.

»Erklär mir, wie man skypt, Dan«, sagte er.

Dorin und Nicoleta Gaman wohnten nahe der West-Universität, ein alleinstehendes weißes Einfamilienhaus in einer ruhigen Nebenstraße, keine fünf Jahre alt, hinter wuchernden Büschen und Bäumen, durch das Geäst drang grelles Licht aus einem halben Dutzend Fenstern. Ein Drahtzaun umgab das Haus, am Tor hing eine Kamera. Dorin Gamans Stimme klang selbst durch die Gegensprechanlage angenehm und freundlich. Er hatte Dan über die Kamera erkannt, zögerte nicht, sie einzulassen. Auf halbem Weg zum Haus kam er ihnen entgegen, ein schlanker, attraktiver Mann in hellgrauer Hose und rosafarbenem Hemd, selbstbewusster Blick, entspannter Händedruck, die Bewegungen rund und leicht.

»Es ist spät, Sie haben Glück, dass ich ein Nachtmensch bin«, sagte er milde vorwurfsvoll, klang trotzdem charmant.

Sie gingen zum Haus. Die Gamans waren gerade eingezogen, durch die vorhanglosen Fenster sah Cozma aufeinandergestapelte Umzugskisten, kahle Wände, an den Decken Energiesparleuchten ohne Schirm. Sie seien seit Anfang der Woche hier, erklärte Gaman, überall Chaos, aber im Arbeitszimmer könne man sich unterhalten. Cozma meinte im Dunkel der Bäume eine Bewegung wahrzunehmen, doch als er den Kopf drehte, bemerkte er nichts, er musste sich getäuscht haben. Er folgte Gaman ins grelle Licht der nackten Leuchten, in den durchdringenden Geruch frischer Farbe. Sie schlängelten sich durch einen mit geschlossenen Pappkartons fast zugestellten Flur, an kleinen Zimmern im Durcheinander vorbei, zu einer schmalen Treppe ins obere Geschoss. Auch im Arbeitszimmer standen Umzugskisten, doch ordentlich gestapelt an einer Wand, außerdem zwei Schreibtische, darauf jeweils ein eingeschalteter Laptop, ein Telefon, eine Handvoll Ordner.

»Der Anschluss funktioniert noch nicht. Kein Festnetz, kein Internet bis Mitte Oktober.«

Dan blieb im Türrahmen, Cozma ließ sich vorsichtig gegen die Pappkartons sinken. »Wo ist Ihre Frau?«

»Nicoleta musste leider noch mal ins Büro.«

»Freitagabend um halb elf?«

»Einer unserer potenziellen Kunden sitzt in den USA. Wir bemühen uns, wir sind in der entscheidenden Phase der Gespräche. Aber es ist kompliziert. Die Zeitverschiebung, zu Hause kein Internet, wechselnde Ansprechpartner, ein träger Großkonzern ...« In dem unbarmherzigen Licht wirkte Gaman müde, Cozma sah Augenringe, schwere Lider, kurze Nächte.

»Westrom Soil gehört Ihnen und Ihrer Frau?«

»Richtig.«

Dan räusperte sich, ergriff das Wort und tat dem Formellen Genüge, Zeugenvernehmung, Recht auf einen Anwalt, alles Weitere.

»Danke«, sagte Gaman. »Aber bitte fragen Sie.«

Cozma nahm in seiner Stimme und seinen Augen keine Unruhe wahr, nicht den leisesten Hauch von Besorgtheit. »Haben Sie Mitarbeiter?«

»Vier.«

»Wie viele Männer, wie viele Frauen?«

»Drei Männer, eine Frau.«

»Im Büro war heute keiner von ihnen«, warf Dan ein.

»Sie sind viel unterwegs. Fahren in die Dörfer, sprechen mit den Bauern, suchen brachliegende Flächen. Einer der Kollegen ist im Übrigen krank, ein anderer noch im Urlaub.«

»Wir brauchen Namen, Bewerbungsfotos, Daten. Informationen, wo die anderen beiden heute waren«, sagte Dan.

»Sind Ihre Mitarbeiter auch im Ausland unterwegs?«, fragte Cozma.

»Nein. Wir haben in Rumänien genug zu tun. Wir würden gern expandieren, aber wir müssen vorsichtig sein, dürfen uns nicht übernehmen. Wir sind eine kleine Firma, ein Familienbetrieb, verstehen Sie? Strategische Fehler können wir uns nicht leisten. Nein, nur Rumänien, und hier vor allem die Kreise Timiş, Arad, Caraş-Severin.«

»Deutschland?«

Gaman runzelte die Stirn. »Ich sagte doch … Nein.«

»Ist einer Ihrer Mitarbeiter zurzeit in Deutschland?«

»Nein.«

»Der im Urlaub?«

»Bulgarien.«

»Und der, der krank ist?«

»Er liegt in Temeswar im Krankenhaus. Blinddarm. Ich habe ihn heute besucht.« Er lächelte fatalistisch. »Manchmal passiert genau das, was nicht passieren darf. Wir ziehen um, ein Mitarbeiter ist im Urlaub, und dann hat unser wichtigster Mann einen Blinddarmdurchbruch.«

Cozma nickte desinteressiert. »Kennen Sie Sorin Aurescu?«

»Den Kreisratspräsidenten?«

»Kreisratsvorsitzenden, ja.«

»Von Landwirtschaftsveranstaltungen. Ausstellungen, Messen, Zuchttierschauen und so weiter.«

»Haben Sie einmal mit ihm telefoniert? Ihn allein getroffen?«

»Nein.«

»Ihre Frau?«

»Nicht dass ich wüsste.«

»Haben Sie ihm Geld bezahlt?«

»Er hat nie für uns gearbeitet.«

»Das meine ich nicht.«

Wieder das Stirnrunzeln, Gamans Miene signalisierte Betroffenheit, Irritation. Das Lächeln und die Entspanntheit waren im Schwinden begriffen, als würde er den Ernst der Lage allmählich begreifen. »Wir sind ein ehrbarer Betrieb, Herr Cozma. Wir müssen niemanden bestechen, um auf dem Markt zu reüssieren. Wir sind klein, schnell, wir haben gute Ideen. Wir sind flexibel. Und sehr angesehen.«

»Waren Sie jemals im Katasteramt von Deta?«

»Dutzende Male. Mein zweites Zu…«

»Allein?«, unterbrach Cozma.

»Oft mit meiner Frau, manchmal mit einem Mitarbeiter, sonst allein.«

»Einem bestimmten Mitarbeiter?«

»Unterschiedlichen.«

»Trägt einer von ihnen Sandalen? Im Herbst? Vielleicht sogar im Winter?«

Gaman lachte überrascht, fing sich wieder. »Jetzt, wo Sie fragen …« Sie hätten vor etwa drei Jahren für eine Weile einen Mann beschäftigt, sagte er, den er tatsächlich einige Male in Sandalen gesehen habe, wenn nicht sogar ausschließlich, sein Name sei Petre Fuia. Eine Art Security-Mann. Sie hätten damals in einem gekauften Betrieb nahe Temeswar Probleme mit Dieben gehabt. Sowohl Kleinmaschinen und Werkzeug als auch Früchte seien gestohlen worden. Fuia sei eingestellt worden, um das zu verhindern, was er auch getan habe.

»Waren Sie mit Fuia in Deta auf dem Katasteramt?«

»Ja, er war ein- oder zweimal dabei. Unser Wagen war liegengeblieben, und Petre hat mich hingefahren.«

»Beschreiben Sie ihn.«

Gaman nannte ähnliche Details wie Michael Winter, bullig, sich lichtendes Haar, konnte stundenlang schweigen, stundenlang reglos verharren. Ein idealer Jäger, wenn man Diebe zu fangen hoffe.

»Arbeitet er noch für Sie?«

»Nein, seit damals nicht mehr. Seit Ende 2011.«

»Wo ist er jetzt? Was macht er?«

»Ich habe ihn nie wieder gesehen oder gesprochen.«

Cozmas Handy gab einen einzelnen schrillen Ton von sich, eine Nachricht war eingegangen. Er nahm es aus der Jackentasche. Valentina Olar hatte geschrieben – sie habe Paul noch nicht informiert, fahre jetzt nach Hause, *kommen Sie heute Abend vorbei, egal wann, wir müssen!!!! reden, hier die Adresse …*

Er tippte: *In dreißig Minuten,* schob das Telefon in die Tasche. Wartete, während sich Dan Petre Fuias Daten von Gaman geben ließ und ins iPad diktierte. »JM Romania«, sagte er dann. »Jörg Marthen.«

Gaman nickte. »Viertausend Hektar zwischen Voiteg und Jamu Mare. Wir haben ihm gutes Geld geboten, aber er ist stur, er will nicht verkaufen. Egal, wir haben andere Optionen.«

»Um Flächen zu kaufen?«

»Oder zu pachten. Flächen, ganze Betriebe, Brachland.«

»Wenn Sie kaufen, verkaufen Sie dann gleich wieder?«

»In der Regel.«

»Weil Sie im Auftrag kaufen?«

»Nicht im Auftrag. Auf eigenes Risiko. Aber wir kaufen nur das, was für andere interessant ist. Unser Vorteil ist, dass wir die Menschen hier kennen. Ihre Sprache sprechen. Wir haben ihr Vertrauen. Erklären ihnen die Verträge, übernehmen alles Bürokratische.«

Dan war in den Flur getreten, Cozma hörte seine leise Stimme, er telefonierte wegen Fuia mit der Zentrale. »Ist Marthens Land für andere interessant?«

»Ja. Es gibt Unternehmen, die hohe Provisionen zahlen würden, wenn sie es erwerben könnten. Aber wie gesagt …«

»Die Tayma Group?«

»Sie sind gut informiert.«

»Weitere?«

Gaman nickte. »Andere Araber, aber auch Europäer. Asiaten. Amerikaner.«

»Wie finanzieren Sie das?«

»Mit Bankkrediten. Wir haben ein überzeugendes Geschäftsmodell, einen guten Leumund. Außerdem stille Reserven.«

»Ackerflächen?«

»Ja. Etwa drei hundert Hektar, die verpachtet sind.«

»Waren Sie mal in Liebling?«

»Es gibt in Timiş und Arad vermutlich keinen Ort, in dem ich noch nicht war.«

»Und warum Liebling?«

»Immer dasselbe, Herr Cozma: Land. Wir haben nahe Liebling zehn Hektar gepachtet, mit Kaufoption.«

Dan kam zurück, nickte ihm zu, lehnte sich wieder an den Türrahmen.

»Erzählen Sie«, sagte Cozma.

»Wir wollen dort aufstocken, nach und nach weitere Flächen pachten. Es gibt weitere Flächen, aber wir kommen noch nicht dran. Wir müssen warten. Man darf die Leute nicht zu sehr bedrängen, das wäre nicht gut. Sie sollen sich nicht belästigt fühlen. Nicht allzu sehr jedenfalls. Hin und wieder vorbeischauen, eine Flasche Wein mitbringen, dann entwickeln sie Vertrauen. Vertrauen ist das, was wir brauchen, verstehen Sie? Viel mehr brauchen wir nicht. Wir wollen ihre Geschäftspartner werden. Ob in Liebling oder bei Jamu Mare oder oben in Arad, es läuft immer auf dieselbe Weise. Morgen sind wir nördlich von Arad bei einem alten Ehepaar, Mitte siebzig, neun Hektar von früher fünfzehn, sechs haben wir schon, die neun wollen wir auch, es ist sehr guter Boden. Das klingt rüde, ich weiß. Manchmal *sind* unsere Geschäfte rüde. Aber die Menschen profitieren davon. Schon die Pachtgebühr hilft ihnen, vor allem, wenn es sich um brachliegende Flächen handelt. Auch das Land profitiert davon. Rumänien hat vier Millionen

Kleinbauern, Herr Cozma, mehr als jedes andere EU-Land. Mit vier Millionen Kleinbauern kommen wir nicht in die Zukunft. Wir bleiben ein armer, korrupter Bauernstaat. Das wollen wir nicht. Wir wollen helfen, dass unser Land sich seinen Möglichkeiten gemäß entwickelt.«

»Bekommen Sie die neun Hektar morgen?«

Gaman lächelte. »Vielleicht beim übernächsten Besuch.«

»Wem gehören die gepachteten Flächen in Liebling?«

»Einer Familie Hoban.«

»Wann haben Sie sie gepachtet?«

»2010, da sind wir zum ersten Mal in Liebling gewesen.«

»Haben Sie mit Dragomir Mircia Geschäfte gemacht?«

»Dragomir Mircia?«

»Aus Liebling.«

»Aus … Richtig, ich erinnere mich. Nein. Wie kommen Sie auf Mircia?«

»Sie kennen ihn?«

»Dem Namen nach. Wir recherchieren gründlich. Hören uns um, stellen Fragen. Wir wollen wissen, wem welche Flächen gehören. Den Mircias gehörten früher ein paar Hektar in Liebling. Wie viele genau, kann ich nicht sagen.«

Cozma überließ es Dan, nach den Namen und Aufgabenbereichen der Mitarbeiter von Westrom Soil zu fragen. Die Luft im Haus war kühl und feucht, der stechende Farbgeruch saß ihm in den Schleimhäuten. Er fuhr sich mit der Hand über den Nacken, wo sich kalter Schweiß angesammelt hatte, gönnte sich einen Moment der Schwäche. Cippo, alter Narr, dachte er, hatte flimmernd das Mittelmeer vor Augen, Kreuzfahrtschiffe, griechische Inseln. War es ein Fehler gewesen, nach Prenzlin zu fahren, Cippo allein zu lassen? Den Strippenzieher zu provozieren? Zu glauben, er, Ioan Cozma, wäre dem Strippenzieher überlegen?

Er beobachtete Gaman, der sich weiterhin keine Blöße gab.

Oder der Falsche war.

War er als Strippenzieher überhaupt denkbar? Würde sich der mit allen Wassern der Politik gewaschene Sorin Aurescu von einem Mann wie Gaman bestechen lassen? Und die anderen, ob nun einer der hohen Herren Bejenarus, ein Staatsanwalt oder ein Richter mit großem Einfluss? Besaß Gaman, der ja nicht viel mehr war als ein kleiner Akteur im globalen Kampf um Ackerland, so viel Geld, Macht oder Charisma? Kaum vorstellbar. Ein Kleinstadtrichter und eine Dorfbürgermeisterin mochten sich von ihm beeindrucken oder kaufen lassen. Männer wie Aurescu nicht.

Doch vielleicht brauchte er das alles gar nicht, dachte Cozma. Vielleicht besaß er etwas anderes: Wissen.

Der Strippenzieher wusste, was Cozma in den Kellerverließen seiner Vergangenheit getan hatte. Warum nicht auch, was Sorin Aurescu im Lauf der Jahre verbrochen hatte? Einer der hohen Herren in der Polizeidirektion? Staatsanwälte, Richter, einer der »Barone«? Andere? Dann bräuchte Gaman nur einen Schlüssel zu den Kellerverließen der Mächtigen und weniger Mächtigen. Zu jenen analogen oder digitalen Archiven, in deren Regalen die Zeugnisse des dunklen Rumänien lagerten, all die vergilbten Unterlagen, die Straftaten belegten, Amtsmissbrauch, Bereicherung, politische Absprachen, Vertuschungsmanöver und so weiter. Wie das Vernehmungsprotokoll aus den achtziger Jahren, dessen Kopie Cozma nach wie vor bei sich trug.

Er fing den Blick Dans auf, der nickte, das iPad in die Tasche schob.

»Wohin fliegen Sie morgen?«, fragte Cozma.

»Morgen? Nirgendwohin.«

»Doch, doch, in die Karpaten. Rundflug mit dem Hubschrauber. Ein Geschenk Ihrer Frau zum Hochzeitstag.«

Gaman spreizte die Hände, sah Dan an, dann wieder Cozma.

»Sie fliegen morgen nicht in die Karpaten?«

»Nein.«

»Vielleicht eine Überraschung Ihrer Frau?«

»Kaum. Wir haben im Büro zu tun. Abgesehen davon ist unser Hochzeitstag im Februar.«

»Fliegen Sie woandershin?«

»Nein.« Gaman deutete auf die Kartons. »Wir sind gerade umgezogen, wir haben keine Zeit, irgendwohin zu fliegen.«

»Gut«, sagte Cozma. »Wir sprechen morgen weiter. In meinem Büro.«

»Gibt es denn noch Fragen?«

»Mehr denn je. Elf Uhr?«

»Montag wäre mir lieber.«

»Mir auch. Morgen, elf Uhr. Bringen Sie Ihre Frau mit.«

Er verließ das Zimmer und mühte sich durch den engen Flur, hörte Dan dicht hinter sich, auch Gaman folgte ihnen, Schritte, ein leises Schaben, wenn sie die Umzugskisten streiften. Und wenn das Archiv hier war?, dachte Cozma. In einer oder zwei oder zehn der Pappkisten?

Und wenn es gar kein Archiv gab?

An der Haustür wandte er sich um und fasste Gaman in den Blick. »Ciprian Rusu ist ein langjähriger Kollege und Freund von mir. Falls ihm etwas zugestoßen ist ...« Er zog die Tür auf, dann war er draußen, hatte den stechenden Geruch und das in den Augen schmerzende helle Licht endlich hinter sich, Gaman, den er nicht einzuschätzen wusste, der sich den empfindlichen Tentakeln seines Instinktes so mühelos entzog.

»Wir drohen nicht«, sagte Dan.

»Du hast völlig recht.«

»Ich weiß nicht, was du gelernt hast, aber ich ...« Er brach ab.

Sie saßen im Wagen, Dan am Steuer, waren noch nicht losgefahren. Cozma hielt das Telefon in der Hand, verfolgte auf dem Display, wie die Verbindung nach Deutschland aufgebaut wurde. Ja, was hatte er als Polizeischüler und später als junger Polizist gelernt? Vieles, was seit Langem verboten war. Drohen, verprügeln, unter Druck setzen, lügen. Bis zur Revolution alles legitim. Polizeiarbeit in der Diktatur. Viele hatten nicht angewandt, was man sie gelehrt hatte. Andere, wie er, schon.

Endlich hatte er Frieder Roth in der Leitung. Auf Deutsch sagte er: »Habt ihr ihn?«

»Nein.«

»Er heißt Petre Fuia. Sobald wir haben mehr, bekommst du es. Foto, Beschreibung.«

Auch Dan telefonierte, überprüfte bei den Fahndern, ob Nicoleta Gaman tatsächlich im Büro war. Er wandte sich Cozma zu, nickte.

»Und dein Kollege?«, fragte Roth.

»Immer noch verschwunden.«

Im Hintergrund waren Männerstimmen zu hören, jemand lachte hektisch. Jenseits aller Geräusche lag ein beständiges Rauschen.

»Ja«, sagte Roth, »es gießt in Strömen.«

»Fuia braucht zu essen. Einen trockenen …«

»Unterschlupf, ja.« Roth hatte bereits daran gedacht. Streifenkollegen fuhren zu abgelegenen Höfen. Vor der nächsten Schule, dem Krankenhaus und dem Seniorenheim standen Bereitschaftspolizisten. Natürlich in Prenzlin an jeder Straßenecke. »Im übertragenen Sinn, wir haben ja kaum Straßenecken.«

»Und Winter?«

»Noch bei Marthens Schwester. Mario ist dort.«

»Wird eine lange Nacht«, sagte Cozma.

»Hoffentlich nicht. Der Kaffee ist uns ausgegangen.«

Er legte auf, rieb sich die Stirn, grub in seinem erschöpften Gehirn verzweifelt nach einer Idee, wo Cippo sein konnte. Wo sie suchen mussten. Wen sie suchen mussten, um ihn zu finden. Wer Gaman geholfen haben könnte. Wer dem geholfen haben könnte, der Cippo entführt hatte. Aber er hatte keine Idee.

Er nahm das Smartphone heraus, öffnete die Sprachmemos. Sekunden später machte es in Dans Hand *Pling.* »Zwanzig Sekunden Dorin Gaman«, sagte er.

»Wir zeichnen Vernehmungen nicht heimlich auf«, sagte Dan.

»Du hast recht. Aber wir sammeln gelegentlich Stimmproben.«

Dan schüttelte den Kopf, das längliche Gesicht im Halbdunkel grau und streng, dann fuhren sie, während Cozma erklärte, welche Informationen Dan und die anderen, die Nachtdienst schoben, besorgen sollten. Gamans Werdegang. Schule, Jobs, Ausbildung, Praktika. Ehrenämter. Recherchen in Archiven, bei Zeitungen. Alles, was ihr findet. Wohnorte. Wo sind sie gerade ausgezogen? Gehören ihnen andere Häuser, Wohnungen? Reisen, geschäftlich, privat. Das Gleiche bei seiner Frau. Hol aus dem Bett, wen immer du sprechen willst. Überprüft ihre Geschwister, falls sie welche haben. Freunde, freie Mitarbeiter. Wenn die Gamans die sind, die wir suchen, müssen sie irgendwann in einen Keller gestiegen und mit Informationen zurückgekommen sein, die sie zum Herrn über viele andere gemacht haben.

Auch über mich, dachte Cozma.

Vielleicht über Cippos Leben.

Findet diesen Keller.

48

Prenzlin

WINTER FUHR MIT EINEM RUCK HOCH, dachte im ersten Moment, ein Geräusch hätte ihn aus dem Schlaf gerissen. Im Dunkeln setzte er sich aufrecht hin, nahm das Wasserglas vom Couchtisch, trank. Kein Geräusch, sondern ein Satz. Ein Gedanke.

Sie hatte noch gelebt.

Hätte überlebt, wenn er schnell genug gewesen wäre.

Im Schein einer fernen Nachttischlampe sah er, dass Anett im Bett lag. Er stand auf, durchquerte den riesigen Raum. Ein vertrauter Anblick, die Decke ganz nach oben gezogen, nur ein Teil des Kopfes zu sehen. Verborgen vor allem anderen, geborgen in sich allein. Er hörte ihren leichten, ruhigen Atem. In den Nächten ihrer gemeinsamen Jugend, später in Berlin hatte sie sich von den Kämpfen und der Niedergeschlagenheit der Tage erholt. Sie hatte die Augen geschlossen, war nach wenigen Sekunden eingeschlafen. Nichts hatte sie wecken können, kein Unwetter, kein Hubschrauber über Berlins Party-Kiezen, kein Weltuntergang. Fünf, sechs Stunden später hatte sie die Augen geöffnet und war ohne weitere Umstände aufgestanden. Wie gern er sie beim Einschlafen, beim Aufwachen beobachtet hatte, fasziniert und berührt, weil ihr Schlaf so intensiv und konsequent war wie ihr Leben.

Er dachte, dass nichts näherläge, als zu ihr unter die Decke zu kriechen, sie in die Arme zu nehmen, sie zurückzuholen.

Dass nichts fernerlag.

Er ging wieder zur Couch, setzte sich.

Sie hatte noch gelebt.

Die Bilder, die er sich für die letzten Momente geschaffen hatte, stimmten nicht mehr. Die drei im Auto, verborgen hinter dem Sand. Was genau geschehen war, wie sie gestorben waren, hatte er sich nie vorgestellt. Dafür gab es keine Bilder, weil er keine hatte haben wollen. Die drei waren tot, verborgen hinter Sand.

Doch das stimmte nicht mehr. Emmy hatte noch gelebt. War über die Fahrbahn gekrabbelt, während er auf dem Mittelstreifen herumgeirrt war. Sie hatte geweint, geschrien. Andere hatten versucht, ihr zu helfen, *hatten* geholfen, hatten sie vom Seitenstreifen hochgenommen und ins Gras gelegt.

Sie war im Gras gestorben, nicht im Wagen bei ihrem Bruder und ihrer Mutter. Allein bei Fremden im Gras.

Die Bilder der letzten Momente zerfielen.

Die letzten Momente entglitten ihm.

Er ging zur Tür, zog Schuhe und Jacke an und trat ins Freie. Die Lampe über der Tür des Wohnhauses war eingeschaltet, ihr Schein sorgte für ein wenig Licht auf dem Hof. Die Zimmer des Hauses lagen im Dunkeln. Der Regen hatte nachgelassen, ab und an spürte er winzige weiche Tropfen auf der Haut, als er zu dem Streifenwagen ging, der in der Mitte zwischen den vier Gebäuden stand.

Mario ließ das Fenster herunter, legte den Finger an die Lippen. Die Kollegin neben ihm schlief.

»Kein Bier im Haus«, sagte Winter leise. »Irgendwo eine offene Tankstelle?«

»Da musst du bis Güstrow fahren.«

»Rostocker Chaussee?«

Mario nickte. »Aber erst trinken, wenn du wieder hier bist.«

»Klar«, sagte Winter. Er ging zum Mietwagen, verließ den Hof. Langsam folgte er der Schotterstraße, an der Kreuzung bog er dorfauswärts ab. Er fuhr verhalten, mehrfach wurde er von Streifenwagen überholt, andere kamen ihm entgegen. Einmal wurde er gestoppt und überprüft. Vor Forstwegen und Seitenstraßen glitt das

Licht seiner Scheinwerfer über silberfarbene Kotflügel, Wagenflanken. Je weiter er sich von Prenzlin entfernte, desto dünner wurde das Netz. Nach fünfzehn Minuten erreichte er Güstrow. Auch dort stand ein Streifenwagen am Ortseingang. Er passierte die Tankstellen in der Rostocker Chaussee, verließ die Stadt nach Norden hinaus. Bei Kritzkow fuhr er auf die A19.

Kein Regen mehr, die Fahrbahn noch nass, kaum Verkehr. Er war froh, dass Nacht war. Was er sah, kam ihm im Dunkeln angenehm fremd vor.

Nach acht Kilometern begannen linkerhand die südlichen Ausläufer der Ackerfläche, deren ausgetrocknete oberste Schicht der Sturm damals über die Autobahn getrieben hatte. Er meinte einen Zaun zu erkennen, war sich nicht sicher. Die Leitplanken in der Mitte der Autobahn waren natürlich erneuert worden. Selbst die beiden Fahrbahnen waren teilweise saniert worden, wie Anett erzählt hatte. Unter den brennenden Wracks war der Asphalt geschmolzen.

Das Kreuz sah er nicht.

Er nahm die Ausfahrt Kavelstorf, durchquerte den Ortskern, bog nach Süden ab. Im nächsten Dorf fand er eine einspurige Abzweigung in Richtung Autobahn, einen mit Platten ausgelegten Fahrweg, in der Mitte Rasengitter. Vorsichtig folgte er dem Sträßchen zwei Kilometer. Vor einem Waldstück mündete es in eine Schotterstraße. Nach ein paar Hundert Metern durch den Wald beschrieb der Weg eine Kurve und verlief unmittelbar neben der Autobahn entlang der Bäume weiter.

Zweihundert Meter danach endete der Wald. Winter hielt und stieg aus. Er stand jetzt an der nordöstlichen Ecke der Ackerfläche, die dreißig, vierzig Hektar mehr zu erahnen, als zu sehen, tiefhängende Wolken machten die Nacht fast schwarz. Abgesehen von den Scheinwerfern der wenigen Fahrzeuge, die keine acht Meter an ihm vorbeirasten, herrschte Dunkelheit.

Zu Fuß ging er weiter.

Das Kreuz stand dicht am Zaun im Gras. Zwei abgerundete Balken aus dunkelbraunem Holz, vage waren Nägel im Querstück zu erkennen, vier in der linken Hälfte, in der Mitte drei, rechts wieder vier. Die drei in der Mitte, dachte er, waren seine drei. Er strich mit den Fingern darüber, spürte das kühle, runde Metall, aber nicht mehr. Nicht sie. Er hörte ihre Stimmen nicht, sah ihre Gesichter nicht.

Sie waren hier, ohne hier zu sein.

Eine Weile wanderte er über das abgeerntete Feld, blieb immer wieder stehen, drehte sich langsam um die eigene Achse, ging in eine andere Richtung weiter. Kein Mondlicht, die Wolkendecke geschlossen, es hatte wieder angefangen zu regnen. Manchmal spürte er den Regen, meistens nicht. In der Ferne glaubte er die Schneise zwischen den Waldstücken zu erkennen, durch die damals der Sturm ungebremst über das Feld gekommen war, ein Abschnitt des Horizonts kam ihm weniger dunkel vor. Dann sah wieder alles gleich dunkel aus. Für Sekunden meinte er durch das Rauschen des Regens Hufgetrappel zu hören, da waren Bewegungen in einiger Entfernung, Leiber, die etwas heller zu sein schienen als die Nacht, flogen wie galoppierende Pferde über das Feld, schemenhaft, lautlos. Dann waren sie wieder verschwunden. Waren hier gewesen, ohne hier gewesen zu sein.

Auf der Rückfahrt hielt er in Güstrow an einer der Tankstellen, kaufte ein Sixpack Bier, dazu Wasser und hart gewordene Brötchen vom Vormittag. Nahe Prenzlin wurde er im strömenden Regen erneut gestoppt, zwei wachsame junge Polizisten kontrollierten seine Papiere, einer in schwarzer Lederjacke, der andere im dunkelblauen Regenmantel, auf dem Oberarm das Hoheitsabzeichen Mecklenburg-Vorpommerns, schwarzer Stierkopf, ein roter Greif.

»Drehen Sie um, wenn Sie's einrichten können«, sagte der im Regenmantel, die kühle, freudlose Stimme klang nach Berlin.

»Ich habe Familie in Prenzlin.«

»Aber aufpassen. Und keiner geht mehr raus heute Nacht.«

Er fuhr weiter, passierte die Abzweigung zum Hof der Marthens. Am Rand der Hauptstraße parkten zwei Dutzend Einsatzfahrzeuge, Gruppen von Beamten tauchten auf, verschwanden, manche trugen Maschinenpistolen, hell reflektierte der Schriftzug »Polizei« auf Jacken und Mänteln.

Das Gemeindehaus strahlte vor Licht wie zuletzt vermutlich Ende der achtziger Jahre. Am Eingang erkannte er Frieder Roth im Gespräch mit mehreren Männern, die Zivilkleidung trugen. Frieders Blick folgte ihm, abrupt hob er eine Hand, er hatte den Mietwagen erkannt.

Winter hielt, ließ das Beifahrerfenster halb herunter und schaltete die Innenraumbeleuchtung ein. Frieder spannte einen Regenschirm auf, kam zu ihm, bückte sich zur Öffnung. »Mario hat versucht, dich zu erreichen. Wir haben uns Sorgen gemacht.«

»Irgendwas passiert?«

»Nur dass du nicht zurückgekommen bist.«

»Hat eben länger gedauert.«

»Und jetzt?«

»Fahre ich heim.«

»Bleib heute bei den Marthens, Maik. Tu mir den Gefallen.«

Er schüttelte den Kopf. »Ich will nach Hause.«

Frieder sah ihn an, schweigend, verunsichert. Noch immer konnte er die Befangenheit nicht ablegen. Dass er Anett geliebt hatte, schien immer im Raum zu stehen, schien zwischen ihnen zu stehen, auch wenn Winter nicht begriff, weshalb. So viele Jahre waren vergangen.

Doch vielleicht ging es auch nicht mehr um Anett, sondern um Emmy. Den Unfall.

Er deutete auf das Fenster, sagte: »Es regnet rein.«

Frieder nickte. »Aber geh ans Telefon, Maik.«

»Ja.«

»Ach so. Hast du Kaffee zu Hause? Kaffeepulver?« Frieder lächelte fahrig. »Nein, natürlich nicht. Entschuldige.«

Auch vor dem Haus parkte ein Auto der Polizei. Winter fuhr den Mietwagen in die Auffahrt, ging zur Straße zurück. Er war noch gut vier Meter entfernt, als sich die Vordertüren öffneten, zwei Beamte ausstiegen, eine Hand am Gürtelholster, hektische Bewegungen, alarmiert, die Stimmen barsch.

Wieder musste er sich ausweisen.

»Ich dachte nur, ich sage Bescheid. Ich wohne hier.« Er deutete auf das Haus.

»Dann ab ins Trockene, Herr Winter«, sagte der Beamte, der auf der Fahrerseite gesessen hatte, ein Klotz von Mann, übermüdet, bleich.

»Kann sein, dass ich wieder gehe.«

»Das lassen Sie mal besser sein heute Nacht.«

»Wundern Sie sich nicht.«

»*Ihr* Leben«, sagte der Beamte gleichmütig.

Winter ging zum Haus, schloss auf. Hörte die Kinder, sah sie in der Finsternis. *Mein* Leben, ja, dachte er, zog die nasse Kleidung noch in der Diele vollständig aus. Mein anderes Leben.

Wieder schrak er aus dem Schlaf, diesmal hatte ihn tatsächlich ein Geräusch geweckt, das Knarzen der Dielen. Im Schein der Straßenlaterne sah er einen Mann dicht neben dem Bett stehen und auf ihn herabstarren, triefend nass, ein Kampfmesser in der Hand, ein Lächeln auf den Lippen.

Vorsichtig setzte er sich auf. Wartete auf die Angst, aber sie kam nicht.

»Ich bin Petre«, flüsterte der Mann auf Rumänisch und beugte sich ein Stück zu ihm hinunter, »Petre, der Fisch, Petre, die Ratte. Bringst du mich aus diesem Ort raus, wirst du vielleicht leben. Tust du es nicht, wirst du sterben. Hast du das verstanden?«

Winter nickte.

Der Mann trat ein Stück näher. »Und jetzt sag mir, Winter, warum liegst du in einem Mädchenzimmer in einem Mädchenbett? Es gibt doch ein schönes Schlafzimmer mit einem Ehebett. Wo ist denn das kleine Mädchen? Und der kleine Junge, wo ist der?«

49

Temeswar

DAS HAUS LAG AM ANFANG DER Gheorghe Doja, einer schmalen, fast einen Kilometer langen und schnurgeraden Einbahnstraße südlich des Zentrums, in der Gegenrichtung fuhr nur die Straßenbahn. In angenehm weichem Licht stieg Cozma eine flache Treppe hoch, die in großzügigen Bögen und Etagen um den Lift herumführte. Cozma, der ewige Treppensteiger, dachte er, doch er lernte dabei viel über sich selbst und über das jeweilige Haus und dessen Bewohner. Hier mochte man es leise und gepflegt, der tristen Fassade zum Trotz, deren graubrauner Putz an zahlreichen Stellen abgeplatzt war. Die Treppe war mit einem stabilen roten Läufer ausgelegt, es roch nach Desinfektionsmitteln, der Handlauf poliert, die Fensterscheiben sauber und unbeschädigt, an den Türen funkelten Messingverzierungen. Im fünften Stock empfing ihn der Geruch von Essen. Olar trug Jeans, ein dunkles T-Shirt, war barfuß. Unwillkürlich suchte sein Blick nach dem Medaillon, fand nur die Kette auf beiden Seiten des Halses, die unter dem T-Shirt verschwand.

»Mit dem Aufzug geht es schneller«, sagte sie.

»Zu schnell für mich.« Er streifte Frieder Roths Stiefel ab, schob sie in den Winkel zwischen Türrahmen und Wand und trat ein.

»Haben Sie Hunger? Ich habe noch nicht gegessen, und es reicht für zwei. Aber ziehen Sie keine falschen Schlüsse, es bleibt dabei: kein Deal.«

Er nickte, hängte seine Jacke an die Garderobe und schob das Gürtelholster mit der Pistole in eine Seitentasche. Neben Valentina Olar ging er durch den breiten Flur, fühlte sich urplötzlich in ein verstummtes, verstaubtes, vergangenes Jahrhundert versetzt. Ein weicher Teppich verschluckte alle Schrittgeräusche, entlang der Wände alte Möbel, Jugendstil, vielleicht auch Imitationen, genauso die Lampen, viel Messing, Gold, Glas, dunkles Holz. Alles wirkte überladen, von allem zu viel.

»Die Wohnung meiner Eltern, ich habe sie übernommen, wie sie war«, erklärte Olar.

»Leben sie nicht mehr?«

»Doch, doch, mehr denn je, in einem Seniorenheim im Donaudelta. An ihren Fenstern fliegen Kormorane und Pelikane vorbei, das Paradies auf Erden.«

Sie betraten ein Wohnzimmer, derselbe Eindruck von Überladenheit und Stillstand, die dunklen, antik wirkenden Möbel, Tischlampen in Vasenform, beigefarbene Brokatvorhänge, ein großer Esstisch mit geschwungenen Beinen, Stühle, bei denen Cozma unwillkürlich an Art-déco dachte, ohne zu wissen, wie entsprechende Stühle aussahen. Auch die rot-golden bezogene Couch hatte geschwungene Beine, am Stoff Kordeln, Troddeln, Quasten, davor die passenden Sessel.

»Gemütlich«, sagte er und meinte es so.

»Wenigstens das, ja.« Olar deutete auf den Esstisch, zwei Gedecke, Wassergläser, Weingläser, das eine davon bereits benutzt, aber leer. Eine angebrochene Flasche rumänischer Rotwein stand davor, Cantus Primus, nicht billig. Cozma setzte sich. Er hörte sie in der Küche hantieren, dann kehrte sie mit zwei Tellern zurück, Pfeffermühle unter dem Arm, das Medaillon schwang unruhig hin und her. Pasta alla Norma, erklärte sie, Nudeln, Auberginen, Schafskäse, Tomaten. Sie kam ihm blass vor und deprimiert, die Augenwinkel leicht zusammengekniffen, unter den Augen Schatten, die Bewegungen fast ein wenig fahrig. »Kein Wort über die Arbeit beim Essen«, sagte sie und stellte einen Teller vor ihn. »Nein, das geht natürlich nicht.«

»Nein«, bestätigte er.

»Heute ist ein schlimmer Tag, Cozma. Ich war in Coruia, das Leid der Eltern ist nicht zu ermessen. Ich habe mich gefragt, welchen Fehler Sie gemacht haben, es wäre das Naheliegendste.«

Er schenkte ihnen Wein ein, dann Wasser, sagte nichts.

»Aber es wäre nicht die Wahrheit. Es ist nicht Ihre Schuld, dass Adrian nach Prenzlin ist. Dass die davon erfahren und seinen Mörder hingeschickt haben. Essen wir, es wird kalt. Einer meiner Vorzüge: Schlimme Tage beeinträchtigen weder meinen Hunger noch meinen Appetit.«

Sie aßen schweigend. Cozmas Gedanken kreisten wie im Kettenkarussell, Adrian, Cippo, Valentina Olar, Petre Fuia, auf den Sitzen dazwischen immer wieder Dorin Gaman und dessen unbekannte Frau, Nicoleta. Er wünschte, er könnte einfach aufstehen, die Treppen hinunterwandern, dann wieder hinauf, Cozma, der ewige Treppensteiger, der sich auf diese Weise seiner selbst vergewisserte und sich Ruhe von allem anderen verschaffte, auch von Valentina Olar, die nicht wusste, was es ihm bedeutete, um Mitternacht mit ihr hier zu Abend zu essen, in ihrer Wohnung.

»Bevor wir reden, muss ich Ihnen von zwei weiteren Toten erzählen«, sagte sie. »Der erste hieß, wie es ein beschissener Zufall will, ebenfalls Adrian und war mein Mann. Er ist vor sechs Jahren bei einem Autounfall ums Leben gekommen, weil er lieber rasen als leben wollte. Wenn er einen Abschiedsbrief hinterlassen hätte, würde ich sagen, es war eindeutig Suizid. Aber es gab keinen Abschiedsbrief. Trotzdem glaube ich, dass es Suizid war. Er ist mit dem Leben nicht zurechtgekommen, ist nicht hinterhergekommen, das Leben war immer schneller als er. Nur beim Autofahren war es umgekehrt. Na ja. Als Ihr Kollege heute anrief und sagte, Adrian sei tot, da …« Sie hob die Hand mit der Gabel, bewegte sie unwillig. »Ich habe es damals auch telefonisch erfahren, und so kam heute alles hoch, die Erinnerungen. Man ist nicht gefeit dagegen, obwohl es längst verwunden ist. Sagen Sie jetzt nichts, bitte, vor allem nichts

Banales.« Sie hob das Weinglas, neigte es leicht in seine Richtung, trank, und er trank mit und sagte nichts. Kauend setzte sie hinzu: »Den zweiten Toten verschieben wir besser auf später, jetzt reden wir über den Fall. Wissen Sie, wie sie es gemacht haben?«

»Wer hat was gemacht?«

»Auf die banalste aller Arten: mit einem hübschen Mädchen, einer Prostituierten. Er hat sich in sie verknallt, sie hat beim Sex gefilmt, fertig. Er ist verheiratet, hat zwei kleine Töchter, ein Haus, Schulden, gute Aufstiegschancen bei der DNA. Er war froh, dass sie kein Geld wollten, sondern Informationen.«

»Ihr Mitarbeiter?«

Sie nickte kühl. »Mein Fehler, ich habe dem Falschen vertraut. Vorbei. Er sitzt in seinem Hotelzimmer drüben in Iosefin und heult wahrscheinlich immer noch.«

»Hat er außer dem Mädchen noch jemanden getroffen?«

»Nein, alles lief über Telefonate. Die Nummern sind überprüft, Prepaid-Karten.«

»Wen hat er informiert?«

»Einen Mann mit einer ›schönen Stimme‹. Kein Name, natürlich.«

»Und das Mädchen?«

»Werden wir nie finden, auf dem Film sieht man ihr Gesicht nicht. Interessant ist, dass die Geschichte mit dem Mädchen nicht erst jetzt passiert ist, sondern im Juli. Sie haben da offenbar schon gewusst, dass ich an den Landverkäufen in Arad und Coruia dran bin. Vielleicht hat die Bürgermeisterin aus dem Lascu-Verkauf geredet, ich war im Juli zum ersten Mal bei ihr. Da haben sie das Mädchen auf ihn angesetzt, um zu erfahren, ob ich ihnen nahe komme. Er hat die Unterlagen zu Arad und Coruia in unregelmäßigen Abständen kopiert und in einer unbewohnten Ruine in Fabric abgelegt. Einmal hat er sich dort versteckt und gewartet. Ein Mann kam, mittelalt, kräftige Statur, fuhr einen grünen Polo. Er hat den Mann tatsächlich angefleht, man möge ihn vom Haken lassen.

Am Tag danach erhielt er einen Anruf: Mach das noch einmal, und der Film landet bei deiner Frau.«

»Petre Fuia«, sagte Cozma. »Der Mann mit dem Polo. Adrians und Lisas Mörder.«

Sie hielt inne, die Gabel auf halbem Weg zum Mund. »Sie haben seinen Namen?« Ihre Wangen waren leicht gerötet, die Augen glänzten, vom Wein, von der Konzentration, ein Nachklang der Gefühle, die der schlimme Tag hervorgerufen hatte.

Cozma brachte sie auf den aktuellen Stand, erzählte von dem Gespräch mit Dorin Gaman, der Fuia vor drei Jahren beschäftigt, seitdem angeblich nicht gesehen habe. Sagte, dass er ihm nicht glaube, aber nichts beweisen könne. Keinerlei Spuren führten zu den Gamans außer dieser einen, drei Jahre alten.

Auch Olar hatte sich mit den Gamans befasst, deren Namen Dan ihr am Mittag genannt hatte. Sie habe bei dem deutschen Agrarfonds nachgefragt, dem jene vier Hektar gehörten, die die Lascus nie wirklich an Dragomir Mircia verkauft hatten. Ja, man habe mit Westrom Soil Geschäfte gemacht. Nein, in den Erwerb des Lascu-Landes seien die Gamans nicht involviert gewesen. Ja, man habe eine Provision überwiesen, ja, an einen Herrn Dragomir Mircia; eine Information, die man eigentlich nicht weitergeben dürfe, aber man kooperiere natürlich mit den rumänischen Behörden. Im Übrigen sei man nach wie vor davon überzeugt, dass alles mit rechten Dingen zugegangen sei, lesen Sie bitte unsere Selbstverpflichtungserklärung zur Sorgfalt, sie erläutert die Politik des Hauses. Bei allen weiteren Fragen, ich betone: *allen*, wenden Sie sich bitte an unseren Justiziar in Hannover. Auf den Fonds, dem in Rumänien fünfzehntausend Hektar gehörten, kämen tatsächlich viele weitere Fragen zu, sagte Olar, denn mittlerweile gebe es Hinweise, dass auch bei anderen Landkäufen kriminelle Praktiken und Korruption im Spiel gewesen seien.

Eine ähnliche Antwort hatte sie bei einem Telefonat mit einem Vertreter des libanesischen Konsortiums bekommen, das mittlerweile im Besitz der Flächen im Kreis Arad war, um die es ebenfalls falsche Prozesse vor einem bestochenen Richter gegeben hatte. Weder die alten Eigentümer noch die involvierten korrupten Bürgermeister, Politiker und Richter schienen die Gamans zu kennen, auch nicht der Mittelsmann im Arad-Fall, der ebenfalls eine Provision erhalten und nach wie vor auf seinem Konto liegen hatte.

»Er lebt also noch, anders als Dragomir Mircia?«

»Ja.«

Cozma nickte, kaute, schob die letzten Nudeln auf die Gabel. Was war an Mircia besonders gewesen? Weshalb war er verschwunden und von Fuia getötet worden? Was hatte er gewusst?

Hätte er die Gamans identifizieren können?

Oder spielte sein Wohnort eine Rolle, Liebling?

»Auch die Tayma Group hat Geschäfte mit den Gamans gemacht«, sagte Olar. »Dreißig Hektar hier, fünfzig da, nicht die besten Flächen, alles legal. Auch da sind Provisionen geflossen.«

Cozmas Telefon klingelte im Flur, mit einer Entschuldigung legte er die Gabel ab und lief zur Garderobe. Während Dan berichtete, kehrte er ins Wohnzimmer zurück. Petre Fuia war 1968 geboren geworden, fünftes Kind der Familie, aufgewachsen in einem Sozialwaisenhaus, wohl früh von der Securitate ausgewählt und gefördert worden, Ende der achtziger Jahre bis zur Auflösung des Geheimdienstes Mitarbeiter im Direktorat für Innere Sicherheit. 1993 wurde er in den neu gegründeten Rumänischen Nachrichtendienst aufgenommen, zehn Jahre später entlassen, Umstände unbekannt.

»Ihr seid schnell«, sagte Cozma.

»Ja. Und bei dir?«

»Pasta alla Norma, Cantus Primus aus Deala Mare, Adrian.«

Valentina Olar sah auf, lächelte nicht.

»Ja«, sagte Dan.

»Eine undichte Stelle ist jetzt dicht.«

»Bei uns?«

»Nein.«

Cozma beendete das Gespräch, setzte sich wieder. Er informierte Olar in Bezug auf Fuia, dann rief er Frieder Roth an. Das Rauschen des Regens, Männerstimmen wie beim vorigen Mal. Ein übermüdeter deutscher Kollege, der vor Anspannung auf und ab ging, zur Untätigkeit verdammt, weil die Kripo ihm die Koordination der Suche übertragen hatte und er nicht hinaus konnte, nicht durch seine Straßen patrouillieren, seine Leute beschützen konnte.

»Was heißt das für uns?«, fragte Roth.

»Es erklärt, warum ihr habt ihn noch nicht gefunden.«

»Weil er gelernt hat, sich zu verstecken?«

»Ioan«, sagte Olar leise, und er sah sie an. »Er ist ein *Decrețel.*«

Cozma suchte nach deutschen und englischen Entsprechungen, fasste die Hintergründe für Roth stockend zusammen, Ceaușescus Dekret von 1966, das Müttern von weniger als vier Kindern Abtreibung und Verhütung verboten hatte, damit die Bevölkerung im Laufe einer Generation um zehn Millionen Menschen wuchs. Schätzungen zufolge waren bis 1989 zwei Millionen Kinder nur wegen dieser Verbote zur Welt gekommen, die sogenannten *Decreței*, darunter viele ungewollt, die einen wenigstens gesund, die anderen nach misslungenen Abtreibungsversuchen, häufig durch die Mütter selbst, behindert. Letztere hatte man als *Irecuperabili* bezeichnet, »Unwiederbringliche«. Tausende »Dekretkinder« waren in Sozialwaisenhäusern aufgewachsen, unter den gesunden war Nachwuchs für die Präsidentengarde und die Securitate rekrutiert worden.

Er hörte Roth tief einatmen. »Man kann sich vorstellen, was das heißt. Oder auch nicht.«

Ja, dachte er. Man konnte und man konnte nicht. Das Leben von einem Diktator »geschenkt« bekommen, doch ohne die leiblichen Eltern aufgewachsen. Bei den Massendemonstrationen 1989 gegen Ceaușescu seien, hieß es, viele Dekretkinder in vorderster Reihe mitgelaufen. Einer der acht Soldaten, die am 25. Dezember

1989 zum Exekutionskommando gehört hatten, war ein Dekretkind gewesen. Er hatte die Ceauşescus »Vater« und »Mutter« genannt.

Olar hatte begonnen, den Tisch abzuräumen. Cozma bot Hilfe an, aber sie sagte nur: »Die Spülmaschine hilft. Rauchen Sie, wenn Sie möchten, ich rauche eine mit.« Sie setzten sich wieder, zündeten sich Zigaretten an, sponnen die Fäden weiter. Cozma sagte, er müsse nach Liebling, für seinen Geschmack führten zu viele Spuren dorthin, Mircia, die Gamans, die dort Flächen gepachtet hätten und weitere erwerben wollten.

»Und wenn die Gamans doch nichts damit zu tun haben? Wenn jemand anders dahintersteckt? Aurescu? Jemand, dessen Name noch nicht gefallen ist?«

»Dann weiß ich nicht weiter«, sagte Cozma, drehte mit der Zigarettenhand das Glas, der Kopf im Explodieren begriffen, wollte in Eiswasser getaucht werden, wollte Schlaf, wollte Cippos Stimme hören und die Operetten seiner Gestik und Mimik sehen. Er drückte die Zigarette im Aschenbecher aus, rief Dan an, sie brauchten Zivilfahnder in Liebling, nur dort sein, beobachten, womöglich passiert da was. Dan brummte unzufrieden, zu wenig Leute, und was soll schon in Liebling sein, doch Cozma ging nicht darauf ein. Er legte das Telefon zur Seite und zündete sich eine weitere Zigarette an, drückte sie hustend wieder aus, zu viele Zigaretten in zu kurzer Zeit. »Was werden Sie wegen Ihres Mitarbeiters unternehmen?«

»Nichts«, erwiderte Olar. »Was zu tun war, habe ich getan. Ich habe die DNA schriftlich um seine Entlassung gebeten und ihn angezeigt.« Sie beugte sich vor. »Sie denken, ich habe kein Herz? Ich habe ihn zum Abschied umarmt und mit ihm geheult. Zählt das?«

»Was zählt, ist Ihre Integrität. Die der DNA.«

»So ist es, und das macht aus den Jägern Gejagte. Hat Ihnen das Essen geschmeckt?«

»Ja, danke.«

Sie runzelte die Stirn. »Dann brauchen wir jetzt mehr Wein.« Sie schob ihr Glas in Richtung der Flasche, die bei Cozma stand, und er schenkte beiden ein. Wieder klingelte sein Telefon, wieder Dan, er hatte die »Stimmprobe« Dorin Gamans an Ana Desmerean gemailt. Sie hatte eben zurückgeschrieben, sie sei sich ziemlich sicher, dass dieser Mann der »falsche Polizist« sei, der sie angerufen habe.

Olar nickte, stieß Rauch aus, trank einen Schluck und sagte: »Dann kommen wir jetzt zu dem zweiten Toten. Er gehört zu Ihnen … Róbert Barbu.«

Cozma erstarrte.

»Er ist eine Woche später im Gefängnis gestorben. Herzstillstand nach einem Pneumothorax, ausgelöst vielleicht durch die gebrochenen Rippen oder Schläge gegen die Brust. Niemand hat mitbekommen, dass er Schmerzen hatte. Vielleicht haben sie es auch mitbekommen und nichts unternommen. Jedenfalls ist er eines Nachts gestorben. Wussten Sie das?«

Schweigend schüttelte er den Kopf.

»Verflucht, Sie haben einen Menschen getötet, Ioan!«

Olar ließ ihn allein, kam nach einer Weile aus dem Bad zurück, die Haare offen, der Duft von Pfefferminz streifte ihn. »Ich gehe ins Bett. Bleiben Sie, wenn Ihnen danach ist. Sie können auf dem Sofa schlafen, ist allerdings nicht besonders bequem. Dafür ist mein Espresso sehr gut.« Ein halbherziger Versuch, ihn aufzumuntern, vielleicht sich selbst. Die erschöpften Augen blieben auf ihm liegen. Sie wirkte mitgenommen, aber gefasst.

Cozma nickte nur, dankbar dafür, dass sie ihn nicht hinauswarf.

Er leerte sein Glas, drückte die Zigarette aus. Hörte, wie die Schlafzimmertür ins Schloss fiel. Dann war er allein mit Róbert Barbu.

Mit einem Toten hatte er nicht gerechnet. Weder heute noch damals. Ein Toter war unverzeihlich.

Er hatte alle Lichter bis auf eine Stehlampe ausgeschaltet und sich auf das Sofa gesetzt. Vor ihm auf dem Couchtisch lag die Fotokopie. Hin und wieder warf er einen Blick darauf. Barbu war wenige Wochen älter gewesen als er, siebenundzwanzig am Tag der Verhaftung. Die Vorwürfe gegen ihn hatten sich bestätigt: Gründung einer geheimen neofaschistischen Organisation in Bukarest, Überfälle auf Veranstaltungen von sozialistischen Jugendgruppen, Körperverletzung in mehreren Fällen. An die »Vernehmungen« selbst hatte Cozma so gut wie keine Erinnerungen. Er hatte sich dem Rausch des Hasses hingegeben, und wenn er Erinnerungen hatte, mussten sie im Unterbewusstsein verschwunden sein. Er entsann sich nur, dass er nach solchen Nächten frühmorgens in die menschenleere Stadt hinausgetaumelt war, sich häufig erbrochen, dann fünfzehn, sechzehn Stunden geschlafen hatte und wie erschlagen aufgewacht war.

Was Barbus Tod für ihn noch schlimmer machte: Er war auf eine ähnliche Weise gestorben wie der Vater, an den Spätfolgen von Misshandlungen, Barbu nach einer Woche, der Vater nach siebzehn Jahren. Am Ende war er nicht besser als die, die den Tod seines Vaters zu verantworten hatten.

Später schreckte er aus einer Art Halbschlaf hoch. Und wenn Barbu nicht der Einzige war, der an den »Vernehmungen« durch ihn damals gestorben war? Er musste das überprüfen, musste die Namen der anderen Männer herausfinden, an denen er seinen Hass und seine Verzweiflung ausgelassen hatte, musste herausfinden, ob sie noch lebten, wann und woran sie gestorben waren. Er musste nach Bukarest, zum IICCMER, in dessen Archiven nach ihnen suchen, noch an diesem Tag. Er setzte sich auf, als er die Toilettenspülung hörte. Durch die doppelflügelige Wohnzimmertür sah er Valentina Olar, die den erleuchteten Flur entlangging, im Bademantel zurück zu ihrem Schlafzimmer. Das Licht erlosch.

Im selben Moment flammte auf dem Couchtisch das Handydisplay auf, eine Nachricht war eingegangen, der Absender anonym.

Geh ans Fenster.

Erst nach und nach begriff Cozma.

Sie wussten, wo er sich aufhielt. Waren ihm gefolgt.

Er stand auf, trat an das mittlere der drei Fenster. Tief unter ihm, zwischen Schienentrasse und Fahrbahn, stand eine Gestalt, gedrungen, leicht gebückt. Die Hände waren gefesselt, die Füße offenbar auch.

In Socken lief er die Treppe hinunter. Der Aufzug hing im vierten Stock, spontan stieg er ein, fiel atemlos hinab, die Augen geschlossen. Dann trat er ins weißliche Licht der Straßenlaterne hinaus. Cippo stand auf Höhe des Hauseingangs, fünf Meter entfernt, geknebelt. Cozma hörte dumpfe Laute, Cippo schien ihm etwas zuzurufen. Jetzt bewegte er den Kopf nach links, wieder und wieder. Dort stand, zehn Meter von ihnen entfernt, ein Auto auf der Fahrbahn, das Licht eingeschaltet, der Motor lief. Rasch registrierte Cozma die Merkmale, dunkle Farbe, blau oder grün, vielleicht japanisch, ein kleiner SUV, nicht allzu neu, Nummernschild nicht zu erkennen, zu wenig Licht, zu viel Dreck darauf.

Er wandte sich wieder Cippo zu. Da bemerkte er auf dem Asphalt ein Seil, dessen Ende um Cippos Füße gebunden war.

Im selben Moment drehte der Motor des Wagens hoch, das Seil spannte sich. Cippo wurde von den Füßen gerissen und hinter dem Auto hergezogen.

Cozma stieß einen Schrei aus, rannte los. Auf den ersten Metern konnte er mithalten, dann war das Auto zu schnell geworden, der Abstand zu Cippo vergrößerte sich. Cippo, der wieder und wieder rücklings auf den Asphalt schlug, gefesselt keine Chance hatte, die Stöße abzufangen.

Nach hundert Metern brachen die Heckleuchten nach links aus, der Wagen fuhr über das Gleisbett, dann nach rechts zurück auf die Straße, wieder nach links. Das Seil schwang mit, Cippo wurde auf der linken Seite gegen Hauswände geschleudert, auf der rechten gegen geparkte Autos. Drehte sich um die eigene Achse, wurde bäuchlings weitergeschleift.

Und Cozma rannte, so schnell er konnte, und blieb doch immer weiter zurück, im Kopf nur einen Gedanken: Sie töten ihn, sie töten ihn vor deinen Augen!

Plötzlich flog der vordere Teil des Seils durch die Luft, als wäre er gerissen. Fast augenblicklich blieb Cippo liegen. Der Wagen bremste scharf, beschleunigte nach einem Moment jedoch wieder und raste davon.

Dann hatte Cozma Cippo erreicht. Vorsichtig drehte er ihn vom Bauch in die Seitenlage, löste das Klebeband vom Mund. Unter seinen Händen spürte er heftige, unregelmäßige Atemzüge, spürte Cippo lautlos ächzen. Das Gesicht war blutüberströmt, überall aufgeplatzte Haut. Er zerrte sich das Hemd vom Leib, schob es vorsichtig unter den zuckenden Kopf, aber es reichte nicht, um ihn waagerecht zu lagern. Also hielt er ihn mit der linken Hand.

Spürte den Kopf zucken, spürte warmes Blut.

Redete auf Cippo ein, schrie um Hilfe.

Am Rande seine Bewusstseins nahm er Schritte wahr, jemand rannte auf sie zu, Olar, hell im Licht die bloßen Arme. Zwei Meter vor ihnen blieb sie stehen, sank auf die Knie, schlug die Hände vors Gesicht, ein Telefon fiel auf den Asphalt.

Irgendwo in der Stadt, viel zu leise, viel zu weit weg, waren erste Martinshörner zu hören.

Cippo öffnete den Mund, wollte sprechen. »Scht«, machte Cozma leise.

Ein angedeutetes Nicken unter seiner Hand. Cippo blinzelte, Blut lief ihm in die Augen, er schloss sie. Undeutlich murmelte er: »Alles kaputt.«

»Wird alles wieder heil werden, Cippo.«

Ein langgezogenes Stöhnen, Schmerz und Angst. Martinshörner jetzt von allen Seiten, Blaulicht flackerte, kam näher. Wieder das vage Nicken, die kraftlose Stimme: »Der Herr Sekretär Rusu geht in den Ruhestand, Ioan …« Er hustete, ächzte. »Schaut sich keine toten Mädchen mehr an … nur noch … Sonnenblumenfelder.«

50

Prenzlin

DER LEERE RAUM WECKTE ANETT, das plötzliche Gefühl, allein zu sein.

Kannst doch nicht einfach weggehen, Maik …

Sie kroch unter der Decke hervor und stand auf. Regen prasselte aufs Scheunendach, schoss geräuschvoll durch die Dachrinnen. Die Luft im weiten Zimmer war klamm. Auf dem Tisch lag das Fotoalbum, Maiks Jacke und Schuhe waren fort.

Aus dem Handylautsprecher nur das Freizeichen.

Sie folgte der inneren Unruhe, zog sich an, schlüpfte in die Regenjacke und trat hinaus. Hart schlugen die Tropfen auf dem Kunststoff auf. Das Wohnhaus lag im Dunkeln, die Eltern schliefen längst – falls sie denn schlafen konnten.

Während sie zum Streifenwagen ging, glitt das Fahrerfenster herunter. »Er ist nach Hause«, sagte Mario. Neben ihm saß eine junge Polizistin, telefonierte leise mit dem Handy, es klang privat.

»Wann?«

»Schon vor einer Weile. Halb zwölf?«

»Passt jemand auf?«

»Zwei Kollegen sind vor dem Haus.«

»Er geht nicht ans Telefon.«

Mario lächelte. »Zwei Uhr morgens, er schläft.«

»In so einer Nacht?«

»Er hat sich Bier besorgt.«

»Hast du mit ihm gesprochen?«

»Ja. Und Frieder drüben im Dorf. Apropos. Hast du Kaffeepulver?«

Kurz darauf saß sie in ihrem kleinen Hyundai, lenkte ihn in Schlangenlinien um die mit Wasser gefüllten Schlaglöcher der Schotterstraße. Schon an der Abzweigung in Richtung Ortskern wurde sie von Polizeibeamten angehalten. Sie zwangen sie auszusteigen, Fahrverbot im Ort, keine Privatwagen mehr auf der Straße erlaubt bis zum Morgen, und Sie gehen besser wieder heim, bei dem Wetter und der Lage. Fluchend lief sie los, siebenhundert Meter zur T-Kreuzung. Als sie an Ralf Dreses Haus vorbeikam, spielte sie einen Moment lang mit dem Gedanken, sich den Pick-up zu holen, aber sie wäre sofort erneut gestoppt worden. Also hastete sie zu Fuß durch den Regen weiter, begriff selbst nicht, was sie antrieb, diffuse Verlustgefühle, aber auch eine unerklärliche Angst. Vielleicht davor, dass er wieder wegging.

Davor, dass er damals weggegangen war.

Angst vor dem, was bereits geschehen war …

Ich kann nicht mehr, Anett. Ich fahre nach Berlin zurück.

Zweihundert Meter vor der Kirche war sie plötzlich von Polizisten umgeben. Maschinenpistolen schimmerten matt im Licht einer einsamen Laterne; doch die Läufe wiesen nach unten. Einer der Beamten begleitete sie zum Gemeindehaus, öffnete ihr die Tür, nickte kurz zum Abschied.

Frieder stand in der Küche und hantierte an der Kaffeemaschine der Gemeinde Prenzlin herum. »Gott sei Dank.« Er nahm die Packung mit dem Kaffeepulver entgegen. »Wollte den Filter gerade zum dritten Mal benutzen.«

»Maik ist drüben im Haus?«

»Kann man verstehen, oder? Dass er dort sein will.«

»Er geht nicht ans Telefon.«

Frieder hielt inne, lächelte freundlich. »Na ja, soll Menschen geben, die schlafen nachts um zwei.« Die Kaffeemaschine begann, mit Getöse zu laufen, jemand klatschte Beifall. Frieder zuckte die Achseln, sagte: »Er war wohl oben an der Unfallstelle. Auf dem Acker. Schuhe und Hose voller Erde. Machst du dir Sorgen?«

»Ein bisschen.«

»Wenn einer Ruhe braucht, dann er, sollte man meinen. Hast du Gerd gesehen? Colditz? Dreht auf dem Fahrrad Runden. Einmal in der Stunde kommt er her und sagt: Hab den und den angerufen. Du kriegst mehr Leute. Mehr Hubschrauber. Mehr Hunde. Dass er sich man keinen Schnupfen holt.«

»Wenn's hilft.«

»Bisher ist keiner gekommen.«

Anett tätschelte ihm schmunzelnd den Arm. Sie trat zur Durchreiche, ließ die Augen über die müden Männer und Frauen gleiten, die an den Tischen saßen, vor Laptops, Handys, Landkarten. Ein Mann in ärmlicher Kleidung stach hervor, er hockte allein an einem Tisch in der Nähe, leicht gekrümmt, eine Wasserflasche in der Hand. Der ROGA-Traktorist aus Nowaks Kleinbus, der sie am Abend der Barrikade so ablehnend gemustert hatte.

»Gabriel«, sagte Frieder. »Falls wir einen Dolmetscher brauchen.«

»Gute Idee. Ich gehe jetzt rüber, zum Haus.« Sie wandte sich ab, drehte sich noch einmal um. »Die Drese-Autos – die Schlüssel stecken. Nicht dass der … der Mörder auf diese Weise an ein Auto kommt.«

»Petre Fuia«, sagte Frieder bedächtig. »Ralf hat sie rausgenommen. Vor Maiks Haus stehen Kollegen, ich rufe an, dass du kommst. Neongelb, nicht zu übersehen.«

Trotzdem stiegen die Beamten aus dem Streifenwagen, leuchteten ihr ins Gesicht, unter die neongelbe Kapuze hätte natürlich auch jemand anders schlüpfen können auf dem Weg hierher.

»Licht ist schon eine Weile aus«, sagte der eine, breitschultrig, vor Müdigkeit blinzelnd. »Rechts oben. Der schläft tief und fest.«

Über der Uniform trug er einen Plastiküberwurf, vom Mützenschirm darunter sprangen Tropfen in ihre Richtung.

Rechts oben, Emmys Zimmer.

»Ich habe einen Schlüssel.«

»Wenn Sie wieder rauskommen, langsam gehen. Schnell gehen macht uns nervös.« Er unterdrückte ein Gähnen.

Sie musste lächeln. »Drüben gibt es frischen Kaffee.«

»Dann fahren wir mal rasch rüber.«

Anett folgte dem mit Steinplatten ausgelegten Weg zum Haus, hörte den Streifenwagen wenden, als sie leise aufsperrte. In der Diele streifte sie die durchnässten Schuhe ab, hängte die Jacke an die Garberobe. Rasch warf sie einen Blick in die Küche, ins Wohnzimmer. Auf dem Weg zurück zur Treppe hörte sie im Lärm des Regens ein helles Getrommel, als träfen Wassertropfen auf Metall. Ein Fenster musste offen stehen. Sie wandte sich um, ging am Wohnzimmer vorbei zu dem kleinen WC, das Geräusch lauter jetzt.

Sie öffnete die Tür, erstarrte. Das Fenster war geschlossen, doch neben dem Griff befand sich ein faustgroßes, gezacktes Loch in der Scheibe. Regentropfen fielen durch die Öffnung auf eine Metallschale, die als Untersetzer für einen Kaktus diente. Auf dem Boden vor dem Fenster lagen Glasscherben.

So leise wie möglich schloss sie die Tür von innen ab, nahm das Telefon und stellte es auf lautlos. Dann sank sie auf den Toilettensitz und schrieb: *Er ist im Haus!!! Fuia!!* Sie wählte Frieders Nummer, legte erleichtert auf, als er sich meldete.

Eine Nachricht ging ein. *Kannst nicht reden?*

Lieber nicht.

Wo bist du?

Klo unten.

Er?

Oben?

Sicher, dass er da ist?

Fast.

Maik?

Weiß nicht.

Nicht bewegen!! SEK auf dem Weg!

Sie versuchte einzuschätzen, wie lange ein SEK für die Vorbereitung eines solchen Zugriffs benötigte. Zehn Minuten? Zwanzig? Auf jeden Fall zu lange. Was, wenn Maik sich wehrte? Versuchte, Fuia zu überwältigen? Wenn sie das Haus längst verlassen hatten?

Vorsichtig zog sie die Tür auf. Hoch über ihr klatschte der Regen aufs Dach, dazu das helle Getrommel vom Fenster. Sie schlich zur Treppe. In ihrer Kindheit und Jugend war sie in diesem Haus ein- und ausgegangen, sie kannte jeden Winkel, wusste, welche Treppenstufen knarzten, welche nicht.

Sie wollte gerade den Fuß auf die erste Stiege setzen, als sie aus einem der oberen Zimmer eine Art Murmeln wahrnahm.

Sie hielt inne.

Nichts, nur der Regen, der jetzt schnell nachzulassen schien.

Am äußersten Rand der Treppe ging sie weiter, die gefährlichen Stufen meidend. Auf halber Höhe blieb sie erneut stehen. Da war das Murmeln wieder. Jemand sprach, ein Mann.

Als sie das obere Stockwerk erreicht hatte, tröpfelte es nur noch. Aus den Zimmern war kein Laut zu hören. Links, zur Straße hinaus, die Zimmer von Emmy und Leon, schräg vor ihr das Schlafzimmer, rechts Bad und Gästezimmer.

Die Stimme setzte wieder ein, klarer und deutlicher jetzt. Eine fremde Stimme, eine fremde Sprache, Rumänisch. Der Mann redete leise, ohne Pause, klang wütend, dann verwundert, plötzlich lachte er tonlos. Schwieg. Nach einer Weile sagte Maik etwas, ebenfalls auf Rumänisch, heiser, deprimiert. Sie mussten in Emmys Zimmer sein. Die Tür halb offen, kein Licht, natürlich nicht. Anett machte ein paar lautlose Schritte, bis sie in den Raum hineinschauen konnte. Fuia saß auf einem Stuhl, hatte ihr den Rücken zugewandt. Der Kopf war gesenkt, die Arme bewegten sich im Rhythmus seiner Worte, in der rechten Hand hielt er ein Messer. Maik war nicht zu sehen, musste vor ihm sein, vielleicht auf dem Boden.

Sie fragte sich, ob sie Fuia ausschalten konnte. Welche Körperstellen sie in welcher Reihenfolge angreifen müsste. Wie dicht würde sie herankommen, bevor er sie wahrnähme? Würde sie Maik gefährden? Falls sie nur einen Schlag hatte, welcher wäre es?

Sie wusste, dass es schon keinen Sinn mehr hatte. Zu viele Gedanken. Der Kopf war nicht frei. Und im Herzen saß die Angst. Außerdem hatte sie keine Praxis. Ein unauffälliger Stoß gegen Nowaks Brust war keine Praxis.

Sie zog sich ein Stück zurück, schrieb: *Sind oben, Zimmer zur Straße, reden. F hat Messer.*

Es dauerte zwei Minuten, bis Frieder antwortete. *Maik verletzt?*

Glaub nicht.

Wieder vergingen zwei Minuten. *Kann ich anrufen?*

Anett schlich sich ins Schlafzimmer. Fuias Stimme wurde leiser, war aber noch zu hören. Sie lehnte die Tür an. *Ja.*

Sie trat ans Fenster zum Nachbargrundstück, konnte ein Stück Straße einsehen. Der Streifenwagen der beiden Polizisten, die Kaffee geholt hatten, stand wieder an seinem Platz. An der Grundstücksgrenze, zehn Meter vor ihr, die hohen Ulmen, fast ein Wäldchen, von einem Urahnen der Nachbarn gepflanzt. Der Schein der Straßenlaterne reichte ein Stück zwischen die Stämme. Sie meinte Bewegungen zu erkennen, kaum wahrnehmbar glitten schwarze Körper an den Bäumen vorbei.

Vielleicht sah sie auch nur, was sie sehen wollte.

Das Display leuchtete, zeigte Frieders Namen. »Nicht zu glauben«, flüsterte er aufgebracht. »Allein da hoch zu gehen!« Er schien in einem Auto zu sitzen, seine Stimme gedämpft, keine anderen Geräusche.

Sie legte auf, schrieb: *Gabriel da?*

Frieder beschwerte sich, bestätigte dann.

Sie erklärte ihm den Plan. Sie würde das Handy nah an die Zimmertür legen, bei laufender Verbindung. Gabriel übersetzte, was Fuia und Maik sagten. Vielleicht brachte es etwas. Ließe sich die Lage dann besser einschätzen.

Zu gefährlich!!!

Sie schrieb: *Ich rufe jetzt an.*

Als die Verbindung stand, kehrte sie in den Flur zurück. Sie lehnte das Handy an den hinteren Türrahmen, sodass Fuia nicht darauf treten würde, falls er den Raum verließ. Im Schlafzimmer stellte sie sich wieder ans Fenster, sah nicht, was sie sehen wollte, keine Bewegungen, keine Körper mehr.

Sie zählte die verstreichenden Minuten.

Nach der fünften ging sie mit angehaltenem Atem wieder in den Flur. Maik sprach, Fuia unterbrach ihn, klang hitzig. Dazwischen Maiks Stimme, immer wieder ein Wort: *Nu.* »Nein.«

Plötzlich schwiegen beide.

»Nu«, sagte Maik schließlich.

Fuia antwortete, die Stimme monoton, einzelne Wörter betont.

Sie holte das Handy, kehrte ins Schlafzimmer zurück, hob es ans Ohr. »Und?«

Frieder erwiderte, sie hätten über Kinder gesprochen. Maiks Kinder, den Unfall. Kinder in Sozialwaisenhäusern während der Ceauşescu-Zeit, Fuia sei in einem solchen Heim gewesen. Er habe von den »Sternen der Zukunft« und den »Falken des Vaterlandes« erzählt, Gabriel zufolge die gesunden und starken Kindern dort, Kandidaten für die Präsidentengarde Ceauşescus und die Securitate. Von Hunger, Kälte, Misshandlungen. Von behinderten, aggressiven, schwachen Kindern, die von einem Tag auf den anderen verschwunden seien, in anderen Einrichtungen vielleicht oder unter der Erde. Von Orten, die man *»Izolator«* genannt habe, Verschläge ohne Licht, in die solche Kinder zum Teil für Jahre gesperrt worden seien. Was für ein Kind warst du?, habe Maik schließlich gefragt. Ich war stark, ich musste stark sein, habe Fuia geantwortet, aber viele meiner Freunde waren schwach. Haben sie die Schwachen und die Krüppel bei euch im anderen Deutschland auch weggesperrt? Was war mit deinen Kindern, waren die schwach oder stark? Warum war dein kleines Mädchen traurig und zornig? Fuia habe ihm Vorwürfe gemacht. Du warst ihr Vater, und du hast sie traurig werden lassen. Und was machst du in ihrem Bett? Hast sie in den Tod gefahren und wälzt dich jetzt in ihrem Bett!

Im Hintergrund war über Funk eine blecherne Stimme zu hören. »Es geht los«, sagte Frieder aufgeregt. »Schließ dich unten im Klo ein!«

»Jetzt?«

»Sofort!«

Sie lief in den Flur, stand schon an der Treppe, eine Hand an der Holzwand, als Fuias Stimme laut wurde. Er klang fassungslos, anklagend.

»*Nu*«, sagte Maik. »*Nu.*«

Fuia brüllte etwas. Anett hörte den Stuhl auf dem Boden aufschlagen, dann prallte ein Körper auf der anderen Seite gegen die dünne Wand, sie spürte, wie sie vibrierte. Ein Aufschrei, Maik, das Geräusch von Schlägen, dazwischen das hysterische Gekreische Fuias, als hätte er die Kontrolle über sich verloren.

Ohne nachzudenken, rannte sie los, den Flur entlang, gab sich keine Mühe mehr, leise zu sein. Beide Arme hebend, stieß sie die Tür mit der linken Schulter auf, sah Maik mit dem Rücken an der Wand stehen, Fuia dicht vor ihm, den linken Arm gegen seinen Hals pressend, während er mit der Messerhand ausholte.

»Nein!«, rief sie.

Er fuhr herum, starrte sie an.

»Bitte nicht!«, sagte sie. »*Please!*« Sie ließ die Hände sinken. Keine Praxis, zu viele Gedanken. All die Jahre Training, am Ende nur ein Traum von Wehrhaftigkeit. Ihre Kämpfe, ihre Feldzüge, alles nur Illusion.

Der Traum vom Gewinnen, während sie alles verlor.

»Petre«, flüsterte sie. »Petre Fuia. *Please.*«

Die Stirn runzelnd, ließ er von Maik ab, der an der Wand zu Boden glitt, die Hände am Bauch. Erst jetzt bemerkte sie, dass das weiße T-Shirt dunkel verfärbt war.

»Nein«, flüsterte sie.

Aber er lebte. Bewegte den Kopf, krümmte sich zusammen.

Alles wird gut, Maik …

Licht, dachte sie. Im Licht tut doch alles weniger weh. Ihr Blick kehrte zu Fuia zurück, der sie reglos musterte. Keine Praxis, zu viele Gedanken, das Einzige, was blieb, war, das Licht einzuschalten. Mit der Hand tastete sie nach dem Schalter hinter sich, die Deckenleuchte sprang an. Fuia kniff die Augen zusammen, sagte etwas. Er wirkte irritiert, orientierungslos, und doch lag ein seltsames Lächeln um seine Lippen. Sie sah, wie das Gesicht, der ganze Körper erschlafften. Mit einem Mal keine Wut mehr, keine Kraft, nur noch Müdigkeit.

»We need a doctor«, sagte sie. *»Please.«*

Fuia reagierte nicht, hob stattdessen die Messerhand und deutete auf ein Foto, das über dem Schreibtisch an die Wand gepinnt war, ein Selfie von Emmy, nur der Arm und das Gesicht, die Brauen nach unten gezogen, die Lippen gespitzt, gespielte Verärgerung. »Emmy?«, fragte er.

Anett nickte.

Im selben Moment hörte sie neben sich Glas splittern.

Fuias Kopf zerplatzte.

51

Temeswar

UND ENDLICH DAS GRAUE LICHT der Morgendämmerung über dem Botanischen Garten, ein neuer Tag brach an, Cozma hatte es nicht für ausgeschlossen gehalten, dass diese Nacht nie enden würde. Jetzt waren Wege, Bäume, Beete zu erkennen, all die hübschen, im Sommer bunten Anlagen; gebändigte Natur wie im Fall der Bega, dämpfte den äußeren wie den inneren Lärmpegel, und dafür schätzte er den Park. Cippo hatte sich immer geweigert, ihn zu betreten. *Was soll das sein – Natur? Einen Bauernsohn willst du in dieses traurige Gefängnis schleppen, wo die Blumen und Bäume und Grashalme bloß die Schere kennen, nicht die Freiheit? Nicht für alles Geld der Welt.*

Zwanzig Lei.

Das, Ioan, ist eine Beleidigung.

Vierzig?

Dreißig, Bauernsöhne haben ihren Stolz.

Cozma wandte sich vom Fenster ab und kehrte zu dem Plastikstuhl zurück, auf dem er einen Großteil der vergangenen Stunden verbracht hatte, in Unterhemd und seinem Jacket, das Valentina Olar zusammen mit Frieder Roths Stiefeln mitgebracht hatte; das Hemd lag wohl noch in der Gheorghe Doja. Anfangs hatte Olar neben ihm gesessen, bis sie an seiner Schulter eingeschlafen war. Er hatte ihr ein Taxi bestellt und sie nach Hause geschickt. Gegen drei Uhr war Paul Bejenaru gekommen, elegant in der Erscheinung wie immer, doch man sah ihm die Erschütterung an. Eine halbe Stunde lang hatte der Chef mit ihm gewartet, gehofft, geschwiegen, dann war er unverrichteter Dinge ins Büro gefahren.

Er setzte sich, trank kalten Kaffee aus dem Plastikbecher.

Spürte Cippos weiche Wange an seiner Hand. Das Blut.

Alles kaputt, dachte er.

Nicht alles, aber so vieles. Ein Bein, ein Arm gebrochen. Drei Rippen. Das Schlüsselbein. Offenbar die Schädeldecke. Und sie waren bislang nicht in die Tiefen seines massigen Körpers vorgedrungen. Noch war man dabei, Cippo zu stabilisieren.

Die Tür des kleinen Besucherraums ging auf, Bejenaru kam zurück, eine Tüte in der Hand. »Und?«

»Der Kopf macht ihnen Sorgen.«

Der Chef nickte, nahm neben ihm Platz. »Wird er es schaffen?«

»Ja.« Cozma zuckte mit den Achseln. »Ich weiß es nicht.«

»Was sagen die Ärzte?«

»Dass ihnen der Kopf Sorgen macht.« Er räusperte sich, sprach leiser. »Dass er zu lange zu viel getrunken und gegessen hat. Alles, was sie sich ansehen, ist in einem, na ja, mittelprächtigen Zustand.«

Bejenaru öffnete die Tüte, zog ein zusammengelegtes Hemd heraus, hellblau, auf Kante gebügelt, reichte es ihm. Cozma bedankte sich überrascht. Er legte das Jacket ab und schlüpfte in das Hemd. Achtsam schloss er die Knöpfe. Eine Maßanfertigung für den deutlich muskulöseren Chef, er kam sich vogelscheuchenartig darin vor.

»Immerhin, die Farbe steht dir.« Bejenaru zeigte auf den Plastikbecher. »Kann man das trinken?«

»Kalt schon.«

Er verließ das Zimmer, kam mit zwei kleinen Wasserflaschen zurück, reichte Cozma eine. Sie tranken. Schwiegen. Tranken.

»Können wir reden?«

»Wir *müssen* reden«, sagte Cozma.

»Zuerst ich.«

Ovidiu war nach Liebling gefahren und hatte den Bürgermeister aus dem Bett geholt. Zusammen hatten sie die Grundbücher durchgesehen und die Landtransaktionen seit der Revolution überprüft. Dragomir Mircias Eltern hatten 1991 von der zuständigen Rückgabekommission acht Hektar erhalten, allerdings nicht die ehemals eigenen, miteinander verbundenen Parzellen, auf die sie Anspruch erhoben hatten; die seien, so die Kommission, bereits an den »tatsächlichen früheren Eigentümer« gegangen. Wer das war, erfuhren die Mircias nie. Italienische Investoren hatten den Anspruchstitel erworben und die Flächen wenige Monate später erstmals ins Grundbuch eintragen lassen. 2010 verkauften sie an denselben deutschen Agrarfonds, der 2012 die Lascu-Äcker erwarb. Noch immer, so der Bürgermeister, kursierten Gerüchte über Betrug und korrupte Kommissionsmitglieder.

Die Mircias bekamen stattdessen Reste – vierzehn überwiegend einzelne Parzellen, kilometerweit südlich von Liebling gelegen, und zwei bucklige im Norden. Weil sie als mittellose Kleinbauern weder die zerstückelten noch die buckligen Flächen bewirtschaften konnten, ließen sie den größten Teil brachliegen und nutzten lediglich zwei der Südparzellen – 1,16 Hektar –, um sich selbst zu versorgen. Nachdem die Eltern gestorben waren, verscherbelte Dragomir Mircia Mitte der zweitausender Jahre die sieben Hektar im Süden an einen österreichischen Großbetrieb. Die beiden Parzellen im Norden verpachtete er 2010 auf zwanzig Jahre an einen Bukarester Wissenschaftler, einen »verschrobenen« Insektenkundler, so der Bürgermeister, der dort alles wachsen, kriechen und fliegen lasse, was wachsen, kriechen oder fliegen könne, um es zu fotografieren, zu analysieren, zu kategorisieren.

»Mehr lässt sich in Liebling nicht finden«, sagte Bejenaru. »Aber vielleicht hast du ja genau danach gesucht.«

»Nach einem verschrobenen Insektenkundler?«

Bejenaru lächelte, schien ihm den aggressiven Ton zu verzeihen. Cozma wandte den Blick zum Fenster. Das Grau war nun auf dem Weg zum Blau, da draußen ging das Leben weiter. Hier drinnen hatte es innegehalten, hatte sich noch nicht entschieden. Er dachte, dass er drinnen bleiben wollte, bis eine Entscheidung gefallen war. »Hat Ovidiu den Insektenkundler überprüft?«

»Soweit das in der kurzen Zeit möglich war.« Der Mann hatte in den siebziger und achtziger Jahren an irgendeiner inzwischen aufgelösten Universität in der Sowjetunion gelehrt, war Anfang der Neunziger nach Bukarest zurückgekehrt. Dort hatte er nicht mehr unterrichtet, nur noch geforscht, anscheinend privat, keine Veröffentlichungen. 2010 war er in Liebling aufgetaucht.

Cozma nickte, war in Gedanken woanders.

So viel kaputt. So viel Liebenswertes.

»Fährst du hin?«

»Nein. Rechne nicht mit mir.«

Bejenaru holte tief Luft. »Bei allem Verständnis, Ioan …«

»Ja?«

»Fahr hin, sprich mit dem Mann. Dann kommst du wieder her. In der Zwischenzeit stellen wir hier einen Schreibtisch rein, Laptops. Dan und Ovidiu können von hier aus arbeiten, mit dir.«

Zwei Stunden fort, dachte Cozma. Und wenn sich das Leben in diesen zwei Stunden entschied? Cippo nicht zurücknahm? Oder, schlimmer noch, *seine* Fürbitte wollte, um Cippo leben zu lassen? »Ich kann hier nicht weg, Paul.«

In seiner Hosentasche vibrierte das Handy. Die Vorwahl von Deutschland, Frieder Roth.

Fuia war erschossen worden, Michael Winter lebensgefährlich verletzt.

»Jemand sollte nach Jörg Marthen sehen«, sagte Roth.

»Jemand von uns?«

»Ja. Die Marthens sind seltsame Leute. Tun Dinge, die man nicht vorhersehen kann. Der Alte hat das Haus des Sohnes kleingeschlagen.«

»Seine Exfrau kommt wohl im Laufe des Tages.«

»Na dann«, sagte Frieder Roth und verabschiedete sich.

Cozma informierte den Chef, dachte dabei, dass das Leben auch in Prenzlin draußen weiterging, während es drinnen mit einer Entscheidung rang.

Bejenaru hatte sich vorgebeugt, stützte die Ellbogen auf die Oberschenkel, das Gesicht auf die Hände, als wollte er ihn nicht ansehen müssen, während er von den Bukarester Kellerverließen und Róbert Barbu erzählte, von der Kopie des Vernehmungsprotokolls. Nachdem er geendet hatte, erhob sich Bejenaru, ging ein paar Mal auf und ab, ließ sich dann auf einen Stuhl der Reihe gegenüber fallen. »Valentina weiß davon?«

»Ja.«

»Gibt es einen Deal mit der DNA?«

Cozma zögerte irritiert. »Nein.«

Bejenaru rieb sich über das Gesicht, schlug die Beine übereinander, wartete.

»Sie wird das IICCMER informieren, ich kooperiere ... wie heißt es? Vollumfänglich.«

»Ja«, sagte Bejenaru. »Und der Fall? Dein Fall?«

»Ist jetzt Dans Fall.«

»Das akzeptiere ich nicht.«

»Schick ihn und Ovidiu her. Wenn ich helfen kann, tue ich es.«

Bejenaru seufzte, dachte nach. »Seit wann weiß Valentina von ...«

»Barbu? Seit vorgestern Abend. Ist das wichtig?«

»Sie darf in keiner Weise kompromittiert werden.«

»Durch mich?«

»Durch wen auch immer. Sie hat dir nichts erzählt?«

Cozma schüttelte den Kopf.

»Nein, natürlich nicht.« Bejenaru erhob sich, wechselte erneut die Seiten und berichtete nah bei ihm mit gesenkter Stimme, die DNA gehe seit einigen Wochen Hinweisen nach, ein ranghoher Mitarbeiter des Justizministeriums in Bukarest stehe auf der Gehaltsliste der organisierten Kriminalität. Da der Mann aus Temeswar stamme und nach wie vor hier wohne, habe die DNA – in Person von Valentina Olar – Kontakt mit der Kripo aufgenommen, mit ihm. Ein kleines Ermittlungsteam aus der OK, das nur an ihn berichte, arbeite unter größter Geheimhaltung an dem Fall. Der Mann werde observiert, abgehört, das ganze Programm. Sollte Olar im Ruch stehen, Deals mit … Er brach ab.

Sprich es aus, Paul, dachte Cozma. Deals mit den einstigen »Schergen Ceauşescus« zu machen? Er sagte es nicht. Selbstmitleid, Selbstgeißelung waren nicht angebracht. Er wusste, was Bejenaru meinte, es wäre eine Katastrophe für Olar und die DNA. »Daher kennst du sie?«

Bejenaru nickte.

Cozma rieb sich die Augen mit den Fingerkuppen, irgendwo in ihm pulsierte vage ein schändliches Gefühl von Erleichterung. »Wie auch immer, jetzt ist es offiziell. Niemand kann mehr kompromittiert werden. Außer dem *Serviciul Criminalistica*, was mir sehr leid tut.«

»Lässt sich das nicht auf nächste Woche verschieben?«

Er schnaubte belustigt durch die Nase.

»Ich brauche dich, Ioan! Ovidiu hat nicht deine Instinkte. Dan hält Liebling für eine Sackgasse. In sechs Stunden willst du die Gamans am Flughafen verhaften, und wir haben nicht einen einzigen Beweis. Weder dafür, dass sie die Morde in Auftrag gegeben haben, noch dafür, dass sie sich in Bezug auf die Landverkäufe irgendetwas zuschulden haben kommen lassen. Alles, was wir haben, ist ein Richter, der weder einen Durchsuchungsbeschluss noch einen Haftbefehl genehmigt. Also werden die Gamans heute Mittag um eins in einen verdammten Hubschrauber steigen und davonfliegen.«

Cozma schwieg, hatte keine Lust, ins Detail zu gehen. Die Gamans würden natürlich *nicht* davonfliegen. Sie wussten, dass sie observiert wurden, keine heimliche Reise antreten konnten. Eine offizielle schon gar nicht, nachdem Dorin Gaman am Vorabend erklärt hatte, eine Reise stehe nicht an. Sie würden nicht am Flughafen auftauchen.

»Was willst du, Ioan? Eure Verlängerungen? Genehmigt. Reicht das?«

»Noch ein Wort in dieser Art, und ich kündige.«

Sie starrten sich aus kurzer Entfernung an. Cozma konnte das vor Frische prickelnde Aftershave Bejenarus riechen, sah glatte, reine Sportlerhaut, gleichmäßig gezupfte Augenbrauen. Da maß einer der Frage, wie ihn die Welt wahrnahm, hohen Wert bei. Er mochte das, es bedingte Integrität und, soweit möglich, Kollegialität. Er selbst dagegen musste grotesk aussehen, unrasiert, ungekämmt, zu weites Maßhemd über einem blutverschmierten Unterhemd, Frieder Roths ausgebeulte Cordhose, dessen mächtige Stiefel. Wie einer eben, der an einen Fall geraten war, für den er zu klein war.

Was ihn mit Dorin Gaman verband, dachte er, der für Machtmenschen wie Sorin Aurescu zu klein war – doch auch für einen verschrobenen Insektenkundler in Liebling?

Er wandte den Blick ab. Liebling 2010. Die Gamans waren zum ersten Mal 2010 in Liebling gewesen. 2010 hatten die Italiener die ehemaligen Flächen der Mircias verkauft, hatte Dragomir Mircia an den Insektenkundler verpachtet. Mircia war im selben Jahr in einem betrügerischen Prozess das Land der Lascus zugesprochen worden. Im Norden, in Arad, waren 2010 Dutzende weitere Hektar an einen anderen bestochenen Mittelsmann gegangen.

Hatte das Spiel 2010 in Liebling begonnen? Sollte es im September 2014 dort enden?

Cozma beschloss, die Entscheidung, ob er bleiben oder fahren würde, Cippo zu überlassen. Entscheide du, dachte er. Er trank Wasser, hielt die offene Flasche im Schoß, wartete auf eine Antwort. Sie ließ nicht lange auf sich warten.

Setz dich an meine Seite, Ioan, und halte die Hand deines einzigen Freundes, während er zusammengeflickt wird!

»Ich habe einen Vorschlag«, sagte Bejenaru. »Du fährst, ich bleibe hier, bis du wiederkommst.«

Cozma drehte den Schraubverschluss der Flasche zu. »Setzt dich an sein Bett und tröstest ihn, sobald du zu ihm kannst?«

»Ja.«

Er stand auf, nahm sein Jacket. »Streichst ihm über die Stirn, wenn er schläft?«

»Auch das.«

Cozma nickte, sah zum Fenster, hinter dem das Blau an Kraft gewonnen hatte. »Weinst um ihn, falls er den Kampf verliert.«

52

Im Süden des Kreises Timiş

ANA DESMEREAN WAR IM SCHATTEN der Berge gestartet. Im Morgengrauen überquerte sie die Grenze zum Kreis Timiş, östlich von ihr kroch das Licht über die fernen Kuppen. Sie flog Nordnordwest, in Richtung Temeswar, hatte aber noch nicht entschieden, wo sie hinuntergehen würde, im Land Ceauşescus und der Securitate oder in einem anderen oder gar nicht mehr. Viorel mit den goldenen Haaren, Viorel mit der goldenen Haut, der sie ins Licht und in die Luft geführt hatte, wo alles einfach und freundlich war, und viele Jahre später zurück in die verhasste Heimat, Viorel war seit fast ebenso vielen Jahren tot. Das also war sein Geheimnis.

Miron half auf seine Weise bei der Entscheidung, schrill und hysterisch dröhnte seine Stimme aus den Kopfhörermuscheln. »Ana, Schatz, wo ist die Robinson, wo ist mein Hubschrauber, was hast du getan?«

Sie drehte die Lautstärke herunter. »Tote gesucht, Miron.«

»Die ganze Nacht?«

»Gestern Abend. Es war zu spät, um heimzufliegen.«

»Ach, du und deine Toten …«

Sie zog die Robinson leicht nach Westen, hielt auf ferne Wolken zu, auf die Reste der Nacht. Der vertraute Anblick von Marthens Land unter ihr würde helfen. Würde sie trösten, so wie der rasch vertraute Anblick Viorels und seines kleinen blauen Flugzeugs sie damals getröstet hatte.

Miron sprach weiter: ruhiger jetzt, sprach sich wie so oft in einen Rausch der Fürsorge. Sie stellte den Regler wieder höher, obwohl sie nicht sicher war, ob sie ihn verstehen wollte. Und was, wenn sie im Ausland seien, sagte er, in Italien oder den USA, viele Landsleute seien ja nach Italien oder in die USA gegangen, oder in Deutschland, Schatz, Ironie der Geschichte, da schaust du dir hier in Rumänien Tote an, während sie in Deutschland am Leben sind oder in Italien oder den USA … Dort müsse man suchen, wäre das nicht besser, dort nach Lebenden zu suchen statt hier nach Toten, vor allem bei den Kosten?

Unter ihr jetzt Marthens Land, die grünen Traktoren, Drillmaschinen zogen Staubwolken hinter sich her. Sie ging tiefer. Wartete auf den Trost, der nicht kam.

»In zwanzig Minuten bin ich zurück, Miron. Ende.«

»Warte!« Aufgeräumt sagte er, Mara Rebreanu habe den Hochzeitstagsflug über die Karpaten auf Sonntag verschoben, ebenfalls dreizehn Uhr. Doch wie es ein glücklicher Zufall wolle, habe gerade ein Mitarbeiter eines dänischen Landwirtschaftsbetriebs bei Arad angerufen, man brauche so bald wie möglich einen Hubschrauber, der Manager müsse zu einem Betrieb im Kreis Braila, »irgendein Kaff nahe dem Delta, fliegst du nach Arad und holst ihn, Ana, Schatz, bitte? Ich glaube, er steht schon da und wartet«. Miron nannte den Namen eines Dorfes westlich der Stadt Arad sowie den des Betriebsleiters, Jensen.

»Hat dein Ukrainer keine Zeit?«

»Mein was? … Ach, Ana. Bitte.«

»Ruf ihn an. So kann er ein bisschen üben.«

»Er braucht keine Übung.«

»Ruf ihn an, Miron.«

»Aber er ist doch in der Ukraine.«

»Gibt es da keine Telefone?«

Sie hörte ihn seufzen, grummeln, dann sagte er: »Es tut mir sehr leid, Schatz, wirklich.« Das schlechte Gewissen war aufrichtig, die

Niedergeschlagenheit auch. Von Timiş über Arad nach Braila waren es knapp sechshundert Flugkilometer, für Flying Banat ein unverhoffter und dringend benötigter Geldsegen.

Zwölfhundert Kilometer insgesamt. Sechs, sieben Stunden, etwas länger, wenn sie gemütlich flog. Fast ein ganzer Arbeitstag in der Luft mit der Robinson. Wo, wenn nicht in der Luft, konnte sie sich am besten von Viorel verabschieden? Nicht zu Hause. Nicht an einem Grab. Nein, hier oben, wo sie mit ihm allein war, dem goldenen Traum einer Sechsjährigen.

»Frag Jensen, ob er zum Flughafen Arad kommen kann«, sagte sie. »Ich tanke da.«

Sie schnitt Miron das Wort ab, nahm Kontakt zum Tower in Arad auf. Dann wählte sie eine Telefonnummer, die Ciprian Rusu ihr gegeben hatte. Eine Frau meldete sich, versprach, die Ermittlungsleitung über die Verschiebung des Karpatenflugs zu informieren.

Ana hatte die Verbindung eben beendet, als unter ihr in den Resten der Nacht Marthens Hof auftauchte. Eine schwarze Limousine näherte sich auf der Zufahrt, passierte das Tor und hielt vor dem Bürogebäude. Erst jetzt sah sie, dass dort ein Mann stand, als hätte er auf den Wagen gewartet. Die ewige blaue Arbeitshose, die Hände in den Taschen, der Rücken leicht gekrümmt, Marthen.

Der Chauffeur öffnete die Wagentüren. Drei Männer stiegen aus. Zwei von ihnen trugen traditionelle arabische Kleidung, auf dem Kopf rotweiß karierte Tücher, um die Körper flatterten die langen weißen Gewänder im Wind.

Nur Marthen sah nicht hoch, als sie die Gruppe überflog.

Dann der Fluss, der schmale Waldstreifen, Coruia.

Ein weiterer Abschied, dachte sie. Aus einem unerfindlichen Grund spürte sie, dass sie Marthen nie wiedersehen würde.

53

Liebling

DIE MORGENSONNE IN DEN AUGEN, eine Zigarette im Mund, stand Cozma zwei Kilometer nördlich von Liebling am Straßenrand und starrte einen Schotterweg hinauf, der fünfzig Meter weiter abrupt endete. Unmittelbar dort, wo hochgewachsenes Gras begann, parkte ein Auto. Dunkelblau, ein japanischer SUV. Aber war der Wagen, mit dem man Cippo durch die Strada Gheorghe Doja geschleift hatte, tatsächlich so klein? Er war ihm größer vorgekommen.

»Und?«, fragte Dan, klang angespannt, ungläubig.

»Könnte schon sein.«

Das Licht hier draußen flirrend, die Gerüche irritierend vielfältig, und über allem das strahlend fröhliche Blau, das Cozma angesichts der Ereignisse der Nacht beinahe nicht ertrug. Auf halber Strecke zu dem Wagen trat er die Zigarette aus und legte die rechte Hand an den Waffengriff. Der SUV hatte eine Anhängerkupplung.

Der Wagen war leer, der Motor nicht mehr warm, auf dem Beifahrersitz lagen eine Wasserflasche, eine zerknüllte Zigarettenschachtel.

»Kriegen wir ihn auf?«

»Wir brechen keine Autos auf, Ioan.«

»Mach schon.«

Er hatte damit gerechnet, dass Dan mithilfe des Smartphones oder iPads die Autosoftware manipulieren würde. Stattdessen nahm er seufzend eine dünne Schnur aus der Jackentasche, formte in der Mitte eine Schlaufe und manövrierte die Schnur über Kante und Rahmen der Fahrertür und auf deren Innenseite nach unten. Als die Schlaufe um den Türknopf lag, zog er sie zusammen, dann nach oben – der Knopf sprang hoch. Cozma ging zum Heck, öffnete die Klappe. Der Geruch von Benzin stieg ihm entgegen. Sein Blick glitt über drei Kanister, eine Schaufel, ein aufgerolltes Sisalseil, lang, stabil. Ein ähnliches Seil hatte er vor wenigen Stunden von Cippos Füßen gelöst.

Sie hatten das Tempo beschleunigt, liefen, Cozma war bald außer Atem. Ein sandiger Pfad führte durch das hüfthohe Gras erst nach oben, dann in eine leichte Senke und wieder auf eine niedrige Anhöhe hinauf. Auch rechts und links von ihnen wölbte und senkte sich der Boden fortlaufend, das Wort »bucklig« passte exakt. Noch immer war kein Haus, kein Mensch zu sehen. Dafür auf dem Weg Fußspuren und Fahrradspuren in beide Richtungen.

Zwei Erhebungen weiter hielten sie inne, gingen im Schutz des Grases in die Hocke. In der Sohle vor ihnen lag ein kleines, aus grauem Stein gemauertes Haus. Die Tür war geschlossen, die grob gezimmerten Fensterläden offen, an der Seitenwand ein Fahrrad, zwanzig Meter links vom Haus befand sich ein Holzschuppen.

»Wie heißt er?«, fragte Cozma.

»Vasile Balan.«

»Vasile Balan, der Insektenkundler.«

»Gute Tarnung hier draußen.«

Sie hatten sich eben erhoben, als Dans Handy leise klingelte. Er telefonierte kurz, sagte zu Cozma: »Das Auto ist auf eine Frau zugelassen, Leana Varga.«

Cozma nickte nur, folgte dem Pfad schon in die Senke hinunter. Unten hielt er sich links, wusste Dan ein Stück rechts von sich. Es fiel ihm schwer, nicht an Cippo zu denken, nicht Cippo zu sehen, während er auf das Haus zuging, Cippo an das Seil gebunden wie totes Vieh, gegen Häuserwände prallend, mit blutverschmiertem Gesicht – weil er, Cozma, auch die zweite Warnung missachtet hatte.

Fast wäre ihm die Bewegung hinter einem der Fenster entgangen. Ein Vorhang zitterte, berührt von einem Körper.

Auch Dan hatte es wohl bemerkt, er rief: »Vasile Balan? *Serviciul Criminalistica* Temeswar.«

Die Tür wurde geöffnet, ein Mann Anfang siebzig erschien, einen Strohhut in der Hand. Noch im Rahmen blieb er stehen, sah vom einen zum anderen. Das weiße Haar wirr, ungepflegter weißer Vollbart, Hornbrille, Hosenträger über dem fülligen Bauch, das helle Hemd halb in der Hose, halb darüber, keine Schuhe, er war barfuß. Etwas umständlich setzte er den Hut auf, schob die Brille zurecht, sagte erstaunt: »Polizei?«

»Vasile Balan?«, fragte Dan.

»Ganz recht.«

Dan stellte Cozma und sich vor, sagte: »Das Auto vorn an der Straße, wem gehört es?«

»Welches Auto?« Balan kratzte sich die Stirn, mit rechts, der linke Arm hing lang und reglos herab. »Ich war seit Tagen nicht weg … Doch, vorgestern, ich habe Brot und Milch im Ort geholt. Da stand noch kein Auto vorn an der Straße.« Seine Stimme klang verunsichert. Er machte den Eindruck, als wäre er aus komplizierten wissenschaftlichen Überlegungen ins Tageslicht hinausgerissen worden.

Sie fragten nach Leana Varga, nach den Gamans, ratlos hob Balan die Schultern, vielmehr: die rechte Schulter, es sah ein bisschen schief aus. Auf seiner Stirn erkannte Cozma einen Schweißfilm, an den Schläfen waren Tropfen zu erkennen.

Dan sprach Russisch, kurze, holprige Sätze, Schulrussisch, erklärte, Dorin Gaman sei möglicherweise in eine Straftat verwickelt, Westrom Soil eine Agentur, die Agrarflächen vermittele, alles verstanden?

»Natürlich«, erwiderte Balan überrascht und fuhr in fließendem Russisch fort, er habe fünfzehn Jahre lang in Moskau gelebt und unterrichtet, aber weshalb dieser Wechsel ins Russische, das komme ihm nun doch reichlich merkwürdig vor, kann ich bitte Ihre Dienstausweise sehen? Sie reichten sie ihm. Er senkte das Kinn bis zum Hals, als müsste er über die Brille schauen, hielt beide Ausweise in der rechten Hand. Cozma sah ihn schlucken, sah, wie sich der linke Arm und die Finger verkrampften. »Ich verstehe nur nicht, was Sie hierherführt.«

»Dragomir Mircia«, sagte Cozma.

»Herr Mircia?«

»Sie kennen ihn?«

»Natürlich, ich lebe ja auf seinem Grund, ich habe ihn *gepachtet.*« Es klang fast stolz, ein der Welt entrückter Professor, der so diesseitige Vorgänge handhaben konnte, wie Unterschriften unter Verträge zu setzen, Land zu pachten.

Der linke Arm war wieder entspannt, bewegte sich nicht.

Sie bekamen die Ausweise zurück.

»Was ist mit Ihrem Arm?«, fragte Cozma.

»Ein dummes Malheur. Wenn alte Männer auf morsche Leitern steigen …« Er habe farblich veränderte Rinde von einem Berg-Ahorn sicherstellen wollen, da sei die vorletzte Sprosse gebrochen, er sei heruntergefallen, nicht zum ersten und nicht zum letzten Mal. Zum Glück sei der Arm nur gestaucht.

Cozma sagte nichts, auch Dan schwieg. Auf Balans linker Brustseite war plötzlich ein dunkelroter Fleck aufgetaucht, der sich langsam vergrößerte. Aus den Schweißtropfen im Gesicht waren Rinnsale geworden, der Mund stand leicht offen, der Atem ging stoßweise. Balan senkte den Kopf, sah auf die eigene Brust, dann fixierten die Augen hinter der Brille Cozma, ein langer, nachdenklicher Blick, er spürte, dass Entscheidungen getroffen wurden.

Schließlich stützte Balan sich mit der rechten Hand an der Hauswand ab, ließ sich ächzend auf die Schwelle nieder. Achtlos warf er den Hut von sich, die Brille hinterher, sagte: »Er liegt im Schuppen, hat versucht, mich zu erschießen.«

Der Schuppen war nicht viel mehr als ein niedriger Unterstand, kaum zehn Quadratmeter groß, Schaufeln, Hacken, eine Schubkarre und Ähnliches aufgereiht an einer Wand, eine Art Werkbank mit Kleinwerkzeug gegenüber. »Er« war ein Mann zwischen dreißig und fünfunddreißig, lag unter einer transparenten Plane, der Hals an einer Seite aufgerissen, in der Mitte der Brust eine weitere Schussverletzung, beide vermutlich tödlich. Die entseelten Augen waren halb geöffnet, starrten Cozma an. Auf dem Bauch lag wie ein etwas höhnischer Abschiedsgruß Vasile Balans eine Pistole mit Schalldämpfer.

Der Kreis begann sich zu schließen.

Der Tote war der Mann aus der Iulius Mall.

Dan hatte Balan ins Haus geholfen, aufs Bett, das an einer Längswand des einzigen Raums stand. Dort lag er, das Hemd aufgeschnitten, ein notdürftiger Verband gelöst, schwitzte und ächzte. Dan stand über ihn gebeugt und betrachtete die Verletzung oberhalb der linken Brust, sagte etwas verwundert: »Das ist eine Austrittswunde.«

»Natürlich. Er ist von hinten gekommen.«

»Und Sie? Hatten zufällig eine Pistole griffbereit?«

»Hab ihm Sand in die Augen geworfen. Alte Reflexe.«

»Und ihn mit der eigenen Waffe erschossen?«

»Der Weg ins Haus war zu weit.« Kraftlos hob Balan die rechte Hand. »Unter der Tischplatte.«

Dan trat zum Tisch, kehrte mit einer Automatik zurück, die auf einem Taschentuch in seiner Hand lag, zeigte sie Cozma. Er warf die Patrone im Lauf aus, Waffe und Magazin kamen in Spurenbeutel.

Balan sagte: »Im Kühlschrank ist Wasser, wenn Sie mir …«

Diesmal ging Cozma, fand einen gefüllten Glaskrug im Kühlschrank, inmitten von Einmachgläsern mit offensichtlich toten Insekten, die er sich nicht genauer ansah. Das Haus selbst erinnerte ihn an das der Lascus, ein ärmliches Bauernhaus, sicherlich ein Jahrhundert alt, kleine Fenster, dämmrig, Kamin, ein paar zusammengewürfelte Möbelstücke. Ans Bett schlossen sich selbst gezimmerte Tapeziertische an, eine Arbeitsfläche, etwa vier Meter lang. Darauf standen verschiedene Mikroskope, Glaskästen, weitere Einmachgläser, die meisten leer, in manchen schien es zu leben, außerdem zahllose filigrane Werkzeuge, überall lagen Zettel, Schreibhefte. An der Wand darüber hingen kleine Lampen, gepinnte Fotos, Nahaufnahmen von Insekten und Pflanzen, soweit er es erkennen konnte.

Auf dem Tisch stand ein Trinkglas, ohne Insekten, er nahm es mit.

Nachdem Balan getrunken hatte, schob Cozma dessen bloße Füße ein Stück beiseite und setzte sich auf die Bettkante. »Die Insektenkunde stimmt?«

»Ein Jugendhobby. Seit neunzig betreibe ich sie professionell, ich brauchte Stille, Zurückgezogenheit nach all dem Lärm und dem Wirrwarr. Politische Umbrüche sind nichts für mich.« Balan wandte den Blick nicht von ihm ab. Irgendetwas schien in seinen Augen aufzuglimmen, Neugier, dachte Cozma, Wiedererkennen, nur ein flüchtiger Moment, dann war es vorbei.

Balan kannte ihn. Vielmehr: seine Vergangenheit.

»Wie ist Ihr richtiger Name?«

»Was haben Sie gegen Vasile Balan?«

»Fürs Protokoll, bitte.«

»Vergessen. Wie der Tote, der ihn getragen hat.« Balan seufzte eine Schmerzwelle lang, zog die Mundwinkel auseinander, die Lippen waren zusammengepresst. Die Welle schien zu verebben. »Ich will einen Deal, sonst ist unser Gespräch jetzt beendet.«

Dan schnaubte durch die Nase. »Der Deal ist, dass wir Sie ins Krankenhaus schaffen und Ihnen das Leben retten.«

Balan starrte ihn erstaunt an, nickte. »Ja, ein guter Deal, retten

Sie mir das Leben. Aber die werden wieder jemanden schicken. Heute, in zwei Monaten, in fünf Jahren. Passen Sie dann auch noch auf und retten mir das Leben?«

»Wer wird wieder jemanden schicken?«, fragte Cozma.

»Steht der Deal?«

»In groben Umrissen, ja.«

»Ein Ehepaar aus Temeswar, Gaman. Die Frau ist fürs Strategische zuständig, der Mann fürs Praktische.«

»Dorin und Nicoleta Gaman?«

»Richtig.« Balan wies auf einen Schrank am Fußende des Betts. »Da sind Handtücher und ein Gürtel. Einer von Ihnen sollte jetzt anfangen, mir das Leben zu retten.«

Dan brachte beides, legte das Handtuch gefaltet auf die Wunde und fixierte es, indem er den Gürtel von der linken Achselhöhle Balans zur rechten Halsseite führte. Balan schloss die Augen, bleckte die Zähne, sog die Luft mit einem Zischen ein. Einer, der gelernt hatte, Schmerzen auszuhalten, dachte Cozma. Schmerzen zuzufügen.

Einer wie er.

»Die Gamans haben den Mann im Schuppen geschickt?«

»Mikki irgendwas, einer ihrer Schläger.«

»Es gibt mehrere?«

Ein kurzer Moment des Zögerns. »Zwei. Mikki und ein Schwabe, Adam.«

»Ein Banater Schwabe? Deutschstämmig?«

»Behauptet er zumindest. Er spricht kein Wort Deutsch.«

»Wie finden wir Adam?«

»Indem Sie hier auf ihn warten. Irgendwann wird er kommen und nach Mikki suchen. Oder Sie observieren die Gamans. Er ist meistens da, wo sie sind. Sie haben Angst, vor allem der Mann, Dorin. Adam passt auf ihn auf. Schmal, groß, hageres Gesicht, stechende Augen, hat was von einem Adler. Unterschätzen Sie ihn nicht, er ist clever.«

»Wovor haben die Gamans Angst?«

Balan hob die rechte Schulter. »Bin nicht in ihre Geschäfte eingeweiht. Aber ich schätze, sie haben sich mit einflussreichen Leuten angelegt.«

Dan war vor die Hütte getreten, Cozma hörte ihn telefonieren. Er musterte den Mann, der nicht Vasile Balan hieß, spürte, dass er am Ziel war. Die Gamans waren die Strippenzieher, hatten die Morde in Auftrag gegeben. Doch ihre Macht, ihr Wissen hatten sie von diesem Mann. »Warum wollen die Gamans Sie töten lassen, wenn Sie nicht eingeweiht sind?«

»Irgendwas wird schiefgegangen sein, und sie räumen auf. Ich kann mir vorstellen, dass Sie auch Dragomir Mircia das Leben retten müssen. Er weiß von mir.«

»Zu spät«, sagte Cozma.

Balan hob die Brauen. »Armer Kerl. Wann kommt der Hubschrauber?«

»Kein Hubschrauber«, erwiderte Dan, der eben zurückkehrte, »ein Krankenwagen.« Er sah Cozma an, das längliche Gesicht ausdruckslos wie immer, neigte den Kopf. Sie traten zum Tisch, standen dicht nebeneinander, mit dem Rücken zu Balan. Leise berichtete Dan, Leana Varga sei Mikkis Frau, ein Team bereits zu ihr unterwegs. Außerdem hätten die Gamans ihr Haus vor zehn Minuten verlassen, Ovidiu sei dran, sie führen Richtung Cetate, vermutlich ins Büro wie angekündigt.

»Sie werden nicht einfach abwarten, was passiert«, sagte Cozma.

Dan schwieg.

»Was?«

»Ich frage mich, ob wir am Ende an sie rankommen.«

»Ja«, sagte Cozma. Noch boten die einflussreichen Leute Schutz. Sie gingen zu Balan zurück. »Wann ist der Mann mit Ihrem richtigen Namen gestorben?«

»Muss 2009 gewesen sein. Ein Haus ist abgebrannt, er war drin.

Stellen Sie sich vor, manchmal wache ich nachts von seinen Schreien auf.«

»Die Gamans haben das arrangiert?«

»Dorin.«

»Die Universität in Moskau?«

»Auch. Das ganze Leben des Vasile Balan. Stundenlang hat er an einer Legende gebastelt. Namen vorgeschlagen und verworfen. Ehefrauen. Krankheiten. Hobbys. Er saß in Bukarest in meiner Küche und hat Daten hin und hergeschoben wie ein Kind Bauklötze. Er hat viel Fantasie. Sie organisiert die Geschäfte, er die Menschen.« Balan klang jetzt erschöpft. An den Handtuchrändern war Blut aufgetaucht, er schwitzte wieder.

Cozma nahm ein weiteres Handtuch aus dem Schrank, feuchtete es über der Spüle mit Wasser an, legte es Balan auf die Stirn. »Wie haben die Sie aufgetan?«

»Blanker Zufall.«

»Nämlich?«

»Er ist in Bukarest auf der Straße in mich gelaufen. War sehr freundlich. Hat mich zum Kaffee eingeladen, später zum Abendessen mit seiner Frau. Ich hätte gern einen Sohn gehabt. Einen wie ihn, warum nicht. Meine Frau ist früh gestorben. Na ja.«

»Die echte oder eine der falschen?«

»Sowohl als auch.« Balan deutete ein Lächeln an.

»Sie glauben wirklich, dass es Zufall war?«

»Er behauptet es. Andererseits, Zufälle passen nicht zu ihnen. Möglicherweise hat er irgendwo irgendwas über mich erfahren. Ich weiß es nicht.«

»Später hat er Sie hergebracht. Als die Legende stand.«

»Er wollte mich in seiner Nähe haben.«

»Sie und das Archiv.«

Balan hob die Brauen, nickte anerkennend.

»Ist es hier, im Haus?«

»Draußen.«

»Fotokopien?«

Balan lächelte angestrengt, musste den Schmerz kontrollieren. »Nullen und Einsen.«

»Sie haben es digitalisiert?«

»Eingescannt. Lässt sich leichter durchsuchen und verstecken als zehntausend Fotokopien. Ein Monat ohne meine kleinen, hübschen *Ranunculaceae* und *Mutillidae*, dafür wieder der Wirrwarr der Ceauşescu-Zeit, ein Albtraum.«

»Was genau enthält dieses Archiv?«, fragte Dan.

Balan sah Cozma an, sagte: »Ich bin gespannt.«

»Securitate-Unterlagen aus den siebziger und achtziger Jahren. Vernehmungsprotokolle, Prozessmitschriften, heimliche Aufnahmen von Gesprächen, Observierungsprotokolle. Alles, was irgendeinen der Beteiligten kompromittieren könnte – Richter, Bürgermeister, Polizisten, Staatsanwälte, Ärzte, Firmendirektoren. Sorin Aurescu, zum Beispiel.«

»Nicht zu vergessen ein …« Balan unterbrach sich. »Wann kommt der Krankenwagen endlich?«

»In zehn Minuten«, sagte Dan.

»Vielleicht sollten Sie draußen warten.« Balan hustete trocken, rang nach Luft. »Adam könnte bald auftauchen. Achten Sie auf lange, schmale Schatten. Auf plötzliche Stille, die *Grylloideae* verstummen vor Schreck, wenn sie ihn wittern.«

»Schon recht«, sagte Dan.

Sie warteten, bis er das Haus verlassen hatte.

»Nicht zu vergessen ein Hauptkommissar des *Serviciul Criminalistica* Temeswar«, vollendete Balan.

»So ist es.«

»Hat Gaman Sie mit dem Vernehmungsprotokoll erpresst?«

»Gewarnt.«

»Sie sollten die Ermittlung manipulieren?«

»Darauf wäre es hinausgelaufen.«

»Trotzdem sind Sie hier.«

Cozma zuckte die Achseln. »Und Sie beantworten meine Fragen.«

»Wenn die nicht versucht hätten, mich umzubringen, hätte ich kein Wort gesagt. Ich schätze, das unterscheidet uns beide. Wer sich tagein, tagaus mit Windröschen, Ameisenwespen und ihresgleichen befasst, begreift irgendwann, dass ein schlechtes Gewissen eine vollkommen überflüssige Erfindung des Menschen ist.«

»Wie kommt Gaman an die Informationen, die er braucht?«

»Er besucht mich, wir gehen spazieren, er sagt: Hast du was über einen Ermittler bei der Polizei in Temeswar? Über einen Politiker, der in Timiş was zu sagen hat? Ein Richter im Kreis Arad wäre gut. Ein Bürgermeister. Er fährt heim, ich grabe einen der beiden USB-Sticks aus und fange an zu suchen. Mikki kommt, holt die Ausdrucke. In Ihrem Fall musste es allerdings schnell gehen. Etwas war geschehen. Dorin hat angerufen, Mikki war schon auf dem Weg.«

»Sie haben ein Mädchen ermordet. Ich vermute, es war nicht geplant, sie waren nicht vorbereitet.«

»Ein Mädchen?«

»Eine junge Frau, achtzehn. Lisa Marthen.«

»Kein Wunder, dass ihnen alles um die Ohren fliegt.« Balan tastete mit der Hand nach dem Gürtel über seiner Brust, als wollte er dessen Sitz überprüfen. »Warten Sie nicht, Cozma.«

»Worauf?«

»Auf Worte des Bedauerns. Sie müssen verstehen, diese Welt ist nicht mehr die meine. Ich nehme keinen Anteil daran, sonst würde ich verlorengehen. Kein Mitgefühl. Die Menschen sind mir egal.«

»Mircias Tod bedauern Sie.«

»Er hat mich ein paar Mal hier besucht, hat Rotwein gebracht. Ich weiß zu viel über ihn, um seinen Tod nicht zu bedauern. Ein trauriger Mann.«

»Haben Sie Namen für mich? Aus meinem Team, der Polizeidirektion?«

»Später.«

»Ein Richter? Wir haben keine Durchsuchungsbeschlüsse für Wohnung und Büro der Gamans bekommen.«

»In Temeswar, Cozma, im Büro Ihres Chefs und in Gegenwart eines Rechtsanwaltes. Da erfahren Sie dann auch, wo Sie buddeln müssen. Aber ich erzähle Ihnen, woher ich das Archiv habe.« 2003 sei überraschend ein ehemaliger Kollege erschienen, habe Holzkisten bei ihm untergestellt. Der Bekannte sei nie wieder aufgetaucht. Irgendwann habe er die Kisten geöffnet. Erst habe er vorgehabt, die halbvergilbten Unterlagen im Wald zu verbrennen. Dann habe er sich eines anderen besonnen. Das Archiv mochte sich irgendwann versilbern lassen, und wenn auch nur als Gegenleistung für einen Deal mit dem IICCMER.

Die Angst vor den Jägern, dachte Cozma. »Ein Faustpfand.«

»Sie haben nicht vorgesorgt, was?«

»Nein. Ich habe mich nur weggeduckt, aber nicht tief genug.« Cozma deutete auf die notdürftige Kompresse, die sich mit Blut vollgesogen hatte. »Sie brauchen ein neues Handtuch.«

Balan löste den Gürtel um seine Brust. »Ihre Aufgabe.«

Ein Handtuch und ein Glas Wasser später sagte Cozma: »Die Schläger der Gamans, Mikki und Adam. Einer fehlt.«

Balan ließ sich nichts anmerken.

»Der, der Mircia und Lisa Marthen getötet hat, außerdem einen Bauernjungen, Adrian Lascu.«

»Wie gesagt, ich bin nicht eingeweiht. Mircia kannte ich, die anderen nicht.«

»Er hat Ihnen nichts davon erzählt?«

»Wer?«

»Petre Fuia.«

Balan hielt seinem Blick stand, die Augen müde, versuchten nicht zu verbergen, dass es da Geschichten zu erzählen gab. Dass er Petre Fuia schützen wollte, aus welchem Grund auch immer. Eigentlich kam ja nur ein Grund in Frage, dachte Cozma. Fuia, achtundvierzig, eines der »Dekretkinder«, ohne Eltern aufgewachsen, wohl als Jugendlicher von der Securitate rekrutiert. Balan, um die siebzig, der wusste, wie man Schmerzen aushielt und zufügte, was er wohl bei der Securitate gelernt hatte.

»Er lebt nicht mehr«, sagte Cozma. »Die deutsche Polizei hat ihn vergangene Nacht erschossen.«

Balan schlug die Augen nieder, das Gesicht versteinerte.

Dann erzählte er.

Er hatte den dreizehnjährigen Petre Ende der siebziger Jahre im Sozialwaisenhaus als Nachwuchs für die Securitate rekrutiert, hatte ihn alle paar Monate besucht, sich »Onkel« nennen lassen. Anfang der Achtziger hatte er ihn in den Dienst geholt und aus der Ferne betreut, während der Junge ausgebildet worden war. Nach 1990 hatten sie sich aus den Augen verloren, hatten auf unterschiedliche Weise versucht, jemand anders zu werden, um sich im neuen Rumänien über Wasser zu halten. Petre war über alte Seilschaften zum neuen rumänischen Nachrichtendienst gekommen. Er selbst hatte sich aus diesen Seilschaften ausgeklinkt, was vielleicht ein Fehler gewesen war; aber er hatte eben ein Leben in Stille und Zurückgezogenheit führen wollen nach all den Kämpfen und dem Chaos vor und nach dem Umbruch. Irgendwann in den Zweitausendern hatte Petre Fuia den SRI verlassen und wieder Kontakt mit ihm aufgenommen.

»2003«, sagte Cozma. »Er ist der ehemalige Kollege, richtig?«

Balan nickte vage. »Ich glaube, er hat den Mann, der die Unterlagen heimlich kopiert hat, 1989 für die Securitate liquidiert. Seinen Vorgesetzten hat er erzählt, er hätte sie samt der Leiche verbrannt. Im Juni 2003 kam er zu mir und sagte: Ich habe ein Geschenk für dich, Onkel. Ich weiß nicht, was man damit machen kann. Bei dir ist es besser aufgehoben. Aber es ist sehr schmutzig und stinkt.« Balan lächelte. »Das Papier roch modrig, er hasste solche Gerüche. Und er hasste Socken und Schuhe, trug nur Sandalen, selbst bei minus zwanzig Grad, können Sie sich das vorstellen? Er war voller

Wut und Kälte, von Anfang an. Schon bevor ich ihn zum ersten Mal traf. Er brauchte Aufgaben, jemanden, der ihn führte, ihm sagte, tu dies, tu jenes. Und er brauchte jemanden, der ihm zeigte, wie man die Wut und die Kälte verbirgt. Ich habe nie wieder einen Menschen getroffen, der über so viel Selbstkontrolle verfügte wie er. Aber es gab Probleme mit Frauen. Prostituierte, natürlich. Da verlor er die Kontrolle. Immer wieder landete eine im Krankenhaus. Na ja. Wir hatten nach Juni 2003 wieder mehr Kontakt, aber ich wusste nicht, wo und wie er lebte, was er machte. Er kam 2010 mit mir nach Temeswar, ich habe ihn den Gamans zugeführt, er war der Erste von ihren Schlägern.« Balan nickte Richtung Fenster. »Na endlich.«

Cozma ging zur Tür. Ein Dutzend Männer und Frauen in Zivil oder Uniform hatten den letzten Buckel überwunden und liefen den Hang hinab, Kollegen aus dem Ermittlungsteam, dazu eine Ärztin und zwei medizinische Assistenten in der roten Kleidung des Rettungsdienstes SMURD. Er machte Platz, als sie eintraten, beantwortete Fragen zu Balans Zustand, dann ging er hinaus, rauchte, während Dan die Kollegen instruierte.

Hörte Dans Telefon.

Sah, wie sich das längliche Gesicht vor Bestürzung verzog.

Nein, dachte er. Nicht jetzt, ohne mich.

Er musste doch dabei sein, falls es geschah. Musste Cippo doch begleiten.

Atemlos trat Dan zu ihm.

Die Gamans waren verschwunden.

54

Arad, Hauptstadt des gleichnamigen Kreises

DER MANN NAMENS JENSEN war nicht gekommen.

Ana Desmerean hatte die Robinson aufgetankt, brachte die Zapfpistole am Schlauch jetzt zur wenige Meter entfernten Station zurück. Zehn Minuten noch, dann würde sie nach Temeswar zurückfliegen.

Sie rief Miron an.

Miron rief die Dänen an.

»Er kommt«, sagte er. »Ein paar Minuten noch. Irgendwas mit dem Auto.«

Ein SMURD-Rettungshubschrauber war im Landeanflug. Ana startete die Robinson, parkte sie ein Stück neben der Tankstation, setzte sich in die offene Tür. Viorel und Marthen, die beiden Ungreifbaren, binnen weniger Stunden aus ihrem Leben verschwunden. Der goldende Traum zu Ende, genau wie ihre kleine Schwärmerei. Sie wusste noch nicht, wie sie damit umgehen sollte.

Aber war es wirklich so schlimm? Oder war es nur schlimm, weil sie sich an beide gewöhnt hatte? Der Traum hatte sie in der Vergangenheit gehalten, die Schwärmerei in der Gegenwart. Jetzt musste sie sich selbst halten. Das war alles.

Weitere zwanzig Minuten verstrichen. Jensen kam nicht.

»Ich verschwinde«, sagte sie.

»Das geht nicht«, sagte Miron. »Eben war ein Bote da, sie haben bezahlt.«

Kühler Wind kam auf, sie fröstelte. Gähnend schloss sie die

Augen, streckte die Arme von sich. Viorel hatte sie einst aus der Nacht ins Licht gebracht, Miron vor fünf Jahren zurück in die Nacht. Jörg Marthen hatte sie mit dem Leben verknüpft. Alle diese Männer waren nun fort. Sie war allein.

Aber dafür frei.

»*Alo*«, sagte eine Stimme kaum hörbar neben ihr.

Erschrocken drehte sie den Kopf. Im Gegenlicht stand ein Mann, das Gesicht nicht zu erkennen. Eine seltsame Gestalt, der Oberkörper zu schmal, die Beine zu dünn, die Arme zu lang, die schwarze Jacke in den Schultern zu breit. Die Haare waren straff nach hinten gezogen, vielleicht im Nacken zusammengebunden. Neben ihm stand eine prall gefüllte Reisetasche auf dem Asphalt.

»*Mr. Jensen?*«

Sie sah ihn nicken, hörte die leise Stimme wieder: »Adam.«

Sie flogen nach Südosten, direkt in Richtung des Kreises Braila, der fast so weit im Osten Rumäniens lag wie Arad im Westen. Jensen saß auf dem Sitz schräg hinter ihr, neben sich die Reisetasche, die er nicht im Laderaum hatte deponieren wollen. Sie hörte seine ruhigen, gleichmäßigen Atemzüge in den Hörermuscheln, manchmal sogar das Rascheln der Polyesterjacke. Noch immer fröstelte sie, als hätte er den kühlen Wind in die Kabine mitgebracht. Die Geräusche und das Frösteln brachten ihre Gedanken durcheinander. Sie hatte an Viorel denken wollen; der Mann hinter ihr schien es zu verhindern, ohne ein Wort zu sagen.

Er sprach erst wieder, als die waldreichen Ausläufer der Karpaten unter ihnen dahinglitten. In fließendem Rumänisch sagte er: »Wir fliegen nach Lugoj.«

Das Frösteln wurde zum kalten Schauer. Lugoj lag südlich und längst ein Stück zurück. »Nicht nach Braila?«

»Erst Lugoj.«

Er beugte sich vor, deutete auf das iPad, das sie oberhalb der Instrumententafel befestigt hatte und das die Route nach Braila anzeigte. Sie nahm die linke Hand vom Pitch, fuhr mit dem Zeigefinger über den Touchscreen, bis sie Lugoj gefunden hatte. Dann korrigierte sie die Zielkoordinaten und zog die Robinson mit klopfendem Herzen in eine weite Kurve.

Braila, dachte sie, war nie Jensens Ziel gewesen.

Jensen, der kein Däne war.

Sie verdrängte die Angst. Lugoj befand sich im Kreis Timiş, vertrautes Territorium. Und *ihre* Hände lagen an Pitch und Stick, nicht die des Mannes hinter ihr.

Wenige Minuten später spürte sie eine Berührung an der Schulter. Erschrocken wandte sie sich zu ihm um, sah ihn zum ersten Mal genauer an. Wässrige Augen, die Pupillen winzig. Graue Haut, als wäre das Blut daraus gewichen. Zahllose Falten, vereinzelte Bartstoppeln, die Nase kantig und groß.

Er legte den Zeigefinger an die Lippen.

Ana verstand. Kein Wort zu den Lotsen.

Sie wich zur Seite, als er sich erneut vorbeugte. Der lange Arm reichte bis zum iPad, mit zwei Fingern vergrößerte er einen Ausschnitt wenige Kilometer nördlich von Lugoj, bis nur noch ein Dorf mit einer Handvoll Straßen nahe dem Autobahnkreuz A1/A6 zu sehen war, Paru. Ein dünner, knochiger Finger deutete darauf. Sie spürte seinen Blick, der kleine, vogelartige Kopf dicht an ihrem Gesicht. Sie wagte es nicht, ihn anzusehen, nickte nur.

Sie würde in Paru landen.

55

Nahe Paru, Timiş

IOAN COZMA RANNTE, WIE ER noch nie in seinem Leben gerannt war. Seine Füße stolperten über die Unebenheiten des Feldwegs, immer wieder strauchelte er. Die kühle Morgenluft brannte in seinen Lungen, in seiner Seite stach es längst. Und doch schien er unendlich langsam voranzukommen, viel zu langsam.

Hinter sich hörte er den Rettungshubschrauber starten und abdrehen. Er hatte sich östlich der Autobahn absetzen lassen. Paru lag westlich davon, gut eineinhalb Kilometer entfernt. Doch der Hubschrauber war rot und weithin zu sehen, und Cozma wollte nichts riskieren. Er durfte Adam nicht unterschätzen.

Ein vager Plan, spontan am Flughafen von Arad entstanden. In einem SMURD-Rettungshubschrauber war Cozma Ana Desmerean und dem Mann, den er für Adam hielt, gefolgt. Dan war im Tower am Radar geblieben. Sämtliche Polizeistationen entlang der Route nach Braila waren informiert worden, wenn auch nur für alle Fälle. Nachdem Cozma wegen der Verschiebung des Karpatenflugs bei Flying Banat angerufen und von dem Auftrag der »Dänen« erfahren hatte, war er davon ausgegangen, dass Braila eine Finte war. Irgendwo, nicht weit von Temeswar entfernt, würden die Gamans zusteigen.

Ana Desmerean und Adam waren vor zehn Minuten in Paru gelandet. Seitdem war nichts geschehen. Niemand war gekommen.

Einhundert Meter vor der A6 bog der Feldweg abrupt nach Süden ab. Cozma lief auf dem Acker weiter. Sank tief in feuchte Erde, kam ins Straucheln. Er presste die rechte Hand in die Seite, das Stechen blieb.

Endlich erreichte er die Autobahn. Nach Norden herrschte wenig Verkehr. Mit erhobenen Händen, das Gesicht den Entgegenkommenden zugewandt, überquerte er die Fahrbahn, begleitet von wildem Gehupe. Keuchend stieg er über die Leitplanke des Mittelstreifens. Richtung Lugoj waren mehr Fahrzeuge unterwegs, er musste warten. Nach einer Minute öffnete sich eine Art Lücke. Drei Autos wichen aus, bremsten scharf, wieder Gehupe.

Schließlich war er drüben.

Ein weiteres Feld, eine lichte Reihe Bäume, dann betrat er Paru von Osten her. Vor einer kleinen orthodoxen Kirche wartete ein Zivilfahrzeug der Polizeistation Lugoj. Cozma stieg in den Fond, ließ sich erschöpft zurücksinken. Links vor ihm eine Frau, rechts ein Mann, beide etwas jünger als erst selbst, Mitte vierzig. Sie trugen Uniform, dunkelblaue Jacke, hellblauer Besatz am Oberkörper.

Sie ließen ihm einen Moment Zeit.

»Die Lebensmüden aus der Großstadt«, sagte der Mann dann, die Stimme spöttisch.

Cozma lehnte sich ächzend vor, schüttelte Hände, speicherte Namen ab, Emilia und Filip, er mit dichtem grauem Haar, grauem Schnurrbart, sie mit wächserner Haut, Müdigkeit in jeder Faser des Gesichts, die Augen warm. »Und?«, fragte er.

»Nichts Neues«, erwiderte sie.

»Nur dass der Kerl zweimal telefoniert hat«, ergänzte Filip.

»Wo ist euer Kollege?«

»Im Eckhaus. Es steht seit drei Jahren leer. Die Familie ...«

»Ja«, unterbrach Cozma ihn ungeduldig.

Ein weiterer Kollege meldete sich über Funk. Gerade war ein brauner Dacia Duster von der Autobahn kommend auf die Straße abgebogen, die nördlich an Paru vorbeiführte.

»Unbefestigt«, sagte Emilia. »Nicht mal eine Gemeindestraße. Keine Häuser. Wer da fährt, wird im Ort nicht bemerkt.«

»Dann los«, entgegnete Cozma.

Eine Straße südlich von dem Dacia Duster fuhren sie in dieselbe Richtung. Vor dem letzten Haus hielt Emilia, sie stiegen aus, eilten geduckt über eine breite Rasenfläche zur Tür, in der sich kein Schloss befand. Cozma nahm leere Räume wahr, aufgequollene PVC-Böden, schüttelte eine weitere Hand, hörte einen weiteren Namen, Ştefan, höchstens zweiundzwanzig, rosiges Bauernsohngesicht, aufgeregt, roch nach Adrenalin, in der Hand die Dienstwaffe. Er hatte keine Jacke an, unter den Achseln des hellblauen Uniformhemdes mächtige Schweißflecken. Wortlos führte er Cozma zu einem Fenster mit eingeschlagener Scheibe, hielt ihn mit dem freien Arm im Sichtschutz der Wand. Doch dann ließ er ihn nicht aus dem Schutz heraustreten, der Arm eine unüberwindbare Schranke, zitternd vor Anstrengung, Cozma gelang es nicht, ihn zur Seite zu schieben.

»Ştefan!«, zischte Emilia.

Ein erschrockener Blick, endlich ließ er den Arm sinken.

Vorsichtig trat Cozma von der Seite ans Fenster, sah die Schotterstraße, die in kaum zehn Metern Entfernung am überwucherten Garten des Hauses vorbeiführte. Zentimeterweise bewegte er sich weiter. Der Hubschrauber kam in sein Sichtfeld, ein gutes Stück daneben Adam, groß, hager, Zopf aus langen grauen Haaren, die Hände in den Jackentaschen. Ana Desmerean stand bei ihm, klein, schmal, Bubikopf-Schnitt, die Arme vor der Brust verschränkt, die Schultern nach oben gezogen, verrieten ihre Angst. Wie schon in Arad suchte Cozmas Blick fast automatisch den Hals, von dem Cippo geschwärmt hatte, aber sie hatte den Kragen der Jacke hochgeschlagen.

Beide beobachteten, wie der Duster vor ihnen zum Stehen kam. Dorin Gaman und eine Frau stiegen aus, Nicoleta, Businesskostüm mit Rock, Schuhe mit hohen Absätzen, an Hals und Handgelenken funkelte es golden.

»Sie sind es«, sagte Cozma.

Er hörte Geräusche hinter sich, dann telefonierte Emilia.

Die Gamans traten zum Heck des Autos, holten Reisetaschen und einen Koffer heraus. Nicoletas Bewegungen wirkten zielgerichtet, übertrieben elegant.

»Da ist was faul«, flüsterte Ştefan. Er kniete auf dem Boden, verfolgte über den Rand des Fensterrahmens, was auf der Straße geschah.

»Was meinst du?«

Vor dem Duster sprach Adam mit Ana Desmerean, die zum Hubschrauber ging, von außen die Mechanik zu checken schien, offenbar die Vorflugkontrolle. Adam ließ sie nicht aus den Augen, als rechnete er damit, dass sie zu fliehen versuchte. Sie machte keine Anstalten. Zu viel Angst, dachte Cozma.

»Deine Leute sind unterwegs«, informierte Emilia ihn.

Er nickte, sagte: »Ştefan?«

»Weiß nicht. Wir sollten raus. Näher ran.«

»Noch nicht.« Cozma ließ den Blick über den Garten gleiten. Ein paar Büsche, hohes, lichtes Gras, mehrere überwachsene rechteckige Flächen, die einmal Beete gewesen sein mussten. Rechts von ihm, wo Emilia sich befand, führte eine Tür in den Garten hinaus. Wenn sie sie öffneten, würden sie bemerkt werden.

Doch irgendwann bald, dachte er, mussten sie raus. Adam und die Gamans durften nicht in den Hubschrauber steigen.

»Jetzt wär die Geisel aus dem Weg!«, sagte Ştefan.

»Wir warten, bis sie zum Hubschrauber gehen.« Cozma instruierte die Kollegen: Ştefan und er durch die Tür in den Garten, Emilia und Filip durch die Haustür, dann über die Querstraße. So kämen sie von zwei Seiten.

Draußen war Nicoleta Gaman zu Adam getreten, sprach auf ihn ein. Eine schöne Frau, Gestus einer Herrscherin, aber sie zeigte Respekt und Vertrautheit.

Adam nickte bedächtig.

Dorin Gaman kam zu ihnen, reichte ihm den Koffer. Sie wandten sich dem Hubschrauber zu, die Gamans mit Reisetaschen, hinter ihnen Adam mit dem Koffer, entfernten sich vom Haus.

»Scheiße«, murmelte Ştefan mit nervöser Stimme.

»Emilia, Filip, zur Tür«, sagte Cozma.

In diesem Moment stellte Adam den Koffer ab und zog eine Pistole unter der Jacke hervor. Er hob sie, schoss Dorin Gaman in den Hinterkopf, richtete sie auf Nicoleta, die sich mit einem Aufschrei umdrehte, und schoss ihr ins Gesicht.

Beide fielen.

»Zugriff!«, rief Cozma mit unterdrückter Stimme.

Ein weiterer Schuss krachte, als er die Tür in den Garten öffnete und hinaussprang. Adam stand mit dem Rücken zu ihm über den Gamans. Der Arm mit der Waffe schwenkte zur Seite, erneut fiel ein Schuss. Noch schien Adam sie nicht gehört zu haben, vielleicht weil Ana Desmerean in Panik schrille Schreie von sich gab.

Und wieder rannte Cozma wie noch nie zuvor.

Plötzlich begann auch Ştefan zu schreien. Die Pistole in den erhobenen Händen, überholte er Cozma und rannte brüllend auf Adam zu, der herumgefahren war, keine Chance hatte, Ştefan hatte schon zu schießen begonnen. Cozma sah den großen graugesichtigen Mann taumeln, ein sekundenkurzer, grotesker Tanz, im Aufprall der Kugeln tänzelte er nach links, dann nach rechts, wieder nach links, der Zopf flog mit, die langen Arme schlackerten, die Pistole hatte er längst fallen gelassen. Als ihn eine von Ştefans Kugeln in den Bauch traf, krümmte er sich zusammen, fiel nach vorn, auf das Gesicht, und rührte sich nicht mehr.

Ştefan schrie und rannte und schoss weiter, selbst als das Magazin leer war, blieb er nicht stehen. Brüllend lief er an Adam vorbei, einige Meter auf das Feld hinaus, wo er auf die Knie sank und endlich verstummte.

Cozma hörte, dass er sich erbrach.

Auch Ana Desmerean hatte aufgehört zu schreien. Filip war bei ihr, hielt sie in den Armen.

Cozma hatte Adam erreicht, starrte auf Rinnsale aus Blut, die unter dem Körper hervorgekrochen kamen.

»Sie lebt, Ioan«, sagte Emilia nach Luft ringend, deutete auf Nicoleta, die ebenfalls auf dem Bauch lag, Arme und Beine wie eine Fallschirmspringerin zur Seite gestreckt. Und tatsächlich, die Finger beider Hände bewegten sich, ganz leicht, ungeheuer langsam, als verließe das Leben Nicoleta über die Finger, strömte aus den äußersten Kuppen des Körpers zurück in die drübere Welt.

Die Bewegungen wurden flüchtiger, die letzten Partikel des Lebens gingen dahin.

Cozma kniete sich neben sie, fand keinen Puls mehr. Das Gleiche bei ihrem Mann und Adam. Er erhob sich, machte ein paar Schritte, in den Beinen ein krampfartiges Zittern, vom Laufen, von der Aufregung. Am Feldrand verharrte er. Ştefan hatte sich auf den Rücken gelegt, die Brust hob und senkte sich heftig. Noch immer hielt er den Pistolengriff umklammert. »Manche braucht man lebend, verdammt«, sagte Cozma heiser.

Ştefan stand auf, stolperte wortlos an ihm vorbei in Richtung Dorf.

»So was hatten wir hier noch nie«, sagte Emilia.

Cozma unterdrückte die Verärgerung, hob den Blick zum Horizont. Jenseits der A1 endlose Felder, darin fast unsichtbar die kleinen Dörfer der Bauern, weit hinten bewaldete Hügel, gezackte Schatten im Morgenlicht. Alles war nun zu Ende, dachte er.

Alles andere würde weitergehen.

In wessen Auftrag hatte Adam gehandelt? Wer aus dem Kreis derer, die von den Gamans erpresst worden waren wie er selbst, hatte sie töten lassen? Wann war dieser Entschluss gefasst worden? Und wohin wären die Gamans geflogen? Wer hätte sie abgeholt, hätte sie untergebracht?

Ja, es würde weitergehen, doch ohne ihn.

Er spürte sein Telefon vibrieren, zog es hervor.

»Und?«, fragte Bejenaru ruhig.

»Vorbei.«

Sie schwiegen.

Schließlich sagte Bejenaru: »Du musst ins Krankenhaus kommen, Ioan.«

Sechs Wochen später

56

Mecklenburg-Vorpommern
Mitte November 2014

MARTHEN BRACHTE IHN nach Hause.

Zum Haus in Prenzlin, korrigierte er sich. Wo er zu Hause war, wusste er nicht.

Außer bei den Kindern natürlich. In der Erinnerung an sie.

Zumindest noch für eine Weile. Dann, hatte er sich im Krankenhaus vorgenommen, würde er sie gehen lassen. In den Sekunden und Minuten, nachdem Petre Fuia ihm das Messer in den Bauch gestoßen hatte, hatte er geglaubt, dass er ihnen in dieser Nacht folgen würde. Ein wunderbarer Gedanke auf der einen Seite, ein furchtbarer auf der anderen. Er war im selben Moment glücklich und verzweifelt gewesen.

Da hatte er begriffen, dass er leben wollte.

Irgendwo, irgendwie.

Sie hatten Prenzlin erreicht. Schnelle, kleine Wolken trieben Schattenflecken über die verwaisten Straßen. Die Tür des Konsums war geschlossen, die Jalousie vor dem Schaufenster herabgelassen. Anett hatte erzählt, dass der Inhaber im Oktober aufgegeben habe. Die meisten Prenzliner fuhren zu den Discountern im Süden von Güstrow. Die Bulgaren und Rumänen der ROGA hatten keine Zeit einzukaufen.

Keine Kneipe mehr, keine Kita, die Kirche ohne Pfarrer, jetzt auch noch der Konsum. Wie soll das weitergehen?

Gibst du mir bitte das Wasserglas?

Ich hatte auf eins deiner Versprechen gehofft, Maik.

Sind aufgebraucht.

Anett. Sie hatte Fuia abgelenkt und ihm selbst auf diese Weise das Leben gerettet – das vergangene wie das neue. Er wusste noch nicht, wohin sie gehörte. Sie war und war nicht Teil dieser beiden Leben.

Vielleicht gab es noch ein drittes Leben. Ob vergangen oder neu oder beides, wusste er noch nicht.

Das Leben mit Anett.

Sie hatte ihn jeden Tag besucht.

Jeden Tag hatte er auf sie gewartet.

In zwei Tagen würde sie Prenzlin verlassen. Ein UN-Job, sechs Wochen Lima, Klima-Konferenz. Er wusste, dass sie zurückkommen würde.

Marthens gebrauchter Jeep holperte über das Kopfsteinpflaster. Winter spürte die Wunde im seitlichen Bauch, hielt für einen Moment den Atem an.

Der Kasimir war fort, Ralf Drese hatte ihn wohl geholt.

»Ins Haus?«, fragte Marthen.

»Zum Friedhof.«

Sie hielten vor der Kirche.

»Schaffst du's allein?«

»Wenn du mir raushilfst«, sagte Winter.

Marthen kam zur Beifahrertür und zog ihn vorsichtig aus dem Wagen. Winter wurde bewusst, wie hager der Freund in den vergangenen Wochen geworden war. Die Wangen eingefallen, Schultern und Brust wie geschrumpft, an den Beinen schlackerte die Hose. Als hätte er einen Panzer aus Muskulatur abgelegt. Die Zähigkeit und die Sturheit waren geblieben.

Diesmal stand das Tor offen.

Auf wackligen Beinen ging er zu seinen Toten.

Noch mehr Vasen mit noch mehr Blumen als in jener Nacht, in der er aus Rumänien zurückgekommen war, im Sonnenschein noch hübscher. Christl schien Trost zu finden, wenn der Tod bunt und hübsch aussah. Sie füllte die Leerstellen mit Blumen, überpflanzte die Zerstörung.

Er hingegen sah nur die Zerstörung.

Eine Hand auf dem Bauch, kniete er nieder, berührte die beiden Grabstellen mit der anderen und sagte stumm, Dann fahren wir nicht nach Dänemark, wir fahren ins Haus zurück, da bleiben wir, solange wir wollen, da bleiben wir noch eine Weile.

Lisas Grab befand sich ein paar Reihen weiter. Ein Blumenmeer, gerahmte Fotografien, die Trauer in der Sorgfalt greifbar, mit der Christl Tag für Tag das Gras um die Gräber herum schnitt, verwelkende Blumen austauschte, die Spuren des Windes und des Regens tilgte, als bettelte sie verzweifelt um Trost.

Sie kommen klar, hatte Anett gesagt. *Mehr oder weniger. Seit sie wissen, dass du … dass du …*

Dass ich zurückkomme.

Ja.

Ob Marthen einmal am Grab gewesen war, wusste niemand. Zur Beerdigung war er nicht gekommen. Einer der ROGA-Arbeiter hatte ihn zur selben Zeit über die ehemaligen Felder der Familie laufen sehen.

Winter kehrte zur Straße zurück. Marthen stand noch vor der geöffneten Beifahrertür, starrte ihn an, als wartete er auf irgendetwas.

Winter senkte den Blick. Sie kommt nicht zurück, Jörg, dachte er. Sie ist fort, für immer.

Sie ließen den Wagen stehen, gingen die restliche Strecke zum Haus zu Fuß.

Die Marthen'schen Felder.

Kein Deal mit Colditz, hatten die Geschwister beschlossen. Sie wollten ihr ehemaliges Land nicht zurück, weder geschenkt noch gekauft. Eine späte Genugtuung, vielleicht ein Akt der Rache –

Colditz nach allem, was er getan hatte, den Seelenfrieden zu verweigern. Marthen konnte es sich leisten. Er hatte JM Romania für vierundzwanzig Millionen Euro an die Tayma Group verkauft. Um die viertausend Hektar, zum Teil nicht einmal arrondiert, sämtliche Maschinen, die Hofstelle mit allen Gebäuden, unter der Bedingung, dass die Arbeiter und Angestellten für fünf Jahre bleiben konnten. Nach Abzug aller Verbindlichkeiten und Steuern lag vermutlich noch immer ein achtstelliger Betrag auf seinem Konto. Er war als Millionär nach Prenzlin zurückgekommen.

Und ärmer als je zuvor.

»Verträgst du schon Neuigkeiten?«

»Nur im Sitzen«, sagte Winter.

Marthen lächelte nicht.

Er seufzte. »Sag schon.«

»Fünfundfünfzig Hektar südlich von Woldegk, Richtung Uckermark, zwei Stunden von hier. Kompakt, guter Boden, aber etwas ausgelaugt, man muss einiges machen. Geduld haben. Der Hof ist halbwegs gut in Schuss.«

»Wie viel für den Hektar?«

»Fünfzehntausend.«

Fassungslos schüttelte Winter den Kopf. Vor zehn, zwölf Jahren war man hier noch mit zweitausend Euro dabei gewesen.

Es dauerte einen Moment, bis er begriffen hatte. »Du hast schon gekauft?«

»Gestern.« Marthen sprach ungewohnt eifrig weiter, schien reden zu müssen. Noch im November wollte er mit der Bodenpflege beginnen. Den Maschinenpark an seine Vorstellungen anpassen. Auf dem Hof renovieren, was renoviert werden musste. Das Wohnhaus umbauen, die Wirtschaftsgebäude. Pläne für die Fruchtfolgen erstellen. Seine neuen Äcker kennenlernen. Der Betrieb war auf ökologische Landwirtschaft spezialisiert, er würde dabei bleiben.

Ökolandbau, dachte Winter, nur im ersten Moment überrascht. Vielleicht die Art von Landwirtschaft, die am besten zu Marthen passte, der mit seinen Böden so respektvoll und vorsichtig umging, als wären sie menschliche Wesen.

Sie überquerten die Straße. Sein Blick fiel auf das Fenster von Emmys Zimmer. Die Scheibe war offensichtlich erneuert worden.

Er dachte an das Gespräch mit Petre Fuia. Der Einzige, der ihn für den Tod seiner Kinder verantwortlich gemacht hatte, abgesehen von ihm selbst. *Du hättest besser auf sie aufpassen müssen! Warum hast du sie gezwungen mitzukommen, wenn sie nicht wollten? Warum hast du nicht auf sie gehört? Hast du sie nicht geliebt? Du bist schuld, dass sie tot sind! Du hast deine eigenen Kinder getötet!*

Er würde noch eine Weile brauchen, um Fuias Stimme aus seinem Kopf zu verbannen.

Marthen hatte weitergesprochen.

»Was?«, fragte Winter.

»Auf dem Hof steht ein Arbeiterhäuschen. Wohnzimmer, zwei kleine Schlafzimmer. Man kann anbauen, wenn du möchtest.«

Winter stutzte, dann lachte er leise, glücklich für einen seltsamen Augenblick.

57

Temeswar

EIN TAG WIE JEDER ANDERE im neuen Leben, dachte Cozma.

Ein Mittwoch möglicherweise.

Sieben Uhr morgens, er stand auf der Veranda, die Kaffeetasse in der einen, die Zigarette in der anderen Hand, die Augen waren auf die Bega gerichtet. Sie hatte in den letzten Wochen eine besorgniserregende Blässe angenommen wie immer im späten Herbst. Im Winter würden die Niederschläge aus den Banater Bergen sie sauberwaschen und ihr für einige Wochen den Anschein von Kraft verleihen. Im Winter und im Frühjahr ließ die Bega die unsichtbaren Muskeln spielen, dann, wenn niemand hinsah außer ihm. Spätestens im April, wenn die Menschen ihre Ufer zu bevölkern begannen, war es mit der zaghaften Herrlichkeit wieder vorbei.

»Ein Donnerstag, der rumänische Geschichte schreiben wird!«, rief Liviu mit bebender Stimme aus der Küche. *»Doch dazu später mehr. Hier sind erst einmal Fanfare Ciocarlia mit ›Caravan‹.«*

Ein Donnerstag also, dachte Cozma.

Er schnippte die Zigarette über das Verandageländer und ging durch den Flur in die Küche, die vom mächtigen Klang der Bläser erfüllt war. Er stellte Tasse und Teller ins Spülbecken, wischte die Brotkrümel vom Tisch in die linke Hand. Seit einigen Wochen lebte er allein. Den jungen Cozma, ohnehin nur ein Gelegenheitsgast, hatte er hinausgeworfen, der Vater war freiwillig gegangen. Ein schmerzhafter Abschied. Manchmal allerdings kam Cippo. Stundenlang saß er dann schweigend auf dem Sessel am

Wohnzimmerfenster, ein schwermütiger Besucher. Es gefiel ihm nicht da drüben, das war deutlich zu erkennen.

Paul Bejenaru hatte für seine Abschiedsrede angemessene Worte gefunden. Einer aus dem Herzen Rumäniens sei gegangen. Einer mit Seele, ein Unverfälschter, ein Unverwechselbarer. Einer, wie es nie einen zweiten gegeben habe oder je geben werde. Einer, den er mit den falschen Maßstäben gemessen habe, denen der Perfektion, nicht mit denen der Menschlichkeit. Einer, der fehle.

Auf der Beerdigung hatte Cozma die Kollegen zum letzten Mal gesehen.

Auch Valentina Olar.

Doch sie hatten mehrfach miteinander telefoniert. Heimliche Gespräche mit Prepaid-Handys, er in irgendeinem Park in Temeswar, sie in irgendeinem Park in Bukarest, die Stimmen konspirativ gesenkt. Es hatte ihn Mühe gekostet, sie zu überzeugen, seinen Weg mitzugehen. Zu gefährlich, hatte sie eingewandt, die Konsequenzen unüberschaubar. Am Ende hatte sie skeptisch zugestimmt. Doch sie war ihm während dieser Telefonate immer mehr entglitten. Sein Plan hatte im Fokus gestanden, nicht die Sehnsüchte eines verwirrten Dreiundfünfzigjährigen.

Cozma setzte sich an den Küchentisch. Die Musik war zu Ende, Liviu ergriff wieder das Wort. Vom Kühlschrank herab verlas er das Wetter. Ein kühler Novembertag, der Höchstwert um fünf Grad. Vor zwei Wochen hatte er Cozma gegenüber an diesem Tisch gesessen und gesagt: *Alexandru Vişinescu drohen zwanzig Jahre Haft, trotz seines hohen Alters – schreckt Sie das nicht ab?*

Darüber möchte ich lieber nicht nachdenken.

Dann bleibt es dabei?

Es bleibt dabei.

Livius Einleitung war gewohnt pathetisch und erbost. Die Arbeit des IICCMER wurde gelobt, die »einstigen Schergen Ceauşescus« verteufelt, doch gebe es Ausnahmen, reuige Sünder, und mit einem dieser Männer habe er kürzlich gesprochen, einem ehemaligen *Comisar* aus Temeswar. Einem Mann, der viel mehr getan habe, als sich zu stellen und im Gespräch über seine »Verfehlungen« in den späten achtziger Jahren Auskunft zu geben: Er habe ihm, Liviu Ovidenie, auf einem USB-Stick umfangreiche Unterlagen der Securitate zukommen lassen, die frühere Verbrechen zahlreicher Parteifunktionäre, Staatsbeamter, Oligarchen und anderer belegten, darunter viele, die nach wie vor oder wieder in Amt und Würden seien.

Und einige mehr, die ihr Amt kürzlich aufgegeben hatten, ergänzte Cozma in Gedanken. Sorin Aurescu war nach einem Besuch von DNA-Staatsanwälten aus gesundheitlichen Gründen zurückgetreten und hatte sich im Schoß seiner Parteifreunde verkrochen. Einer der hohen Herren über Paul Bejenaru war während eines Urlaubs in Afrika geblieben. Mehrere Richter, Anwälte und Bürgermeister, die in die widerrechtlichen Landkäufe verwickelt gewesen waren, hatten gestanden. In Bukarest redeten sich Parlamentsmitglieder in den Büros der DNA ihre Sünden von der Seele.

Hunderte Männer und Frauen waren betroffen.

Tausende weitere waren in Balans Unterlagen nicht erfasst.

»Aber wir wollen nicht zu viel verlangen!«, rief Liviu. *»Auch eure Stunde hat eines Tages geschlagen!«*

Als Cozma kurz darauf die eigene Stimme hörte, kam er sich mit einem Mal albern vor. War er wirklich so eitel, dass er sich selbst dabei zuhören wollte, wie er im Radio sprach? Wollte er sich wahlweise als Held, Märtyrer oder reuiger Sünder applaudieren? Er stand auf und schaltete den Apparat aus. Im Flur zog er die Herbstjacke an, schlug den Kragen hoch, über die Bega brausten die ersten Winterwinde hinweg. Dann trat er in den Tag hinaus, der – egal, wie Liviu ihn bezeichnen mochte – genau wie jeder andere Tag seit dem 27. September vor allem eines war: ein Tag ohne Cippo.

Als er zwei Stunden später durchgefroren zurückkehrte, stand ein ihm unbekannter Kleinwagen hinter seinem Kadett.

Die Fahrerin allerdings kannte er.

Sie stieg aus, fragte ein wenig spöttisch: »›Djelem, djelem‹?«

Cozma musste lächeln. Bei seinem Besuch hatte Liviu ihn gebeten, einige Lieblingslieder zu nennen, die man zwischen den Gesprächsabschnitten spielen könne. »Caravan« und »Djelem, djelem« hatten dazugehört. Fragend deutete er auf sein Haus, ließ Valentina Olar dann vorangehen. So leicht, dachte er, wurde er den Vater und die Faschisten doch nicht los. *Ich hatte einst auch eine Familie, die Schwarze Legion brachte sie um*, hieß es in dem Lied.

Er schloss die Haustür auf, half Olar im Flur schweigend aus dem Mantel. An seinen kalten Fingern spürte er die Wärme ihres Körpers. Überrascht bemerkte er, dass er sie fast ein wenig als Eindringling empfand. Mit ihrem Besuch kamen die Sehnsüchte zurück.

Auch die Erinnerung an die letzten Minuten mit Cippo in der Strada Gheorghe Doja.

Cippos Kopf in seinen Händen. Cippos Blut.

Der Herr Sekretär Rusu geht in den Ruhestand, Ioan.

Er führte sie in die Küche, kochte frischen Kaffee, trug Tassen zum Esstisch.

»Sie haben sich gut geschlagen im Radio«, sagte sie.

»Danke.«

»Aber es könnte Ihnen schaden. Wie man hört, ist Ihr Richter verärgert. Er spricht von Geheimnisverrat.«

»Ich habe schon einen Richter?«

Olar nickte. »Einen, dessen Name sich in Vasile Balans Archiv findet. Wir werden deshalb versuchen, ihn vor dem Prozess suspendieren zu lassen.«

»Wir?«

Sie errötete leicht. »Das IICCMER. Die DNA. Verstehen Sie mich nicht falsch: Es wird zu einem Prozess kommen. Aber wir werden nicht zulassen, dass ausgerechnet die Verbrecher ihn leiten, gegen die wir kämpfen. Die zuständige Staatsanwältin ist neutral. Sie wird wohl zwei Jahre auf Bewährung verlangen.«

»Wann findet der Prozess statt?«

»Ich denke im Frühsommer. Ein paar Monate noch, dann ist es ausgestanden.«

»Sie wissen, dass das nicht stimmt.«

Sie senkte den Blick, sah wieder auf, die Augen plötzlich verunsichert. »Ja, das weiß ich.«

Der Fall Ioan Cozma mochte mit dem Prozess abgeschlossen sein. Was Cozma Ende der achtziger Jahre in den Bukarester Kellerverließen getan hatte, ließ sich offiziell mit einer Strafe sühnen, genauso seine Verantwortung für den Tod von Róbert Barbu.

Vergessen ließe es sich nie.

Kurz darauf erhob sie sich. Cozma war nicht überrascht. Enttäuschungen brachten sie dazu, sich zurückzuziehen, sicherlich nicht nur von ihm. Überrascht war er nur, weil er spürte, dass sie eigentlich bleiben wollte.

Doch wer war er schon, so etwas zu spüren?

Er versuchte nicht, sie aufzuhalten.

Im Flur schlüpfte sie in ihren Mantel, bevor er Gelegenheit hatte, ihn vom Haken zu nehmen. Nebeneinander gingen sie zur Haustür, so dicht, dass sich ihre Arme leicht berührten. Auf eine gewisse Weise, dachte er, hatten sie immerhin für wenige Minuten an einem griechischen Strand Sirtaki getanzt. Hatte seine Hand auf ihrer Schulter gelegen, ihre Hand auf seiner. Ein Anfang war für wenige Minuten möglich erschienen. Das war doch etwas.

Es würde ihm nicht genügen.

Draußen, schon am Auto, hielt sie inne, musterte ihn. »Was werden Sie tun, wenn der Prozess vorbei ist?«

»Das kommt natürlich auf das Urteil an.«

»Falls das Gericht auf Bewährung entscheidet.«

Cozma schob die Hände in die Hosentaschen, richtete den Blick auf die Bega, seine treue, stumme Begleiterin. Er stand dicht bei Olar, spürte ihre Wärme, ihre Augen, die unverwandt auf ihm lagen. »Dann werde ich eine Kreuzfahrt machen. Im Mittelmeer.« Er sah sie an, dachte: Abschied nehmen.

Sie nickte, öffnete zögernd die Wagentür. »Und dann?«

»Wir werden sehen.«

»Die DNA braucht Ermittler.«

»Aus dem Staatsdienst entlassene, vorbestrafte ehemalige Kripokommissare?«

Sie sah ihn lange an, ein leichtes Lächeln um die Lippen. Dann stieg sie ein, startete den Motor und fuhr davon.

Dank

ICH DANKE ALLEN, die mich bei der Recherche für diesen Roman unterstützt haben, insbesondere in Rumänien Marcel Wiesehoff (BanatFarming), Adrian Briciu (ASAT/Vereinigung für die Unterstützung der bäuerlichen Landwirtschaft), Sergiu Florean (»Reciproc«, ASAT), Alina Baciu, der Poliția Criminalistica Timişoara, Viorel Enasel und Brindusa (EcoRuralis); in Deutschland Willi Lehnert (Bündnis Junge Landwirtschaft), Ines Zochert-Köhn (Ortsvorsteherin Sietzing) und ihrem Mann Thomas Köhn, Reinhard Jung (Bauernbund Brandenburg), Martin Häusling (MdEP/DIE GRÜNEN), Maria Nauhauser (International Police Association IPA, Landesgruppe Saarland), Jörg Gerke und wie immer Karl-Heinz Schmid von der Kriminalpolizei Freiburg für seine wertvolle Unterstützung; außerdem allen Personen, die nicht namentlich genannt werden wollten. Für etwaige Fehler trage ich selbst die Verantwortung.

Ferner danke ich der Robert Bosch Stiftung und dem Literarischen Colloquium Berlin, die meine Recherchereise nach Rumänien mit einem »Grenzgänger«-Stipendium« gefördert haben.

Namensregister

ADAM arbeitet für die Gamans

ANTIKORRUPTIONSBEHÖRDE s. DNA

ARAD Kreis und Stadt im Westen Rumäniens, 56 km nördlich von Temeswar

AURESCU, SORIN Vorsitzender des Kreisrates von Timiş

BALAN, VASILE »Insektenkundler« in Liebling

BANAT historische Region, auf Rumänien, Serbien und Ungarn aufgeteilt

BANATER SCHWABEN die deutschstämmige Bevölkerung des Banats, deren Vorfahren seit dem späten 17. Jahrhundert in die Pannonische Tiefebene kamen

BARBU, RÓBERT faschistischer Krimineller, Ende der achtziger Jahre vom jungen Ioan Cozma »verhört«

BEJENARU, PAUL Leiter des *Serviciul Criminalistica* von Temeswar

BENDIK, ANETT (geb. Marthen) Prenzlinerin, ehemalige Freundin von Michael Winter; Schwester von Jörg Marthen

BVVG Bodenverwertungs- und verwaltungs GmbH, Nachfolgeorganisation der Treuhand; verwaltet, verpachtet und verkauft landwirtschaftliche Flächen in Ostdeutschland, die in LPGs und VEGs eingebracht worden waren.

CARAŞ-SEVERIN [Kărasch-Severīn] Kreis im Südwesten Rumäniens

CEAUŞESCU, NICOLAE 1918–1989, langjähriger neostalinistischer Staatspräsident Rumäniens, Generalsekretär der Rumänischen Kommunistischen Partei, 1989 gestürzt

COLDITZ, GERD einst Vorsitzender der LPG »Vorwärts Prenzlin«, Inhaber des Nachfolgebetriebs und Wendegewinnler; SPD-Politiker, verschiedene Funktionärsposten

CORUIA [Korūia] Wohnort der Familie Lascu (fiktiv)

COZMA, IOAN [Kōzma, Jōan] 53, Hauptkommissar beim *Serviciul Criminalistica* Temeswar

DAN Kollege von Ioan Cozma

DENTA Landstadt im Kreis Timiş, 47 km südlich von Temeswar

DESMEREAN, ANA fliegt im Auftrag von Flying Banat einen Hubschrauber vom Typ Robinson R66

DETA Kleinstadt im Kreis Timiş mit Katasteramt, 42 km südlich von Temeswar

DIRECŢIA NAŢIONALA ANTICORUPŢIE s. DNA

DNA *Direcţia Naţionala Anticorupţie*, Antikorruptionsbehörde Rumäniens, seit 2013 geleitet von Laura Codruţa Kövesi

DRESE, RALF Prenzliner, in Berlin unter die Räder gekommen; verleiht alte Fahrzeuge

DUDEŞTII VECHI [Dudeschti veki] Kleinstadt im äußersten Westen Rumäniens, wo Dragomir Mircia ermordet wird

EMILIA Polizistin aus Lugoj

EOS Erweiterte Oberschule in der DDR, die zur Hochschulreife führte

EUGEN rumänischer Vorarbeiter von JM Romania

FILIP Polizist aus Lugoj

FIRITEAZ Dorf im Kreis Arad, 50 km nördlich von Temeswar

FLYING BANAT bietet vom Flughafen Traian Vuia in Temeswar aus Hubschrauberflüge an, die Ana Desmerean durchführt; Inhaber: Miron

FLORIAN Kriminaltechniker, ungarischstämmiger Rumäne

GAMAN, DORIN und NICOLETA Ehepaar; Inhaber der Agentur Westrom Soil, die Agrarflächen vermittelt

GÜSTROW Stadt in Mecklenburg-Vorpommern, etwa 40 km südlich von Rostock

IICCMER *Institutul de Investigare a Crimelor Comunismului și Memoria Exilului Romanesc,* »Institut für die Aufarbeitung der kommunistischen Verbrechen und des Gedenkens an das rumänische Exil«; Vertreter des IICCMER im Roman ist Teodor

IULIUS MALL Einkaufszentrum im nördlichen Zentrum von Temeswar

JAMU MARE [Schāmu Mare] Landstadt im Süden von Timiș, 70 km südlich
von Temeswar

JM ROMANIA 2005 gegründeter Landwirtschaftsbetrieb von Jörg Marthen im rumänischen Banat

KÖVESI, LAURA CODRUȚA seit 2013 Leiterin der DNA

LASCU, ADRIAN [Lāsku, Adrian] 20, Arbeiter bei JM Romania, geboren und wohnhaft in Coruia

LASCU, ECATERINA Mutter von Adrian, arbeitet im Wohnhaus auf Jörg Marthens Hof

LASCU, IOSIF Vater von Adrian, arbeitet bei einem deutschen Autozulieferer in Temeswar

LASCU, RAZVAN Bruder von Adrian

LEI, Sg. LEU rum. Währung; 100 Lei entsprechen zurzeit knapp 22 Euro

LIEBLING Landstadt in Timiș, 30 km südlich von Temeswar; 1786 von Deutschstämmigen gegründet

LIVIU (OVIDENIE) Radiomoderator, mit Cozmas zweiter Exfrau verheiratet

LUGOJ [Lugosch] Mittelstadt in Timiș, 60 km östlich von Temeswar

MARIO Polizist, Kollege von Frieder Roth

MARTHEN, CHRISTL Mutter von Jörg und Anett

MARTHEN, HANS Vater von Jörg und Anett

MARTHEN, JÖRG Prenzliner, Jugendfreund von Michael Winter und Bruder von Anett Bendik; hat 2005 in Timiș JM Romania gegründet

MARTHEN, LISA Tochter von Jörg und Yvonne, ermordet

MARTHEN, YVONNE Exfrau von Jörg

MIKKI der Mann aus der Iulius Mall; arbeitet für die Gamans

MIRCIA, DRAGOMIR [Mīrtschia, Dragomir] »Mittelsmann« bei einem unrechtmäßigen Prozess um den Verkauf von Agrarflächen der Lascus

MIRON Chef von Ana Desmerean, Inhaber von Flying Banat

MOLDOVA VECHE [Moldōwa Wēke] Kleinstadt an der Donau mit Verladehafen, im Süden des Kreises Caraş-Severin gelegen

NOWAK Mitarbeiter der ROGA

OLAR, VALENTINA Staatsanwältin bei der DNA, unterstützt die Familie Lascu mit juristischem Rat

ORAVIȚA [Orāwitsa] Kleinstadt im Kreis Caraş-Severin

OVIDIU Kollege von Ioan Cozma

PIAȚA UNIRII [Piātsa Unirii] auch »Domplatz« genannt, ältester Platz von Temeswar, umgeben von Barock- bzw. Jugendstilgebäuden und Kirchen

PONTA, VICTOR 2012–2015 Ministerpräsident Rumäniens, bis 2015 auch Vorsitzender des PSD; im selben Jahr von der DNA wegen Urkundenfälschung, Geldwäsche und Steuerhinterziehung verklagt

POS Polytechnische Oberschule; zehnjährige Gemeinschaftsschule in der DDR

PRENZLIN wenige Kilometer südlich von Güstrow gelegenes Dorf; Geburtsort von Michael Winter, Jörg Marthen, Anett Bendik u. a.; fiktiv

PSD *Partidul Social Democrat*, linksnationalistisch ausgerichtete sozialdemokratische Partei

ROGA s. Rothauser Gruppe

ROTH, FRIEDER Polizeihauptmeister bei der Landespolizei Mecklenburg-Vorpommern, leitet die Polizeistation Krakow am See; gebürtiger Prenzliner

ROTHAUSER GRUPPE milliardenschwerer Immobilienkonzern, seit 2008 unter dem Namen Rothauser Gruppe Agrar (ROGA) auch im Agrarbereich tätig

RUMÄNISCHER NACHRICHTENDIENST s. SRI

RUSU, CIPRIAN (»Cippo«) 54, Kommissar beim *Serviciul Criminalistica* Temeswar, Kollege und Freund von Ioan Cozma

SECURITATE rumänischer Geheimdienst, 1948 gegründet, 1990 aufgelöst, gefürchtet wegen seines brutalen Vorgehens

SERVICIUL CRIMINALISTICA Kriminalpolizei

SMURD *Serviciul Mobil de Urgența Reanimare și Descarcerare,* Rettungsdienst in Rumänien, ursprünglich privat, mittlerweile halbstaatlich

SRI *Serviciul Roman de Informații,* »Rumänischer Nachrichtendienst«, Nachfolgeorganisation der Securitate

ŞTEFAN [Schtēfan] Polizist aus Lugoj

TAYMA CEREALS s. Tayma Group

TAYMA GROUP Agrarkonzern aus Saudi-Arabien, an Flächen von JM Romania interessiert

TEMESWAR rum. *Timişoara,* Hauptstadt des Kreises Timiş in Westrumänien

TEODOR Historiker, in leitender Funktion beim IICCMER

TEREZA Mitarbeiterin von JM Romania

TIMIŞ [Timisch] Kreis im Westen Rumäniens; Hauptstadt: Temeswar

TRANSSILVANIEN andere Bezeichnung: »Ardeal«, Kreis im Zentrum Rumäniens, hist. dt. Bezeichnung: »Siebenbürgen«

ŢUICA [Tsūika] rumänischer Obstbrand aus Pflaumen

VARGA, LEANA gehört das Auto auf Vasile Balans Grund, Ehefrau von Mikki

VOINEA Bauernehepaar aus Coruia

VOITEG Landstadt im Kreis Timiş, 36 km südlich von Temeswar

WESTROM SOIL Agentur, die Agrarflächen vermittelt; Inhaber Dorin und Nicoleta Gaman

WINTER, CLAUDIA Michael Winters verstorbene Ehefrau

WINTER, EMMY beider Tochter

WINTER, LEON beider Sohn

WINTER, MICHAEL (»Maik«) Prenzliner, Jugendfreund von Jörg Marthen, langjähriger Freund von Anett Bendik, hat 2011 als Betriebsleiter von JM Romania neu angefangen

DÄNEMARK
Ostsee
Rostock
Güstrow
Prenzlin
Krakow am See
Lübz
Mecklenburg-Vorpommern
Berlin
DEUTSCHLAND
Dänemark
Ostsee
Litauen
Russland
Rostock
Weißrussland
Berlin
Warschau
Polen
Ukraine
Prag
Tschechien
Karpaten
Slowakei
Donau
Wien
Bratislava
Ungarn
Moldawien
Österreich
Budapest
Westkarpaten
RUMÄNIEN
Südkarpaten
Donau-delta
Bukarest
Italien
Adria
Serbien
Donau
Bulgarien
Schwarzes Meer

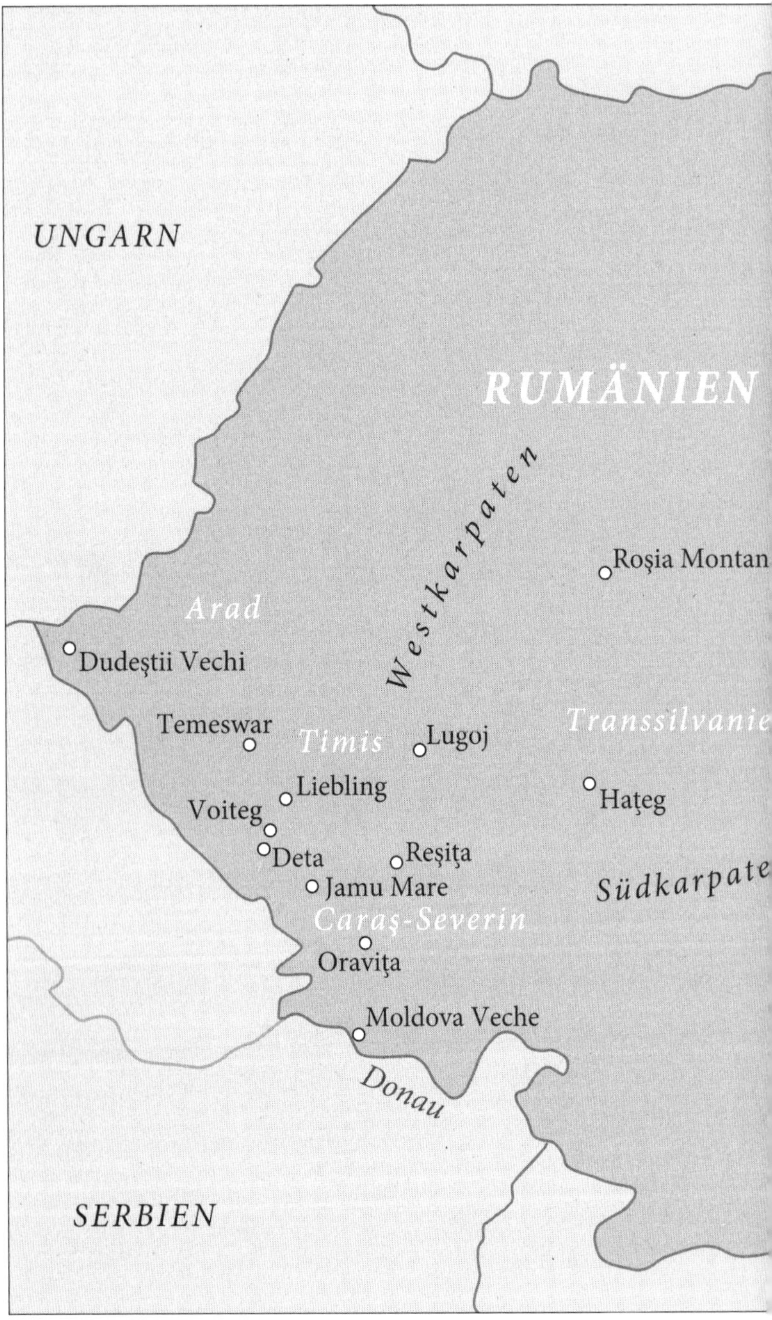
UNGARN
RUMÄNIEN
Westkarpaten
Roşia Montan
Arad
Dudeştii Vechi
Temeswar
Timis
Lugoj
Transsilvanie
Liebling
Voiteg
Haţeg
Deta
Reşiţa
Jamu Mare
Südkarpate
Caraş-Severin
Oraviţa
Moldova Veche
Donau
SERBIEN